LA THÉORIE DES JEUX

FRAUDES : UN THRILLER JUDICIAIRE DE KATERINA CARTER

COLLEEN CROSS
MARIELLE BRÉHONNET

SLICE THRILLERS

LA THÉORIE DES JEUX

Fraudes : un thriller judiciaire de Katerina Carter

Colleen Tompkins, nom de plume : Colleen Cross

ISBN : 978-1-990422-02-7

Publié par Slice Thrillers

Pour plus d'informations, consultez http://ColleenCross.com

informé de nouvelles parutions !

http://eepurl.com/c1hzCv

LA THÉORIE DES JEUX

Fraudes : un thriller judiciaire de Katerina Carter

L'enquête pour fraude de la juricomptable Katerina Carter révèle
l'existence d'un système de Ponzi massif lié au mystérieux World
Institute, un *think tank* mondial aux desseins
inavoués et terrifiants.
Kat est prise au piège d'une conspiration politique aux enjeux
majeurs. Les acteurs feront tout ce qu'ils peuvent pour arriver à leur
fin, mais c'est un jeu qu'elle ne peut pas se
permettre de perdre.

POUR VOUS DONNER ENVIE DE LIRE LA THÉORIE DES JEUX

« Si aimez tout ce qui tourne autour des théories du complot, vous allez ADORER le thriller financier de Colleen Cross, *La théorie des jeux*. L'enquêtrice Kat Carter, spécialisée dans les affaires de fraude financière, se trouve confrontée à ce qui ressemble trait pour trait à un complot sur l'ordre mondial dans ce roman à la fois brillant et captivant, qui évoque de façon troublante le climat économique et politique à l'échelle de la planète.

La crise économique a-t-elle été créée de toutes pièces ? L'actualité diffusée au quotidien est-elle destinée à façonner nos opinions et nos actions ? Sommes-nous tous des pions dans le jeu des autres ? Vous commencerez à vous poser la question après avoir lui *La théorie des jeux*. Un ouvrage qui suscite la réflexion et vous permet de passer un très bon moment ! »

—*Karen Cantwell, auteur*

« Encore un livre passionnant signé Colleen Cross. Pleine de suspense et de rebondissements, cette incroyable histoire de fraude mondiale et de manipulation des devises vous prend aux tripes et ne vous lâche plus. Une lecture passionnante et captivante ! »

—*Sandra Nikolai, auteur*

Les lois sont des toiles d'araignée à travers lesquelles passent les grosses mouches et où restent les petites.

Honoré de Balzac (1799-1850)

CHAPITRE 1

Il ne ressemblait pas à un homme sur le point de mourir. Les autres non plus d'ailleurs. Le plus excitant, c'était de décider de leur sort. Cela demandait juste un peu d'organisation.

« Recule encore un peu. » Elle l'avait dans sa ligne de mire. Il avait facilement deux fois son âge, mais paraissait étonnamment en forme pour quelqu'un de soixante ans. Il l'avait suivie pas à pas pendant qu'ils skiaient, puis avaient tous deux remonté les sentiers escarpés qui menaient au sommet, chaussés de raquettes. Il voulait la mettre dans son lit, comme tous les hommes. Elle avait décidé, il y a longtemps déjà, d'utiliser la situation à son avantage.

Il recula, se rapprochant de la corniche formée d'une plaque de neige qui prolongeait la falaise de façon instable. Elle avait pris soin de prendre la photo depuis l'Est afin qu'il ne remarque pas le dangereux surplomb. Son pouls s'accéléra en pensant à ce qu'il allait se passer. Alors que des geais gris descendaient en piqué pour ramasser les miettes de muffin que leur offrait un homme, certains survolèrent la zone en reconnaissance.

C'était un mercredi matin, l'arrière-pays était désert. Un autre homme en raquettes les avaient croisés dans la direction opposée il y a plus d'une heure. Ils étaient seuls.

« Souris ». Elle zooma, déclencha l'obturateur et sentit une bouffée d'euphorie l'envahir. Son visage était le dernier qu'il verrait, sa voix la dernière qu'il entendrait.

Il sourit en se déplaçant encore et dézippa sa veste Gore-Tex. Le soleil perçait à travers les nuages bas, créant des ombres inquiétantes sur la neige.

Une fraction de seconde plus tard, son visage se crispa, la confiance avait laissé place à une angoisse indescriptible. Il ouvrit grand la bouche tandis que ses yeux s'emplissaient de terreur. C'est ce moment qu'elle préférait : le chasseur était devenu la proie et savait pertinemment qu'il y était pour quelque chose.

La prise de conscience se figea sur son visage alors que le sol se dérobait sous ses pieds, incapable de supporter son poids. La neige en surplomb se détacha de la falaise, le précipitant dans la vallée deux cent mètres plus bas.

Ses cris firent écho dans le canyon. Puis, plus rien mis à part les geais gris qui survolèrent à nouveau la zone pendant quelques secondes.

Elle sourit. Presque trop facile. Elle jeta l'appareil photo dans le vide. Pas de coup de feu, pas de signe de lutte. Pas de trace... à moins que quelqu'un ne passe par là avant les prochaines chutes de neige prévues dans quelques heures. Même s'ils le retrouvent avant la fonte printanière, ça aura l'air d'un accident... sûrement un touriste qui n'avait pas l'habitude de la neige. Elle dispersa le reliquat de muffin pour les oiseaux. Ils se disputèrent les quelques miettes qui restaient.

Tout comme elle jadis. Mais plus maintenant. Elle voulait sa part du gâteau, même s'il fallait tuer pour ça.

CHAPITRE 2

Katerina Carter prit place dans la chaise en plastique dur et glissa ses mains sous ses cuisses. Elle croisa les doigts, les articulations écrasées par la maudite chaise. Cela défiait tout logique, mais elle le fit quand même. Qu'avait-elle à y perdre ?

Harry, assis à ses côtés, se penchait en avant, les coudes sur les genoux, prêt à entendre la prochaine question du Dr. McAdam. Il avait passé un mini-examen de l'état mental six mois plus tôt, juste après l'accident. Le diagnostic précoce de la maladie d'Alzheimer impliquait la perte de son permis de conduire et l'indépendance qui allait avec. Depuis, il était déprimé et sa mémoire s'amenuisait de jour en jour.

Ils tenaient à peine tous les trois dans la minuscule salle d'examen. Depuis que le diagnostic était tombé, le docteur insistait pour qu'il se fasse accompagner par un membre de la famille. C'était Kat qui s'en chargeait depuis que Tante Elsie avait fait une crise cardiaque et était décédée brutalement l'an dernier.

« Dans quelle ville sommes-nous, Harry ? » Le Dr. McAdam recula sur son tabouret en attendant la réponse.

« Vancouver. » Son oncle sortit un mouchoir de sa poche et s'essuya le front, recouvert de fines perles de sueur.

« Bien. Quelle est votre adresse ?

« Facile – 418 Maple. » Harry gonfla sa poitrine de fierté.

« Parfait. En quelle année sommes-nous ? »

« 1989. »

« Humm. Quel mois ? »

« Juin. »

« Quel jour de la semaine ? »

« Samedi. »

Nous sommes le 5 décembre 2012, un mercredi. La chaîne Météo avait raison. De la neige humide, on aura peut-être du grésil ce soir.

Kat jeta un œil à sa montre. La moitié de l'après-midi était déjà passée et elle avait une tonne de travail qui l'attendait au bureau. Comme les autres jours au final – tous ses plans tombaient à l'eau et les journées comme les semaines s'évaporaient en un rien de temps. S'occuper de Harry, le nourrir, le calmer, c'était quasiment un travail à plein temps.

« Vous devriez acheter un calendrier, docteur. Alors, vous allez m'aider à récupérer mon permis de conduire ? »

« Commençons par ceci, Harry. » Le Dr. McAdam lui tendit un dessin. « Que voyez-vous ? »

Harry lança un regard furtif à Kat. « Une montre. »

« Et là ? » Le Dr. McAdam lui sourit.

« Un crayon. Vous voyez ? Un jeu d'enfant. »

« Un peu d'arithmétique maintenant. Faite un décompte à partir de cent en retirant sept à chaque fois. »

Harry se tordit les mains. « Comment ça va m'aider à récupérer mon permis ? »

« Faites-moi confiance, Harry. » Le Dr. McAdam se tourna vers Kat.

« Oncle Harry, calme-toi. Prends ton temps. » La mère de Kat avait subi le même examen il y a vingt ans après avoir été diagnostiquée Alzheimer. Les sautes d'humeur et la perte de mémoire étaient inévitables, même chez quelqu'un de très jeune.

Le père de Kat avait accompagné sa mère lors du rendez-vous.

Peu de temps après, il les avait laissées tomber toutes les deux. C'est à ce moment-là qu'elle avait emménagé chez les Denton. Une terrible maladie, Alzheimer.

Au moins, Harry aura gardé ses esprits vingt ans de plus que sa sœur. Les cas d'Alzheimer précoce, comme celui de sa mère, étaient supposés se transmettre de génération en génération. Avait-elle hérité du gène ? Mieux ne valait pas le savoir.

« Cent. »

Silence.

« Quatre-vingt-treize. » Harry fronça les sourcils.

Kat serra les doigts et son estomac commença à se manifester. Elle avait pris son déjeuner en retard car il lui avait fallu deux heures pour convaincre Harry de quitter la maison. Son oncle prenait désormais tous ses repas avec elle et Jace, surtout parce qu'il oubliait de se nourrir lui-même.

« Vingt-trois. »

Elle libéra une de ses mains et jeta à coup d'œil vers Harry. Elle n'avait pas si faim que ça. En fait, elle avait même un peu la nausée. Harry s'était plaint de crampes d'estomac ces derniers jours. C'était peut-être la grippe.

Harry continua le décompte jusqu'à trois et regarda vers la porte. Il fredonnait tout doucement.

« Harry ? »

« Oui docteur ? On a fini ? »

« Pas tout à fait. » Le Dr. McAdam soupira et lui tendit un crayon et un presse-papier. « Je veux que vous dessiniez une horloge. Les aiguilles doivent indiquer dix heures moins dix. »

Plutôt facile. Harry ne lisait plus et ne faisait plus ses mots croisés le matin, mais il savait encore lire l'heure. Il rouspétait toujours quand Kat était en retard.

Harry tapota le crayon contre ses lèvres et regarda la feuille blanche dans le presse-papier. Puis doucement, il baissa sa main et commença à dessiner.

Un cercle chancelant, oblong, mais *c'était* un cercle.

Kat exalta.

Harry laissa tomber le crayon sur le presse-papier et porta sa main à son visage. Il frotta son index d'avant en arrière sur ses lèvres. Enfin, il reprit le crayon et appuya la mine contre le papier. Une ligne. Puis une seconde.

Mais à l'envers, pour indiquer *6 h 35.*

« Je peux récupérer mon permis maintenant ? »

« Harry, vous rappelez-vous de votre accident de voiture ? » Le Dr. McAdam sortit un crayon de sa poche. « Vous ne pouvez pas récupérer votre permis tant que vous n'avez pas repassé l'examen. »

Harry avait défoncé la vitrine de Carlucci's Pasta House avec sa belle Lincoln des années 1970 après avoir confondu la pédale d'accélérateur avec celle du frein. Bien heureusement, l'accident s'était produit juste après le déjeuner et il n'y avait pas grand monde dans le restaurant. Personne n'avait été blessé mais le mal était fait.

Sa vie s'était détériorée depuis lors. Il avait raté plusieurs rendez-vous, avait accusé son voisin de le voler, et plus récemment, avait mis le feu dans sa cuisine après avoir oublié d'éteindre le four. Par chance, Kat était arrivée à temps pour étouffer l'incendie et les dégâts se limitaient à un mur noirci. Elle n'osait imaginer ce qu'il aurait pu se passer.

Harry reposa le presse-papier entre les mains du docteur. « Un accident en l'espace de presque soixante ans ! Vous m'avez retiré mon permis pour ça ? Ce n'est pas juste. J'ai les réflexes d'un jeune homme de trente ans. » Harry se tourna vers Kat. « Dis-lui, Kat. »

Kat fit mine de fouiller dans son sac à la recherche de son téléphone portable.

« Kat ? »

« Ne t'inquiète pas pour ça, Oncle Harry. Je peux te conduire à tes rendez-vous. »

« Je n'ai pas besoin d'un chauffeur. Je suis parfaitement capable de conduire. »

« Non, ce n'est pas vrai. Tu te perds et – » Les mots sortirent de sa bouche avant même qu'elle ne puisse les arrêter. « Je pense que c'est mieux pour toi, c'est tout. »

« Donc, vous complotez tous les deux, c'est ça ? Je suis peut-être en retraite, mais je ne suis pas mort. Ni stupide. » Il rougit et se tourna vers le Dr. McAdam. « Faites-moi repasser l'examen du permis. »

Le Dr. McAdam se pinça les lèvres. « Je ne suis pas certain que ce soit une bonne idée. »

« Tu ne seras pas en sécurité, Oncle Harry. Et si ça se reproduit ? »

« Mais non. Si tu ne veux pas m'aider, tant pis. Je demanderai à Hillary. »

Kat ouvrit la bouche et se ravisa avant de répondre.

Le Dr. McAdam se sentait mal à l'aise. « Hillary ? »

« La fille de Harry. » Elle frissonna rien qu'en pensant à Hillary. Son cousine avait disparu dix ans plus tôt après avoir oublié de rembourser le prêt important que lui avait consenti Harry et Elsie. Ils avaient refusé de lui avancer plus d'argent. Non pas qu'ils pouvaient, car ce prêt avait eu raison de toutes leurs économies et il leur avait fallu des années pour le rembourser. Bien sûr, Harry parlait beaucoup d'elle ces derniers temps. La maladie d'Alzheimer s'attaque à la mémoire récente et fait resurgir les souvenirs, comme les rochers érodés par l'eau des rivières.

Le Dr. McAdam se leva et se frotta les mains sur sa blouse blanche. « Vos problèmes ne se limitent pas à la conduite, Harry. Je vous suggère de mettre de l'ordre dans vos affaires, et vite. Alzheimer peut progresser très rapidement. »

« Alzheimer ? C'est ridicule. Je n'ai pas Alzheimer. » Harry bondit de sa chaise et passa en furie devant le Dr. McAdam. Il se dirigea vers la porte. « Allez donc vous faire voir. Tous les deux ! »

Il ouvrit violemment la porte et la claqua derrière lui.

Le Harry qu'elle connaissait n'aurait jamais fait ça. Kat refoula quelques larmes en se levant. Elle tira la chaise en arrière. Prise de vertige, sa vision se brouilla.

Le Dr. McAdam leva la main, sans remarquer son état. « Attendez – il va se calmer dans la salle d'attente. Nous devons discuter de toute façon. Qu'avez-vous remarqué d'autre ? »

La vision de Kat s'éclaircit et son malaise se dissipa. « Il délire. Il parle de Tante Elsie comme si elle était toujours en vie. Il est persuadé que des squatters ont investi sa maison et essaient de le tuer. »

« Classique. » Le Dr. McAdam griffonna quelque chose sur son ordonnancier et tendit la feuille à Kat. « Essayez de lui donner ça. Ces médicaments permettent de réduire les hallucinations et peuvent ralentir la progression de la maladie. Vous devez également commencer à regarder du côté des établissements de soins car la maladie requiert beaucoup d'expertise et d'attention. Les meilleurs établissements sont sur liste d'attente, vous devez vous inscrire. Appelez mon bureau demain et nous prendrons un rendez-vous auprès d'un autre docteur pour Harry. »

« Un spécialiste ? »

Il se tenait devant la porte et regardait ses chaussures. « Je ne vais pas pouvoir continuer à suivre Harry. Avec son Alzheimer et tous... »

« Vous laissez tomber votre patient ? Juste au moment où il a le plus besoin de vous ? » Kat avala la boule qu'elle avait dans la gorge.

« C'est compliqué. Il vaudrait mieux qu'il voit un gériatre de toute façon. »

« Mais il a été votre patient pendant presque quarante ans. Comment le fait de voir un médecin qu'il ne connaît pas pourrait être mieux pour lui ? »

« Ça n'aura plus beaucoup d'importance. Mais je vous recommanderai quelqu'un – appelez le bureau demain. » Il regarda sa montre. « J'ai pris un peu de retard, donc si vous voulez bien m'excuser... »

« Mais – »

« Bonne chance. » Le Dr McAdam ouvrit la porte et la forma derrière lui.

Après quarante ans... c'était une sorte d'au revoir en somme.

CHAPITRE 3

La neige humide de l'après-midi avait laissé place au grésil à la tombée de la nuit. La pluie glacée brûlait le visage et les mains de Kat et traversait ses semelles en cuir. Elle composa le numéro de portable de Jace mais tomba sur sa messagerie pour la énième fois. Où était-il ?

Elle raccrocha sans laisser d'autre message. Elle était restée vague dans son premier message en lui demandant simplement de la retrouver devant le cabinet médical.

Harry était resté seul dans la salle d'attente moins de cinq minutes. Et maintenant, il avait disparu et c'était entièrement de sa faute.

« Kat. »

Elle se rapprocha de la voix, à peine audible sous la pluie battante.

Jace se trouvait un pâté de maison plus loin et lui faisait signe en s'approchant d'elle à grands pas. Même avec sa grosse veste de ski, il paraissait grand et athlétique. « Désolé – J'étais en intervention. Je suis revenu aussi vite que possible. »

Il la prit dans ses bras et l'embrassa. « Un skieur hors-piste. Une jambe cassée – il a eu de la chance qu'on le trouve avant la tempête

9

de neige. Il n'aurait jamais tenu toute la nuit. » En tant que volontaire de l'équipe Recherche & Secours dans les montagnes de la Rive Nord, Jace intervenait régulièrement pour rechercher des skieurs et des randonneurs égarés.

Ce type de conditions météorologiques dans la région entraînait souvent des pluies torrentielles. La pluie de Vancouver, qui généralement dure des semaines et des mois, vous étouffe de manière insidieuse. Sur la côte Ouest, elle vous impose sa présence, lentement mais implacablement, avant même que vous ne vous en rendiez compte. C'est la région qui enregistre le plus de suicides.

La pluie se mit à former des lames diagonales tandis que le vent s'engouffrait dans le tunnel que formaient les gratte-ciels du centreville. Kat ne se rappelait pas – Once Harry portait-il son imperméable ou son coupe-vent léger ?

Il recula pour la regarder. « Qu'est-ce qu'il se passe ? Où est Harry ? »

Elle fuit son regard. « Disparu. »

« Disparu ? Que veux-tu dire par disparu ? »

Elle se libéra de son étreinte et pointa du doigt le building gris derrière elle qui abritait le cabinet médical. « On était chez le docteur. Il s'est enfui de la salle d'attente. »

Jace ne savait pas que Harry avait été diagnostiqué Alzheimer six mois plus tôt. Ils n'avaient repris leur histoire d'amour que quelques mois auparavant et elle attendait le bon moment pour lui dire. Le seul problème, c'est que ce n'était jamais le bon moment et il était facile de masquer la gravité du problème de Harry – on s'attend toujours à ce que les personnes âgées perdent un peu la tête.

« Il est toujours malade ? La grippe doit être finie pour maintenant – »

Elle changea de sujet. « Il a disparu depuis quatre heures. Je ne sais pas dans quel état il peut être. » Kat expliqua comment elle n'avait cessé de sonder le bâtiment et les rues alentours. Elle avait cherché partout. Mais Harry n'était nulle part.

Quatre heures plus tard, son quadrillage incessant n'avait rien donné. Elle était trempée, épuisée et ne savait plus quoi faire.

Prise d'une crampe d'estomac, elle se raidit. Elle avait dû attraper la grippe d'Harry.

« Pourquoi n'as-tu pas parlé d'Harry dans ton message ? J'aurais pu te rejoindre plus tôt. Quatre heures, ça fait beaucoup. Il peut être loin maintenant. »

Kat le repoussa. « Tu penses que tu peux faire mieux ? »

Jace se pinça les lèvres en fronçant les sourcils. « Non – Je pense juste que deux têtes valent mieux qu'une. Laisse-moi t'aider avant que la situation ne nous échappe. »

Elle recula et se croisa les bras. « Rien ne nous échappe. Je gère la situation. » Elle voulait vraiment garder Jace en dehors de tout ça. Les hommes se défilent quand les choses commencent à se compliquer. Comme son père, après que sa mère ait été diagnostiquée Alzheimer.

« Non, tu ne gères rien du tout. Tu as l'air épuisée. » Il lui caressa la joue. « Pourquoi ne veux-tu pas me laisser t'aider ? »

Jace avait déjà effectué des réparations dans la maison d'Harry, fait des courses à l'épicerie, et bien plus encore. Leur relation survivrait-elle ou le poids d'un tel soutien finirait-il par le lasser définitivement ?

Elle haussa les épaules, ne sachant pas quoi répondre. Jace avait raison. Elle n'avait jamais pensé qu'Harry pouvait échapper à sa vigilance. Précisément parce que la visite chez le docteur était le seul motif de leur déplacement. À présent, il avait disparu et elle ne pouvait pas revenir en arrière.

Il radoucit le ton. « Tu as dit au médecin qu'il oubliait certaines choses ? »

Kat acquiesça. Jace pensait simplement qu'Harry était tête en l'air.

La gestion de crise de ces derniers mois l'avait épuisée et elle manquait de sommeil. Il était impossible de s'occuper d'Harry et de gérer son activité de juricomptable à plein temps. Elle s'inquiétait de commettre de graves erreurs dans son travail. Elle ne pouvait se permettre de perdre des clients, ni d'entacher sa réputation. Plus important encore, elle ne voulait pas perdre Harry.

Kat glissa une mèche de cheveux derrière son oreille et s'efforça d'entendre Jace malgré le bruit du vent. Il sifflait à travers les gratte-ciels et les rafales redoublaient de force au fil des heures. Elle s'inquiétait de plus en plus pour Harry. Était-il en sécurité ?

Elle scruta Jace. Son calme intérieur l'attirait et l'enveloppait comme une aura. Son regard s'enfonça dans le sien comme s'ils étaient seuls au monde. C'était ce qu'elle préférait chez lui. Mais, à présent, son visage était empreint d'inquiétude, même s'il essayait de le cacher.

Le Dr. McAdam voulait placer Harry dans un établissement de soins de longue durée. Kat frissonna à cette idée. Harry s'était occupé d'elle ; maintenant, elle devait faire la même chose pour lui. Elle voulait le garder auprès d'elle le plus longtemps possible. Kat décrocha son regard des yeux bleu clair de Jace et observa les gouttelettes d'eau qui ruisselaient sur sa veste imperméable.

« Je ne voulais pas t'inquiéter. En plus, tu travaillais sur le bouclage de ton article. » Le vent soufflait toujours. Elle haussa le ton pour se faire entendre.

« M'inquiéter ? Je ne fais pas suffisamment partie de ta vie pour que tu m'impliques ? »

« Je ne voulais pas dire ça, Jace. C'est juste que – Je ne savais pas quoi faire. »

« Tu aurais dû m'appeler. » Jace l'attira vers lui. Même à travers sa veste, elle sentait la force de son étreinte. Tandis que ses bras puissants l'enlaçaient, elle caressa la courbe de son biceps du bout des doigts.

Encore une contrariété et elle volerait en éclats. Des petits morceaux impossibles à recoller. Elle s'écarta de Jace. « Je le ferai la prochaine fois. Mais nous ne devons pas perdre une minute. »

Où irait-elle si la démence voilait son esprit ? À la maison. Mais Oncle Harry ne se rappellerait pas du chemin et le trajet est bien trop long depuis le centre-ville de Vancouver. Non pas que cela l'arrêterait. Il n'était pas très logique.

« Ne sois pas en colère contre moi. » Jace recula et fit demi-tour. « J'essaie juste de t'aider. »

Maintenant, elle se sentait encore moins bien.

Les lampadaires jetaient une froide lumière jaune sur Jace qui lui faisait face, les bras croisés.

Gore-tex et Timberlands, prêt à tout, toujours sous contrôle. Elle sentit une pointe de rancune l'envahir, bien qu'elle lui fût reconnaissante. Personne d'autre n'avait tout laissé tomber pour lui venir en aide.

« Désolée », dit-elle. « Je n'ai pas le moral. Le procès Barron se tient demain et je ne suis pas prête. » La destinée de Zachary Barron dépendait entièrement d'elle.

Les juricomptables comme Kat se spécialisaient dans la détection de la fraude et des actifs dissimulés. Dans les cas de divorce de personnes très fortunées comme ici, elle fournissait des valorisations et intervenait en tant qu'expert. Un divorce pénible, un magnat des fonds spéculatifs au tempérament fougueux, des attentes illusoires et des millions de dollars en jeu... bref, pas le droit à l'erreur.

« Ça va aller. »

« Je ne sais pas – J'ai encore des heures de travail devant moi. » Si les choses tournaient mal, Zachary Barron pourrait ruiner sa réputation d'un seul coup de fil. Si, d'un autre côté, il gagne –cela lui ferait une publicité incroyable.

« Ça va marcher. »

Ça le faisait toujours pour Jace. Elle repensa au cabinet du docteur. Et si Harry était blessé quelque part, ou pire ? Elle parlerait à Jace au sujet d'Alzheimer – une fois qu'Harry serait sain et sauf. Elle grimaça alors qu'une autre crampe lui serrait le ventre.

« Kat ? »

« Hum ? »

« Je te le dis – allons à la maison. Mais nous pourrions d'abord appeler la police. Ils seront plus efficaces que nous. Je sais que tu ne veux pas... »

Harry avait appelé la police au moins deux fois par semaine ces derniers temps pour de supposés vols et effractions. Les policiers n'étaient pas toujours sympathiques lorsqu'un vieillard aux idées délirantes les dérangeait pour rien. Harry voulait rester vivre dans sa maison et aussi longtemps que Kat gardait un œil sur lui, elle pensait qu'il n'y aurait pas de problème. Jusqu'à aujourd'hui. Les choses s'empiraient bien plus vite qu'elle ne l'aurait imaginé.

« Non – ça va. Appelle-les. »

Jace pianota le numéro sur son portable à mesure qu'ils approchaient du parking souterrain.

Kat regarda à nouveau sa montre et se dirigea vers le bas de la rampe. Le procès avait lieu dans moins de onze heures.

Au coin du premier niveau du parking, les lumières fluorescentes formaient des ombres sur les murs de ciment gris.

Et là, elle l'aperçut. Tout au fond, une silhouette était recroquevillée en position fœtale. Il lui faisait face, son dos niché contre la jointure des deux murs. Le haut de son corps était partiellement recouvert d'un morceau de carton. Elle n'était pas sûre, mais il semblait porter un coupe-vent gris.

« Oncle Harry ? Elle commença à courir.

L'homme s'assit et tira le carton vers l'arrière. Il sourit.

C'était Harry.

Kat le rejoignit et lui tendit la main pour l'aider à se relever.

« On peut rentrer à la maison maintenant ? » dit Harry sans attendre.

CHAPITRE 4

Le juge bâilla alors que Kat terminait son intervention. Mauvais signe. L'analyse financière faisait souvent toute la différence entre le jackpot et la faillite pure et simple dans les divorces de personnes fortunées. En tant que juricomptable, elle savait pertinemment que tout était affaire de chiffres. Les enjeux les plus importants se décidaient d'un simple coup de crayon du juge. En l'occurrence, un juge miné par l'ennui.

Bien que Kat soit intervenue de nombreuses fois en tant qu'expert, elle était toujours stressée. Et elle se sentait personnellement responsable si les choses se passaient mal pour son client. Le dossier de Zachary Barron n'était pas différent des autres. Elle s'en voulait de son manque de préparation. Elle se sentait hors-jeu. Si elle perdait une si grosse affaire, elle ruinerait sa réputation et pouvait même perdre son boulot. Elle ne pouvait pas se le permettre. Elle avait besoin d'argent plus que jamais pour payer les soins d'Harry et ne voulait pas tout compromettre à cause d'un manque de sommeil.

Les yeux de Zachary Barron s'enfoncèrent dans les siens. Pourquoi son client la dévisageait-elle ainsi ? Avait-elle raté quelque chose ? Dit quelque chose de mal ? Non. Elle devait cesser de se poser des questions.

15

Zachary détourna enfin le regard.

Elle souffla. *Relax.*

Ça faisait tout juste dix minutes qu'elle était au tribunal et tout allait déjà de travers.

« J'ai l'impression que vous avez oublié quelques zéros sur votre calculatrice Melle Carter. »

Kat s'attendait presque à ce que Connor Whitehall lui fasse un clin d'œil, comme si elle venait de faire un tour de passe-passe — un avocat aux cheveux gris réprimandant une experte judiciaire plus jeune. Son look vieillissant de présentateur TV, son costume hors de prix et ses quelques trente années de plus qu'elle faisaient impression. Une impression dont il se servait afin de la discréditer.

« Je n'ai rien raté du tout. » Kat tenta de ne pas paraître sur la défensive. Elle se serra les mains l'une contre l'autre en s'asseyant dans le box des témoins. La salle du tribunal était vide, mis à part les ex-épouses de Zachary Barron et leurs avocats. Victoria et Zachary Barron se tenaient d'un côté et de l'autre de la salle d'audience, évitant soigneusement de se croiser du regard.

Whitehall secoua la tête. Il se tourna vers le juge et marcha vers lui d'un pas nonchalant. Le magistrat leva brusquement la tête du dossier qu'il était en train de lire en entendant les pas de Whitehall résonner dans le silence de la salle du tribunal.

Kat avait l'impression qu'ils étaient de mèche. Le juge pensait certainement qu'elle était idiote. C'est peut-être pour cela qu'il n'écoutait pas.

Et si elle avait fait une erreur ? Avec moins de trois heures de sommeil et pas le temps de réviser son dossier ce matin, elle n'était pas vraiment au top. Elle avait une nouvelle fois emmené Oncle Harry avec elle au tribunal parce qu'elle n'avait pas d'autre choix. Il était trop risqué de le laisser seul. Il était persuadé que des squatters avaient investi sa maison et essayaient de le tuer. Cette fois, elle l'avait laissé au café qui se trouvait dans le couloir et avait demandé à la serveuse de garder un œil sur lui. Elle se sentait coupable mais avait épuisé toutes les autres alternatives.

Elle n'avait fait aucune erreur, se rassura-t-elle. Whitehall utilisait juste des ruses de vieil avocat pour la faire craquer. Elle était la seule juricomptable à intervenir auprès du tribunal et la seule experte qualifiée en matière de fraude. De plus, suivre les actifs d'un magnat n'avait jamais été chose facile.

« Vous avez oublié des centaines de millions de dollars ! » s'exclama Whitehall en pivotant, tandis que sa bouche dessinait un sourire espiègle. « Et vous vous dites juricomptable ? »

Whitehall fit une pause avant de revenir vers Kat, toujours assise dans le box des témoins. Il se pencha vers elle ; son haleine sentait le café. Kat retint son souffle. Pourquoi avait-elle l'impression d'être sur le banc des accusés ?

« Objection ! » s'écria l'avocat de Zachary Barron dans un sursaut d'action. En fait, Kat avait l'impression d'être jetée en pâture aux lions, ou pire encore, à un avocat prédateur.

« Retenue. » La voix du juge était dénuée de toute émotion ; il regarda sa montre, comptant les minutes qui le séparaient de l'heure du déjeuner.

Les divorces laissaient transparaître les travers des personnes impliquées, plus que les affaires de fraude, les crimes en col blanc ou toute autre chose. Mais ces guerres de moindre envergure étaient le gagne-pain des juricomptables et assuraient des rentrées d'argent régulières.

Pour une fois, elle était du côté du client fortuné. Il paierait sa facture en intégralité et dans les délais. Durant les semaines de préparation qui venaient de s'écouler, elle avait identifié tous les actifs, vérifié toutes les valorisations, estimations et titres de propriétés et avait même eu le droit à quelques surprises. Elle devait juste suivre sa ligne de conduite et tout serait terminé dans vingt minutes.

Kat jeta un œil vers son client. Zachary Barron se tenait assis, la tête baissée et lisait un énième message sur son téléphone. Il avait une trentaine d'années, comme elle, mais gagnait bien plus d'argent qu'elle ne le ferait dans toute sa vie. Il pouvait perdre la plupart de ses avoirs dans les dix prochaines minutes si Whitehall poursuivait en ce sens. Les enjeux étaient particulièrement importants, mais ça ne l'empêchait pas de considérer l'audience comme une simple distraction. D'un autre côté, elle se faisait des sueurs froides alors que ce n'était même pas son argent.

« Melle Carter ? » questionna Whitehall.

« Vous me posez une question ? »

« Oui, je vous pose une question. Je remets en cause la valorisation que vous faites des actifs matrimoniaux. »

« Ça ne ressemble pas à une question. » Kat répondit à Whitehall du regard, avec étonnement et consternation. *Insolent peut-être, mais si tu veux jouer, on va jouer.*

« Melle Carter ! On n'est pas à la *Loterie*. Vous avez valorisé le patrimoine à trente millions. Pourquoi avoir exclu l'entreprise familiale ? » Il tapota sur le dossier de Kat avec son crayon, un plus fort que nécessaire, pour souligner son propos.

Bien. Elle avait finalement réussi à agacer Whitehall.

Même Zachary leva le nez du dossier qu'il était en train de lire et sourit. Une chose dont elle était sûre, c'est que si elle avait des millions en jeu, elle ne serait certainement pas en train de rattraper le retard accumulé sur ses dossiers.

Victoria Barron, l'ex-femme et ex-responsable financière à mi-temps de Zachary, une véritable publicité ambulante pour la chirurgie esthétique, était assise à la table opposée, croisant et décroisant les jambes. Elle demeurait impassible, hormis ce petit sourire omniprésent. Kat en conclut qu'il s'agissait là des séquelles d'un excès de botox.

« Puis-je » demanda Kat.

Elle se leva de son siège et s'avança vers la barre, son dossier « Actifs Barron » à la main. Kat dirigea son pointeur laser sur le positionnement de Zachary au niveau de l'organigramme financier.

Sur Edgewater Investments.

Le dossier était compliqué. Des sociétés opérationnelles, des sociétés holding, des trusts offshore. Zachary avait fait en sorte de ne garder que peu de choses à son nom. Elle passa les dix prochaines minutes à expliquer le réseau complexe des accords et des relations qui existaient entre les différentes entités.

Whitehall leva les sourcils, s'éloigna et se laissa tomber dans chaise située juste derrière Victoria Barron. Il croisa les bras et adressa à Kat un regard méprisant.

Elle lui sourit. « Je continue ? »

Il la dévisagea.

Victoria Barron, qui ne serait bientôt plus que l'ex-trophée de Zachary, se battait non seulement pour la moitié des actifs matrimoniaux, mais également pour la moitié de l'entreprise de Zachary. Soit une centaine de millions par rapport à l'interprétation de Kat quant aux éléments à inclure ou non dans les actifs matrimoniaux. Mais Zachary avait signé un contrat de mariage.

« Edgewater Investments est l'entreprise de Mr. Barron. Elle ne fait assurément pas partie de la communauté des biens, je l'ai donc exclue des actifs patrimoniaux devant faire l'objet du partage. » Elle déplaça son pointeur au-dessus de la case Edgewater, vers deux autres cases, à savoir les deux sociétés holding. L'une avait été créée par Zachary Barron, l'autre par son père, Nathan Barron.

« C'est faux. Ma cliente a le droit à la moitié de l'entreprise. »

« Si c'est le cas, nous devrions appliquer la même logique pour l'entreprise de Mme. Barron. »

« Pure hypothèse, » interrompit-il. « Elle ne gère aucune entreprise. »

En fait, son business, c'était le mariage. Et son couple numéro trois était sur le point de voler en éclats. « En êtes-vous sûr » demanda Kat.

« Bien sûr que j'en suis certain ! » Whitehall s'extirpa brusquement de sa chaise et se dirigea vers elle. « Et c'est moi qui pose les questions, par vous. »

« Vous devriez vraiment échanger avec votre cliente. Selon mes informations, elle dispose de placements conséquents et de revenus confortables. Elle ne vous en a rien dit ? »

Whitehall recula, visiblement surpris. Il jeta un regard furieux vers Victoria Barron. Elle écarquilla les yeux et ouvrit la bouche, formant un *O botoxé* parfait.

Kat bascula sur un autre organigramme et passa en revue les détails des investissements fructueux de Victoria Barron dans le domaine du vin et de l'immobilier, des contrats juteux liés à son reality show dédié à la chirurgie esthétique et du deal qu'elle avait récemment conclu avec une société de cosmétiques dans le cadre de la sortie d'un parfum. Elle avait bien dissimulé tout ça et transférait les bénéfices vers des sociétés offshore basées dans les Îles Caïman. Mais entre les mains d'un bon juricomptable, les feuilles de calcul sont une arme redoutable.

« Ce ne sont pas des investissements, » se moqua Whitehall. « Il s'agit de biens personnels. »

Kat regarda en direction de Victoria. Ses épaules parfaitement sculptées s'affaissèrent et elle ferma momentanément les yeux. « Quelques bouteilles de vin, peut-être. Elle a réalisé un bénéfice de deux cent mille dollars l'an dernier rien qu'avec ses placements dans le secteur vinicole. Et pour le portefeuille immobilier, on parle d'un bénéfice à huit chiffres. Un hobby sûrement. » Son analyse avait quelque peu dissipé le mythe de la femme au foyer dépendante de son mari — à présent, c'était au juge de décider.

« Difficile de comparer cela à quelques centaines de millions. » Le ton de Whitehall était plat et sentait la défaite.

« Que nous cache-t-elle encore ? » Kat se tourna en souriant vers le juge, mais ce dernier baissait la tête, occupé à lire le journal que Kat avait remarqué quelque temps auparavant. Il le cachait sous un dossier sur le côté de son bureau.

Whitehall rougit en se dirigeant vers son siège sans prononcer un seul mot. Il avait improvisé, en pensant probablement qu'il ne serait jamais remis en question. Mal préparé. Elle l'avait eu et il le savait.

« Cela ne représente que l'une des multiples ventes qu'elle a réalisées l'an dernier. Elle ne vous l'avait pas dit ? »

« De rouge, son visage devint pourpre. Même à plus de cinq

mètres de lui, Kat vit ses phalanges blanchir alors qu'il les enfonçait dans la table en chêne patiné.

Silence.

« Pourquoi ne pas le lui demander vous-même ? » dit Kat en pointant dans sa direction avec son crayon. « Comme vous pouvez le constater, c'est plutôt elle qui doit de l'argent à Mr. Barron et non pas l'inverse. »

Pas de réponse.

Zachary s'agitait.

Le visage de Kat rougit. Était-elle allée trop loin ?

« Pas question, Melle Carter. Vos chiffres sont faux. »

Kat prit une grande inspiration et afficha son dernier organigramme. Elle était sur le point d'expliquer pour quelle raison Whitehall avait tort lorsque la porte de la salle d'audience s'ouvrit brusquement dans un grand fracas. Elle leva les yeux, surprise.

« Kat ! »

Oncle Harry se tenait à l'entrée de la porte et agitait ses clés.

« Il faut que tu m'aides ! J'ai perdu la Lincoln. »

Oncle Harry, qui avait une nouvelle fois oublié l'accident.

Kat se dirigea vers Harry pour le faire assoir. Les juges se montraient imprévisibles. C'était précisément le genre de chose qui pouvait compromettre les chances de son client.

Oncle Harry leva les mains en l'air de façon exagérée, mais soudain s'affala dans un siège au deuxième rang. Elle espérait qu'il reste calme au moins pour quelques minutes.

« Un de vos amis ? » dit Whitehall en levant les sourcils.

Kat l'ignora.

La voix d'Oncle Harry se fit une nouvelle fois entendre, accentuée par l'acoustique de la salle.

« Saleté de sociétés de remorquage ! Pourquoi elles ne laissent pas un mot ou un numéro de téléphone au moins ? »

Le juge fit signe à l'huissier qui se tenait au fond de la salle d'audience.

« Votre Honneur, je suis désolée. Donnez-moi juste une minute. » Si elle n'avait pas déjà tout foutu en l'air, cette fois-ci c'était fait. Elle se dirigea tout droit vers Harry aussi vite que possible.

« Où, Oncle Harry ? Sur le trottoir ? » Kat soupira en caressant son bras. « Encore dix minutes. Ensuite, on cherchera ta voiture. » La Lincoln était sagement garée dans le garage de Harry. Elle avait débranché le dispositif d'ouverture de la porte de garage à titre de précaution supplémentaire car il refusait de se séparer de ses clés de voiture.

« Ils pourraient au moins m'appeler. » Il fit la moue en croisant les bras.

Whitehall se tourna face au juge. « Votre Honneur, devons-nous vraiment supporter cela ? »

« Non Maître, je ne pense pas. »

Whitehall exulta.

Kat retourna s'asseoir dans le box des témoins. Elle jeta un regard vers Victoria Barron, qui souriait dans son miroir de poche, vérifiant son maquillage.

Le sourire de Victoria s'effaça lorsque le juge prit la parole.

« Le tribunal valide le montant de trois millions d'euros d'actifs matrimoniaux à diviser de manière égale. Contestation rejetée. »

Zachary Barron ferma brusquement son dossier et se redressa, soudainement très attentif. Comme si quelqu'un avait appuyé sur l'interrupteur.

Kat aurait dû se sentir bien, mais les divorces lui donnaient toujours le blues. Comment deux personnes pouvaient-elles tomber amoureuses, puis se détester en seulement trois ans ? L'argent faisait ressortir le pire chez les gens. Ils pouvaient mourir, mentir voire même tuer pour lui. Elle en avait été le témoin à maintes reprises dans le cadre de son travail.

C'est pour cela qu'elle ne se marierait jamais. Même pas à Jace, malgré la demande qu'il lui avait faite. Ils avaient eu des échanges houleux sur le sujet et avaient même rompu à cause de cela il y a deux ans. Ils s'étaient mis en couple à nouveau l'année dernière pour essayer et elle ne voulait pas tout gâcher en se mariant.

Elle glissa son dossier dans sa sacoche et fila droit vers Harry.

« Sortons. » Elle prit son oncle par le bras et le dirigea vers le hall pour sortir. C'était la deuxième fois aujourd'hui qu'Harry s'imaginait avoir perdu son Lincoln. « Once Harry — il serait peut-être temps que tu — »

Harry leva le bras en signe de protestation.

« Tu veux bien arrêter, Kat ? Bon sang, j'ai le droit de conduire. Je conduis bien mieux que tous ces idiots sur la route. C'est eux le problème. »

« Conduire, c'est un privilège et un confort. Mais en vieillissant, parfois il vaut mieux — »

« N'utilisez pas ce ton avec moi jeune fille ! Je suis peut-être vieux mais je ne me laisserai pas traiter avec condescendance ! »

La voix montante d'Harry fit écho dans le hall caverneux en marbre. Quelques avocats, plaignants et autres se retournèrent pour les dévisager, la plupart affichant un regard suspect.

« Ne te fâche pas, Oncle Harry. C'est simplement parce que je m'inquiète pour toi. »

« Je sais. » Sa voix était cassée. « Mais c'est frustrant. Qu'est-ce qu'il m'arrive, Kat ? »

Harry passa la main sur son crâne chauve.

« Tout va bien, Oncle Harry. » Kat lui toucha le bras. « Tu es très occupé. Il nous arrive tous d'oublier parfois. »

La crise cardiaque soudaine de Tante juste après l'affaire des mines de diamant de Liberty avait salement touché Harry. Le Dr. McAdam pensait que le stress post-traumatique avait accéléré la dégradation de sa santé mentale. Kat était la seule famille vers laquelle il pouvait se tourner à présent. Kat avait également peur de la prochaine étape du parcours d'Oncle Harry vers la démence.

« C'est plus simple de prendre le bus. Pas de souci de voiture ou de ticket de parking. » Kat lui caressa la main. « Je te conduirai là où tu voudras. »

« Toi ? Je te rappelle que ta voiture a atterri dans le Fraser l'an dernier. » Harry retira sa main. « Non merci. »

Sa mémoire à long terme était remarquablement intacte.

« Kat — attendez. »

Kat se retourna. Zachary Barron émergea de la foule et se dirigea vers elle. Les gens se rangèrent sur le côté, lui ouvrant la voie comme s'il s'agissait d'un membre de la famille royale.

Un homme élégant dans un costume Ermenegildo Zegna qui respirait le succès et le pouvoir à plein nez. Le parcours du combattant que Kat venait de vivre bras dessus bras dessous avec Harry une minute plus tôt l'avait épuisée car elle avait dû jouer des coudes pour se frayer un chemin dans la foule.

Zachary ne pouvait être furieux au sujet du jugement. Quoique ? Faites économiser une centaine de millions à un client et il trouvera toujours quelque chose à en redire. Il n'avait même pas vu sa facture encore.

« Kat ? Il faut que nous parlions. »

« Bien sûr. Vous réalisez que nous avons obtenu un très bon résultat. C'est dur de — ».

« Il ne s'agit pas du divorce. » Il jeta un œil autour de lui pour s'assurer que personne n'écoutait, puis il se rapprocha. « Vous gérez les affaires de fraude, n'est-ce pas ? »

« Oui, tout à fait. » La fraude des entreprises et le divorce représentaient une grande partie de son activité en tant que juricomptable. Mais Harry était agité ; elle devait le calmer et lui faire oublier sa Lincoln.

Harry. Kat se retourna, mais il avait disparu. La foule du déjeuner avait englouti les pas de son oncle. Ses yeux sondèrent la marée humaine, un puzzle *Où est Waldo ?* grandeur nature. Rien. Une vague de panique s'abattit sur elle. Comme retrouver un petit octogénaire chauve dans tout ce monde ?

Elle l'aperçut du coin de l'œil. Des cheveux gris, un imper beige. Harry — ou tout du moins quelqu'un qui ressemblait à Harry — disparut derrière un pilier.

« Zachary — puis-je vous appeler plus tard dans l'après-midi ? Je dois régler une affaire. »

Elle appuya sur une touche de numérotation rapide de son portable pour tenter de joindre Oncle Harry et le récupérer. Même s'il avait son téléphone, il ne répondrait certainement pas, mais ça valait le coup d'essayer.

« C'est urgent, » répondit Zachary. « Je passerai à votre bureau cet après-midi. À quatorze heures. »

C'était plus un ordre qu'une question. Kat leva les yeux de son téléphone pour protester, mais Zachary Barron était déjà parti.

CHAPITRE 5

Kat et Harry picoraient les restes du chinois à emporter qu'elle avait commandé après avoir retrouvé Harry sur les marches du tribunal deux heures auparavant. La nourriture semblait calmer son estomac et elle appréciait de retrouver Carter & Associates après l'épopée de la matinée au tribunal. Les murs de brique centenaires de son bureau ne supporteraient pas un tremblement de terre, mais aujourd'hui, ils faisaient figure de véritable forteresse. Elle se sentait à l'aise dans ce quartier sommaire et ces meubles rustiques, tout particulièrement après avoir retrouvé son oncle sain et sauf.

« Elle est revenue, Kat. C'est comme si elle n'était jamais partie. » Les yeux de Harry brillaient quand il parlait.

Le retour d'Hillary faisait partie des hallucinations d'Harry dont Kat se serait volontiers passée.

Elle frissonna en se remémorant sa première semaine chez les Denton. Elle était rentrée de l'école et avait trouvé Hillary près de la cheminée, souriante. Elle se tenait face au feu crépitant, les photos de Kat à la main, tandis qu'elle faisait signe à Kat de l'autre main. Puis, elle les jeta dans le feu, une à une. Les photos de sa mère, disparues pour toujours. Tout ce qui lui restait, c'était des souvenirs, mais ceux-ci s'effaçaient au fil des années.

« Vraiment ? » Kat joua le jeu. Malgré ce qu'elle ressentait, le fait de rappeler à Harry que rien n'était vrai ne faisait que lui causer de l'angoisse. Personne ne veut s'entendre dire qu'il perd la mémoire.

« Oui, c'est super hein ? »

Kat lui tendit une autre perche. « Quand est-elle revenue ? »

« Il y a quelque temps. Elle revient à la maison. J'aimerais tellement qu'Elsie soit là pour la voir. Elle serait tellement fière. »

Harry occupait le bureau, tandis que Kat était assise sur le canapé, jambes croisées, plus détendue après le rush de la matinée. Elle avait mis un tapis de course dans la réserve pour pouvoir continuer à s'entraîner tout en gardant un œil sur son oncle.

« Fière ? » Fière que sa fille ose se montrer après ce qu'elle avait fait ?

« Elle a un nouveau travail. »

« Quel genre de travail ? » Hillary n'avait jamais travaillé de sa vie. Sauf si on compte les fois où elle avait triché et manipulé les gens pour leur soutirer de l'argent. Elle avait convaincu Harry et Elsie de lui prêter toute leur épargne retraite, en promettant de les rembourser. Ils n'en avaient plus jamais entendu parler. Il y a des choses qu'il vaut mieux oublier.

« Je ne me rappelle plus. Mais c'est quelque chose de très important. »

« J'en suis sûre, » répondit Kat. Si ce n'était pas le cas, Hillary aurait vite fait d'embellir les choses, voire de tout inventer.

« Et elle meurt d'impatience de te revoir. »

Kat sentit la peur l'assaillir. De la part d'Hillary, rien n'était désintéressé. Bref, c'était idiot — Hillary n'était présente que dans l'imagination d'Harry.

« Déjeuner d'affaires ? »

Kat sursauta en entendant la voix masculine. Elle n'attendait personne avant une heure.

Zachary Barron se tenait sur le seuil de la porte et l'observait. Elle prit soudain conscience de l'image qu'elle renvoyait : des cheveux auburn filandreux, la sueur séchée sur son visage après sa course folle. S'il s'approchait davantage, il sentirait l'odeur fétide de ses vêtements humides. Elle tenta d'avaler sa bouchée de Chow Mein aussi vite que possible, puis Harry vint à sa rescousse.

Harry fit le tour du bureau, d'une façon étonnamment rapide pour un homme de quatre-vingt ans.

« Je ne pense pas que nous nous soyons déjà rencontrés. Je suis Harry Denton, l'associé de Kat. »

Harry tendit sa main. Zachary la serra volontiers et prit le soin de ne pas mentionner leur rencontre plus tôt dans la journée.

Il était indiqué Carter & Associates sur la plaque de la porte du bureau, mais en réalité, Kat n'avait pas d'associé depuis l'ouverture du cabinet deux ans auparavant. Mais Oncle Harry s'inventait toujours des excuses pour venir, donc Kat avait officialisé ses fonctions.

Au moins, lorsqu'il était au bureau, elle pouvait garder un œil sur lui, un détail important d'autant qu'il ne s'intéressait plus à rien ni à personne. Ses copains de la piste de curling balayaient désormais la glace sans lui et les mauvaises herbes avaient envahi son jardin autrefois si bien entretenu.

Plus ils passaient de temps ensemble, plus elle se rendait compte à quel point sa santé mentale déclinait. Peu importe, elle aimait l'avoir au bureau et était persuadée que le contact avec les gens lui faisaient du bien.

« Hum, désolée. » Kat avala les nouilles qu'elle avait dans la bouche. Elle se leva et essaya ses mains sur son short. « Générale-ment, je – ».

« Pas besoin de vous justifier. Je vais faire vite. »

Succès rapides, mariages rapides, divorces rapides. Existait-il une autre façon de faire chez Zachary Barron ?

« Vous n'aviez pas dit quatorze heures ? »

« Je ne prends jamais vraiment rendez-vous. On peut parler ou pas ? » demanda Zachary.

CHAPITRE 6

Zachary Barron s'assit sur le bord du fauteuil en cuir, à l'opposé du bureau de Kat ; son costume et sa cravate de créateur tranchaient avec le décor « *shabby chic* » du cabinet. Il ne prêta aucune attention aux meubles et à la splendide vue qu'elle avait depuis son bureau.

Les fenêtres de Kat donnaient directement sur le port de Vancouver, un endroit spectaculaire même sous la pluie. Les quais étaient pourtant déserts. Les grands bateaux de croisière qui empruntaient l'Inside Passage vers l'Alaska étaient partis pour la saison. Les seules activités du front de mer se limitaient à quelques mouettes dodues, à la recherche de nourriture.

Zachary se pencha en avant, les coudes posés sur le bureau de Kat. « Je veux que vous enquêtiez sur mon associé. »

« Votre associé ? Mais ce n'est pas – »

La bouche de Zachary dessina une grimace. « Nathan Barron. Oui, c'est mon père. Ce n'est pas pour autant qu'il est incapable de commettre une fraude. »

« Il a créé Edgewater. » Pour s'être occupée du divorce de Zachary, Kat connaissait parfaitement la toile enchevêtrée de sociétés dérivées que le père et le fils avaient mise en place.

« Il y a vingt ans. Mais la société qu'il a créée n'a rien à voir avec ce qu'est Edgewater aujourd'hui. À l'époque, il ne s'agissait que de petites transactions, souvent quelques restes que ses copains d'université lui laissaient. Et l'activité s'essoufflait. »

« Qu'est-ce qui a changé ? »

« Il y a dix ans, j'ai intégré la société. J'ai fait d'Edgewater ce qu'elle est aujourd'hui. »

En tout cas, il n'était pas modeste. « Comment ça ? »

Zachary se pencha en arrière et redressa sa cravate. « C'est le modèle de négoce exclusif que j'ai mis en place qui a hissé Edgewater au second rang des fonds spéculatifs les plus importants au monde. Les résultats financiers sont la preuve de notre réussite, mais où est passé l'argent ? J'ai eu du mal à boucler une transaction la semaine dernière. La banque m'a dit que nous n'avions pas suffisamment de fonds. Comment est-ce possible ? »

« Il s'agissait peut-être juste d'un problème de timing ? »

« Certainement pas. Pour un fonds de couverture de plusieurs milliards de dollars, notre activité est relativement simple. Nous achetons et nous revendons des devises en nous basant sur mon modèle exclusif. Les transactions sont réglées quelques jours plus tard et les frais de courtage sont intégrés au règlement. Hormis le loyer, les salaires et les frais, nous n'avons aucune autre dépense. » Zachary tendit à Kat le dernier rapport annuel d'Edgewater.

« Nathan s'est toujours occupé des questions de back-office et je me chargeais des transactions. Je n'ai jamais mis le nez dans les dossiers administratifs avant la semaine dernière, lorsque la banque a indiqué que nous manquions de liquidités. Où va tout l'argent ? »

Kat connaissait les résultats de clôture préliminaires : ils avaient été abordés dans le cadre de la procédure de divorce Barron. Elle ouvrit le rapport à la page du compte de résultat. Elle en resta bouche bée. Elle n'avait pas encore vu les résultats finaux audités jusqu'à ce jour. « Edgewater a enregistré un bénéfice après impôt de deux milliards de dollars ? Bien plus que je ne le pensais. »

Zachary avait-il retardé la publication du rapport annuel pour favoriser l'issue de la procédure de divorce ? Qu'il l'ait fait ou non, cela avait très certainement fonctionné dans ce sens.

« C'est ce qui me préoccupe. Comment l'argent s'est-il évaporé ? Deux milliards de revenus, et tout juste quelques millions à la banque. Edgewater a dû puiser dans sa ligne de crédit. Pourquoi avons-nous si peu de liquidités alors que nos transactions portent sur des centaines de millions de dollars ? »

« Ça ne veut pas nécessairement dire qu'il y a eu fraude, Zachary. Il peut s'agir d'une mauvaise gestion. » Kat se rendit compte qu'Oncle Harry faisait les cent pas à l'extérieur de son bureau. Il allait et venait, le front plissé en un froncement de sourcils.

« C'est censé me rassurer ? »

« Non, mais nous devons envisager toutes les possibilités. En tout cas, je vais vérifier. Vous en avez besoin pour quand ? » Kat espérait disposer d'un peu de temps. Elle jeta un œil dans le couloir. Elle devait trouver une diversion pour Harry, tout de suite.

« Hier. Sans cash, Edgewater ne peut pas fonctionner plus de quelques jours. »

« En avez-vous parlé à Nathan ? » Kat savait que les relations étaient tendues entre le père et le fils depuis le divorce de Zachary. La valorisation qu'elle avait faite d'Edgewater Investments se basait sur un partenariat à 50/50. Mais Nathan n'était pas d'accord et envisageait même d'initier une procédure judiciaire à l'encontre de son fils.

« Non. Je veux que vous fassiez des recherches avant de lui parler. Je souhaite disposer de tous les éléments. »

« OK, pas de souci. Qu'en est-il des pertes d'investissement ? Elles peuvent également expliquer le manque de liquidités. » Kat tordit son cou vers le hall juste au moment où Harry disparaissait une nouvelle fois.

« Impossible. Nous avons eu une année exceptionnelle. Au moins trois coups d'éclat et des résultats à deux chiffres. Nous devrions crouler sous le cash. Au lieu de cela, nous sommes pratiquement à découvert. Je ne m'occupe pas des opérations au quotidien – c'est Nathan qui s'en charge – mais côté transactions, je sais exactement ce sur quoi j'ai parié et quel est le pourcentage de résultat. »

« Et les rachats ? Si de gros investisseurs retirent leur mise, vous pouvez vous trouver à court de liquidités. » Oncle Harry avait regagné le bureau et se saisit de son chéquier. Elle aurait dû savoir. Il essayait de faire ses comptes depuis des semaines et avait refusé toute aide.

Zachary la fusilla du regard. « Non, c'est exactement le contraire qui se produit. Les investisseurs se battent pour intégrer notre fonds. D'ailleurs, les nouveaux investissements sont plus de deux fois supérieurs aux rachats. Le fonds Evergreen a enregistré des résultats exceptionnels – tout ça grâce à mon modèle de négoce. Notre retour sur investissement est bien meilleur que celui de nos concurrents. »

Oncle Harry scruta anxieusement le cadre de la porte.

« Oncle Harry ? Tout va bien ? »

« Euh, oui. » Harry jeta un œil à sa montre puis disparut à nouveau dans le couloir.

Kat se retourna vers Zachary. « Je dois avoir accès à votre bureau et à tous les dossiers financiers, les fichiers de paie d'Edgewater – et tout ce qui touche aux paiements ou aux encaissements. Et aussi accès au système de comptabilité. » Elle vérifia l'heure. Il était un peu plus de quinze heures. « Je peux commencer ce soir. »

« Parfait. Je serai au bureau jusqu'à environ vingt-deux heures. Nathan est encore je ne sais où, donc venez dès que vous pouvez. » lança Zachary. « Je dois y aller. »

« Avant que vous ne partiez – dites-moi, pourquoi pensez-vous qu'une fraude a été commise ? Nathan a créé Edgewater. Pourquoi volerait-il la société ? »

« Sinon, pourquoi l'argent disparaîtrait-il ? Nathan est un voleur. » lâcha Zachary.

Apparemment, ils n'étaient pas en bons termes. Comment le père et le fils parvenaient-ils à travailler ensemble tous les jours ? Conflit récent ou rancune de longue date ?

« Vous avez la preuve de ce que vous avancez ? » dit Kat en s'adossant au fond de son fauteuil, tout en étudiant Zachary. Les juricomptables étaient un peu comme des psychothérapeutes financiers. Son analyse reposait sur des questions ouvertes. Quand les gens parlaient librement, ils en disaient toujours plus.

« Mais vous trouverez. J'en suis sûr. »

« S'il y a réellement fraude, pourquoi aujourd'hui, tout d'un coup ? Pourquoi pas il y a cinq ou dix ans ? »

« Plus je réussis, plus il éprouve du ressentiment à mon égard. Ça ne peut pas être juste l'argent. Il a tout ce dont il a besoin. On ne peut même pas dépenser tout l'argent que nous engrangeons. »

Harry était de retour. Seulement, cette fois, il n'attendit pas dans le hall. « Kat – désolé de t'interrompre. Il faut que tu m'aides. Nous devons aller à la banque avant qu'elle ne ferme. J'ai besoin d'un prêt. »

« Oncle Harry, donne-moi juste une minute. » Kat se sentait mal de demander à Harry de patienter mais un de ses clients se tenait en face d'elle. Elle se tourna à nouveau vers Zachary. « Si Nathan vole la société, c'est peut-être sa façon de régler ses comptes avec vous. Comme vous dites, les milliardaires comme lui n'ont pas besoin d'argent. »

« Il pourrait être reconnaissant ! Le fonds s'est développé de façon incroyable depuis que j'ai rejoint Edgewater. Mon modèle de négoce exclusif attire les gagnants et notre performance est meilleure que celle de n'importe qui. Il récolte les fruits sans aucun effort. »

« Votre modèle, qu'a-t-il de si spécial ? Pourquoi ne peut-il pas gérer la société sans vous ? »

« La spéculation monétaire nécessite une analyse financière mais fait également appel à l'intuition. Mon modèle exploite les chiffres – le PIB, la dette publique, les taux d'intérêt et autres données économiques. Ensuite, il utilise la théorie des jeux pour évaluer toutes les possibilités. »

« La théorie des jeux ? » Kat se rappelait du modèle mathématique qu'elle avait appris à l'école. Les joueurs se faisaient concurrence ou coopéraient pour maximiser leurs propres gains.

« En d'autres termes, cela signifie que tout le monde recherche son propre gain, même aux dépens des autres. »

« Je sais ce que ça veut dire, Zachary. » Kat lutta pour qu'il ne remarque pas son agacement. « Ma question était de savoir de quelle manière elle s'intègre à votre modèle. »

« Vous n'avez pas besoin de comprendre les détails. » Zachary rejeta sa demande d'un geste de la main. « Mon modèle détermine la probabilité qu'un évènement se produise ou non, en fonction de ce que cela peut rapporter aux joueurs impliqués. Ensuite, je lance mon pari et je m'accapare le marché. Notre fonds est tellement important que ma seule mise influence la devise. Mais, le vrai succès, c'est lorsque les traders nous suivent, pensant qu'il s'agit d'une transaction sûre. On parle alors de prophétie auto-réalisatrice et Edgewater gagne encore plus d'argent. Les autres traders peuvent toujours marquer des points à condition de sortir avant que je ne vende ma position. Puis, les chances s'inversent. »

« Vous manipulez les devises. »

« Pas du tout. Je prends juste une position. Une position de couverture, certes. Mais je ne suis pas un porte-drapeau ; les autres spéculateurs ne sont pas obligés de me suivre aveuglément. S'ils le font, cela ne signifie pas forcément que je les manipule. »

« Mais la plupart de ces suiveurs perdront de l'argent. C'est une patate chaude, les gros joueurs ou les initiés récoltent les bénéfices au détriment de ceux qui achètent lorsqu'ils sont prêts à vendre. Celui qui arrive en retard en pâtit. Est-ce c'est équitable ? » Zachary et son père étaient tous deux milliardaires de plein droit. Ils possédaient plus d'argent que quatre-vingt-dix-neuf pourcent de la population mondiale. De quoi d'autre avaient-ils donc besoin ?

« Il n'y a aucune victime. Ils savent que mon objectif est de faire des bénéfices. »

« Oui, mais en affaiblissant les devises. »

« Nous vivons dans un monde libre, Kat. Libre choix, libre arbitre. »

« Et ensuite le gouvernement intervient ? »

« En théorie. Ils achètent leur devise pour la soutenir. Mais ils ne peuvent pas réellement la contrôler – ce sont les marchés de change qui le font. Ces derniers négocient environ quatre trillions de dollars par jour – généralement gérés par des spéculateurs comme moi. Les réserves gouvernementales représentent moins du dixième de ce montant. »

« Énorme, » acquiesça Kat. « Donc, vous pariez par exemple sur la chute du dollar américain. Que se passe-t-il ensuite ? »

« Toutes les devises se négocient en paires de devises. Disons que je parie contre le dollar américain. Je le vends et, au même moment, j'achète une autre devise – ou je parie qu'elle va remonter. Admettons qu'il s'agisse de l'euro. Le dollar américain va perdre de la valeur parce que j'ai vendu plus que ce que les autres n'achètent. L'euro va s'apprécier par rapport au dollar américain simplement parce que j'ai acheté une position importante dans cette devise. »

« L'offre et la demande, » répondit Kat. « Un jeu exclusif auquel seules quelques personnes peuvent prendre part. »

« Tout le monde peut jouer. »

« Uniquement ceux qui ont suffisamment d'argent. Il faut disposer d'une somme conséquente pour faire bouger le marché. Les plus petits joueurs ne peuvent être que des suiveurs. »

« Techniquement, oui. Mais les personnes qui me suivent peuvent gagner beaucoup d'argent. »

« Si elles sont dans les temps. »

« Bien sûr. C'est le timing qui fait tout. Sinon, ils peuvent simplement investir dans le fonds spéculatif Edgewater. »

« Mais l'investissement minimum n'est-il pas de 500 000 dollars ? C'est beaucoup pour la plupart des investisseurs. »

« Peut-être. » Zachary se leva. « Je n'ai pas le temps de me faire du souci pour les autres. Je me concentre sur ce que je fais de mieux – gagner de l'argent. »

« Êtes-vous certain de ne pas vouloir parler à Nathan avant toute chose ? Il y a peut-être une explication logique. »

« Pas question – il n'est jamais là. Il est certainement parti en mer avec son voilier ou à un safari en Afrique. Il ne me dit pas où et quand il part. »

Zachary préférait vraisemblablement que ça se passe comme ça. Il gérait l'activité sans être trop dérangé par son père. La plupart des cas de fraude étaient passés sous silence. Personne ne voulait prendre la responsabilité d'un vol alors qu'il était aux commandes de l'entreprise et, à moins que cela n'impacte sérieusement l'activité et les bénéfices des actionnaires, en général la direction obligeait l'auteur des faits à démissionner discrètement. Les représailles étaient rares : dans la plupart des cas, l'argent avait déjà été dépensé.

Kat inscrit quelques notes sur son bloc. « Et si vos soupçons se confirment et que je découvre qu'il y a bien eu fraude ? Que fait-on ensuite ? »

« Je le détruirai. »

CHAPITRE 7

Kat et Harry patientaient dans le petit bureau sans fenêtre pendant que la directrice de la banque récupérait le dossier d'Harry. Une boîte de réception pleine de dossiers et de documents retenus par un trombone trônait sur le côté gauche du vieux bureau en bois. À côté, une plaque en laiton indiquait *Anita Boehmer*. Plusieurs diplômes et le dessin d'un enfant étaient accrochés à l'unique mur de la pièce. Trois séparations en verre dotées de stores vénitiens à moitié ouverts encerclaient le reste du bureau.

Pas étonnant qu'Harry soit si inquiet. Selon ses relevés bancaires, il était complètement à sec. Kat pointa le doigt sur une transaction qui figurait au milieu de la page. « Il est indiqué ici que tu as déjà contracté un prêt. »

« Ah bon ? Laisse-moi voir ça. » Harry plaça son doigt à côté de celui de Kat. « Dix mille dollars ? Il doit y avoir une erreur. »

Kat pensait la même chose. Oncle Harry était économe à outrance. Il faisait ses emplettes dans les friperies, réutilisait le film de cellophane et portait la même paire de chaussures ressemelées depuis des lustres.

Elle vérifia le reste du relevé. Un certain nombre de chèques d'un montant avoisinant les mille dollars y figuraient également.

Elle passa à la liste des chèques annulés. Ils étaient tous libellés au porteur. Son pouls s'accéléra. Cela ne ressemblait pas du tout à Harry.

Anita Boehmer revint, quelques chemises à la main. Elle les posa sur la table et regarda Harry en souriant. Elle s'assit dans son fauteuil à haut dossier derrière le bureau. « Je vois quel est le problème. »

« Moi aussi. » Harry croisa les bras. « Vos relevés sont faux. Je n'ai contracté aucun prêt. »

« J'ai bien peur que si, Mr. Denton. Je m'en rappelle, car j'ai donné mon approbation. Le mois dernier. Vous avez indiqué que vous aviez besoin d'argent pour faire des rénovations. Vous vous en souvenez ? »

« C'est impossible, » rétorqua Kat. Harry n'a jamais rien financé. Et encore moins rénové quoique ce soit.

« Voici le contrat de prêt. » La directrice de la banque le retira du dossier et le positionna devant Kat de telle façon qu'elle puisse le lire. Effectivement, il portait la signature d'Oncle en bas de page, il avait été signé il y a un mois. Harry avait vraiment contracté un prêt. Mais pourquoi ? Où allait tout cet argent ?

Kat étudia le document. *C'était* sa signature, bien que le grand y en boucle paraissait quelque peu hésitant. « C'est ta signature, Oncle Harry. Je pense que tu as oublié. »

Harry décroisa les bras et se pencha en avant pour étudier le document. « Non, ce n'est pas moi. » Sa voix monta tandis que son visage rougissait.

Elle caressa le dessus de sa main. Elle semblait fragile et tremblante à son contact. « Regarde la signature. »

« Laisse-moi regarder de plus près. » Harry lui arracha le papier. « Ça ressemble à ma signature. Mais c'est impossible. C'est certainement un faux. »

Kat soupira. Harry était paranoïaque et pensait que quelqu'un le volait. Un autre délire à mettre sur le compte d'Alzheimer. Mais sa signature figurait bel et bien sur le formulaire, à l'encre bleue. La vraie question était de savoir pourquoi il avait besoin de cet argent.

Et qu'il l'avait conduit à la banque. Elle se tourna vers Anita. « Cela ne ressemble pas du tout à Harry. Vous n'avez pensé lui demander pourquoi il faisait un prêt pour la première fois de sa vie ? »

« Katerina, je suis désolée, mais nous ne pouvons faire passer un interrogatoire à toutes les personnes qui nous demandent de l'argent. Nous leur faisons confiance, sauf en cas d'erreur manifeste. »

Elle avait raison bien sûr. L'état de démence d'Harry ne sautait pas aux yeux. Sauf après avoir parlé avec lui quelques minutes. La demande de prêt avait certainement nécessité plus de temps que cela. Anita n'avait-elle pas remarqué à quel point Harry se répétait ? De toute façon, il était trop tard pour faire quoique ce soit.

Kat se pencha à nouveau sur le relevé bancaire. Elle pointa du doigt la ligne suivante. La même somme de dix mille dollars a été transférée le jour suivant. « Anita, où cet argent a-t-il été transféré ? »

« Il a été transféré vers une autre banque. Tout ce que nous avons, c'est le nom de la banque et le numéro du compte. J'ai bien peur que vous ne deviez les contacter. Désolée. »

Kat entoura la transaction avec son stylo. Si elle pouvait identifier le destinataire, elle découvrirait rapidement le fin mot de l'histoire.

CHAPITRE 8

Kat suivit **Harry** jusqu'en haut des marches grinçantes qui menaient à sa porte d'entrée. Kat et Jace avait acheté ce vieux pavillon de l'époque Victorienne lors d'une vente après saisie l'an dernier. Les escaliers faisaient partie des nombreuses réparations qui figuraient sur leur « *to-do list* » interminable.

Les rénovations étaient bel et bien entamées mais le panneau *À vendre* n'avait, quant à lui, pas bougé. À l'origine, Kat et Jace pensaient la rénover et la revendre pour réaliser une plus-value rapide, mais ils avaient fini par s'attacher à cette maison Victorienne. C'était l'une des plus vieilles demeures dans le quartier de Queen's Park, et elle se trouvait à tout juste deux pâtés de maisons de celle d'Harry. Une situation idéale.

« Jace ? On est de retour. » Elle fit une pause pour inhaler les arômes réparateurs de basilic, d'origan et de tomate.

« Je suis là. J'espère que vous avez faim. »

Kat suivit la voix de Jace jusqu'à la cuisine. Il se tenait devant la cuisinière et mélangeait le contenu de la casserole d'où s'échappait cette merveilleuse odeur. Kat fit passer son regard de ses bras musclés vers son T-shirt noir ajusté. Même en tablier, il était sexy.

Il lui fit un clin d'œil. « Spaghettis ? »

« J'adorerais. » Elle l'embrassa, si seulement elle pouvait rester. « Tu as l'air content. »

« Je le suis. Mon histoire de fraude immobilière va faire la une dans le journal. Demain. »

« Humm, génial. Tu fais donc office de rock star au *Sentinel* désormais ? » Jace avait révélé une fraude immobilière impliquant des dizaines de propriétés haut de gamme dans le quartier chic situé à l'ouest de Vancouver. La combine consistait à utiliser des évaluations frauduleuses pour vendre les propriétés.

« Pas tout à fait. Mais je suis à nouveau dans les petits papiers de McCleary. Il pense que je peux faire une série d'articles là-dessus. » L'éditeur de Jace, un homme impitoyable, était – de réputation – difficile à contenter.

« Bonne nouvelle. » Kat jeta un œil vers Harry. Il était assis à la table de la cuisine ; sa tête s'affaissa sur sa poitrine et il se mit à ronfler.

Elle se mit à parler doucement et raconta à Jace l'histoire du prêt bancaire et des interminables recherches en quête de la Lincoln. Mais pas de son Alzheimer. Pas encore. Le dire à voix haute rendait tout cela trop réel. « Les problèmes d'Harry sont bien plus importants que ce que je ne pensais. »

« La banque ne peut pas savoir où l'argent a été transféré ? »

« Non et je ne sais pas quoi faire. C'est évident. Harry ne peut plus se gérer tout seul. D'abord l'incendie, et maintenant ça. » Elle se sentit prise à la gorge et se retourna, espérant que Jace n'avait rien remarqué. Le laisser vivre seul commençait à poser un réel souci au niveau de sa sécurité.

Il laissa tomber la cuillère sur le comptoir et passa ses bras autour de sa taille. « Il pourrait emménager ici. Nous avons plein de place. »

"Je – Je ne sais pas, Jace. Ce serait un grand changement pour toi. » Kat se libéra de son étreinte. Jace n'avait pas conscience de ce qu'il proposait, ce dans quoi il mettait les pieds. Du jour au lendemain, il se trouverait confronté au monde paranoïaque d'Harry. Un monde qui ne faisait que s'empirer à mesure que la démence gagnait du terrain, jour après jour. Jace pourrait ne pas le supporter.

« Ce n'est pas grave. De toute façon, nous sommes toujours là où se trouve Harry. » Jace tapota la cuillère contre le rebord de la casserole. « Ce serait peut-être même mieux pour nous deux. »

Kat marcha sur la pointe des pieds jusqu'à la table de la cuisine pour ne pas réveiller Oncle Harry. Elle prit soin d'éviter la zone du plancher qui craquait, mais c'était inutile. Harry se réveilla brusquement alors qu'elle tirait sur la chaise pour s'asseoir. « Endormi ? »

« Maintenant, pourquoi je serais endormi ? C'est à peine l'heure du déjeuner. » Harry se leva de sa chaise et se dirigea vers la salle de bains. « Je vais me rafraîchir. »

En fait, il était plus de dix-huit heures, mais Kat ne voulait pas le rectifier. « Je sais. J'ai déjà faim. » Harry avait déjà oublié qu'il avait passé la journée au tribunal et au bureau de Kat.

Jace apporta deux grandes assiettes de spaghettis et les posa sur la table.

« Je ne peux pas rester longtemps, Jace. Je commencer à travailler sur le dossier Edgewater ce soir. »

« Maintenant, tu travailles le soir ? Zachary Barron ne perd pas de temps, dis donc ? »

« Je pense que non. » Kat attrapa sa fourchette et enroula quelques pâtes. La portion qui remplissait son assiette aurait pu nourrir tout un régiment. « De toute façon, il faut vraiment que je m'y mette et que je découvre ce qu'il se trame. Surtout quand Nathan Barron n'est pas là. » Elle lui donna les détails au sujet du dossier Barron – les soupçons de Zachary et Edgewater Investments.

Harry sortit de la salle de bains. « Tu parles avec Jace au sujet de mon prêt bancaire ? Eh bien, la banque me vole ouvertement, tu crois ça, dix mille dollars, Jace ? Des criminels ! »

Kat leva les sourcils vers Jace, surprise de voir qu'Harry s'en souvenait. « Nous sommes allés à la banque. Ils nous ont dit qu'Harry avait contracté un prêt le mois dernier. »

« Vraiment ? » Jace lança un regard à Kat. « Vous investissez dans quoi, Harry ? L'immobilier ? »

« Je n'ai rien acheté. Ces bandits ont imité ma signature ! Tu sais quoi ? Je vais appeler la police tout de suite. » Harry attrapa le téléphone qui se trouvait dans la cuisine. « C'est quoi le numéro, Jace ? »

« Euh, Harry, et si on mangeait d'abord ? » Jace retourna jusqu'à la cuisinière et servit une autre assiette de spaghettis. Il prit place à table, en face de Kat et d'Oncle. « Nous appellerons la police après le dîner. »

« Mmmm, c'est très bon, Jace. » Kat n'avait pas réalisé à quel point elle avait faim. Harry ne se rappellerait plus qu'il voulait appeler la police d'ici quelques minutes. Mais cela ne réglait le problème : qui avait bien pu mettre le prêt en place. Harry ne pouvait pas se rendre lui-même à la banque car il devait se faire accompagner en voiture. De toute façon, il ne quittait plus la maison que très rarement. Il n'est jamais allé nulle part ailleurs tout seul, sauf éventuellement au supermarché ou au café. Il y avait peut-être rencontré quelqu'un ?

« J'ai démantelé un réseau de fraude, Harry. Ça fait la une demain. » Jace sourit. « Ils achetaient des maisons et falsifiaient les évaluations immobilières pour gonfler la valeur des propriétés. Ils contractaient des prêts très importants pour les maisons, puis ils disparaissaient avec l'argent. »

Kat dessina une ligne horizontale sur son cou, faisant mine de se trancher la gorge. Prêt, un mot de quatre lettres.

Le sourire de Jace disparut de son visage et sa bouche se transforma en un *désolé*. Mais il continua quand même. « Ils ont laissé les banques saisir les actifs. J'ai retrouvé une vingtaine de propriétés haut de gamme dans le quartier ouest. Avant que je ne découvre le pot-aux-roses, la police n'en avait même pas entendu parler. »

« Humm, » dit Harry en enroulant des pâtes autour de sa fourchette. « Tu sais, je suis un peu barbouillé. Je crois que j'ai assez mangé. »

« Mange, Oncle Harry. » Kat dévisagea son oncle. Pas étonnant qu'il ne se sente pas bien – il n'avait presque rien mangé. Il avait les traits tirés et il était tout pâle ; cette récente grippe l'avait vraiment affaibli. Il fallait qu'il reprenne des forces.

« D'accord. »

Ils terminèrent leur assiette en silence. Malgré sa profession, Kat avait toujours pensé que l'argent était à l'origine de tous les maux, ou la plupart d'entre eux, tout au moins. C'était vrai, une fois de plus.

« Je suis tellement content d'avoir bouclé ce dossier. » Jace posa sa fourchette et consulta sa montre. « Je peux enfin me détendre. Hey, le match de hockey est commencé. Vous voulez regarder le match, Harry ? »

« Et admirer un tas de millionnaires insouciants courir derrière une rondelle ? Très peu pour moi. »

CHAPITRE 9

Kat suivit Zachary alors qu'il ouvrait les lourdes portes en bois qui donnaient sur le bureau de Nathan. Elle avait prévu de passer après les heures d'ouverture de bureau pour ne pas éveiller les soupçons des employés d'Edgewater.

Un énorme bureau en acajou richement sculpté dominait le centre de la pièce. À gauche, une bibliothèque encastrée débordait d'ouvrages à reliure en cuir et d'éditions cartonnées plus récentes. À l'angle droit, un canapé et une chaise en cuir brun foncé se tenaient face à une table où trônait un jeu d'échecs en albâtre. Des photos, soulignées par de lourds cadres en bois, ornaient le mur çà et là. Au niveau des fenêtres, des rideaux de damas partiellement fermés.

Bien qu'elle se trouve au vingtième étage d'un immeuble, Kat se laissa aller à l'étude d'une photographie du dix-neuvième siècle qui représentait une propriété rurale. L'air charriait un léger parfum de cigare. Même en la présence de Zachary, elle se sentait mal à l'aise, comme si elle avait pénétré dans l'antre d'un chasseur. Un chasseur qui pouvait surgir à tout moment.

Kat sentait ses chaussures s'enfoncer dans l'épais tapis berbère à mesure qu'elle s'approchait pour étudier les photos de plus près. Nathan Barron était sur chacune d'entre elles. Divers endroits, diverses poses mais toutes montraient Nathan avec l'une de ses dernières prises. La plupart du temps des ours, des lions ou autres gros félins. Un prédateur parmi les prédateurs.

Kat glissa son regard vers le bas du mur jusqu'à la dernière photo qui, à en juger par le cadre, était la plus récente. Un homme trapu d'une soixantaine d'années se tenait à côté d'un hippopotame.

Torse nu, portant juste un pantalon kaki et un fusil en bandoulière. Il arborait un large sourire qui laissait entendre *je suis au sommet de la chaîne alimentaire*. Kat en eut des frissons.

« L'année dernière. C'est la réserve du Selous, en Andalousie. Tuer des hippopotames, c'est considéré comme du braconnage. Mais il s'en fiche. »

Kat sursauta en entendant la voix de Zachary, puis se ressaisit. « On peut quand même se poser la question. Pourquoi un milliardaire volerait sa propre entreprise ? Il n'a pas besoin de le faire. »

« Simple. Nathan est un vrai salaud. Edgewater m'appartient à cinquante pourcent. S'il paye via Edgewater, il obtient une remise de cinquante pourcent. »

« Au risque d'aller en prison ? » Kat n'achetait pas cette explication. Il y avait plus que l'argent derrière la fraude. « Pourquoi ? Il a déjà plus d'argent qu'il ne peut en dépenser durant sa vie entière. »

Kat s'assit dans le fauteuil de Nathan Barron pour tenter de cerner l'homme qu'elle n'avait encore jamais rencontré. Le bureau était exempt de tout objet, à l'exception d'une boîte de réception vide et d'un téléphone. Il ne ressemblait pas à celui de Zachary, où des piles de papier et trois écrans d'ordinateur rivalisaient pour attirer l'attention.

Kat ouvrit le tiroir qui se trouvait sur le côté du bureau. Elle extrait une épaisse pile de papiers d'une chemise. Elle étudia le document du dessus, une feuille de calcul. Une série de chiffres étaient additionnés et soustraits dans chacune des douze colonnes que comptait le document.

Elle feuilleta les pages suivantes. Elles avaient le même format, seuls les entêtes et les chiffres étaient différents. « Qu'est-ce que c'est ? »

« Je ne sais pas, » répondit Zachary. « Hier, c'était la première fois que je mettais les pieds ici. Il ferme toujours son bureau à clé. »

« Vous n'avez pas de passe ? » Elle trouvait curieux que Zachary, en tant que cogérant, n'ait pas la clé de tous les bureaux. Elle prêta à nouveau attention à la première feuille de calcul. Chaque entête de colonne comportait des initiales et des nombres. Il s'agissait d'une sorte de code. Si oui, il avait été crypté pour une raison quelconque. Qu'est-ce que Nathan Barron avait donc à cacher ?

Zachary secoua la tête. « Nathan a fait faire une clé spéciale pour son bureau. J'ai fait venir un serrurier hier pour faire une clé. »

Kat mit la feuille de calcul de côté. Elle était arrivée chez Edgewater pratiquement deux heures auparavant. Avant de fouiller le bureau de Nathan, elle avait vérifié tous les chèques émis par Edgewater Investments elle-même et par son fonds spéculatif, Evergreen. Ça lui avait paru bizarre, car beaucoup portaient la signature de Victoria – elle avait seulement quitté le Service Comptabilité de la société lors de sa séparation officielle avec Zachary. Mis à part les paiements habituels, comme le loyer, les fournitures de bureau et la paie, Kat remarqua des factures importantes et des chèques annulés concernant les recherches en placement. Elle prit le dossier contenant les documents dans sa serviette et les tendit à Zachary. « Que savez-vous au sujet de ceci ? »

Zachary s'assit au bureau de son père et ouvrit le dossier. Il feuilleta les premières pages « Research Analytics ? Jamais entendu parler. »

« Vous devriez savoir, non ? »

Zachary leva son regard des factures, clairement déconcerté « Pourquoi est-ce que je devrais ? »

« Ce sont les plus grosses dépenses d'Edgewater, » expliqua Kat. « Ils fournissent des services d'analyse et de recherche sur les devises, votre domaine de spécialisation. Ce nom ne vous est pas familier ? »

« Vous avez raison. Mais je ne les connais pas. » Zachary déverrouilla le tiroir du bas du bureau de Nathan et jeta un œil aux dossiers.

« Je peux ? » Kat prit la place de Zachary et alluma l'ordinateur de Nathan. Elle inséra un disque dur portable sur le côté de l'ordinateur et cliqua sur la souris pour commencer à copier les dossiers de Nathan. Tandis qu'elle attendait que la copie soit terminée, elle tira les dossiers un à un de son bureau, à la recherche d'autres indices. Hormis ses dossiers et des fournitures de bureau, les tiroirs contenaient quelques cartes de crédit et des pièces de monnaie. Elle n'avait pas trop d'espoir – Nathan ne passait que très peu de temps au bureau. Cela voulait dire que son ordinateur ne contenait pas grand-chose.

Après avoir copié les dossiers de Nathan sur son disque dur, elle cliqua sur quelques-uns d'entre eux pour les ouvrir un à un. Rien d'important ne lui sauta aux yeux, tout juste quelques courriers marketing au sujet de la performance du fonds d'Edgewater.

Zachary se tenait derrière le fauteuil quand elle ferma le dernier dossier. « Rien ? »

« Rien. Mais il y a encore un endroit où je voudrais vérifier. » Elle ouvrit la boîte e-mail de Nathan et jeta un œil à sa liste de contacts. Des centaines de noms s'affichèrent, un contraste saisissant au vu du peu de dossiers que contenait son ordinateur. Elle fit défiler la liste, qui comptait des milliardaires philanthropes, des membres de la royauté et des chefs d'État. Nathan évoluait dans un cercle restreint.

Tout en bas de la liste, quelque chose attira son attention. Un listing groupe figurant à la lettre *W* indiquait *World Institute*.

« Zachary, qu'est-ce que le World Institute ? »

Il se pencha plus prêt et fixa ses yeux sur l'écran. « World quoi ? »

Elle cliqua pour ouvrir l'entrée ; une liste de noms s'afficha alors. « Ce listing groupe World Institute – ça vous dit quelque chose ? »

« Je ne suis pas sûr… Je crois que c'est une sorte de *think tank* mondial dont fait partie Nathan. »

« Que font-ils exactement ? » Elle passa la liste en revue. Des chefs d'État, anciens et actuels. Le responsable du Fonds Monétaire

International – ainsi que les membres d'au moins deux familles royales.

« Quelque chose à voir avec la théorie des devises, je pense. Nathan a dû le mentionner une fois ou deux, lorsque nous nous parlions encore. »

« La théorie des devises – ça ne vous intéressait pas ? » Pourquoi Zachary n'en savait-il pas plus sur quelque chose qui concernait clairement son domaine d'intervention ?

« Pas vraiment. Je négocie les devises, je ne fais pas de théorie sur elles. Je réserve ça aux académiciens. » Il posa sa main sur le dos du fauteuil où elle était assise en scannant la liste de noms.

Kat griffonna une note pour tenter d'en savoir plus. Elle déconnecta son disque dur et le plaça dans sa serviette. Elle passerait au crible les dossiers restants, octet par octet, une fois de retour à son bureau. « Regardez çà. » Zachary se pencha et récupéra un papier dans la poubelle de Nathan. « Il n'a même pas essayé de le cacher. »

Kat étudia le morceau de papier.

« Qu'est-ce qui ne vas pas, c'est juste un vol pour Londres ? » Il s'agissait d'un itinéraire de voyage. Un vol et six nuits dans un hôtel de luxe.

« Pour commencer, il est supposé rencontrer nos banquiers à New York, Londres n'a rien à voir avec notre activité. Bien sûr, il s'en moque. »

« La distinction entre déplacements personnels et professionnels est parfois floue. C'est assez courant dans les entreprises familiales. »

« Entreprise familiale ? » Zachary cracha ces mots comme du poison. « Nous n'avons de famille que le nom. »

« Le vol était prévu hier. Une idée de ce qu'il se passe à Londres ? »

CHAPITRE 10

*L*a respiration de Kat s'accéléra à mesure qu'elle gravissait la montée, incapable de se concentrer sur autre chose que sa lente foulée sur la pente de dix pourcent. La maison d'Oncle Harry était à mi-chemin, toute proche, mais les trente mètres qui la séparaient d'elle semblaient interminables.

Ses jambes brûlaient, peu habituées à emprunter la longue montée. Déjà vendredi et c'était seulement son premier jogging de la semaine. Avec toute l'attention que nécessitait Harry et sa charge de travail qui ne cessait de croître, il était devenu difficile de faire du sport ou tout simplement de trouver du temps pour elle. C'était certainement sa plus longue course depuis longtemps, donc elle voulait se dépenser et faire en sorte que cela vaille le coup.

La pente abrupte donnait l'impression que la route débouchait nulle part, qu'elle grimpait verticalement jusqu'à toucher l'horizon et se terminer brutalement. Au moins, c'est l'impression qu'on en avait vue d'en bas. Pendant son enfance, juste après le départ de son père et alors qu'elle avait emménagé avec Harry et Elsie, elle aurait voulu poursuivre cette route. Jusqu'au sommet de la colline, où il n'y avait rien d'autre au-dessus de l'asphalte que le ciel. Là elle pourrait disparaître de la surface de la Terre, loin de son passé, de son présent, loin d'Hillary.

Elle avait commencé tôt pour courir pendant deux heures avant qu'Harry ne se lève. L'averse régulière s'était transformée en de véritables trombes d'eau. Mais ça n'avait plus d'importance. Ses vêtements étaient trempés et ses chaussures de course étaient dans un sale état après avoir croisé de nombreuses flaques d'eau.

Kat parvint enfin à gravir la pente et ralentit pour marcher jusqu'au sommet. La maison d'Harry, située à Cape Cod, était en vue à un demi-pâté de maisons. Elle était loin d'être impeccable, comme par le passé, quand Harry s'en occupait. La mousse avait envahi la pelouse et la peinture se décollait des cadres de fenêtre.

Après l'accident de voiture, elle avait pris l'habitude de passer chez Harry tous les matins, de lui apporter le petit déjeuner et de l'emmener au bureau ou chez elle le week-end. Elle frappa à la porte et attendit quelques minutes. Pas de réponse. La télévision hurlait. Le juge Judy réprimandait quelqu'un à propos d'une voiture décapotable qui ne leur appartenait pas.

Elle se pencha et ouvrit la fente de la boîte aux lettres, ses jambes se raidissant déjà.

« Oncle Harry ? C'est moi, Kat. »

Des pas se firent entendre derrière la porte. Le métal cliquetait à mesure qu'Harry libérait une demi-douzaine de verrous.

« Je suis content de te voir ! » Harry lui sourit.

Comme s'ils ne s'étaient pas vus depuis des lustres. Comme si elle ne venait pas le voir tous les matins.

« Qu'est-ce qui t'amène ici ? » Harry portait une chemise hawaïenne à manches courtes et un pantalon de laine retenu par une ceinture. Il avait perdu tellement de poids depuis le décès de Tante Elsie l'an dernier.

« C'est juste pour vérifier que tout va bien. Tu te sens mieux qu'hier ? »

« Pourquoi ? Que s'est-il passé hier ? »

« Tu te sentais barbouillé. » Le regard de Kat s'attarda sur l'avant-bras d'Oncle Harry; il était mauve et présentait des hématomes. « Tu es tombé ? »

« Non, pourquoi tu me demandes ça ? » Harry ferma la porte et fronça les sourcils.

« Ton bras. » Elle le prit et montra les bleus du doigt.

Harry observa son bras avec étonnement « Ho, sûrement que oui. Mais je suppose que tout va bien maintenant. »

Harry guida Kat à l'intérieur. « Il était temps que tu viennes, Kat. Ça fait des semaines que je ne t'ai pas vue ! »

Elle suivit Harry dans le couloir et fuit assaillie par un mur de chaleur. Le courrier s'empilait sur la petite table. Elle prit les enveloppes et les passa en revue, à la recherche de factures ou de toute autre chose qui méritait d'y prêter attention. Deux factures Visa, une facture MasterCard, une facture de téléphone et son dernier relevé bancaire.

Elle ouvrit le premier relevé Visa et suffoqua presque en voyant le solde.

Vingt-deux mille dollars et du change. Les deux autres relevés de carte de crédit affichaient les mêmes transactions. Ensemble, ils totalisaient trente mille dollars. Cette somme représentait bon nombre de chèques de pension.

Son cœur battait la chamade dans sa poitrine tandis qu'elle glissait les relevés dans sa poche. Elle se rendit dans la salle de bains, fermant la porte derrière elle afin de pouvoir les regarder de plus près sans éveiller les soupçons d'Harry.

Six mille dollars chez Tiffany. Qu'est-ce qu'Oncle Harry avait bien pu acheter chez Tiffany ? Encore quatre mille dollars dans divers magasins de marque. Étonnant, d'autant plus qu'Harry ne fréquentait que les friperies. Le reste du montant dû comptait les intérêts et le report de solde. Et s'il s'agissait d'une erreur ? Probablement non, au vu du prêt douteux dont elle avait entendu parler. Et désormais, elle découvrait trois soldes de carte de crédit différents.

Elle ouvrit le dernier relevé et vérifia le solde de clôture. Le découvert d'Harry était bien plus important que ce qu'elle n'avait vu dans le bureau d'Anita Boehmer. Mais à ce moment-là, le relevé qu'Harry avait apporté à la banque datait d'un mois.

Elle retint sa respiration et passa à la page suivante. Une hypothèque, prise il y a pratiquement trois semaines, figurait aux côtés du prêt destiné à la rénovation de la maison. Anita Boehmer ne l'avait jamais mentionnée. Mais bon sang, que se passait-il ?

Kat soupira. Le prêt, les chèques au porteur, et maintenant les factures de carte de crédit et une hypothèque. En tout juste quelques mois, les finances d'Harry échappaient à tout contrôle.

Elle sortit de la salle de bains et vérifia le thermostat. Vingt-neuf degrés. Elle le baissa jusqu'à vingt-deux et marcha péniblement jusqu'à la cuisine.

Le petit poste de TV sur le comptoir diffusait les nouvelles du matin « ...Fredrick Svensson est mort dans un accident de raquette. » Le reporter de CBC leva la main pour ranger les cheveux qui lui barraient le visage, fouettés par le vent.

« Il semblerait que l'accident, qui est intervenu dans la montage, date de deux jours ; c'est à cette date qu'il aurait été aperçu pour la dernière fois dans le coin. L'équipe Recherche & Secours a localisé son corps tôt dans la matinée mais il a été décidé de reporter les opérations d'évacuation à demain au moins, du fait de la tempête qui approche. »

Le ciel derrière le reporter était sombre, des nuages bas obscurcissant les pics de la montagne en arrière-plan. Plusieurs hommes portant des skis et des sacs à dos se tenaient à la droite de la camera.

Kat baissa le volume et rejoint Harry qui était assis à la table de la cuisine. Des piles de livres étaient entassées sur la table, laissant à peine suffisamment d'espace pour son verre de jus d'orange.

« Tu as mangé, Oncle Harry ? »

Il sirota son jus de fruit. « Oh, il y a longtemps. »

La chaleur à l'intérieur de la maison était oppressante. Comme d'habitude, toutes les fenêtres étaient fermées. Kat déverrouilla la fenêtre du coin repas et l'ouvrit.

« Qu'est-ce que tu as mangé ? » Elle sortit la tête et inhala l'air frais.

« Je ne me rappelle plus. N'ouvre pas cette fenêtre – les voleurs pourraient rentrer. »

« J'étouffe ici. Comment peux-tu respirer ? » Quelque chose sentait mauvais. Elle ouvrit les placards un à un. Un hamburger à moitié mangé, complètement moisi, se cachait derrière la troisième porte. Elle le saisit à l'aide d'un morceau de sopalin et le porta avec précaution jusqu'à la poubelle.

« Tu veux du jus d'orange, Kat ? » Harry prit son verre sur la table et le dirigea vers Kat.

« Oui, bien sûr. » Kat attrapa un verre dans le placard et revient jusqu'à la table. Elle débusqua la carafe de jus d'orange qui se trouvait derrière une pile de journaux et se servit un verre. Elle se figea en remarquant son doigt sans aucune alliance. « Où est ton alliance, Oncle Harry ? » Il ne l'avait pas retirée depuis la mort d'Elsie, pas plus que pendant leur quarante années de mariage.

« Oh. » Harry porta la main à la bouche. Le coin de ses lèvres se transforma en un sourire timide. « Je pense que je l'ai laissée tomber dans le siphon. »

« Vraiment ? Quel évier ? » Si elle y était toujours, Jace devrait être capable de la récupérer. Elle lui demanderait de regarder ce soir.

« Euh, celui de la cuisine. Non, celui de la salle de bains. »

Kat avala son jus de fruit. Habituellement, ça la rafraîchissait après son jogging, mais celui-ci avait un goût de vieux. Harry l'avait certainement conservé hors du frigo trop longtemps. Elle poussa une pile de livres sur le côté et posa son verre vide sur la table. « Tu viens au bureau aujourd'hui ? »

« Bien sûr. »

« Super. On peut faire du covoiturage. On s'arrêtera prendre le petit-déjeuner là où j'ai mes habitudes. Je dois récupérer certaines choses. » Jace surveillerait Harry pendant qu'elle se douche et qu'elle s'habille. Ça faisait partie de leur quotidien de s'assurer qu'Harry s'alimente correctement. La nourriture l'aiderait, elle aussi, à calmer sa faim. Elle grimaça alors qu'une autre crampe lui agrippait le ventre.

Kat pensa à nouveau à la facture Visa d'Oncle Harry. C'était incompréhensible, tout comme l'hypothèque, le prêt pour la rénovation et les milliers de dollars de chèques au porteur qui figuraient dans son chéquier. Tout partait en vrille et elle ne savait pas comment l'arrêter.

CHAPITRE 11

Kat bâilla, quelque peu somnolente après sa sieste. L'examen des dossiers financiers d'Edgewater ce matin n'avait rien donné. Entre surveiller Harry et tenter de découvrir ce qu'il se tramait chez Edgewater, elle se sentait épuisée physiquement et moralement.

Elle regarda Harry. Il était assis au comptoir de la réception, la tête penchée en avant, occupé à griffonner quelque chose dans son foutu carnet de chèque. Ça l'avait complètement consumé. Il valait mieux le distraire, sinon ça finirait par l'achever.

Le soleil de midi brillait à travers les grandes fenêtres, illuminant les poussières qui se déposaient sur le sol. Elle se posait toujours des questions au sujet de Research Analytics. Edgewater avait versé cinquante millions à l'entreprise cette année et deux cent vingt millions l'an dernier. Et pourtant, Zachary n'en savait rien. Quels que soient les services fournis par Research Analytics, il s'agissait vraisemblablement d'une activité lucrative.

Elle composa le numéro de téléphone qui figurait sur la facture de Research Analytics et jeta un œil par la fenêtre en attendant que quelqu'un lui réponde. Les nuages menaçants s'étaient finalement dispersés, laissant voir les montagnes du de la Rive Nord enneigées dans toute leur splendeur.

Kat compta six sonneries et était sur le point de raccrocher lorsqu'une femme, apparemment essoufflée, répondit. Un léger accent ? Kat ne pouvait pas trop le dire.

« Oui, je voudrais obtenir des informations au sujet des services de recherche en placement que vous proposez. »

Long silence, elle entendait respirer à l'autre bout du fil.

« Je peux passer cet – »

Clic.

Kat recomposa le numéro. Cette fois, aucune réponse, ce qui renforça ses soupçons. Les entreprises légitimes n'ignoraient pas leurs clients ou ne leur raccrochaient pas au nez.

Elle passa en revue les factures Research Analytics une nouvelle fois. Beaucoup d'entre elles étaient classées par ordre séquentiel. Un signe de fraude. La plupart des vraies entreprises avaient plus d'un client. Tout particulièrement celles qui réalisent des centaines de millions de ventes annuelles.

Soit Research Analytics n'avait aucun autre client, soit les autres clients que comptait l'entreprise n'étaient pas réguliers. Kat misait sur la première réponse.

Les factures de Research Analytics indiquaient une adresse sur East Broadway, à tout juste quelques minutes de son bureau en voiture. Elle leur rendrait visite plus tard dans la matinée. Elle effectua une recherche en ligne pour voir ce qu'elle pouvait trouver d'autre au sujet de l'entreprise. Rien, même pas un site Web.

« Un souci ? »

Kat était tellement plongée dans ses pensées qu'elle n'avait même pas entendu Jace arriver. Il se tenait derrière Harry, penché en avant.

« Ici. » Jace pointa vers le chéquier d'Harry. « Vous avez oublié de mettre le un. »

Harry murmura quelque chose. Kat lança un regard réprobateur vers Jace. Harry se mettait hors de lui quand quelqu'un essayait de l'aider.

Kat se concentra à nouveau sur les fichiers informatiques de Nathan. Elle n'avait rien trouvé d'intéressant dans les données en sondant le reste des fichiers toute la matinée. Mise à part sa liste de contacts, impressionnante – un véritable Who's Who des personnes influentes à l'échelon mondial. La fiche du World Institute l'intriguait tout particulièrement. Excepté la fortune et le pouvoir, qu'est-ce que tous ses membres avaient d'autre en commun ?

Elle observa Harry qui cachait son chéquier du bras droit. Jace se tenait derrière lui, regardant par-dessus son épaule. Voilà, Harry était énervé à présent.

Kat attendait qu'il explose, une chose inévitable. Le Dr. McAdam avait raison au moins sur une chose : mieux valait dire qu'on était d'accord, même si c'était faux.

« Ça suffit, Jace, » grommela Harry. « Tu veux que je m'arrache les cheveux. »

Ce n'était pas le moment de rappeler à Harry qu'il était chauve depuis des années déjà.

« D'accord. » Jace fit mine de bouder. « J'essaie juste d'aider. »

« Repose-toi, Oncle Harry, » dit Kat. « Laisse-moi te donner un coup de main. »

« Foutue banque ! Le prêt, c'était déjà une mauvaise nouvelle. Mais toutes ces charges, c'est une erreur aussi. On me dit que je suis à découvert, mais ce n'est pas possible. Pourquoi leurs relevés ne sont pas plus clairs ? C'est du chinois ! »

Harry jeta son stylo et se leva de son fauteuil. « Laissez-moi tranquille tous les deux ! »

« Oncle Harry – je peux régler ça en une heure. Laisse-moi faire » Kat se leva du canapé et marcha jusqu'au bureau. Elle jeta un œil au tiroir de son bureau. Il était grand ouvert, faisant également office de barrière. Il était rempli de bandes élastiques emmêlées et de liasses de papiers agrafés. Et, bien sûr, une boîte en métal, qui lui servait de coffre-fort.

« Non. » Il croisa les bras et l'observa. « Je veux le faire moi-même. Ça me garde en forme »

« Mais, ça fait des semaines que tu travailles dessus. Je contrôle des relevés bancaires à longueur de journée. Laisse-moi mettre ton chéquier à jour. Je listerai toutes les erreurs de la banque, comme ça tu pourras les appeler. »

« J'ai presque terminé. Je n'en ai plus que pour quelques heures … »

« J'ai besoin de toi pour autre chose, » indiqua Kat. « Il faut le faire vite »

« Dis comme ça, je suppose que nous devons chacun nous concentrer sur notre domaine de compétences » Il insista sur la fin du mot *tences* en rassemblant ses papiers.

« OK. J'ai besoin que tu classes toutes ces factures par ordre de date. » Kat lui tendit le dossier Research Analytics, sachant qu'Harry aimait se sentir indispensable bien plus qu'il n'appréciait les maths.

« OK, patron. » Son air renfrogné avait disparu. « Si tu as besoin d'autre chose, il suffit de le demander. »

Kat tendit la main. « Tu ferais mieux de me donner ça. »

Harry lui remit son chéquier et ses relevés de banque à contre-cœur. « Tu me promets de ne pas saper tout le travail que j'ai fait jusqu'à présent ? Je dois garder une trace de là où je me suis arrêté. »

Kat lui sourit mais s'inquiétait secrètement des autres surprises financières que son chéquier pouvait contenir. « Promis. »

Elle jeta un coup d'œil vers Jace, mais il évita son regard. Au lieu de cela, il se dirigea vers le canapé de la réception, ses larges épaules affaissées dans un signe de défaite. Il s'assit et desserra sa cravate. Quelque chose n'allait pas. Le costume bien repassé dans lequel il avait quitté la maison ce matin était désormais plissé et froissé. Son sourire étincelant n'y était pas non plus.

« C'est le look du journaliste fripé ? Si c'est ça, tu le fais à la perfection. »

Pas de réponse.

« Jace, j'ai vraiment besoin de te parler. » Elle l'invita à la suivre. Les pas de Jace traînaient derrière elle alors qu'ils se dirigeaient vers son bureau.

« Une mission pour moi aussi ? »

« C'est Harry. » Elle baissa d'un ton. « Harry a de gros

problèmes financiers – plus importants même que ce que j'ai découvert hier. Il a de gros débits de carte de crédit. Il n'a pratiquement plus un sou. Regarde ça. » Elle lui tendit un exemplaire du relevé bancaire d'Harry, sur lequel figurait l'hypothèque qui couvrait la valeur totale de la maison de son oncle. « Il est hypothéqué jusqu'aux dents et n'a plus rien à la banque. À chaque fois, je découvre un nouveau prêt ou un nouveau débit de carte de crédit. Et pourtant il est avec nous jour et nuit. Quand trouve-t-il le temps de faire tout ça ? »

Jace haussa les épaules « En ligne, peut-être ? »

Kat secoua la tête. « Il va perdre sa maison. »

« Comme je te l'ai déjà dit – il peut venir habiter avec nous. Il peut vendre la maison. »

Jace ne dirait pas ça après avoir réalisé ce qu'il en retourne. « Il refuse. Dis aussi que je le trahis. Il ne se rappelle plus de rien, il n'a pas souvenir d'avoir pris une hypothèque. Dans l'intervalle, ses finances partent à vau-l'eau. Qu'est-ce que je dois faire, Jace ? »

« Je ne sais pas. » Jace s'affala dans le fauteuil en face d'elle et lâcha un gros soupir.

Quelque chose *ne collait pas.* Jace avait toujours une réponse, quel que soit le problème. Et il semblait abattu. Il lui faisait pitié. « Qu'est-ce qui ne va pas ? On dirait que quelqu'un est mort. »

Kat fit de la place sur le bureau et déposa les papiers d'Harry. Ça pouvait attendre quelques minutes de plus.

Jace se pencha en avant, les coudes sur ses genoux. Il tenait son front dans ses mains, toujours silencieux.

« Jace ? C'est quoi le problème ? »

« *The Sentinel* vient de me virer. »

« Non ! Pourquoi toi ? »

Jace se pencha en arrière et passa ses doigts dans ses cheveux. « Je pense que je sais pourquoi. Cette histoire d'immobilier. Je suis sûr qu'il y a quelqu'un d'important qui est impliqué. »

« Qui ? » Elle se sentit égoïste d'avoir fait passer ses problèmes avant les siens.

« Je n'arrive pas à le savoir. Non seulement ils ont retiré mon article de la une, mais en plus ils m'ont dit qu'ils n'avaient plus besoin de mes services. »

« C'est fou. Ton éditeur adorait cette histoire. » Jace enquêtait sur l'entreprise depuis plus d'un mois. Kat l'avait aidé à analyser le dossier et ils étaient parvenus à débusquer les évaluations immobilières tordues.

« Je ne pense pas qu'il s'agissait de sa décision. Quelqu'un de plus haut placé doit avoir étouffé l'affaire. Personne ne me dit rien. Ils m'ont escorté jusqu'à la sortie du bâtiment, Kat. Après dix ans de bons et loyaux services. Dossier trop sensible, je suppose. »

« Ce n'est pas ce que les journaux sont censées faire ? Faire bouger les choses, amener la discussion ? Exposer les abus au grand jour ? »

« Apparemment pas au *Sentinel*. Mais pourquoi me dire d'y aller s'ils savaient qu'ils allaient étouffer l'affaire au final ? » Il lâcha le journal sur son bureau. « Tu as vu ça ? Ils préfèrent faire des publi-reportages sur les développements immobiliers plutôt que de susciter la controverse. » La pleine page du quotidien montrait un jeune couple de vingt et quelques années assis dans un canapé, avec une table et une cuisine haut de gamme en arrière-plan.

« Ils ne veulent même pas me dire la vérité. Ils m'ont dit qu'ils remplaçaient les reporters via la syndication. Mais je suis le seul à avoir été mis de côté »

Le personnel du *The Sentinel* avait déjà été réduit l'an dernier lors de son rachat pour un groupe de presse mondial.

« Ils ne peuvent pas te licencier. Tu n'es pas salarié, tu travailles en freelance. » Kat s'extirpa de son fauteuil et fit le tour du bureau. Elle se pencha et embrassa le haut de la tête de Jace. Elle détestait le voir si dépité. Le journalisme, c'était toute sa vie.

« C'est une question de sémantique. Le résultat est le même à la fin – plus de revenus. Et, en tant qu'indépendant, je n'ai le droit à aucune indemnité de départ. Le journal a été mon seul revenu pendant plus de dix ans. Qu'est-ce que je vais faire, Kat ? C'est la seule chance qu'il me reste en ville. »

Il avait raison. Personne ne lisait plus les journaux aujourd'hui.

Tout était disponible en ligne, réduit à des mots monosyllabiques, et gratuitement.

Kat s'assit sur le bord du fauteuil de Jace et le serra dans ses bras.

« Il y a plein de magasines en ligne. » Kat tenta de faire preuve d'optimisme, même si elle n'y croyait pas elle-même. « Tu pourrais faire quelque chose là-dedans. »

« J'en doute. Tout est regroupé maintenant et ils ne paient que quelques centimes le mot. Ce n'est pas assez pour vivre. Je dois payer les factures. »

« Tu trouveras quelque chose. Tu es un bon journaliste. » Jace avait remporté plusieurs prix décernés par l'industrie trois années d'affilée.

« Je ne suis pas sûr. Avec toutes les fusions, les groupes sont détenus par une poignée de magnats. Plus personne n'embauche. »

« Je peux couvrir nos dépenses, Jace. On vient de me verser un bel acompte pour ma nouvelle affaire. Tu trouveras bientôt du travail – J'en suis sûre. »

Il secoua la tête. « Je devrais changer de boulot. Qui aurait cru que les journalistes allaient devenir des forgerons et réparer des machines à écrire ? Je ne suis plus bon à rien. »

« Ne dis pas ça. Les gens ont toujours envie d'entendre la réalité de façon objective »

« Les choses ne s'arrangent pas. » Jace ouvrit le journal à la section financière. « Lis ça. »

Kat lût le titre rapidement. *Que des bonnes affaires dans l'immobilier au niveau local.* « C'est tout l'opposé de ton article sur la fraude à l'estimation et le marché en surchauffe. » Elle secoua la tête. « Ce n'est pas grave, Jace. Ils ne savent pas ce qu'ils perdent. »

« Bien sûr que si, c'est important. Ils m'ont viré pour dissimuler les faits. Je veux savoir ce qu'il en est réellement. »

« Je pense qu'il vaut mieux que tu laisses tomber, pour ton bien. » Jace ne savait pas laisser tomber. Il était aussi tenace qu'un chien avec son os. C'était parfois un avantage, par exemple pour gérer les entrepreneurs dans le cadre de la rénovation (interminable) de leur maison. Mais faire le poids face à des personnes influentes se soldait généralement par un échec.

« C'est précisément ce qu'ils veulent que je fasse. Cette histoire cache certainement plus que ce que j'ai découvert. Je vais trouver de quoi il s'agit. Ils ne pourront pas me faire taire. Ça vaut toujours le coup de se battre pour la vérité. »

« Parfois, mais souvent on y laisse des plumes, Jace. » Kat voulait y croire. Mais les gens impitoyables gagnaient à tous les coups, et souvent aux dépens d'idéalistes comme Jace. Ça ne leur faisait pas peur d'écraser les autres et de piétiner les cœurs et les esprits pour arriver à leurs fins. Affrontez-les et ils vous enterreront dans un trou si profond que vous ne pourrez jamais en sortir.

Tout comme Oncle Harry et son argent. Ou ces petits investisseurs qui suivaient les paris de Zachary sur les devises. Jace ferait mieux d'arrêter les frais et de passer à autre chose, au risque d'empirer la situation. Il faut choisir ses combats. Peu importe de quel côté on se trouve. Se préserver pour ceux qu'on ne peut pas se permettre de perdre.

CHAPITRE 12

*K*at se dirigea vers la banque, prête à lancer les hostilités. Elle ignora le regard des guichetiers et fila tout droit vers le bureau d'Anita Boehmer. Jace avait raison. Certaines choses valaient le coup de se battre. Et comme Harry ne pouvait pas le faire lui-même, elle s'en chargerait. Comment la banque pouvait-elle faire passer son propre intérêt avant un abus financier flagrant ? Est-ce que se faire de l'argent à tout prix était si important pour eux ? C'était criminel. Elle inspira, se concentra sur ses pensées et se promit de rester calme. Se battre avec la banque ne faisait pas partie de sa « *to-do list* » aujourd'hui.

Jace avait emmené Harry à l'épicerie, ce qui laissait le temps à Kat de se pencher sur le chéquier de son oncle. Elle voulait avoir terminé de pointer ses comptes quand il reviendrait. Ses finances étaient pires qu'elle ne le pensait.

Après avoir regardé plus en détail ses relevés bancaires des six derniers mois, elle avait noté autre chose. Les deux paiements hypothécaires avaient été annulés pour insuffisance de fonds. Harry avait toujours été économe, mais soudain il dépassait son autorisation de découvert.

Kat retrouva une Anita Boehmer surprise dans le bureau de la direction. « Pourquoi n'avez-vous pas mentionné l'hypothèque d'Harry lors de notre visite hier ? »

« Nous parlions du prêt qu'il avait contracté pour ses rénovations. Il n'y avait aucune raison particulière de mentionner l'hypothèque. » Anita se leva et resta debout près de son bureau.

« Pas de raison particulière ? » Kat déposa le relevé bancaire d'Harry sur le bureau de la directrice de la banque. « Nous sommes venus vous parler d'une transaction irrégulière. Qu'est-ce qui, selon vous, constitue une bonne raison de mentionner d'autres transactions douteuses sur le compte d'un retraité de quatre-vingt ans ? »

Anita soupira et s'assit. Elle invita Kat à faire de même. « Comme je vous l'ai dit hier, il avait l'air tout à fait normal lorsqu'il a signé la demande de prêt. Quant à l'hypothèque, elle a dû être mise en place par l'agent en charge des prêts. » Anita levait les bras, les paumes tournées vers Kat. « Je ne vois pas ce qu'il y a de si susp – »

« Il a quatre-vingt ans, Anita ! Il vit d'un revenu fixe et grâce à l'argent qu'il a à la banque. Et tout à coup, son argent disparaît et il est endetté. Est-ce que vous laisseriez vos vieux parents hypothéquer leur maison ? »

« Je ne pouvais pas lui dire de ne pas le faire – ce ne sont pas mes affaires. »

« Il souffre d'Alzheimer's. Si vous ne l'aidez pas, qui le fera ? »

Anita la regardait fixement, comme si c'était quelque chose qu'elle entendait tout le temps.

« Et ne rien dire c'est pareil. Mais je suppose que vous avez gagné quelques points de plus pour votre quota mensuel. » Kat ne savait pas du tout si les employés de la banque disposaient ou non de bonus.

Le visage d'Anita devint pourpre. « Je *suis* désolée que ses finances soient dans un tel état. Vraiment. Mais ce n'est pas à nous de gérer l'argent des autres. »

« Non ? Et quand ça devient vos affaires alors ? Une fois que vous leur avez vendu tous les produits bancaires possibles et inimaginables ? » Kat pointa du doigt le relevé bancaire d'Harry. « Une fois que vous les avez ruinés ? »

« Je suis désolée, mais je ne vois pas comment la banque peut être responsable de cette situation. »

« Anita – vous l'avez aidé à remplir le formulaire de prêt. » Kat lui montra le formulaire. « Ce n'est pas l'écriture de mon oncle. »

« Je me rappelle qu'il avait du mal à le remplir. » Anita se mordit la lèvre.

« C'est exactement ce que je dis. Il ne se rappelle pas de ce qu'il fait d'une heure à l'autre. Il ne peut pas pointer ses comptes et s'occuper de ses papiers. Et pourtant, ça ne vous a pas posé problème de lui vendre un prêt ? » Le chéquier d'Harry était criblé d'erreurs. Ses calculs indiquaient un solde supérieur à celui de la banque de plusieurs milliers de dollars.

« Je n'ai pas pu le lui refuser. Il était admissible et le montant collait. Mais ce n'est pas mon écriture sur le formulaire de demande de prêt. Quelqu'un d'autre l'ai aidé. »

« Qui ? » Elle voulait lui parler aussi.

« Personne de la banque. Il a emmené le formulaire chez lui. »

« Ça n'a pas de sens. » Kat se parlait à elle-même plus qu'à Anita. Même si Harry s'était rappelé avoir rempli la demande, il aurait oublié de la retourner. Hormis le fait qu'il ne conduisait plus et qu'il était avec elle 24 heures sur 24 et 7 jours sur 7. « Qui était avec lui ? »

« Personne. Il est venu tout seul. Deux fois. » Anita rendit le relevé bancaire d'Harry à Kat. « Je sais que ça doit être dur pour vous, mais la banque n'a rien fait de mal. »

Kat se leva. « Peut-être pas d'un point de vue légal. Mais moralement, si. Je n'accorderais pas une hypothèque et un prêt à un vieillard souffrant de démence pour me faire de l'argent. Si vous et votre banque n'avez aucune conscience, qui peut en avoir ? »

Anita la dévisagea, sans voix.

« Qui s'occupe des gens vulnérables comme Harry ? » Elle devait non seulement sortir Harry de ce naufrage financier mais également découvrir qui l'y avait mis.

Cinq minutes plus tard, Kat prit place dans sa Subaru, garée sur le parking de la banque. Elle était furieuse. Comme beaucoup de gens, Anita faisait passer ses intérêts avant tout – son quota d'abord, le bien-être d'une personne vulnérable après. Techniquement, Anita avait raison ; elle ne faisait que son travail. D'un point de vue légal, elle ne pouvait exercer un jugement moral sur ses clients. Mais cela faisait partie intégrante du problème. Les lois et les règles ne s'appliquaient que lorsqu'une personne se trouvait en difficulté. Des personnes comme Harry, les plus vulnérables de la société, manipulées et abusées avant que quiconque n'instaure des lois.

Ses clefs pendaient du contact tandis qu'elle essayait de se ressaisir. Même si elle n'était pas d'accord avec la banque, elle n'aurait pas dû se lancer dans une si longue tirade avec Anita. Mieux valait se concentrer sur la personne qui était à l'origine de la situation et tenter de récupérer l'argent. Mais avec la mémoire de son oncle qui faisait défaut et aucune piste sérieuse, par où commencer ?

En tant que juricomptable, Kat s'inspirait toujours du triangle de la fraude : la motivation, la justification et l'opportunité. Il pointait pratiquement toujours dans la direction du fraudeur. À cette exception près que, s'agissait du cas d'Harry, il n'y avait aucune opportunité. Harry était constamment avec elle ou avec Jace, sauf lorsqu'il rentrait se coucher à la maison.

Elle était pratiquement sûre qu'il n'avait fréquenté personne depuis des mois, car bon nombre de personnes l'avait appelée pour exprimer leur inquiétude au sujet de son absence et de ses pertes de mémoire.

Au moins, dans l'affaire Edgewater, elle avait un suspect potentiel. Mais quelque chose la tiraillait depuis qu'elle avait étudié les états financiers audités dans la matinée. Même si Zachary n'avait pas remarqué qu'il lui manquait de l'argent, comment cela avait-il pu échapper au contrôle des commissaires aux comptes ? Avec une telle somme non comptabilisée, l'audit annuel aurait dû sonner l'alerte. Les commissaires aux comptes n'avaient pas pu approuver les états financiers de la société sans vérifier les soldes des comptes.

Soit ils ne les avaient pas vérifiés, soit ils avaient volontairement laissé passer la fraude.

Elle attrapa le rapport annuel d'Edgewater sur le siège passage et l'ouvrit. Le rapport du commissaire aux comptes était signé Beecham & Company. Étrange qu'une entreprise de la taille d'Edgewater soit auditée par un petit cabinet local plutôt que par un grand cabinet international d'expertise comptable.

Elle vérifia l'adresse. C'était tout juste à quelques pas de la banque. Elle décida de se rendre chez Beecham. Elle passa la première sur sa Subaru et sortit du parking.

Quelques minutes plus tard, elle avait la réponse à sa question, mais pas celle à laquelle elle s'attendait. Elle s'arrêta au niveau du 422 Cedar Street et sortit de la voiture. En lieu et place d'un gratte-ciel en verre et en acier, elle se trouva face à un lopin de terre vide, protégé par une clôture en mailles de chaîne.

CHAPITRE 13

Plus tard dans l'après-midi, Kat sortit de l'ascenseur et entra dans les bureaux calmes et luxueux d'Edgewater. Le réceptionniste prévint Zachary et invita Kat à s'asseoir dans un des fauteuils capitonnés de la salle d'attente. Zachary ne l'attendait pas, mais le scoop sur les commissaires aux comptes nécessitait une attention immédiate.

Si Beecham n'existait pas, alors les états financiers d'Edgewater avaient fait l'objet d'un audit indépendant. La fraude intentionnelle appelait une seule explication : des résultats financiers bidon. Quelqu'un cachait quelque chose. Elle prit son téléphone portable et composa le numéro de Jace. Elle laissa un message, lui demandant de vérifier les antécédents de Beecham.

Dix minutes plus tard, Zachary l'accueillit à la réception et la fit entrer dans son bureau spacieux. Il poussa une pile de documents sur le côté de son bureau et la pria de s'asseoir. Kat lui parla de la fausse adresse de Beecham et de ses soupçons.

« C'est impossible. Les organismes de réglementation exigent que nos comptes soient vérifiés. Sans parler de nos clients. Ils n'investiraient pas dans des fonds non audités. » Zachary secoua la tête.

« Avez-vous déjà rencontré les commissaires aux comptes ? Vérifié leurs antécédents ? »

« Je n'ai jamais eu à le faire. Comme je vous l'ai indiqué, c'est Nathan qui gère le back-office. »

« Mais vous m'avez dit que votre modèle de négoce était particulièrement complexe. Les commissaires aux comptes doivent pouvoir le comprendre pour vérifier les comptes d'Edgewater. Qui est-ce qui leur a expliqué ? Nathan ? »

Il comprit tout de suite. Zachary se concentra alors sur Kat.

« Nathan ne m'en a jamais parlé. Et il utilise les services de Beecham depuis des années, avant même que je n'intègre la société. » Il s'effondra et prit son front entre ses mains. « Ça ne peut pas être vrai. »

« J'ai bien peur que si. À moins que Beecham n'exerce son activité depuis un lopin de terre vide. »

« Ils ont peut-être déménagé ? » Zachary essuya un mince filet de sueur qui coulait sur son front. Kat leva les sourcils. « Beecham n'existe probablement pas. J'ai demandé à quelqu'un de vérifier de ce côté. »

« Mais la signature des commissaires aux comptes figure bien sur les états financiers. Vous me dites qu'elle aurait été falsifiée ? »

« Tout le monde peut couper et coller une signature. Edgewater a clôturé son exercice il y a quelques mois. Les commissaires aux comptes n'étaient pas dans vos bureaux ? » Généralement, ils travaillent dans les bureaux de leurs clients au moins pendant une partie de l'audit de clôture. Pour une entreprise de la taille d'Edgewater, le travail doit nécessiter au moins quelques semaines.

« Pas que je m'en souvienne. Nous n'avons pas beaucoup de visiteurs, encore moins des commissaires aux comptes. Le back-office, ce n'est pas mon fort, mais quand même – comment cela peut-il se passer là juste sous mes yeux ? » Il martela son poing contre le bureau alors qu'il se tenait debout. « Comment je peux être si stupide ? »

« Cela peut sembler évident avec le recul. Mais avant de vous rendre compte qu'il manquait de l'argent, vous n'aviez aucune raison de vous douter de quoique ce soit. » Tout comme Oncle Harry et son prêt.

Même Zachary semblait petit tandis qu'il faisait les cent pas devant les grandes fenêtres. « Je dois arrêter ça. Et après ? » Ses épaules s'affaissèrent sous le poids de la défaite.

« Il faut trouver pourquoi les états financiers ont été falsifiés. Je vais reconstituer les résultats à partir de votre système financier pour voir quels sont les bons chiffres. »

« Les bons chiffres ? » Il s'arrêta brusquement et la dévisagea.

« Si les états financiers sont truqués, vous pouvez être certain que les vrais chiffres sont différents. Et pas dans le bon sens je suppose. J'ai besoin d'avoir accès à tous vos registres et vos dossiers. Nous travaillerons la nuit quand il n'y a aucun employé au bureau. » Comme si elle disposait de toute une équipe pour l'aider. La reconstitution des états financiers nécessiterait certainement beaucoup de temps. Peut-être que Jace pourrait lui donner un coup de main.

Le front de Zachary se plissa. « Sacré foutoir. Pas étonnant qu'Edgewater n'ait pas d'argent. Je vais appeler mon avocat pour obtenir une ordonnance du tribunal. Il faut geler les comptes et les fonds. »

« Zachary, ce serait également ma première réaction, mais – »

« Je ne peux pas rester là à attendre sans rien faire. Je dois l'arrêter. » Zachary se dirigea vers la porte de son bureau, son téléphone portable à la main.

« OK, appelez votre avocat. Mais il voudra des preuves aussi. Quelque chose que Nathan ne peut pas expliquer. Surtout si vous voulez prouver sa culpabilité. »

« Ça peut prendre des jours. Dans l'intervalle, Edgewater se fait piller ? » Zachary se retourna brusquement, face à Kat. « Je ne peux pas me le permettre. On attaque dès lundi sur la base de ce que vous aurez trouvé. »

« Lundi ? » Vendredi était presque terminé. Étant donné que tout l'avenir de Zachary reposait sur son enquête, un délai de quelques jours lui semblait ridicule. « J'ai besoin d'une semaine ou deux minimum rien que pour reconstituer les états financiers. Edgewater est une société qui engrange des milliards de dollars »

« Lundi. » Zachary sortit dans le couloir avant qu'elle n'ait le temps de répondre.

CHAPITRE 14

Kat passa la soirée dans le bureau de Nathan à extraire les données du système de gestion des dossiers clients d'Edgewater, la première étape consistant à valider le chiffre d'affaires de l'entreprise. Edgewater recevait des commissions sous la forme d'un pourcentage de la performance des placements de ses clients. Si les investissements de ses clients augmentaient, le chiffre d'affaires d'Edgewater le faisait aussi. Mais, s'ils perdaient de l'argent ou s'ils ne dépassaient pas le seuil de rentabilité, le fonds spéculatif n'obtenait rien en retour.

Là était le problème. Selon ses calculs, les honoraires d'Edgewater représentaient une fraction de ce qui figurait actuellement sur les états financiers. Hormis une autre source de revenus inconnue, le chiffre d'affaires de l'entreprise avait été gonflé de plusieurs milliards. Avait-elle loupé quelque chose ? Improbable au vu de l'analyse approfondie qu'elle avait effectuée. Quelque chose de louche se passait. Elle devait parler à Zachary avant de poursuivre.

Il y avait également le problème de l'adresse fantôme de Beecham. Suivant son intuition, Kat tapa l'adresse de Beecham au 422 Cedar Street sous Snoopy, son logiciel d'analyse d'audit exclusif. Elle appuya sur la touche Entrée et attendit que le logiciel scanne l'ensemble des données des comptes créditeurs d'Edgewater. Elle fut surprise de constater que les résultats contenaient non pas un mais deux fournisseurs avec la même adresse. Le deuxième nom lui semblait familier, sans bien savoir pourquoi.

« Zachary ? »

Pas de réponse. Elle irait jusqu'à son bureau dans une minute. Mais avant, elle devait fouiller encore. Le fait de trouver deux fournisseurs d'Edgewater à une adresse inexistante laisser supposer qu'il y avait fraude.

Elle regarda l'écran un moment, se demandant où elle avait entendu le nom *Svensson* auparavant. Ça y est, elle s'en souvenait : Fredrick Svensson était l'homme qui s'était tué dans un accident de raquette. Elle était certaine d'avoir entendu son nom à la télé chez Harry ce matin.

Elle tapa *Svensson* dans son moteur de recherché et appuya sur la touche Entrée. Évidemment, en haut de la page des résultats de recherche, on retrouvait une demi-douzaine d'articles au sujet de l'accident de raquette de mercredi. Elle cliqua sur le premier. Une photo montrait un homme grisonnant d'une soixantaine d'années portant une barbe soigneusement taillée et des lunettes de type John Lennon. La légende indiquait *Un économiste, nominé pour le Prix Nobel, se tue dans un tragique accident de ski.*

Pourquoi Edgewater paierait-elle un économiste concourant pour le Prix Nobel ? Elle récupéra le dossier fournisseur de Svensson dans le système de comptabilité d'Edgewater et cliqua sur les détails de la transaction. Une série de factures avaient été payées au cours des deux dernières années, toutes pour un montant similaire de huit ou neuf mille dollars. Elle cliqua sur l'une des factures pour lire la description : honoraires de conseil. Du consulting, mais pour que faire ? Qu'est-ce que Svensson et Beecham avaient en commun ?

Plus important encore, qu'est-ce que Svensson et Edgewater avaient en commun ? Kat fit défiler le reste des articles. Mis à part son amour de la nature, Fredrick Svensson avait un avis très particulier sur les devises.

Elle cliqua sur un autre article, daté de l'année dernière.

Une devise mondiale – Peut-on l'envisager d'un point de vue économique ?

Fredrick Svensson, économiste nominé pour le Prix Nobel et pionnier dans le domaine de la réforme monétaire, est intervenu aujourd'hui dans le cadre du Sommet économique de Davos. Ses travaux sur la réforme monétaire, à la fois reconnus et controversés, soutiennent que la multiplicité des devises crée des insuffisances et des barrières qui entravent le commerce mondial et le bien-être économique d'une façon générale. Selon Svensson, ces barrières résultent de la hausse des coûts de transaction et défavorisent les pays en voie de développement. Il souligne la nécessité de mettre en place une devise mondiale unique aux fins de garantir la prospérité mondiale.

Kat passa rapidement en revue le reste de l'article. Le dénominateur commun chez Edgewater et Svensson, c'était les devises. Edgewater échangeait des devises et Svensson était un expert mondialement reconnu dans ce domaine. Mais leur vision en matière de politique monétaire était complètement différente. Les théories de Svensson, si elles étaient adoptées, impacteraient directement Edgewater. Edgewater exploitait les taux de change des devises, une pratique que Svensson recommandait de supprimer. Alors, pourquoi Edgewater versait-elle des honoraires de conseil à Svensson ?

Kat appuya sur la touche Imprimer et récupéra l'article dans l'imprimante. Elle s'arrêta un moment devant l'imposant jeu d'échecs de Nathan, puis se dirigea vers le couloir. Zachary aurait peut-être une explication. Il s'était retiré dans son bureau quelques heures auparavant.

Elle remarqua pour la première fois que les murs étaient soulignés par de sombres cadres en bois, chacun contenant un vieux billet de banque ou une quelconque obligation. Elle passa les noms en revue – Mississippi, la South Sea Company, etc. Aucun intérêt, sauf pour les collectionneurs. Quelle ironie, les murs d'Edgewater ornés d'instruments financiers issus d'anciennes fraudes financières. C'était Nathan ou Zachary qui les avait choisis ? Le couloir était étrangement calme. Pas de voix, pas de bruit de clavier, juste le bruit de ses chaussures qui s'enfonçaient dans l'épais tapis.

« Zachary ? »

Pas de réponse. Elle appela à nouveau son nom, plus fort cette fois. Elle avait supposé que Zachary se trouvait ailleurs dans les locaux car elle n'avait entendu personne entrer ou sortir. Kat entra dans le bureau de Zachary. Il n'était pas là. Elle avait mal supposé.

Elle sortit son téléphone portable et composa le numéro de Zachary. Elle sursauta lorsqu'elle entendit la sonnerie près d'elle. Le téléphone portable de Zachary se trouvait sur le bureau, mais son manteau n'était plus là.

Kat étouffa un juron. Pourquoi Zachary ne lui avait-il pas dit qu'il partait ? Est-ce qu'il allait revenir ou pensait-il qu'elle allait travailler ici toute la nuit ? Elle n'avait pas la clé pour fermer. Elle lui laissa un message, lui demandant de la rappeler dès que possible, tout en sachant que ça ne servait certainement à rien.

Elle retourna dans le bureau de Nathan et éteignit son ordinateur portable. Elle regroupa les documents financiers, les listings de comptes et les dossiers clients d'Edgewater. Bien qu'elle n'ait pas encore commencé à rapprocher les comptes clients et les états financiers, il y avait un total en particulier qui la chiffonnait.

Le compte bancaire d'Edgewater affichait un solde de moins de cent mille dollars à l'heure actuelle. Pour un milliardaire qui investissait lourdement dans sa propre entreprise, ce montant était impensable. Qui plus est, il était différent du montant qui figurait sur l'état de la valeur nette du patrimoine de Zachary qu'elle avait utilisé dans le cadre du divorce. Si le solde était exact, cette valeur était bien inférieure à ce qu'il pensait car son patrimoine se confondait avec Edgewater. Cela voulait dire que le règlement du divorce de Victoria Barron se basait sur de l'argent qui n'existait pas en réalité.

Zachary pouvait-il à ce point méconnaître la valeur de ses avoirs ? Comment réagirait-il en apprenant la vérité ?

Elle mit les documents dans sa serviette et attrapa son manteau. Même si la deadline de Zachary approchait, elle n'arrivait plus à se concentrer. Outre un petit mal de ventre, elle sentait la fièvre la gagner. Elle devait se coucher avec que cette grippe n'ait raison d'elle. Et voir si tout allait bien pour Harry et Jace.

Elle fit une pause à la porte, puis retourna dans le bureau de Nathan. Elle ouvrit à nouveau sa serviette et vérifia le solde de clôture de la banque aujourd'hui. Selon ses calculs rapides, Edgewater serait à court de trésorerie d'ici mardi – soit dans quelques jours – et un jour après la deadline imposée par Zachary.

Zachary avait raison de vouloir faire vite. Lundi, ça serait peut-être même trop tard, si elle avait sous-estimé l'érosion des capitaux d'Edgewater et la cupidité de Nathan Barron.

Un bruit de clé se fit entendre dans la serrure de la porte d'entrée.

Il fallait lui dire maintenant, après tout c'était un moment aussi bien qu'un autre. Kat attrapa son manteau et sa serviette sur le canapé de Nathan et se dirigea vers la porte.

Mais ce n'était pas Zachary. Le rire d'une femme brisa le silence.

Kat se figea. Son cœur battait la chamade tandis qu'elle scannait désespérément le bureau pour trouver un endroit où se cacher. C'est alors qu'elle réalisa : elle connaissait cette voix. C'était Victoria. Mais pourquoi était-elle ici maintenant ? Après une bataille judiciaire si acharnée, pourquoi Zachary n'avait-il pas fait changer les serrures ?

La porte d'entrée se referma avec fracas. Kat se retourna et chercha un endroit pour se replier. L'unique porte donnait directement sur la réception et sur Victoria. Derrière le canapé ? Non. Victoria pourrait entrer dans le bureau. Si elle s'assoit, ça sera sur le canapé ou au niveau du bureau.

Les talons aiguille de Victoria se faisaient entendre sur le sol en marbre de la réception, puis plus rien lorsqu'elle atteint le tapis berbère dans le couloir. Kat étouffa un éternuement en sentant un parfum fort flotter dans l'air. Elle plongea derrière les lourds rideaux de damas. Ils étaient de style contemporain, suffisamment longs si bien qu'ils se drapaient en une sorte de flaque au sol qui, heureusement, cachait ses pieds.

Victoria murmura quelque chose – Kat supposait qu'elle était au téléphone. Elle se trouvait désormais dans le bureau de Nathan, trop près au goût de Kat.

Kat regarda le sol avec horreur. La lumière s'infiltrait sous le rideau au niveau de ses pieds et elle réalisa que le bout de sa chaussure était à l'extérieur du tapis. Elle rabattit doucement son pied, en espérant ne pas attirer l'attention.

Qui était avec Victoria ? Elle n'avait pas entendu d'autres pas. Un tiroir s'ouvrit et elle entendit le bruit de papiers qu'on manipule.

Kat se collait contre le mur ; elle aurait aimé ne pas avoir autant mangé durant le déjeuner. Est-ce qu'on devinait sa silhouette derrière les rideaux ? Elle ne pouvait le dire.

« OK, je l'ai. Je t'appelle plus tard. »

Kat entendait à peine les mots chuchotés. Victoria doit parler à quelqu'un au téléphone. *J'ai quoi ?*

Elle émit un soupir de soulagement en entendant les talons hauts de Victoria résonner sur le sol en marbre de la réception. Elle avait du culot de revenir ici car elle ne travaillait plus pour Edgewater depuis la séparation. Elle s'en fichait de tomber sur Zachary ? Ou peut-être savait-elle qu'il n'était pas là ?

La porte d'entrée du bureau claqua. Kat retint sa respiration en entendant le bruit de la clé dans la serrure.

Elle entendit le bip de l'ascenseur, puis patienta cinq bonnes minutes avant de sortir de derrière les rideaux. Le parfum voluptueux de Victoria persistait, lui chatouillant le nez. Elle éternua.

Alors que Kat cherchait un mouchoir, elle aperçut son manteau et sa serviette sur le canapé. Est-ce que Victoria les avait vus ? Elle sursauta quand son téléphone sonna. Elle consulta l'écran du téléphone en coupant la sonnerie. C'était Jace. Elle n'osait pas l'appeler d'ici. Victoria pouvait revenir et Kat serait à la maison dans vingt minutes de toute façon.

CHAPITRE 15

*L*es yeux de Kat tressautaient de fatigue. Il devait être pratiquement 3 heures du matin. Elle aspirait à dormir mais ne pouvait se reposer avant d'avoir fait l'état des lieux des dégâts pour Zachary. Edgewater semblait être victime d'une fraude massive, la plus importante qu'elle n'ait jamais vue.

Depuis qu'elle était revenue d'Edgewater il y a plusieurs heures, elle continuait à analyser les comptes clients individuels au regard des copies des états financiers qu'elle avait trouvés dans le bureau de Nathan. Le processus était pénible et minutieux. Elle avait vérifié plus de cent cinquante comptes jusqu'à présent mais n'avait pas encore trouvé un seul compte pour lequel le document papier correspondait aux enregistrements informatiques. Les copies papier affichaient des rendements à deux chiffres, alors que la plupart des comptes qui figuraient dans l'ordinateur présentaient un solde proche de zéro et des pertes d'investissement plutôt que des gains.

Sur les comptes papier, les rendements des investissements étaient remarquablement cohérents. Trop en fait. Chacun des comptes qu'elle avait vérifiés totalisant un rendement de douze pourcent précisément, indépendamment de la période à laquelle l'investissement du client intervenait. Une telle constance était tout simplement impossible car le fonds lui-même fluctuait. Il investissait dans différentes devises et enregistrait constamment des gains et des pertes.

Le vent soufflait dehors ; elle voulait retrouver la chaleur de son lit.

« Toujours dessus ? » Jace se tenait sur le seuil de la porte du bureau à l'étage, tenant deux tasses de café fumantes.

« Viens voir ça, Jace. » Elle pointa son doigt sur son écran d'ordinateur. « Les comptes clients n'affichent que cent cinquante millions de dollars environ. Rien à voir avec les milliards que l'on retrouve dans les états financiers d'Edgewater. Je les ai recoupés avec les relevés de compte que j'ai trouvés. Ça ne colle pas » Elle avait trouvé des dossiers contenant des relevés papier dans une armoire fermée à clé chez Edgewater. Aucun ne correspondait aux soldes qui se trouvaient dans le système informatique.

Jace lui tendit un café et prit une chaise. « Cent cinquante millions sur trois milliards de dollars ? Tu veux dire qu'il manque 2,8 milliards ? Comment ça peut différer à ce point ? »

« Il semble que Nathan ait mis en place un système de Ponzi géant. Il prend l'argent des investisseurs et le transfert dès qu'il rentre. Il doit y avoir des copies des relevés falsifiés. C'est comme ça qu'il garde une trace. Regarde ça ? » Kat indiqua sur l'écran de l'ordinateur l'endroit où elle avait reconstitué les rendements d'investissement pour un groupe échantillon d'investisseurs d'Edgewater. « Tous ces investisseurs ont gagné douze pourcent par an exactement au cours des trois dernières années. »

« C'est impressionnant. Je me fais moins de deux pourcent à la banque. Je devrais peut-être transférer mon argent ? »

« C'est du vent, Jace. Tout est fabriqué. Tous ces clients ont investi à différents moments. Certains sont dans le fonds depuis le début, alors que d'autres ont seulement investi l'année dernière. Et pourtant, ils ont exactement le même rendement au niveau de leurs investissements. »

« Une coïncidence, peut-être ? »

« Non. J'ai comparé des douzaines de clients et leurs investissements dans le fonds. Le fonds est censé investir dans tous les types de spéculation monétaire et pourtant je peux reconstituer les transactions dans chacun de leurs comptes ou toute autre opération dans le fonds spéculatif d'Edgewater. J'ai retracé tous les règlements d'opération à partir des relevés bancaires *et* reconstitué le gain ou la perte dans chaque devise échangée par Edgewater. Et tu sais ce que j'ai trouvé ? »

« Quoi ? »

« Une perte, Jace. Il n'y a pas de rendement à douze pourcent. Zachary pense que son modèle monétaire fonctionne, mais il se trompe. Il n'y a pas d'opérations. Nathan ne les exécute tout simplement pas. Il n'investit pas l'argent et Zachary n'est pas au courant de ça parce qu'il ne contrôle jamais les comptes. »

« Tu veux dire que tout est falsifié ? Mais il y a d'autres personnes qui travaillent ici. Comment n'ont-elles pas pu le remarquer ? »

« Nathan est très habile, ce qui est surprenant au vu de ses fréquents voyages et absences. Un cadre qui s'occupe de l'administratif, c'est un autre signal d'alerte en matière de fraude. Le travail est bien trop basique pour un fondateur milliardaire. » Quelqu'un a dû l'aider aussi. Les activités de manipulation manuelle des comptes sont trop importantes pour avoir été réalisées par une seule personne.

« Zachary n'a vraiment aucun indice ? »

« Il dit que non. Aussi invraisemblable que cela puisse paraître, je pense qu'il dit la vérité, » précisa Kat.

« Mais comment Nathan peut-il prendre autant d'argent sans que Zachary ou n'importe qui d'autre ne le remarque ? »

« Je ne sais pas. Cette fraude existe depuis au moins dix ans. Jette un œil là-dessus. » Kat lui tendit un relevé. Il portait le nom et le logo d'Edgewater, mais le format était différent de celui des relevés générés par l'ordinateur. Le nom du client était collé sur le relevé.

Jace prit le relevé et frotta son doigt sur le logo. « Négligé. Ce boulot de copier-coller ne tromperait personne. »

« Il n'utilise pas cette version – il scanne et il envoie une copie électronique par e-mail, comme ça personne ne voit que ça a été trafiqué. Il recompose le tout sur une feuille de calcul et il applique une hausse de pourcentage sur chaque compte tous les trimestres. Et tout le monde est content. » Il y avait finalement une explication pour les feuilles de calcul que Kat avaient trouvées dans le bureau de Nathan. C'était son système de comptabilité manuelle en quelque sorte.

« Comment il s'assure que les vrais relevés ne sortent pas de l'entreprise ? »

« Quelqu'un d'autre doit être dans la combine. Lorsque le système imprime les vrais relevés, ils sont détruits. Ce sont les faux relevés qui sont envoyés aux clients. »

Jace siffla. « Où va tout cet argent ? »

« Une bonne partie a été transférée vers une société, Research Analytics. J'irai y faire un tour demain. » Kat désigna la pile de factures Research Analytics. « Cinquante millions ont été transférés jusqu'à présent cette année et deux cent vingt millions l'an dernier. Je cherche toujours le reste. »

« Et si un client veut récupérer son investissement ? La fraude risquerait d'éclater au grand jour ? »

« Seulement si Nathan ne leur donne pas l'argent. Tant qu'il y a des rentrées de liquidités, il peut payer les investisseurs qui souhaitent procéder à un rachat sans que le fonds ne fasse faillite. Il lui suffit de déplacer de l'argent d'un compte d'investisseur vers un autre pour se couvrir. » Kat aperçut un mouvement du coin de l'œil. Elle se retourna et vit Harry qui se tenait dans le couloir, vêtu d'un short et d'un polo. « Tu vas quelque part, Oncle Harry ? »

« Je vais me promener. »

« Il fait nuit. Et il pleut. » Harry avait décidé de rester regarder le match avec Jace. Était-il déjà sorti la nuit comme ça auparavant ?

« Ah bon ? Alors, je pense que je vais rester ici. »

Kat et Jace échangèrent un regard. Et si elle avait été endormie ?

Harry serait sorti sans manteau par ce froid glacial. « OK, Oncle Harry. À demain matin. »

Harry retourna dans le couloir. Le docteur avait raison : Harry n'était pas en sécurité tout seul. Mais il était hors de question de l'envoyer dans une maison de retraite. Elle réfléchirait demain. Elle se tourna vers Jace.

« Tu récupérerais ton investissement si tu gagnais douze pourcent par an cinq ans d'affilée ? »

Jace secoua la tête. « Certainement pas. Je n'obtiens pas un tel rendement à la banque – ni ailleurs. »

« C'est exactement ce que pensent les clients d'Edgewater. Année après année, ils obtiennent un rendement exceptionnel. Personne ne retire son investissement à moins d'être dans une situation désespérée. Il faudrait être fou pour renoncer à un tel revenu. Nathan ne mise que sur très peu de rachats. Les investisseurs récupèrent toujours les investissements les moins rentables en premier. »

« Donc, Nathan a juste besoin d'avoir suffisamment d'argent pour couvrir les quelques comptes qui font l'objet d'un rachat. »

Kat acquiesça. « Oui, et ça n'a pas posé de problème. Les investisseurs viennent littéralement frapper à la porte pour investir dans le fonds spéculatif. Le fonds fait figure d'offre exclusive. Nathan ne laisse personne d'autre entrer, donc les gens considèrent qu'ils ont de la chance d'investir en premier lieu. S'ils rachètent leur investissement, il se peut qu'ils ne soient plus autorisés à investir ultérieurement. Et il faut être riche pour intégrer un fonds spéculatif à haut risque, l'investissement minimum est de cinq cent mille. »

« On dirait qu'il n'y a aucun risque du tout. Les investisseurs obtiennent un bon rendement, année après année. Ça ne fonctionne pas comme ça sur le marché. C'est trop beau pour être vrai. »

« Oui, ça l'est – tant qu'Edgewater continue à afficher ces rendements records. Zachary pense que c'est grâce à son modèle de négoce exclusif. »

« On dirait que tu doutes de lui. »

Kat sirota son café. « Je pense qu'*il* croit que son modèle fonctionne. Le problème, c'est que cela n'a jamais été prouvé car Nathan ne réalise pas les opérations. Et Zachary ne vérifie jamais. Il doit estimer que douze pourcent au total, c'est un bon chiffre. Mais les soupçons de Zachary tombent à point. Nathan est clairement en train d'escroquer Edgewater. Les faux relevés de client et Beecham & Company, la société fantôme, le prouvent. Je ne comprends pas comment Zachary pouvait être à ce point déconnecté. Il y a autre chose. » Elle lui parla de l'improbable collaboration entre Edgewater et Fredrick Svensson.

« L'économiste qui est en lice pour le Prix Nobel ? Il existe peut-être une bonne raison de le payer. Même avec une opinion différente, il doit avoir de bonnes prédictions en matière de devises. »

« C'est trop bizarre, Jace. Svensson milite pour une monnaie commune – comme l'euro – à l'échelon mondial. Edgewater exploite et profite du moindre écart au niveau des devises, Svensson cherche à éliminer son modèle. Ça n'a pas de sens. »

« Peut-être que Zachary aura une idée sur le sujet. Comme il est tellement intelligent. » Jace afficha un sourire suffisant.

« J'en doute, Jace. Zachary insiste pour dire que toutes les transactions reposent sur son modèle de négoce exclusif. Il dit qu'ils n'utilisent aucune étude externe. Il y a encore une chose que je n'arrive pas à comprendre. »

« C'est quoi ? » demanda Jace.

« Comment Nathan arrive-t-il à se débrouiller ? Zachary dit qu'il saisit lui-même les transactions dans le système. Mais quand je vérifie, ces opérations ne sont pas comptabilisées dans le système. C'est comme si ce n'était connecté à rien. »

Jace n'eut pas le temps de répondre.

Ils se figèrent tous les deux alors qu'un grand vacarme, suivi par un bruit de verre brisé, se fit entendre à l'étage inférieur.

Kat lâcha son crayon. Des pas lourds résonnaient dans l'escalier avant de la maison. Elle sauta et alla jeter un œil par la fenêtre du bureau. Une silhouette sombre descendit la passerelle vers une berline noire qui tournait au ralenti le long du trottoir. Elle ne pouvait pas dire s'il s'agissait d'un homme ou d'une femme qui venait de claquer la porte du passager. Les pneus de la voiture grincèrent en quittant le trottoir.

Elle courut dans le couloir, Jace non loin derrière elle. Ils s'arrêtèrent tous les deux sur le palier de l'étage quand ils sentirent une odeur d'essence.

CHAPITRE 16

Kat et Jace se tenaient sur le palier, pétrifiés par ce qu'ils voyaient juste à l'étage en-dessous. Les restes d'un cocktail Molotov maison fumaient au centre du tapis du couloir. Les vapeurs d'essence se mêlaient à la fumée et le verre de la fenêtre latérale jonchait le plancher en bois.

Soudain, la bouteille explosa.

Le feu fusait dans toutes les directions. En quelques secondes, la porte d'entrée était cachée par la fumée qui montait. Les flammes léchaient la rampe d'escalier.

L'essence brûlait les narines de Kat. Elle sursauta lorsqu'une seconde explosion détonna, se transformant en boule de feu.

« Oh mon dieu. Oncle Harry – sors de là ! Fais vite ! » Kat pivota, prête à filer jusqu'à la chambre d'ami.

Mais Harry était déjà dans le couloir. « Qu'est-ce qu'il se passe ? » Harry se frotta les yeux. Puis les écarquilla en voyant les flammes. « Quel foutoir ! »

Kat courut dans la cuisine pour appeler les pompiers. Mais le téléphone sans fil n'était pas sur son support. Elle jura et retourna dans le couloir en se demandant où il pouvait bien être. « Je vais essayer de l'étouffer. » Jace dévala les escaliers tout en retirant son sweatshirt.

« Jace ! Fais attention. » Kat le regardait depuis le haut des escaliers. En moins d'une minute, les flammes avaient grandi de plusieurs mètres. Il était trop tard pour faire quoique ce soit. Bientôt, elles bloqueraient la cage d'escalier et les empêcheraient de fuir.

Elle se tourna. « Harry – Harry, allons-y ! » Elle se faufila et descendit les escaliers avec Harry juste derrière elle.

« Je vais t'aider, Jace. » Harry enleva son polo et se dirigea vers Jace.

« Non ! » Kat attrapa le bras de son oncle et le tira en arrière. Elle le dirigea vers la cuisine, loin du feu. « Continue, Harry, sors par la porte de derrière. Jace, toi aussi. Laisse tomber. »

Le feu avait désormais englouti tout le hall d'entrée, impossible de l'étouffer. Il n'y avait rien à faire.

Soudain, Kat se rappela qu'elle avait des papiers là-haut. Les feuilles de calcul de Nathan et les relevés des clients. C'était des originaux.

Si elle grimpait les escaliers maintenant, elle pourrait y être à temps. Non – c'était stupide. « Jace, laisse tomber ! »

Son visage était rougi par la chaleur.

« Je peux l'arrêter. » Jace grimaça en retirant son sweatshirt abîmé du tapis. Il se rapprocha et le laissa tomber sur le feu. Il le piétina pour essayer d'éteindre les flammes.

Kat s'arrêta au niveau de la porte de la cuisine. Tous les efforts de Jace auraient pu payer une minute auparavant, avant que les flammes ne doublent de taille. Désormais, ils étaient vains et présentaient même un danger.

« C'est trop, Jace. Allons-y. »

Jace sauta en arrière et protégea son visage juste au moment où une troisième explosion vint nourrir le feu. Les flammes bloquaient désormais l'escalier qu'ils venaient de descendre. Jace se retourna et tomba derrière Kat, la bousculant.

Kat tourna dans la cuisine, uniquement pour récupérer Harry, immobile près du poêle, qui se tordait les mains. Il semblait perdu. «

Prenons les escaliers de derrière, Harry. Suis moi jusqu'à la porte de la cuisine. » Kat arracha le téléphone sans fil de son support dans la cuisine en sortant, essayant de garder son calme. Elle ouvrit la porte de la cuisine et emplit ses poumons d'air propre et frais. Elle composa le 9–1–1 et descendit les escaliers, tirant Harry derrière elle. Quand elle se retourna, son cœur s'arrêta.

Mais où donc était Jace ? Il devrait être juste derrière elle et Harry. Mais, non.

« Attends ici. Parles-leur. » Elle mit le téléphone dans les mains d'Harry et rebroussa chemin en courant.

« Comment ça, attends ici ? » Harry leva la main. « Ne vas pas là-dedans, Kat. »

Elle se retourna. « Je dois trouver Jace. » La pluie diluvienne masquait les supplications d'Harry, ou peut-être était-ce elle qui les ignorait. « Non ! » Harry cria plus fort en joignant les mains. « Il faut attendre les pompiers. »

Mais Kat était déjà en haut des escaliers. À peine le seuil franchi, elle rencontra une épaisse fumée. Elle se bâillonna et se baissa, espérant trouver un air plus frais. Pourquoi Jace ne l'avait pas suivie dehors ? Il était juste derrière elle. C'était évident, le feu était trop important pour qu'il puisse le maîtriser – il pensait à quoi ? Elle rampa le long du plancher de la cuisine, aussi bas que possible pour éviter la fumée.

Harry allait bien – faire demi-tour serait une erreur. Mais quelques secondes pourraient faire toute la différence avant que les pompiers n'arrivent. Ses papiers Edgewater c'était une chose, mais elle ne pouvait pas laisser Jace. Elle toussa tandis que la fumée envahit ses poumons. Ça lui piquait les yeux, elle battit des cils pour essuyer quelques larmes.

Elle rampa de la cuisine jusqu'au couloir, elle voyait à peine à un mètre devant elle. Même si les flammes avaient perdu de la hauteur, l'épaisse fumée envahissait chaque centimètre carré du corridor ; impossible de voir quelque chose.

Elle se rapprocha de l'endroit où elle avait vu Jace pour la dernière fois, son souffle traduisant l'épuisement. Elle n'arrivait pas à trouver suffisamment d'air.

Elle haletait pour mieux respirer quand elle entendit la sirène du camion des pompiers qui s'approchait. Le camion s'arrêta brusquement à l'extérieur. Les portes claquèrent et des voix des hommes se firent entendre à travers la fenêtre brisée. Elle avait encore un peu d'espoir jusqu'à ce que les feux clignotants du camion éclairent l'obscurité. Le hall était vide. Jace n'était pas là.

CHAPITRE 17

Kat frissonna et tira la couverture de laine autour de ses épaules. Elle était assise sur les marches devant sa maison, écoutant l'eau ruisseler dans les gouttières. La pluie s'était apaisée et le feu était éteint. Elle émit des spasmes en toussant, c'était dû à la fumée qu'elle avait inhalée. Harry était assis derrière elle et hochait de la tête, tandis que le chef des pompiers la réprimandait pour être retournée dans la maison. Un à un, les voisins regagnèrent leur demeure et éteignirent leur lumière, soulagés que le feu ne se soit pas propagé.

Jace traversa péniblement la pelouse, devant quelques pompiers occupés à ranger leur équipement. Sa main droite et son bras portaient un bandage et étaient enveloppés dans de la gaze blanche. Il avait brisé la fenêtre du salon et avait sauté dans la cour qui se trouvait à l'avant. Kat se leva et descendit à sa rencontre.

Elle le prit dans ses bras, heureuse qu'il ait pu s'échapper de la maison en feu. « Ne fais plus jamais ça, Jace. Je croyais que tu étais mort. »

Il recula pour l'étudier et plissa les yeux. « Tu n'aurais pas dû revenir à l'intérieur. Je peux m'occuper de moi tout seul. »

Kat n'était pas d'accord mais ne dit rien. Elle était soulagée qu'il ne soit pas plus grièvement blessé. Elle coinça son bras dans le bras de Jace qui ne portait pas de bandage. Ensemble, ils gravirent les marches jusqu'à la porte d'entrée. Elle se tenait juste à l'extérieur et regardait dans le hall d'entrée.

« Pourquoi quelqu'un ferait ça ? » Kat analysa les restes encore fumants du cocktail Molotov. Il semblait avoir été fabriqué de façon artisanale, un chiffon noirci sortait encore du goulot de la bouteille de vin cassée.

Jace ne répondit pas. Il s'accroupit et regarda le sol endommagé. Un cercle noir brûlé, voilà tout ce qu'il restait du vieux tapis des Indes britanniques. Il était aussi vieux que la maison. La rampe d'escalier et le lambris de couloir étaient noircis et carbonisés et le plancher que Jace avait si soigneusement restauré était désormais recouvert de flaques d'eau. Les pompiers avaient rapidement éteint l'incendie, mais les dégâts étaient faits.

« Je ne sais pas. » Jace se leva et se tourna vers elle. « C'est peut-être une erreur d'identité. Ils se sont trompés de maison. »

« La plupart de nos voisins ont plus de soixante-dix ans, Jace. Je ne peux pas imaginer qu'on les prenne pour cible pour quelque raison que ce soit. » Les retraités du quartier de Queens Park faisaient des cocktails sans alcool, pas des cocktails Molotov.

« Ce quelqu'un est venu là pour vous, les enfants. » Harry arriva derrière eux. Il jeta un œil à l'intérieur, un vrai bazar « Je ne devrais peut-être pas rester. »

« Qu'est-ce que c'est ? » Jace touchait une cartouche en métal avec le bout de sa botte. Elle était partiellement cachée sous l'armoire du couloir ; les enquêteurs venus pour l'incendie ne l'avaient pas remarquée. Il dévissa le bouchon et tira un morceau de papier.

« C'est quoi ? » demanda Kat. « Tu devrais peut-être la laisser là où elle était. »

Jace l'ignora. Son visage s'assombrit quand il lut ce qui était écrit, puis glissa le papier dans sa poche.

« Laisse-moi voir ça. » Kat tendit la main.

Jace secoua la tête. « C'est rien. »

« Comment ça, rien ? » La cartouche en métal devait être à l'intérieur du cocktail Molotov. « Je vis ici aussi. Je veux savoir ce que ça dit. »

Jace haussa les épaules et tira le papier de sa poche. Il le lui tendit.

Kat lit la note dactylographiée. *Arrête de fourrer ton nez dans cette histoire.* « Donc, c'est au sujet de ton article. Mais le *Sentinel* l'a supprimé non ? »

« Oui. »

« Y a-t-il une autre affaire dont je devrais être informée ? » Kat frissonna en lui rendant le morceau de papier. Elle resserra la couverture autour de ses épaules.

« Non, c'est la seule sur laquelle je travaillais. Mais ça n'a pas été publié. Personne n'est au courant de ça. »

« Personne, sauf les gens qui travaillent au *Sentinel*. Ceux qui t'ont licencié. »

« Tu penses que quelqu'un du journal nous aurait jeté un bombe incendiaire ? C'est fou, Kat. »

« Ce n'est peut-être par le *Sentinel*. Quelqu'un aurait pu divulguer ton histoire. Aux personnes que tu accuses, peut-être ? »

« Mais pourquoi ils feraient ça ? » Jace regarda le papier avant de l'enfoncer dans sa poche.

« Qui sait ? Peut-être pour la même raison que celle pour laquelle ils ont retiré ton article de la une. Cela veut dire que le *Sentinel* est, de près ou de loin, lié à ton affaire. Ils doivent penser que tu as l'intention de publier ton article. »

« Tu sais, ce n'est pas une mauvaise idée, en fait. *The Sentinel* n'est pas le seul journal en ville. »

« Ça n'en vaut pas le coup, Jace. »

« Pourquoi pas ? Je vendrai l'histoire à quelqu'un d'autre. Il y a certainement plus derrière tout ça et ils n'arriveront pas à me faire taire. Je vais creuser un peu plus loin et essayer de voir où ça nous mène. »

« Et servir de cible encore ? » Kat n'aurait jamais dû le mentionner. Jace lui faisait penser à un chier qui venait de flairer une piste. Il n'arrêterait pas tant qu'il n'aurait pas trouvé qui se cachait derrière l'incendie.

« Qui que ce soit, il faut que je l'arrête, Kat. Tout particulièrement pour des attaques violentes comme celles-ci. Si je ne le fais pas, qu'est-ce qui va se passer après ? Tout ce qui est controversé sera étouffé ? C'est comme ça que ça commence, l'oppression. »

Kat soupira. Elle aussi voulait savoir qui était derrière cette attaque, et elle souhaite que justice soit faite. Mais parfois, il valait mieux laisser couler les choses. C'est ce qu'elle avait appris durant son enfance chez les Denton.

Elle n'avait surtout pas envie de se disputer après tout ce qui s'était passé. Elle changea de sujet. « Tu as trouvé quelque chose au sujet des commissaires aux comptes d'Edgewater la nuit dernière quand j'étais à leur bureau ? »

« Oui, en effet, » répondit Jace. « Beecham & Company est bien immatriculée, mais si elle exploite un terrain vague. »

Au moins, on avançait. Incendie ou pas, elle avait toujours une mission à mener à bien.

« Donc, elle existe vraiment. »

« Oui, Beecham existe, mais en tant que nom uniquement. Elle est détenue par une société holding. Qui, à son tour, est détenue par Nathan Barron. »

Les pires craintes de Kat se confirmaient. « Ça explique pourquoi les commissaires aux comptes n'ont pas relevé la fraude. Il n'y a pas de commissaires aux comptes. Ce n'est qu'un simulacre »

Bien sûr, Nathan Barron ne pouvait pas risquer que de véritables commissaires aux comptes découvrent son manège. Mais des milliards étaient en jeu, pourquoi n'avait-il pas mieux faussé les pistes ? Une adresse correspondant à un terrain vague et un numéro de téléphone qui ne donne nulle part, du travail bâclé tout ça.

« Tu ne crois pas que les investisseurs millionnaires ne prennent pas plus de précautions qu'un individu moyen ? » questionna Jace.

« C'est ce qu'on pourrait penser, mais avec un rendement constant de douze pourcent par an, peut-être pas. Zachary m'a dit que les investisseurs se battaient littéralement pour accéder au fonds. Et, autre chose – quelqu'un d'autre dans les dossiers d'Edge-water dispose de la même adresse que Beecham. »

« Ah bon ? Qui ? »

« Fredrick Svensson. Je veux que tu m'aides à trouver pourquoi ils le payent. » Ça, et aussi comment se fait-il que Zachary pouvait effecteur des opérations sans argent. Quelque chose ne sentait pas bon.

CHAPITRE 18

Kat et Jace prirent place dans le bureau de Kat situé en centre-ville, fatigués après l'incendie de la nuit dernière. Mise à part la fenêtre cassée, le feu avait également mis à mal des centaines d'heures de restauration minutieuse de la rampe sculptée et du lambris. Heureusement, aucun dommage n'avait été causé à la structure, mais ça faisait peine à voir pour l'instant. Lorsqu'ils eurent terminé de nettoyer et de consolider la fenêtre, on était déjà samedi matin. Ils étaient venus au bureau pour échapper à l'air enfumé qui persistait encore. « Dis-moi que je ne suis pas folle, Jace. » Kat pointa du doigt les confirmations de transaction d'Edgewater pour les deux derniers mois. « Edgewater est fauchée et il n'y a pas l'ombre d'une opération à venir. Comment Zachary pouvait-il ne pas être au courant ? » Kat frissonna en sirotant son café. Il faisait un froid de canard.

« Tu es vraiment sûre qu'il n'est pas dans le coup ? Bien sûr, il serait idiot de t'embaucher si c'était le cas. » Jace grimaça en étendant son bras blessé sur son genou.

« Exactement. Mais pourquoi n'a-t-il pas remarqué que les opérations n'étaient pas exécutées ? Edgewater Investments semble ne rien avoir à faire avec ce qu'il me décrit. L'entreprise est sur le point d'imploser. »

« Tu penses que les confirmations d'opération pourraient, elles aussi, être falsifiées ? » demande Jace.

« Oui, mais Zachary parle avec d'autres personnes ? D'autres traders ? Son courtier ? » Malgré l'incendie, le travail de la nuit dernière commençait à porter ses fruits. Maintenant qu'elle avait la preuve que l'argent était détourné, Kat pensait qu'elle était en mesure de tenir les délais imposés par Zachary. Si elle pouvait suivre la trace de l'argent jusqu'à sa destination finale, Zachary aurait un dossier béton contre son père. Mais cette dernière question la laissait perplexe. « Mais, ne réalise-t-il pas les échanges sur une plateforme de négoce en ligne ? Si tout ça est faux aussi, la ruse est particulièrement élaborée. Il faut que je voie comment il procède. »

« Tu as dit qu'Edgewater avait versé environ deux cent vingt millions à Research Analytics l'an dernier ? » Jace se gratta le menton.

« Oui, c'est ça. »

« Ça correspond pratiquement au chiffre d'affaires total de Research Analytics pour l'année. J'ai téléchargé leur rapport annuel, » précisa Jace. « Étonnamment, je n'ai pas eu de mal à l'obtenir. »

« Cela veut dire peut-être qu'Edgewater est leur seul client. » Kat repensa au lopin de terre vide qui correspondait à l'adresse de Beecham et au téléphone qui ne menait nulle part. Research Analytics n'était probablement qu'une façade. Mais dans quel but ? Que cachait Nathan et pourquoi avait-il besoin de tout cet argent ?

Kat se leva de son bureau et attrapa un dossier épais qui se trouvait au-dessus de son armoire de classement « Ce sont les copies de tous les dépôts bancaires de l'année dernière. Presque tous les dépôts, ce sont des clients qui investissent leur argent. Je ne vois aucune transaction. »

« Une preuve supplémentaire qu'aucun échange n'est en cours. »

Kat acquiesça. Elle s'appuya sur l'accoudoir du fauteuil rembourré de Jace. « À moins qu'il y ait un compte bancaire dont je n'ai pas connaissance. » Elle ouvrit le dossier. « Les dépôts sont immédiatement retransférés, pratiquement dès qu'ils arrivent. Tous sur le même numéro de compte à la Bank of Cayman. »

« Je parie que c'est le compte de Research Analytics. » Jace leva les yeux vers elle. « Tu veux que je vérifie ? »

« Oui, bien sûr. Je veux aussi que tu analyses les relations entre ces différentes entreprises » Kat se leva et laissa tomber le dossier sur son bureau. Elle marcha jusqu'au tableau. « Ça aide de savoir qui est lié à qui. »

Elle désigna le schéma dessiné au tableau. Une case étiquetée *Edgewater* se trouvait tout en haut. Deux cases en-dessous indiquaient *Research Analytics* et *Svensson* respectivement. Des lignes indiquant *paiements* reliaient ces dernières à Edgewater. Une ligne marquée *reporting* partant vers la droite, reliant *Edgewater* à une case identifiée comme *Beecham*.

« C'est pour que faire tout ça ? » Jace se leva et la rejoint au tableau en tenant son bras.

« Avoir une meilleure idée des flux de liquidités et d'informations. Qu'ont-ils tous en commun ? » Kat fit glisser son index le long du schéma.

Jace leva les sourcils mais ne dit rien.

« Nous savons quelle somme Edgewater a versé à Research Analytics. Et de combien d'argent ils disposent au total, d'après leur rapport annuel. » Kat reprit le document sur son bureau. Hormis les données du Registre du Commerce et des Sociétés des îles Caïmans et les recherches en ligne, le schéma représentait toutes les informations qu'elle avait pu récolter sur l'entreprise.

Elle désigna la case *Research Analytics*. « Pratiquement tout l'argent que reçoit Research Analytics – soit environ deux cent vingt millions par an – va à une ONG. Le World Institute. Nathan fait partie des membres. » Heureusement pour elle, le World Institute avait un site Web. Ce dernier listait fièrement ses donateurs et ses membres.

Elle dessina un cercle sous le schéma et écrit *WI* à l'intérieur. Elle ajouta des flèches vers le bas en partant de *Research Analytics*. «

Research Analytics est simplement un canal qui va d'Edgewater au World Institute. »

« C'est une fortune. Si tout va au même endroit, pourquoi les donateurs ne paieraient-ils pas directement le World Institute ? »

« Tu veux dire comme Edgewater ? » Kat tapota sur le tableau.

Jace acquiesça.

« Bonne question. C'est une ONG, donc il n'y a aucun avantage fiscal à passer par les îles Caïmans ou n'importe quel autre paradis fiscal. »

« Research Analytics, c'est juste une façade. » Jace retourna vers son fauteuil, soutenant toujours son bras. « L'argent d'Edgewater finit chez WI sans que personne ne puisse suivre sa trace »

« Exactement. Je suppose que certains donateurs ont quelque chose à cacher. Ils souhaitent peut-être rester anonymes. »

« Ils cachent certainement leur jeu pour une bonne raison. » Jace bougea dans son fauteuil et grimaça. Il frotta son bras blessé.

« Ça fait mal à ce point ? Tu devrais voir un médecin, Jace. »

Jace lui fit signe de la main gauche. « Ça va pour l'instant. »

« Comme tu veux. » Kat s'assit à nouveau derrière son bureau et tapa *World Institute* dans son moteur de recherche, puis appuya sur la touche Entrée. Les résultats de recherche comptaient plus d'une dizaine d'entrées, mis à part le site Web officiel de WI. Elle cliqua sur la première entrée. « Apparemment, ils organisent également une conférence annuelle. »

« Je pensais qu'il s'agissait d'une organisation secrète. »

« Et bien non. Personne ne sait de quoi ils discutent lors de la conférence, ni où elle se tient d'ailleurs. On sait juste qu'elle a lieu une fois par an. » Pour une organisation clandestine comme celle-là, elle fut surprise de voir à quel point il était facile de trouver des informations en ligne. Peut-être pour attirer d'autres investisseurs.

« Qui sont les membres ? Quels sont les types d'investissement ? »

« Non – c'est ce qui est intéressant. C'est tout le monde et n'importe qui. Des magnats des affaires, des philanthropes, des membres de la royauté, de futurs présidents et même des invités de talk-show au bras long. Bref, des gens qui ont de l'argent. »

« De futurs présidents ? Comment peuvent-ils prédire qui sera à la tête d'un pays avant que cela n'arrive ? »

« Pas besoin de prévenir l'avenir, » répondit Kat. « Ils le décident. Tout au moins, c'est ce que certains disent. » Elle fit défiler l'écran jusqu'à la page des états financiers. « Tu as vu ça ? L'année dernière, le total des rentrées d'argent était de quatre cent millions. Ce qui veut dire que les deux cent vingt millions qu'Edgewater transfert via Research Analytics représentent plus de la moitié de flux de trésorerie »

« Oh. Réseau très influent. Qui apporte le reste ? » Jace se pencha en arrière. Kat fit la moue. Comme un chien avec son os, il sentait l'affaire. Jace était très doué pour dénicher les secrets.

« Je ne sais pas. Tu peux vérifier à qui d'autre ils sont liés ? » La brève enquête de Kat avait révélé toutes sortes de théories du complot associées au World Institute. Alors que l'organisation se définissait elle-même comme un *think tank* dans son rapport annuel, les autres étaient moins élogieux à son égard. Au mieux, elle était considérée comme une société secrète d'élites mondiales, des personnes riches et puissantes qui définissaient les politiques et les lois en fonction de leurs besoins. Au pire, elle était décrite comme un gouvernement mondial de l'ombre qui sapait la souveraineté nationale en soutenant des politiciens favorables aux grandes entreprises.

Mais elle voulait que Jace se forge sa propre opinion. Personne n'était meilleur que lui pour dévoiler les affaires louches. Elle devait juste s'assurer que le potentiel de l'histoire ne l'avait pas quelque peu distrait.

« Oui, je vais le faire. » Jace se pencha en arrière dans le fauteuil en cuir et étendit ses longues jambes devant lui. Il prit un ordinateur portable dans sa serviette et l'alluma.

Kat jeta un œil à sa boîte de réception ; le relevé bancaire d'Harry attira son attention. Il se trouvait là, sur son chéquier et autres relevés. Autre chose qu'elle devait régler rapidement. Peu importe qui se trouvait derrière ce chaos financier, il fallait à tout prix l'arrêter. Mais la deadline de Zachary approchait à grands pas, elle ne disposait que de peu de temps. Elle décida de travailler sur Edgewater encore une heure puis de s'occuper du problème d'Harry. Il fallait qu'elle mette de l'ordre dans ses affaires ce soir une bonne fois pour toute. Elle prit la pile pour la déposer dans sa serviette lorsqu'une ligne lui sauta aux yeux. Il s'agissait d'un transfert mensuel sur le même compte que celui du prêt récemment contracté.

Jace bougea dans son fauteuil. Il était silencieux, pas comme le bruit bizarre de son clavier.

Elle consulta à nouveau le relevé bancaire d'Harry. Effectivement, des transferts mensuels réguliers étaient intervenus pendant au moins six mois, aussi loin que remontent les données du chéquier d'Harry. Mais, selon elle, il n'avait pas d'autre compte à la même banque. Elle griffonna une note pour se rappeler de poser la question à Anita Boehmer.

Trente minutes plus tard, Jace attira l'attention de Kat. « Kat, C'est fascinant. Je ne sais pas pourquoi je n'ai jamais entendu parler du World Institute. Il est dit qu'ils essaient de mettre en place un nouvel ordre mondial. »

Kat passa l'article en revue. La légende sous la photo de l'auteur indiquait *Roger Landers*, auteur de *Complot Monétaire et Nouvel Ordre Mondial*.

« On pourra essayer de trouver ce qui se cache derrière le World Institute plus tard, » dit Kat. « Comme nous n'avons pas beaucoup de temps, concentrons-nous sur Edgewater et la façon dont les paiements atterrissent là-bas. »

« La liste des membres est impressionnante, » ajouta Jace. « J'ai retracé tous les participants depuis les premières rencontres en 1954. Cette année-là, cent personnes faisant partie de l'élite internationale se sont rencontrées avec le seul objectif de créer un gouvernement mondial. Depuis, chaque année, quelque cent personnalités très puissantes s'y sont retrouvées pour faire avancer leur cause. »

« C'est une théorie du complot, encore une. » Kat réalisa son erreur trop tard. Jace était déjà sur la tangente.

« Il y a beaucoup d'éléments intéressants, ça vaut le coup de s'y attarder. Par exemple, les trois derniers Présidents américains, le Premier Ministre britannique et le Premier Ministre canadien y ont tous participé. Juste avant d'être élus. »

« Ils ont été élus par le peuple, Jace. De façon démocratique. » Comment pouvait-elle le remettre sur les rails ?

« C'est vrai, » dit Jace. « Oui, mais qui a décidé qui allait se présenter à l'origine ? »

« Tu penses que ces nominations ont été truquées ? »

« Fortement influencées, en tout cas. Quatre-vingt-treize pourcent de l'ensemble des acteurs politiques du World Institute ont pris un mandat une ou deux années plus tard. C'est bien plus qu'une coïncidence. Mais comment et pourquoi sont-ils liés à WI ? Je n'avais jamais entendu parler de cette organisation jusqu'à présent. »

« Qu'est-ce que cela a à voir avec l'argent ? »

« Le contexte, Kat – le contexte. Je suppose que la seule raison pour laquelle nous n'avons jamais entendu parler de WI auparavant, c'est qu'ils ne le voulaient pas. Bien sûr, il y a une poignée de journalistes qui *écrivent* ce que je suis en train de lire, mais ils sont rejetés parce qu'on pense qu'ils sont cinglés. »

« Sauf toi, tu ne penses pas qu'ils le sont. » Kat soupira.

« Il doit y avoir un peu de vrai là-dedans. D'après ce que je vois, le WI est très discret. Les réunions sont fermées aux médias. Tout au moins aux médias classiques. Quelques journalistes reconnus ont été invités, mais à condition de garder le secret. S'ils brisent le silence, ils ne seront plus invités – ou s'ils écrivent un bouquin comme Landers, ils seront tous simplement éjectés. Aucun des journalistes les plus accommodants n'a jamais divulgué quoi que ce soit. Pas en l'espace de cinquante ans. Tout journaliste digne de ce nom devrait écrire une histoire sur le sujet. »

« Pourtant, aucun journaliste traditionnel ne l'a fait. » Kat se tourna davantage vers lui. « Pourquoi à ton avis ? »

« Ils ont été réduits au silence. » Jace leva les sourcils. « Ils ont reçu des pots-de-vin – ou pire encore. »

« Ou, peut-être il n'y a rien à dire là-dessus. »

« Peut-être – peut-être pas. Ne te fais pas d'illusions, Kat. C'est une grosse affaire. Si c'est la première fois que nous en entendons parler, c'est qu'il y a une raison. Cette organisation regroupe les gens les plus riches et les plus influents de la planète. Ils contrôlent les banques, les gouvernements et mêmes les pays. Leur objectif est de concentrer encore plus le pouvoir. L'Union européenne ? C'était la première étape. Ils ont l'intention de créer une Union asiatique et une autre, Nord-américaine. »

Jace désigna le rapport annuel du World Institute qui était affiché sur l'écran d'ordinateur de Kat. « Leur mission est de donner naissance à une monnaie mondiale. Edgewater est l'un des plus gros traders de devises dans le monde. »

« Pour moi, ça n'a pas de sens, » indiqua Kat. « S'il y a moins de devises, Edgewater court à sa perte. Ils n'auront plus rien à échanger. »

Elle se tourna à nouveau vers l'écran de son ordinateur. « De toute façon, nous n'avons pas forcément besoin de savoir pourquoi Nathan détourne de l'argent. Il faut juste prouver qu'il l'a fait. »

« Tu ne veux pas savoir ce qui motive le crime ? »

« Si, bien sûr, c'est intéressant, mais je n'ai pas le temps, Jace. Je dois boucler ça pour lundi, comme me l'a demandé Zachary. »

Jace semblait ne pas avoir écouté un mot de ce qu'elle disait. « L'exemple parfait – l'Union européenne. Qu'est-ce qui s'est passé après ? L'euro. Une seule devise. »

« Et alors ? »

« Ce n'est que le début, Kat. Et si la crise du crédit avait été déclenchée de façon intentionnelle ? »

« Tu veux dire qu'elle aurait été planifiée ? »

« Exactement. Et si la monnaie ne valait rien ? Que ferais-tu ? »

« Je conserverais mon argent dans une devise plus forte. Ou, si ce n'était pas suffisant, j'achèterai de l'or ou des diamants. Comme tout le monde. Mais pourquoi quelqu'un orchestrerait-il la dévalorisation d'une monnaie ? Ça fait du tort à tout le monde. »

« Non, pas à tout le monde – seulement à ceux qui ne voient rien venir. »

« Ça ressemble à toutes les théories du complot dont j'ai entendu parler, » répondit Kat. « Et ça n'a rien à voir avec Edgewater et la mission de Zachary. »

« C'est là que tu as tort, Kat. Indépendamment de la piètre opinion que Zachary a de son père, Nathan Barron est un expert monétaire reconnu. Et si l'objectif était de passer à une monnaie mondiale ? Comment faire en sorte que les gens – ou les gouvernements – adhèrent ? »

« En dévalorisant la monnaie, » dit Kat. « Alors, tout le monde voudrait se débarrasser de la devise sans valeur. Qu'ils échangeraient contre une monnaie plus sûre, plus stable. »

« Exactement, on dévalue le dollar, la livre sterling, le yen. Tout le monde panique et *voilà*, vous leur proposez une monnaie mondiale unique pour les sortir du bazar dans lequel ils se trouvent. À vos conditions, bien sûr. »

« D'où tu sors ça, Jace ? Tu es complètement à côté de la plaque.

« Je ne pense pas. Regarde ces listes. » Jace tendit à Kat la liste des participants à chaque conférence. Chaque année, on avait l'impression de se trouver face au Top 100 du Billboard. Sauf qu'il ne s'agissait pas des tubes de l'année. C'était les poids lourds de l'année – les personnes les plus riches, les plus puissantes et les plus influentes, tout ça depuis 1954.

« La reine des Pays-Bas ? C'est une philanthrope. Le World Institute est un *think tank*. Rien d'étrange à cela. » Kat passa la liste en revue. Des poids lourds, effectivement, mais rien ne laissait entendre qu'ils avaient de sombres motivations.

« Elle dirige l'une des plus importantes compagnies pétrolières au monde, » indiqua Jace. « C'est bien plus qu'un intérêt particulier au regard de l'humanité. C'est un concentré de pouvoir. »

« Même si tu as raison, en quoi cela a-t-il un lien avec Nathan Barron et Edgewater ? » Kat ne savait trop que penser.

« Il y a de l'argent à se faire, Kat. Si tu sais qu'une devise va chuter, tu peux en tirer parti. »

« Spéculer dessus, tu veux dire ? Comme dans les transactions d'Edgewater ? »

« Oui, » répondit Jace. « C'est pour ça que nous devons étendre nos recherches et inclure le World Institute. Nous savons que Research Analytics joue un rôle majeur dans la combine de Nathan. Nous devons au moins enquêter sur les relations qui existent entre Research Analytics et le World Institute. »

« Non, Jace. Nous devons juste fournir des informations sur le World Institute et montrer où va l'argent. Le reste, ça ne fait pas partie de la mission. »

« Pourquoi ? Hormis le fait que l'argent que Nathan donne n'est pas le sien, il doit bien avoir une raison pour qu'il le fasse secrètement. Tu crois que Zachary ne voudrait pas savoir que Nathan finance une organisation qui sape leur activité ? »

Kat soupira. « OK, tant que Zachary est d'accord. » Elle savait déjà que Zachary voudrait disposer de tous les éléments qui permettraient de révéler les malversations de Nathan. « Mais restons concentrés. »

« Nous devons aller à la conférence. »

« Jace, non. » Kat leva les bras en signe de protestation. « Je veux bien te donner un coup de main pour débusquer une affaire, mais on s'égare là. On n'a pas besoin d'aller à la conférence. »

« Mais, je crois que c'est dans quelques jours. Du moins, il me semble, au vu des informations que j'ai trouvées dans la boîte e-mail et l'agenda de Barron. Elle se tient à un endroit différent tous les ans, en général dans un complexe situé en marge d'une grande ville. L'année dernière, c'était en Suisse, l'année avant non loin de New York. »

Kat se tapa le front, elle venait de réaliser. « Nathan est allé à Genève l'an dernier à cette époque. » Elle l'avait vu dans son agenda.

« Exactement. La conférence a lieu au même moment tous les

ans. Je parie que si tu reviens un an en arrière, tu trouveras aussi un déplacement à New York. »

« Mes honoraires ne couvrent pas les déplacements professionnels, Jace. Si tu veux y passer du temps, très bien. Où a-t-elle lieu cette année ? »

« Je ne sais pas. Le mystère va jusqu'à ne divulguer la destination aux participants qu'à la dernière minute. Ils ne veulent pas que des journalistes viennent fouiner. » Jace sourit. « Mais ce sont toujours les meilleurs endroits – vraisemblablement, ils ont quelque chose à cacher. »

CHAPITRE 19

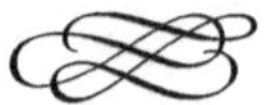

*K*at n'avait toujours pas réussi à faire en sorte que
Jace passe à autre chose une heure plus tard.

Il était déjà midi et elle n'avait pas beaucoup progressé. Elle
étudia le schéma sur le tableau, essayant de trouver un sens aux flux
d'argent et de déterminer de quelle manière ils étaient liés à
Edgewater.

Jace, de son côté, était devenu un véritable expert au sujet des
affaires du World Institute.

« Où est Nathan Barron exactement ? » demanda Jace. « Ça
pourrait nous donner un indice pour savoir où chercher. »

« Je ne sais pas. Son agenda indiquait qu'il avait un vol pour
Londres hier. Mais Zachary avait vérifié avec sa secrétaire et elle
avait confirmé qu'il n'y était pas. En tout cas, il est en déplacement.
»

« Où exactement ? »

« Je ne sais pas. Sa secrétaire non plus. Enfin, c'est ce qu'elle a dit
à Zachary. Et Zachary ne l'a pas vu depuis au moins une semaine. »

« Tu crois qu'il s'est fait la malle ? »

« J'en doute. » Kat se rappelait des trophées dans le bureau de
Nathan. Son égo était bien trop grand pour les laisser derrière lui. «

Ça fait plus de dix ans qu'il fait ça. Je suis sûre qu'il ne sait pas que nous enquêtons sur lui. Pour ce qui le concerne, il fait comme d'habitude, rien n'a changé. »

« Supposons que ce soit vrai et admettons qu'il soit membre du World Institute. Il doit l'être puisqu'il détourne tout son argent au profit de l'organisation. Ça veut dire qu'il va participer à la conférence. »

« C'est peut-être à Londres qu'elle se tenait, » dit Kat.

« À quelle date le billet a été réservé ? »

Kat prit une copie du billet d'avion de Nathan. « Il y a six mois. Pourquoi est-ce important ? »

« Ça ne peut pas être pour le World Institute. Ils organisent tout à la dernière minute – un mois ou deux avant la date effective de la conférence. Pour garder l'endroit secret. Mais elle se tient toujours à cette période de l'année. Je pense qu'il ne va pas à Londres parce qu'il a quelque chose de plus important à faire. La conférence annuelle du World Institute. »

« Supposons que oui, comment trouver où elle se tient ? » questionna Kat.

« Il y a une autre façon de le savoir. Passe-moi la liste des conférences. » Jace saisit une poignée de punaises. « Si je suis à la recherche de quelqu'un dans l'arrière-pays, je commence par analyser les informations sur sa dernière localisation. Cela me donne un schéma pour définir la zone de recherche. Ensuite, on procède par élimination. »

« Il ne s'agit pas d'une mission de secours. »

« Non, mais on peut appliquer les mêmes principes. »

UNE HEURE PLUS TARD, ils se tenaient dans le bureau de Kat au centre-ville, fixant le mur devant son tapis de course. C'était le seul endroit où ils pouvaient punaiser la carte que Jace avait acheté au magasin de bonnes affaires.

Les punaises marquaient l'endroit où s'étaient tenues les

cinquante et quelques conférences jusqu'à présent. Elles se concentraient en Europe, mais il y en avait également plusieurs sur la côte Est des États-Unis et au Canada. Les punaises bleues indiquaient les conférences tenues au cours des dix dernières années, les jaunes celles dix ans auparavant, etc.

La carte ressemblait à une version pas chère de ce qu'on peut trouver dans un centre de crise du Pentagone.

« Concept intéressant, » remarqua Kat. « Mais comment cela va nous aider à trouver l'endroit où se tient la conférence ? »

« Je suppose que ça fonctionne comme les Jeux Olympiques. Ils prennent le soin de ne pas choisir le même continent ou pays à chaque fois. Pour être juste envers tout le monde. »

« Cela exclut l'Europe. »

« L'Amérique du Nord semble un peu éparse, » dit Jace.

Vrai. Il n'y avait que sept punaises, toutes concentrées à l'est de l'Amérique du Nord.

« Elles se tiennent toujours dans des complexes exclusifs, hautement sécurisés – gardes armés, soldats, service secret, police, » ajouta Jace.

« Normal. Un endroit où ils peuvent sécuriser le périmètre. »

« Et débarrasser les alentours des résidents et des visiteurs. »

« Vraiment ? » Kat leva les sourcils, surprise. « Ils vont jusque-là ? »

Ils restèrent silencieux et étudièrent la carte. Bien que les endroits et les acteurs aient changé au fil des ans, ceux qui tiraient les ficelles en coulisses étaient toujours les mêmes. Les changements de gouvernement, les guerres civiles et même la démocratie n'avaient en rien altéré la véritable structure du pouvoir. Le jeu était le même, seul le casting sus scène était différent. Certaines choses n'évoluaient jamais.

at regardait fixement la carte de Jace. Ses grappes et ses réseaux lui rappelaient les voies neurales et la démence qui prenait le contrôle du cerveau d'Oncle Harry. Des plaques et des enchevêtrements sapaient ses dernières lignes de défense, étouffant les synapses et piégeant sa mémoire. Les lignes de bataille se redessinaient au quotidien, à mesure que la démence gagnait son esprit et son corps.

Harry claqua la porte d'une armoire de classement dans le bureau situé à l'extérieur et marmonna quelque chose d'inintelligible.

Kat sursauta.

« Qu'est-ce qui ne va pas ? » demanda Jace. « Tu ne m'as pas entendu ? »

Kat croisa ses yeux et ne put répondre. Sa lèvre inférieure commença à trembler.

« Pourquoi est-ce que tu me regardes comme ça ? »

Kat éclata en sanglots. « Harry a Alzheimer. »

Jace n'hésita pas une seconde. Il la tira vers lui, la serrant contre sa poitrine alors que les larmes coulaient sur ses joues. « Alors, ça y est, le diagnostic est officiel. »

« Tu n'as pas l'air surpris. »

Jace recula pour se plonger dans les yeux de Kat. Il lui caressa la joue. « Allez, Kat. On savait tous les deux ce qui lui arrivait. Ses hallucinations, ses accidents. Ses oublis plus que fréquents. Mais pourquoi tu ne m'en as pas parlé ? » Il l'attira vers lui. « Tu le savais avant – depuis ta visite chez le médecin ? »

« Oui. » Elle ne mentionna pas le premier rendez-vous. Ses larmes mouillèrent sa chemise alors qu'elle enfouit son visage dans sa poitrine.

« Mais tu me l'as caché ? Pourquoi ? »

Comment lui dire pourquoi ? Lui avouer qu'elle avait peur qu'il la quitte ? Il serait insulté s'il entendait ça. Mais son père était bien parti. Peut-être que Jace le ferait aussi.

« J'attendais le bon moment. »

« Le bon moment, c'était à la minute où tu l'as su, Kat. Tu ne voulais pas me le dire – tu sais ce que *je* ressens ? » Jace se tourna, ses yeux montraient qu'il était blessé.

« Je ne savais pas quoi dire. » Il avait raison, bien sûr, mais elle avait peur.

Jace l'attira contre lui et l'embrassa. « Kat, je t'aime. J'ai le droit de savoir. Tu ne peux pas me mettre à l'écart comme ça. »

« Je sais, en fait – j'avais peur, tout simplement. Ça devenait trop réel. Je ne pouvais pas le supporter. » Kat aurait voulu arrêter de pleurer. Les larmes n'avaient jamais rien réglé.

« Ta mère souffrait d'Alzheimer. »

Elle fit oui de la tête alors que les larmes ruisselaient le long de son visage.

OK, il le dirait pour elle, à voix haute. Elle avait tout juste quatorze ans quand sa mère est morte et elle avait emménagé chez les Denton. Oncle Harry et Tante Elsie. Et Hillary.

« Harry est au courant ? »

« Je n'en suis pas sûre. Il semble comprendre, mais pour maintenant, il a tout oublié. »

« Tout ira bien, Kat. On va gérer ça. » Jace lui caressa la joue et essaya une larme.

« Je ne veux pas qu'Harry finisse comme ça, Jace. »

Elle espérait encore qu'il puisse y avoir une erreur de diagnostic. Mais, au fond de son cœur, elle savait ce qu'il en était.

« Je t'aiderai pour Harry. Ne t'inquiète pas. »

Ils furent interrompus par un bruit provenant de la réception.

« Oncle Harry ? »

Kat dévala le couloir, Jace la suivant de près.

Harry était au sol. Son fauteuil renversé était près de lui, les roues tournaient encore. Il tint son épaule et esquissa une grimace de douleur.

« Ça va. J'ai juste perdu l'équilibre. »

« Il ne faut jamais se tenir debout sur une chaise qui a des roues, Oncle Harry.»

« Je voulais l'aider. Le dossier se trouvait sur l'étagère tout en haut. » Le bureau de Kat accueillait un cabinet dentaire auparavant, avec des étagères du sol au plafond. Elle n'utilisait pas les rangées supérieures, mais n'avait pas encore commence à rénover.

« Aider qui ? Il n'y a que toi ici. »

« Hillary, » expliqua Harry. « Elle avait besoin d'un dossier pour son projet scolaire. Elle doit le rendre demain. »

« D'accord, » répondit Kat. « Je ne la vois pas. Où est-elle à présent ? »

« Elle a dû partir. Sinon, elle risquait d'être en retard à l'école. »

Kat se fit violence pour ne pas pleurer. Jace ne savait pas dans quel pétrin il s'était mis et elle ne pouvait pas s'attendre à ce qu'il la soutienne sur le long terme. C'était trop demander à quelqu'un.

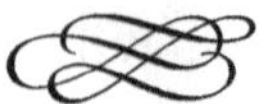

CHAPITRE 21

Kat trouva finalement le temps de se rendre jusqu'à chez Research Analytics. Elle s'approcha du trottoir pour garer la voiture. Le seul endroit suffisamment grand pour garer la voiture d'Harry, un véritable paquebot, se trouvait à un pâté de maisons de là. Pas de problème, car le fait de se garer en bas de la rue lui permettait d'observer Research Analytics sans attirer l'attention.

Harry avait insisté pour qu'ils prennent sa voiture, ce qui bien sûr voulait dire qu'elle devait conduire. Bien qu'on lui ait enlevé son permis, il avait réparé la Lincoln après l'accident et avait refusé de la vendre. Il était assis à côté d'elle, sur le siège du passager, se tournant les pouces. Il gigotait constamment maintenant, sans en avoir conscience.

« Attention aux murs blancs, Kat. Tu vas les abîmer. » Harry ravala sa respiration. « Pourquoi te gares-tu toujours si près du trottoir ? »

Kat se tourna vers Harry. « Je suis à quinze centimètres. Ouvre la porte et tu verras par toi-même. » Elle se garait toujours un peu plus loin pour éviter les débats sans fin, mais la perception qu'avait Harry de l'espace et de la proximité semblait s'être envolée.

Harry détourna les yeux et se mit à se tourner les pouces encore plus vite. « Pourquoi tu te disputes avec moi, Kat ? »

« Non, tu as raison, Oncle Harry. Je suis trop près. » Kat se rendit soudain compte pourquoi il était agité – la poignée de la portière. L'érosion mentale causée par la démence était inégale. Harry se rappelait des paroles des chansons qu'il écoutait pendant sa jeunesse, mais ne savait plus comment fonctionnait une poignée de porte. Même dans une voiture qui avait été la sienne pendant plus de trente ans. « J'essaierai de faire plus attention la prochaine fois. »

Kat sauta de la voiture et fit le tour du côté du passager pour ouvrir la portière. Elle étudia la rue un moment, en attendant qu'il sorte. Cette partie de la ville comptait bon nombre de vitrines et d'immeubles d'appartements de trois étages, construits pour la plupart entre les années quarante et soixante-dix. Excepté la peinture défraichie et l'état de délabrement, le quartier n'avait pas beaucoup changé depuis ses beaux jours. Même les gens respiraient la fatigue. Elle claqua la portière de la voiture. « Tu es prêt ? »

Harry acquiesça et ils s'avancèrent dans la rue. C'était son ancien quartier, à trois rues de la maison où il avait grandi.

« Où sommes-nous, Kat ? » Harry regarda autour de lui, inquiet. « Je ne suis jamais venu ici. C'est sûr que c'est occupé ici. »

« Je sais. » Kat ne le corrigea pas. Cela ne ferait que le contrarier, et ils arrivaient déjà à destination. Le siège social de Research Analytics semblait être un immeuble d'appartements en stuc ; ce dernier comportait un panneau indiquant qu'il restait des espaces libres. Elle se dirigea vers la porte d'entrée et inspecta la liste des résidents. Aucun nom ne se rapprochait de près ou de loin de celui de Research Analytics. Ce qui se rapprochait le plus de la suite mil quatre cent était le numéro douze, indiqué comme appartenant à A. Knopf.

Tout comme elle le suspectait, Research Analytics avait été fabriquée de toutes pièces. Le numéro de téléphone ne fonctionnait pas non plus – il semblait avoir été coupé. Les fournisseurs fictifs étaient une pratique commune dans le cadre des dossiers de détournement de fonds. Kat saisit son téléphone portable et prit une photo du bâtiment en tant que preuve pour son rapport.

Une heure plus tard, Kat était assise face à Zachary dans la salle du conseil d'Edgewater Investments. Bien qu'il s'agisse d'un samedi, la moitié des bureaux était occupée de personnes qui parlaient au téléphone ou travaillaient sur leur ordinateur. Des bribes de conversations provenant du couloir se faisaient entendre par la porte ouverte de la salle de réunion alors que les gens s'affairaient autour d'un café.

Elle tira une épaisse pile de documents de sa serviette et la posa sur la table.

« Qu'est-ce que vous avez ? Assez pour le piéger, j'espère. » Zachary semblait presque heureux. Une réaction étrange car il découvrait que son associé – et père – lui volait de l'argent.

L'enquête de Kat avait soulevé plus de questions que de réponses. Une chose était certaine : Edgewater et la famille Barron ne seraient plus jamais les mêmes.

Elle prit sa respiration. Zachary n'allait pas aimer ce qu'elle avait à lui dire. « J'y travaille. Voici ce que nous avons, jusqu'à présent. » Kat lui raconta comment l'argent était transféré d'Edgewater vers Research Analytics.

« La société de recherches en placement dont vous m'avez parlé ? On parle de combien d'argent ? » Zachary la dévisagea.

« Cinquante millions jusqu'à ce jour cette année. Deux cent vingt millions l'an dernier. » Elle s'aida de ses mains et haussa les épaules « Pour ce qui est d'avant – je travaille encore sur les chiffres. »

Il jaillit de sa chaise. « C'est impossible. Je sais qu'il se passe quelque chose – mais le quart d'un milliard ? Ça ne se peut pas. »

« Rappelez-vous, vous avez dit qu'il n'y avait plus un sou à la banque ? »

« Mais à ce point-là ? C'est impossible. »

« J'ai bien peur que si, Zachary. »

Son expression béate se transforma en panique. « Comment pouvons-nous le récupérer ? »

« C'est ce que j'essaie de voir en ce moment. Ce que je sais, pour l'instant, c'est que Research Analytics est un subterfuge. L'adresse qui figure sur la facture correspond à un immeuble d'appartements délabré du quartier Est. » Elle fit défiler l'écran de son téléphone portable pour lui montrer la photo du bâtiment abandonné.

Zachary s'esclaffa. « Je le savais. Nathan est un voleur. Je veux porter plainte, le virer d'Edgewater. »

« Nathan n'a pas agi seul, Zachary. »

Il se raidit et plissa les yeux. « Que voulez-vous dire ? »

« On l'a aidé. Quelqu'un a dû émettre les chèques à l'attention de Research Analytics. Il ne dispose pas d'un accès de sécurité lui permettant de le faire. »

« Et bien qui alors ? »

Il n'y avait pas moyen de l'éviter. « Victoria. Les commissaires aux comptes sont suspects aussi. » Kat lui parla des numéros de facture séquentiels et de Beecham, y compris son lien avec Nathan. Victoria était la seule personne chez Edgewater à avoir accès aux chèques.

« Ils n'existent pas ? Nathan a créé une société d'expertise comptable fantôme ? » Il ne semblait pas du tout surpris. Le peu de ressenti de Zachary la troubla. Est-ce qu'il ne comprenait pas ce que tout cela impliquait ? Ou peut-être si, mais il était dans le déni.

« C'est très sérieux, Zachary. Tout ce qui tourne autour d'Edgewater est suspect. Les états financiers, la performance des investissements – tout. » Il n'y avait aucun moyen de rendre la réalité moins amère. « Edgewater est fauchée, et vous aussi. »

« Que voulez-vous dire par fauchée ? »

Kat prit le relevé bancaire dans sa serviette et le fit glisser sur la table de réception.

Zachary attrapa le papier et resta silencieux, le temps de lire l'analyse. « Je vais le tuer, ce bâtard. » Il martela son poing sur la table.

Kat sursauta, même si elle s'attendait à cette réaction. « Le plus difficile sera de récupérer l'argent. Vous avez un peu de réserves ? Des lignes de crédit ? »

Zachary secoua la tête. « Il reste de l'argent ? »

Kat fit non de la tête.

« Vous me dites que je suis ruiné ? » Zachary se leva de la table avec empressement et fit les cent pas.

Zachary était encore plus fauché qu'Harry. Mais, il ne le savait pas encore.

CHAPITRE 22

Kat et Jace **étaient assis dans** son bureau et regardaient les vingt-sept noms qui figuraient sur le tableau. Bon nombre des participants à la conférence du World Institute se trouvaient également dans la liste de contacts de Nathan. À droite des noms se trouvaient des colonnes, une par an pour chacune des cinq dernières conférences. L'après-midi du samedi s'amenuisait et ils s'approchaient à grand pas de la deadline de Zachary, fixée à lundi.

Dehors, les mouettes criaient en tournoyant dans le ciel couvert, cherchant quelques restes sur les docks. Une grande mouette fonça sur un petit oiseau sur le quai, lui volant sa prise.

Ils avaient décidé de concentrer leurs efforts sur Research Analytics. Mais cela impliquait de suivre l'argent jusqu'à sa destination finale, à savoir le World Institute. Chaque étape amenait d'autres questions et Zachary attendait une réponse pour chacune d'entre elles.

« Qui *sont* ces gens ? » Kat se le demandait, tout autant que Jace. Elle se leva et marcha jusqu'au tableau.

Il n'avait pas été difficile d'obtenir la liste des participants à la conférence du World Institute. Les théoriciens du complot avaient documenté les allées et venues des participants depuis des années, en suivant quelques acteurs clés pour localiser l'emplacement. C'était à peu près tout ce qu'ils avaient découvert. Comme les non-membres n'étaient pas les bienvenus, ils ne pouvaient pas donner des informations sur l'ordre du jour de la réunion.

En matière de sécurité, l'organisation d'une conférence du World Institute rivalisait avec celle d'un sommet du G8 : des hordes de policiers du SWAT, une surveillance à terre et dans les airs et des informations sur l'identité de chacun des participants.

« La plupart d'entre eux sont riches, » indiqua Jace. « Ils sont pratiquement tous célèbres. Ce sont des personnages publics importants. Hormis le fait de figurer sur la liste des invités du World Institute, tous ces noms ont quelque chose à voir avec l'argent. »

« C'est vrai. » Kat étudia la liste. « Des secrétaires du Conseil du Trésor, des responsables de banque centrale, des PDG d'établissements bancaires et des directeurs de fonds spéculatifs. Soit ils définissent la politique, soit ils la régulent, soit ils sont impactés par les règles. »

« Je suis d'accord, » répondit Jace. « Et ils sont tous experts mondiaux en politique monétaire. Mais pourquoi toutes ces cachoteries ? Pourquoi se rencontrer en tant que groupe supranational, en dehors du gouvernement ? »

« Ils considèrent les gouvernements comme un obstacle. Ils impliquent des électeurs, des lois et des discussions. La démocratie et le consensus. Les gens puissants comme Nathan Barron et le reste des membres du World Institute veulent que les choses se fassent à leur façon, selon leurs conditions. Prises en tant que bloc, leurs multinationales sont plus importantes que la plupart des gouvernements. » Parfois, mieux vaut ne pas savoir comment le monde fonctionne réellement.

Jace ne dit rien.

« Ça peut sembler paranoïaque, non ? » demanda Kat.

« C'est vrai, mais il y a une part de vérité. Les grandes multinationales tendent de plus en plus à définir les règles. Elles utilisent des lobbyistes rémunérés pour influencer les législateurs et, si on élimine les barrières au niveau des échanges, on augmente les bénéfices. Ils considèrent simplement les transactions en devises étrangères comme un obstacle qui leur coûte du temps et de l'argent. »

C'était le seul lien qu'ils avaient trouvé durant l'heure qui venait de s'écouler, et il était troublant. Kat ne comprenait toujours pas pourquoi Nathan ferait partie de tout ça. S'il y avait moins de devises, cela viendrait réduire les opportunités d'arbitrage au regard des écarts, et c'est sur ça qu'Edgewater Investments gagnait de l'argent.

« Quel genre de conférence s'organise à la dernière minute ? » demanda Kat.

« Une conférence secrète. Une conférence qui souhaite atteindre son objectif sans ingérence extérieure »

« OK. » Kat tapota le tableau avec un marqueur effaçable sec. « Passons en revue chaque nom et voyons ce qu'ils ont d'autre en commun. »

« Jason Blackstone, » dit-elle, « Le Président de la Réserve Fédérale américaine. »

Jace jeta un œil à son ordinateur. « Il a participé à la conférence au cours des trois dernières années. »

Kat traça trois X à côté du nom de Blackstone.

« Jean-Claude Bruneau. »

« Il y a participé pour la première fois l'année dernière. Il gère le Fonds Monétaire International. »

« Depuis quand ? » demanda Kat.

« Depuis six mois. Avant de rejoindre le FMI, il était Ministre des Finances en France. » Jace vida un sachet de sucre dans son café et le mélangea avec la pointe de son crayon.

Kat le regarda d'un air désapprobateur. « Tu vas t'empoisonner au plomb. Tu ne peux pas juste attraper une cuillère ? »

« Pas le temps. » Il lui sourit gentiment.

« Bref. Le timing est certes intéressant. Bruneau a été invité juste avant sa nomination à la tête du FMI. Tout comme l'actuel Président américain et le Premier Ministre canadien. »

« Ils ont été invités avant de prendre les rênes d'un État, » résuma Jace.

« C'est exact. Et les ministres des finances comme Bruneau ne participent généralement pas à la conférence. »

« À moins que le World Institute ait de grandes ambitions pour eux. »

« J'ai l'impression que ça se dirige sur cette voie. Le World Institute décide qui va sur la liste. Le choix est fait avant même de voter. » Kat poursuivit :

« Gordon Pinslett. »

Jace s'étouffa avec son café. « Qui ? »

« Gordon Pinslett. C'est un gros bonnet des médias – Global Financial. »

« Je sais qui c'est. Le *Sentinel* est à lui. »

« Vraiment ? Tu ne l'as jamais mentionné. »

« Il ne met jamais les pieds dans notre humble bureau. Techniquement, il est propriétaire du conglomérat qui détient le *Sentinel*. »

« Oh. Qu'est-ce qu'il fait au World Institute ? »

« Je ne sais pas, mais j'ai l'intention de le découvrir. » Jace gratta son bras recouvert de bandage. « C'est peut-être pour ça que l'éditeur a voulu supprimer mon article. Critiquer les riches, c'était toucher à un sujet sensible, j'imagine. Mais si les histoires comme celle que je tenais ne sont pas divulguées, on ne connaîtra jamais la vérité. Dans quel type de monde vivons-nous ? » Il n'attendit pas qu'elle réponde. « Un monde de censure. »

Kat haussa les épaules et sourit, espérant le tirer de sa mauvaise humeur. « Pas grave tout ça, tu ne travailles plus là-bas, je te le rappelle. »

« Ça a de l'importance pour moi, Kat. Les gens comme Pinslett ne peuvent racheter tous les médias et nous museler comme ils le font. Les histoires comme la mienne doivent absolument éclater au grand jour. »

Kat soupira. « OK, mais pour l'instant, concentrons-nous sur notre affaire. Pourquoi Nathan détourne-t-il de l'argent au profit de Research Analytics et du World Institute. » Discuter démocratie avec Jace pouvait durer des heures. Si elle voulait respecter les délais imposés par Zachary, elle devait le guider dans la bonne direction. Le fait de voir le nom de Pinslett avait réussi à énerver Jace, une nouvelle fois. « C'est mieux ainsi, Jace. Tu as dit que les choses allaient mal au *Sentinel* depuis quelque temps. C'est une chance, l'occasion d'un nouveau départ. »

Jace hausa les épaules. « Je suppose. Mais je dois quand même gagner de quoi vivre. »

« Je gère. » C'était discutable. Ils avaient gagné leur maison délabrée dans le cadre d'une vente après saisie organisée par la ville l'année dernière. En fait, « gagné » n'était pas le bon mot. La veille demeure Victorienne était un gouffre monétaire sans fin, les réparations et les rénovations consommaient beaucoup de temps et d'argent. Les règles strictes définies par la ville en matière de patrimoine imposaient des rénovations onéreuses et interminables. Le respect du règlement de zonage constituait un défi constant. »

« Revenons à la liste. »

Ils passèrent en revue les noms qui restaient, tandis que le ciel s'assombrissait dehors. Il commença à pleuvoir.

« Svensson, » dit Jace. « Invité aux trois dernières conférences. Ce sont essentiellement ses théories sur la monnaie unique mondiale qui lui ont valu sa nomination au Prix Nobel. »

Kat inscrit *paiement* Edgewater et *accident de raquette* à côté de son nom.

« C'est le gars qui est mort dans la montagne, non ? »

Kat acquiesça.

Jace tapa sur son clavier. « Il est tombé d'une corniche. » Les corniches se formaient lors de chutes de neige abondantes, si bien que le manteau neigeux s'étendait de quelques mètres au-delà de la falaise. Ce n'est que du dessous qu'on pouvait se rendre compte qu'elle ne reposait sur rien. Depuis le dessus, on avait l'impression qu'il s'agissant d'une avancée recouverte de neige. C'était une cause fréquente de chute dans l'arrière-pays.

« Je me rappelle avoir entendu parler de l'accident, pas des détails, » précisa Kat.

« Ils n'ont pas donné d'informations complémentaires aux infos. C'est Kurt qui me l'a dit. Il a participé aux opérations de secours. » L'ami de Jace, Kurt, était également volontaire dans l'équipe Recherche & Secours. Kurt intervenait sur la Sunshine Coast, tandis que Jace se chargeait de la Rive Nord.

Jace tapa quelque chose sur son clavier. « Juste une minute – il est dit ici que le légiste pense désormais à un suicide. »

« Un suicide ? Alors qu'il est en bonne place pour obtenir le Nobel ? » demanda Kat. « Le Nobel, c'est le graal qui vient couronner une carrière. C'est dans deux semaines seulement. Ça vaut le coup d'attendre, même si on est dépressif. »

« La dépression fait faire de drôles de choses aux gens. Ils ont également trouvé des stupéfiants dans le corps de Svensson. Trop pour une randonnée. Il a dû les prendre après avoir atteint l'endroit de là où il est tombé. L'article poursuit en disant qu'il avait des problèmes d'argent. »

« Beaucoup de personnes ont des problèmes financiers, Jace. L'argent du Prix Nobel permettait de le renflouer. »

« Apparemment, il aurait laissé un mot. Ils l'ont trouvé dans sa chambre d'hôtel. » Jace tapota sur l'écran de son ordinateur.

« J'aimerais bien voir ce mot d'adieu, » indiqua Kat. « Il se trouve dans un pays étranger en plein milieu de l'hiver, il fait une randonnée de quatre heures et il se balance d'une falaise ? C'est beaucoup d'efforts pour quelqu'un qui veut mettre fin à ses jours. »

« C'est vrai, » répondit-il.

Kat regarda par la fenêtre. Un vieil homme dans un ciré jaune éparpillait des miettes de pain le long du quai. Une douzaine de pigeons étaient réunis autour de ses pieds, picorant les morceaux.

« Attends une seconde – ce n'est pas une simple lettre d'adieu. Ils disent ici qu'il s'est excusé. »

« Excusé ? Mais de quoi ? »

Jace continua à taper sur son clavier. « Svensson avait changé d'avis. Il estimait qu'au final, une seule devise mondiale n'était pas une bonne idée. »

« Mais c'était sur ça que reposait sa nomination au Nobel. »

Jace leva la main tout en lisant son écran. « Un extrait de sa lettre d'adieu a été publié dans l'édition *Herald* de ce jour. »

Kat courut à côté de Jace pour lire par-dessus son épaule :

Une monnaie mondiale ou supranationale sape les règles de souverai-neté des nations. L'argent est un outil fondamental en matière de politique monétaire. Les gouvernements en ont besoin pour ajuster les taux d'intérêt, la dette et l'offre monétaire aux fins de gérer leurs économies.

Le *Herald* était l'autre quotidien de la ville, le concurrent du *Sentinel*.

« Je dois dire que je suis d'accord avec lui, » s'exclama Kat. « En supprimant les outils, on perd rapidement le contrôle sur l'éco-nomie et, dans une certaine mesure, la destinée. »

« Bien sûr, sa nouvelle théorie est complètement à l'opposé de celle du World Institute. Une devise mondiale, c'est la *raison d'être* du World Institute. »

« Je me demande ce qui a pu amener Svensson à changer d'avis ? » Kat jeta un œil par la fenêtre. Deux des plus gros pigeons avaient attaqué un petit oiseau. Il s'était envolé pour se poser sur un poteau, regardant désespérément les deux gros voraces avaler sa part.

« Je ne sais pas, mais j'ai l'intention de le découvrir. Il y a quelque chose – je le sens. » Jace tapa quelques touches de son ordinateur portable. « Autre chose – Svensson est désormais en dehors de la course pour le Prix Nobel. Apparemment, on ne peut pas gagner si on est mort. »

« Gagner le Prix Nobel, ça rapporte de l'argent, non ? »

« Dix millions de couronnes. Un million et demi de dollars. »

« C'est une grosse somme, » constata Kat. « Certains tueraient pour l'avoir. »

« Tu penses qu'il a été assassiné ? »

« Possible. Je ne sais pas. En tout cas, nous devons trouver où se tient la conférence cette année et obtenir la preuve que Nathan est impliqué. Svensson a participé aux trois dernières conférences, donc il y est probablement toujours convié, même s'il a changé d'avis. Je pense que je sais où c'est. »

« Où ? »

« Juste ici, » dit-elle. « Tu vois ces points sur ta carte ? Ça correspond à un complexe situé sur la côte ouest. Ça explique aussi pourquoi Svensson y était. Essaie de voir si l'un des autres y est. Vérifie tous les hôtels de luxe. Ils doivent certainement arriver le jour avant et descendre dans un hôtel du centre-ville. Puis, vérifie tous les centres de conférence aux alentours. Les endroits situés en dehors de la ville, où il est possible de sécuriser le périmètre. De préférence un endroit dont l'accès est limité. Nous n'avons pas beaucoup de temps s'ils y sont déjà. »

« Ça marche. »

C'était la partie facile. Le plus dur était à venir.

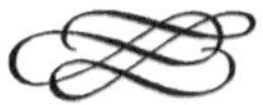

CHAPITRE 23

L'intuition de Kat se confirma dix minutes plus tard.

« Le Tides Resort à Hideaway Bay, » indiqua Jace. « Proche, mais difficile d'accès. »

« Sur la Sunshine Coast ? J'ai du mal à imaginer ces VIP prendre le bac. »

La Sunshine Coast se trouvait à environ quinze kilomètres au nord de Vancouver, mais était uniquement accessible en bateau. Pour y aller, il fallait faire deux courts trajets en voiture et une traversée de quarante-cinq minutes en bac entre les deux.

Les locaux empruntaient les traversiers du gouvernement pour garder un lien avec la province – pourtant, les bacs de la Colombie-Britannique étaient destinés au prolétariat, pas aux élites mondiales habituées au service haut de gamme. Kat avait du mal à les imaginer se ranger derrière les SUV et les mini-fourgonnettes dans de longues files d'attente pour embarquer sur le ferry, siroter du café dans des tasses de banlieue tout en essayant de se réchauffer.

« Ils n'ont pas besoin de prendre le bac, » dit Jace. « Ils peuvent affréter un petit avion ou prendre l'hélicoptère depuis l'aéroport de Vancouver pour y être en quelques minutes. Le Tides Resort a une piste d'atterrissage. »

« Il faudra le confirmer. »

« C'est fait. J'ai déjà appelé l'hôtel parce que Monsieur Bruneau a oublié ses médicaments. » dit Jace en souriant. « Je me suis arrangé pour les lui faire parvenir par courrier dès aujourd'hui. »

« Tu es terrible. » Kat entoura ses bras autour de sa taille et l'étreignit. Jace pencha sa tête pour l'embrasser. « On part quand ? Bruneau arrive demain. »

DEUX HEURES PLUS TARD, Jace et Harry étaient assis sur un banc usé dans la cabine avant du ferry de la Sunshine Coast. L'intérieur du bateau n'avait pas changé depuis sa première traversée dans les années soixante, sauf le similicuir bleu usé par des générations de passagers et un manque d'entretien. Les vitres de la cabine étaient embuées, le résultat de la rencontre entre les habits humides des voyageurs et la chaleur qui régnait à l'intérieur.

« C'est lui. » Kat lâcha son journal et pointa du doigt vers l'aile située à l'opposé du bateau. Un grand homme mince tenait tant bien que mal sa tasse à café d'une main, tandis qu'il attrapait un carnet de notes dans son sac à dos.

Jace se pencha plus près alors qu'un message de sécurité enregistré se faisait entendre sur les vieux haut-parleurs du ferry. « Qui ? »

« Roger Landers. » Kat regarda Landers avec attention. Il portait un jeans et sa veste de ski ouverte révélait une polaire. « Nous sommes au bon endroit. »

Kat était surprise que Jace ne l'ait pas remarqué auparavant. Landers avait pisté les quelques douze dernières conférences du World Institute et essayait de participer à chacune d'entre elles. Il ne pouvait y avoir qu'une seule raison à sa présence sur le ferry.

Le journaliste leva les yeux et croisa le regard de Kat. Il se leva brusquement de son siège et grimaça car il venait de renverser du café sur sa main. Il ramassa sa tasse et s'essaya la main sur sa veste.

Puis il se tourna et remonta vers le centre du navire, en direction des escaliers du parking.

« Il faut que je le rencontre. » Kat se leva et le suivit.

Jace fronça les sourcils et secoua la tête, clairement embarrassé. Elle l'ignora.

Harry se tourna sur son siège. « Kat, où vas-tu ? »

Kat ne répondit pas.

Landers regarda en arrière dans sa direction. Il atteint les escaliers et commença à courir, montant les marches deux à deux.

« Attendez ! » Kat cria. « Je veux juste vous parler. »

Landers accéléra le rythme et disparut au coin d'une coursive. Kat dévala les escaliers, atteignant la porte du parking alors qu'elle se fermait à moitié. Elle la poussa et jeta un œil sur les nombreux véhicules garés là. Landers s'était envolé.

Quelque part à l'arrière des longes rangées de voitures et de camions, un chien aboyait, son cri faisant écho sous les plafonds bas du parking. Mis à part le chien, l'endroit était étrangement calme, un contraste frappant par rapport au chaos d'il y a trente minutes, quand ils avaient embarqué à Horseshoe Bay. Elle devait attraper Landers avant que le bateau n'accoste dans vingt minutes si elle voulait lui parler. Ils pouvaient peut-être unir leurs forces.

Elle sursauta alors que des pas se firent entendre quelque part devant elle. La silhouette de Landers était soulignée par un faisceau de lumière blanche fluorescente six mètres à l'avant. Il la repéra et se cacha derrière un camion Ford F−150. Elle se faufila entre les véhicules, en suivant des yeux l'endroit où elle l'avait vu pour la dernière fois.

« Mr. Landers ? Ne partez pas. Nous pouvons collaborer. »

Silence.

Kat courut jusqu'au camion mais Landers avait déjà disparu. Elle tendit les oreilles pour entendre d'éventuels pas, mais ne perçut que le bruit d'une conduite dégoulinante à côté d'elle. Pourquoi s'était-il enfui ? Il ne la connaissait même pas. Et, plus important encore, où allait-il ?

Kat sursauta en entendant quelque chose tomber à l'avant du

navire. Ça semblait venir de l'endroit où ils garaient les vélos, mais bien sûr, il n'y en avait aucun à cette époque de l'année.

Puis, elle vit Landers. Son dos lui faisait face, se dessinant sur un fond d'océan. L'avant du parking était complètement ouvert, barré par une double corde qui n'était retirée que lorsque les véhicules débarquaient. Il se retourna et croisa son regard une fraction de seconde. Puis, il sauta.

CHAPITRE 24

*L*e détour du ferry avait agacé les passagers et chamboulait quelque peu le planning. L'annonce faite par le capitaine à bord accusait pratiquement Kat d'avoir imaginé un canular. La police semblait sceptique elle aussi, ne trouvant aucune preuve pouvant indiquer qu'un homme était passé par-dessus bord.

Kat avait hâte de débarquer pour échapper aux regards furieux des passagers qu'elle avait mis en retard. Elle sortit la Subaru par la rampe du bateau et suivit la file de véhicules qui quittaient le terminal, puis s'engagea sur la côté escarpée qui menait jusqu'à l'autoroute. C'était la même route qu'ils empruntaient pour rejoindre le QG de Kurt Ritter. Tout comme Jace, Kurt était également volontaire dans l'équipe Recherche & Secours.

« Pourquoi Landers aurait-il sauté ? » Les broussailles laissèrent place à une vue panoramique de Howe Sound au-delà du bord de l'autoroute, mais Kat le remarqua à peine. Elle n'arrivait pas à comprendre comment Roger Landers avait pu disparaître là, juste devant ses yeux.

« Il a eu peur, » dit Jace. « J'aurais peur moi aussi si tu me poursuivais comme ça. »

Kat leva les yeux au ciel. « Je voulais juste lui parler. Je ne comprends pas pourquoi il s'est évanoui, juste pour ça. »

« Il t'a certainement prise pour quelqu'un d'autre, » rétorqua Jace.

« Il préfère se noyer que d'être attrapé ? » Landers ne vivrait pas plus de cinq minutes dans l'eau glaciale de l'océan. « À quoi essaye-t-il d'échapper ? »

Plusieurs passagers non loin d'elle l'avaient pratiquement assaillie lorsqu'elle avait déclenché l'alarme. Apparemment, leur agenda était plus important qu'un accident en mer. Mais, une chose était sûre : Landers avait sauté par-dessus bord. Elle savait ce qu'elle avait vu, même si elle était le seul témoin. N'était-on pas supposé aider un homme à la mer ?

« Nous ne savons pas s'il est parti. Juste qu'il a disparu. »

« Jace, il s'est évaporé. Il ne peut aller nulle part à la nage. Il n'y a pas de rivage, pas de bateau. » Landers avait disparu sans laisser de trace, malgré les efforts du capitaine qui avait fait demi-tour et l'arrivée presque immédiate des garde-côtes.

Kat jeta un œil vers la mer tandis que la Subaru prenait les virages le long de la route côtière. Quels que soient les secrets que gardait l'océan, il n'y avait rien à faire, au moins pour l'instant. Elle quitta l'autoroute pour emprunter une route forestière non pavée et accidentée. Une heure plus tard, les ornières et les rochers cédèrent finalement la place à une chaussée lisse ; la propriété apparut alors.

Le Tides Resort était niché dans la colline, tel un bunker. De gros blocs de pierre retenaient d'immenses poutres de cèdre centenaire qui s'élevaient sur trois étages, encadrant une vue magnifique. Kat aperçut un grand hall à travers les larges baies vitrées et, au-delà, l'océan. Une cheminée massive trônait au milieu de la grande salle, le foyer dégageant une lueur orange. Plusieurs personnes étaient assises là, sirotant un cocktail.

Sur la gauche se trouvait un second bâtiment ; Kat l'emprunta pour gagner le centre de conférence. Au-delà de sa façade en verre et en acier, il n'y avait rien d'autre que l'océan. De grands pins de Douglas enserraient les deux bâtiments comme des sentinelles.

Entre eux, un jardin et une passerelle ; puis la falaise qui tombait dans la mer située bien en dessous. Même par une journée d'hiver, la vue était à couper le souffle.

« Tu te rappelles du plan, Jace ? »

« Je suis le technicien chargé de mettre en place l'équipement audiovisuel. Un remplacement de dernière minute. »

Kat avait retrouvé le nom de l'entreprise et de l'employé en appelant l'hôtel pour vérifier la réservation faite pour le technicien.

Puis, elle avait appelé la société de vidéo pour annuler la prestation. Ils pouvaient ainsi librement prendre la place de l'entreprise. La couverture parfaite. Ils avaient une chambre et personne n'avait jamais vu les employés de la société. Tant que le matériel audiovisuel fonctionnait, il n'y avait pas de souci à se faire.

Jace était toutefois mal à l'aise. « Je ne suis pas très confiant, Kat. »

« Je croyais que tu étais un journaliste d'investigation. » Elle guida la Subaru dans la longue allée circulaire puis s'arrêta. « Pourquoi moi ? » Le visage de Jace s'assombrit lorsque le voiturier s'approcha. « Ça ne va pas marcher. Je ne sais même pas à quoi ressemble le type. Comment je fais pour me déguiser et me faire passer pour lui ? »

« Pas la peine. Le personnel du complexe ne l'a jamais rencontré. En plus, tu es un homme. J'aurais du mal à me faire passer pour ce je ne sais qui. Et Harry est trop vieux. »

Cela attira l'attention d'Harry, assis à l'arrière.

« Trop vieux pour quoi ? »

« Rien. » Kat tendit les clés au voiturier et ouvrit la portière.

« Oh. On descend ici ? » Harry écarquilla les yeux. « Génial. »

« Prenez vos affaires, Harry. » Jace ouvrit la portière du passager. « Allons-y. »

« N'oublie-pas, » chuchota-t-elle à Jace alors qu'ils rentraient. « Tu es fatigué et tu veux avoir accès à la chambre dès que possible. Fais semblant d'être irritable de sorte qu'ils n'aient pas envie de te parler. »

Kat dirigea Harry vers un canapé en cuir bas. Elle suivit Jace des yeux quand il s'approcha de la réception. Elle avait insisté pour qu'il mette un costume. Même s'il n'était que le technicien audiovisuel, il fallait qu'il se fonde dans la masse. Elle s'imaginait que les traders mondiaux dormaient avec leur costume.

Elle était contente d'avoir insisté. Jace était habillé comme les deux autres hommes dans le bar du hall – Jace était néanmoins plus sexy. Elle ne pouvait se lasser d'admirer la façon dont la veste bien taillée dessinait ses larges épaules et sa taille. Certainement pas un technicien audiovisuel ringard. Elle étudia les deux hommes qui se tenaient au bar. Ils étaient absorbés par leur conversation, penchés l'un vers l'autre ; elle ne pouvait donc pas bien les voir. Sûrement deux des quelques cent invités attendus. L'un d'eux agita les bras, manquant de renverser les verres sur le bar. Kat sortit son téléphone portable et le leva.

« C'est beau, n'est-ce pas ? » dit-elle en parlant fort à Harry, avec une intonation qui – elle l'espérait – passerait pour un accent européen. Elle prit une photo, s'assurant que les deux hommes apparaissaient dans le cadre. Ça pourrait être utile plus tard.

Dix minutes plus tard, Kat, Jace et Harry admiraient l'océan depuis le balcon de leur suite située au troisième étage. Ils étaient assis, emmitouflés dans leur veste d'hiver, le dos contre le chauffe-terrasse à gaz que Jace avait allumé.

« Tu es sûre de ton coup, Kat ? Ils ne m'ont même pas demandé ma carte de crédit. Quelqu'un doit être au courant. »

« Non, il faut faire profil bas. Les gens qui ont organisé tout ça ne sont probablement même pas là. Et même s'ils le sont, ils doivent s'occuper de tous les détails et prendre soin des invites, donc l'affectation des chambres est la dernière chose à quoi ils pensent. En plus, ils ont loué tout le complexe, donc aucun souci. Personne ne remarquera rien. »

« Je n'en suis pas sûr. Et si on se fait prendre ? » Jace regarda par-dessus la balustrade du balcon.

« Mais non. Nous devons avoir la preuve que Nathan est ici, peut-être même de son niveau d'implication. On peut très bien repartir demain et avoir le temps de boucler l'affaire Edgewater. »

Soudain, elle avait faim. Elle se leva de son fauteuil et entra dans la chambre pour vérifier ce qu'il y avait dans le minibar. Elle choisit un paquet d'amandes grillées, trois barres de chocolat Coffee Crisp et une bouteille de Merlot.

Elle porta le vin et trois verres à l'extérieur, ainsi que les encas.

« Il faudrait appeler le service de chambre, comme ça personne ne se demanderait pourquoi nous ne dînons pas avec les autres invités. »

« Je suppose que c'est encore à moi de le faire ? » Jace déballa un Coffee Crisp.

« C'est toi le chef. » Kat jeta le menu du service de chambre sur la table. Elle versa un peu de vin dans les verres.

« Pas pour moi. » Harry se leva. « Je suis crevé, j'ai besoin de me reposer. »

Kat se leva et montra sa chambre à Harry. La suite disposait de deux pièces adjacentes, chacune disposant d'une cheminée.

« N'oublie pas, ne va nulle part sans nous. »

« Non. Bonne nuit, Kat. »

Kat ferma la porte et revint dans la suite principale. Avait-elle bien fait d'amener son oncle jusqu'ici ? Probablement pas, mais elle ne pouvait laisser Harry seul plusieurs jours, surtout après l'incendie de sa cuisine.

Jace entra dans la pièce depuis le balcon alors qu'elle vérifiait sa montre. Il était dix-huit heures ; elle alluma la télévision, espérant avoir des nouvelles de Roger Landers et de sa disparition sur le ferry. Le commentateur égrena les informations locales sans mentionner le journaliste disparu. Les nouvelles du monde étaient à l'honneur. La Grèce et le Portugal n'avaient pas respecté les conditions de prêt du Fonds Monétaire International qu'ils avaient contracté pour renflouer leur dette. « Le responsable du FMI n'est pas à la conférence ? » Jace replaça le combiné du téléphone sur son support. Il avait commandé des steaks pour eux deux et un sandwich Monte Cristo pour Harry au cas où il se lève.

« Jean-Claude Bruneau ? » Kat n'aimait pas l'expression qui se dessinait sur le visage de Jace. « Ne t'imagine pas que je vais te laisser le suivre, lui parler ou te confronter à lui, Jace. »

« Je serai discret. C'est le moment où jamais. »

« Pas question. Pas tant que je n'ai rien trouvé sur Nathan. Promis ? »

Jace fit la moue. « OK. C'est bon. »

« Je me demande ce qu'il ressent, devoir renflouer ces pays. » Le destin de tant de personnes réuni entre les mains de quelques-uns seulement. Cela rappelait à Kat les seigneurs féodaux à l'époque médiévale, lorsque l'élite vivait dans les châteaux et les serfs à l'extérieur de l'enceinte. Les nantis étaient protégés par les murs du château tandis que les autres étaient laissés là pour compte, vulnérables.

« Bruneau ? Il s'en fiche pas mal. C'est la mission du FMI. Il n'a pas besoin de se poser de question. »

« C'est vrai, mais on peut quand même se demander si le système financier mondial n'est pas à l'origine des déboires. Un nombre limité de pays fixent les règles auxquelles tous les autres doivent se soumettre. Des règles qui vont dans leur sens. » Kat prêta à nouveau attention à la télévision. La météo prévoyait pluie et neige mêlées demain. Toujours aucune mention sur Landers et sa disparition sur le ferry.

« Les défauts de crédit ne vont pas exactement dans leur sens, » dit-elle. « Sauf, bien sûr, si c'est ce qu'ils voulaient. » Les paiements de Research Analytics prouvaient que de l'argent était détourné à d'autres fins que la rémunération des honoraires de recherche légitimes. En admettant que Research Analytics était une façade, à quoi le World Institute utilisait-il l'argent ? Existait-il vraiment une conspiration pour détruire les monnaies mondiales ?

Kat attrapait la télécommande lorsqu'elle entendit la voix d'un homme en dehors de la chambre. Son pouls s'accéléra. Trop tôt pour que ce soit le service de chambre. Elle mit le volume sur Silence et réalisa que cela ne venait pas du couloir. C'était Oncle Harry, dans la pièce voisine, qui parlait pendant son sommeil.

CHAPITRE 25

Kat se leva en entendant frapper à la porte. Jace avait dû commander le service de chambre du petit-déjeuner. Elle eut l'eau à la bouche en imaginant les œufs Bénédicte et les gaufres. Elle se tourna et tendit la main à travers le lit.

Elle posa son bras sur le ventre de Jace et fit glisser ses doigts sur ses abdos tendus. Si Jace était toujours au lit, il n'avait pas pu appeler le service de chambre. Son étonnement se transforma en appréhension. Avaient-ils déjà été démasqués ?

« Jace, » chuchota-t-elle. « Il y a quelqu'un à la porte. »

« Humm. » Il se retourna et caressa son épaule de la main. Sa peau frissonnait alors que sa main descendait le long de son bras. On frappa plus fort à la porte. Elle reprit ses esprits.

« Jace, il faut ouvrir. »

« OK. Ne bouge pas. » Jace se leva et passa une chemise et un pantalon. Il marcha jusqu'à la porte et jeta un œil dans le judas. Il se tourna, revint jusqu'au lit et s'assit, en secouant la tête.

« Tu ne vas jamais le croire. » Il boutonna sa chemise.

« Croire quoi ? » Kat sauta du lit et enfila un pantalon et un t-shirt.

Le martèlement se fit encore plus fort, comme si quelqu'un y mettait tout son poids.

« C'est ta cousine, Hillary. » Hillary, Kat et Jace avaient tous été à l'école ensemble. Jace l'avait immédiatement détestée, malgré les efforts désespérés d'Hillary pour le séduire.

Le pouls de Kat s'accéléra, se rappelant de sa dernière confrontation avec Hillary. Les bagues en diamant de Tante Elsie avaient disparu. Hillary soutenait qu'ils avaient été victimes d'un cambriolage, mais Kat suspectait autre chose. Juste après le vol, Hillary arborait une nouvelle Rolex, sans doute troquée contre les bagues. Elle ne créait que des problèmes. « Impossible. Ça fait dix ans qu'elle est partie. En plus, comment saurait-elle où nous sommes ? »

« Je sais, mais je suis sûr que c'est elle. Harry n'a peut-être rien inventé. Viens ici et rends-toi compte par toi-même. »

Kat se mit sur la pointe des pieds pour se mettre à la hauteur du judas et retint son souffle tout en regardant à travers. Les années lui avaient ajouté des rides, un menton affaissé et une tonne de maquillage. Hillary cachait ses yeux derrière des lunettes de soleil Chanel au logo démesuré. Elle les portait comme pour mettre en avant son statut et son goût sans faille, bien qu'elle soit à l'intérieur et en plein hiver.

Kat ouvrit la porte et sa cousine passa à côté d'elle, la renversant pratiquement. Elle portait une robe courte sans manche, même s'il faisait zéro degré à l'extérieur. Des taches de sel blanc forment des motifs circulaires sur ses bottes à talons aiguilles marron. Une étiquette D&G, particulièrement voyante, pendait sur la fermeture éclair de chaque botte. C'était bien Hillary.

« Où diable est papa ? » Hillary Elle se dirigea directement vers la rambarde de la terrasse, plaçant ses grosses lunettes de soleil sur ses cheveux crêpés et pleins de laque. « Qu'est-ce que tu as fait de lui ? Tu l'as enlevé ! »

« Hillary ? » demanda Kat. « Que fais-tu ici ? Pourquoi crois-tu que – ? »

La bouche de Jace s'affaissa quand Hillary passa en furie devant lui pour rejoindre la terrasse. Un souffle d'air froid pénétra à l'intérieur.

Ne trouvant personne sur le balcon, Hillary revint à l'intérieur, laissant la porte coulissante grande ouverte. Elle se dirigea vers le placard, arrachant pratiquement la porte de ses rails.

« Dis-moi où il est, tout de suite ! »

Jace marcha jusqu'à la porte de la terrasse et la ferma. Il leva les sourcils vers Kat mais ne dit rien.

« Il est dans la chambre à côté. Qu'est-ce qu'il se passe ? » questionna Kat, toujours sous le choc.

Hillary tira sur la poignée et, voyant que la porte ne s'ouvrait pas, tambourina sur cette dernière.

« Papa ! Ouvre la porte. »

« Du calme, » dit Kat. « Tu vas la casser. »

Hillary se contenta de la dévisager. Puis, la porte s'ouvrit de l'autre côté.

Harry émergea, quelque peu endormi.

« Hillary ! » Il sourit. « Quelle belle surprise. »

Kat jeta un coup d'œil vers Jace. Il fusillait Hillary du regard, mais cette dernière ne semblait pas y prêter attention.

« Comment savais-tu que nous étions ici ? » Lorsqu'elles étaient adolescentes, Kat soupçonnait parfois Hillary de la suivre.

« Tu veux vraiment la savoir ? » Hillary regarda Kat de l'autre côté de la pièce.

Kat étudia Hillary. Une ombre à paupières marron grossière encadrait ses yeux. On aurait dit des prises brûlées.

« Je vais appeler la police et porter plainte. » Hillary attrapa Harry par le bras. « Plus personne ne voudra plus t'embaucher quand j'en aurai fini avec toi. »

« Porter plainte pour quoi ? » Que diable faisait-elle ici ?

« Tu l'as emmené ici contre sa volonté. »

« Oncle Harry, est-ce que je t'ai forcé à venir ici ? »

Hillary mis sa main sur la bouche d'Harry juste au moment où il allait parler. Elle se tourna vers Kat. « Ne lui parle pas. Tu en as assez fait. »

« Hillary, je devais l'emmener avec moi. » Elle regarda Harry, se demandant comment expliquer à Hillary sans le blesser. « La démence – ça empire. »

Harry baissa les yeux vers le tapis, déconfit.

« Je suis désolée, Oncle Harry. »

« Ça va. Kat a raison. Je ne suis plus aussi alerte qu'auparavant. »

« On ne peut pas le laisser seul, Hillary, il n'est pas en sécurité. Si tu avais été là ces dernières années, peut-être que tu le saurais. »

Hillary ne savait pas qu'Harry avait laissé la cuisinière allumée et que sa maison avait pris feu. Ni qu'il avait envoyé sa Lincoln dans la vitrine de Carlucci's Pasta House. Ou peut-être que si ? Harry parlait d'elle depuis des mois, et plus fréquemment ces derniers temps. Puis, il y avait l'achat chez Tiffany, la facture sur sa carte de crédit. Mais même Hillary ne s'abaisserait pas à ça – si ?

En tout cas, Kat devait s'occuper d'Harry. Le fait de débrancher la cuisinière et de déconnecter la porte du garage et la batterie de la voiture n'étaient que des mesures temporaires. Harry avait besoin qu'on s'occupe de lui à plein temps et Kat était à court d'alternatives. Évidemment, Hillary ne l'aiderait pas. Soudain, elle réalisa – Hillary était sûrement réapparue pour une raison quelconque. La démence d'Harry était flagrante – Hillary était-elle ici pour tirer avantage de la situation ? Pour quelle autre raison serait-elle revenue au bout de dix ans ?

« Tu as enlevé papa, contre son gré. Comment peux-tu être en paix avec ta conscience ? Tu es une criminelle. »

« Et toi, Hillary, comment fais-tu pour te supporter ? C'est toi la criminelle – tu as volé toutes les économies d'Oncle Harry et de Tante Elsie. »

« C'était un cadeau. »

Kat leva les yeux au ciel. « Peu importe. »

Harry regardait le sol, sans rien dire.

« Tu ne comprends pas, Hillary. Harry oublie même de manger. Il est ici parce que je m'occupe de lui. Je ne peux pas le laisser seul plusieurs jours. »

« Oh, OK, je comprends. Tu l'as enlevé pour profiter de lui. Je vais mettre fin à ça tout de suite. »

Harry devait parler à Hillary au téléphone la nuit dernière. Elle avait dû l'appeler sur son portable. Harry ne se rappelait pas du nom du complexe, mais il pouvait encore lire. Hillary lui avait certainement juste demandé de trouver quelque chose qui portait le nom du Tides Resort.

« Enlevé ? Tu es sérieuse ? » Kat jeta un œil à Harry. Il était ailleurs, inconscient de la dispute. « Il voulait venir. »

« Enfin, nous sommes tous réunis. » Harry sourit. « Allons prendre le petit-déjeuner et fêter ça. »

Kat était sur le point d'expliquer pourquoi ce n'était pas possible, lorsqu'Hillary s'interposa.

« Non, papa. Nous partons. Prends tes affaires. » Hillary poussa Harry vers l'autre chambre et claqua la porte.

Kat regarda Jace, étonnée. Une vague d'impuissance l'envahit en imaginant Hillary emmenant Harry. Est-ce qu'Harry allait même arriver jusqu'à la maison avant qu'Hillary, lunatique, ne se fatigue de lui et l'abandonne chez quelqu'un d'autre ? Ça bien sûr si elle entendait le ramener effectivement à la maison.

« Laisse-la partir. » Jace l'embrassa. « Tout ira bien. On sera de retour à la maison demain. »

« Mais elle ne sait pas à quel point il va mal. » Hillary était trop égocentrique pour gérer ses médicaments, ses hallucinations et sa confusion.

« Je n'y crois pas une seconde, » dit Jace. « Elle sait exactement ce qu'il se passe. »

« Alors, pourquoi dit-elle toutes ces choses ? »

« Pour te toucher. Et pour déverser tout ce qu'elle a de négatif sur toi. Pour cacher ce qu'il se passe vraiment. »

Kat recula. « Je sais qu'elle est égoïste et je sais qu'elle le vole. Mais elle ne peut raisonnablement pas penser que je lui fais du mal, » dit Kat. « Ce n'est pas ce qu'elle veut dire. »

« Allez, Kat, elle ne pense qu'à elle et elle veut à tout prix obtenir ce qu'elle veut. Toi seule peux reconnaître la fraude quand tu la voies. Ces mystérieux retraits bancaires, l'achat chez Tiffany ? Explique-moi ça. »

« J'ai pensé à l'achat chez Tiffany aussi. Mais, n'est-ce pas ... trop évident ? »

« Une série d'erreurs au niveau des finances d'Harry lorsqu'elle refait surface dix ans après ? C'est bien plus qu'une coïncidence pour moi. Demande-lui, je suis sûr qu'elle te dira que c'était des cadeaux. »

« Tu crois qu'elle est revenue parce que j'ai annulé les cartes de crédit ? Elle n'a plus de ressources ? » Kat s'assit sur le lit. « Elle n'irait pas jusque-là – on parle de fraude et d'abus envers une personne âgée. »

« Ouvre les yeux, Kat. Harry ne fait pas ses courses chez Tiffany. Pourquoi penses-tu qu'elle soit revenue ? »

Jace avait raison. « Mais voler son propre père ? »

« La plupart des gens ne le ferait pas, » acquiesça Jace. « Mais Hillary ne fait pas partie de ces gens-là. Elle prendra tout ce qu'elle peut. »

« Jace, même si c'est vrai, il ne reste plus rien. J'ai annulé les cartes de crédit et tout l'argent qu'il restait a servi à payer les factures. Il n'y a plus rien à voler. »

CHAPITRE 26

Kat et Jace étaient blottis dans leur parka chaude sur le balcon, sirotant leur café du matin. Le soleil venait tout juste de se lever à l'horizon et une lueur orange brûlé perçait à travers les grands conifères. La lumière étrange, reflétée par la neige fraîche, contrastait avec les ombres majestueuses des arbres.

Kat avala son dernier morceau de pain perdu. Les symptômes de la grippe qu'elle couvait s'étaient estompés durant la nuit et elle était étonnée de voir à quel point elle avait faim. « Tu penses que tout va bien pour Harry ? Hillary est tellement irascible. Son état de démence va la mettre dans tous ses états. »

« Elle ne restera pas longtemps quand elle se rendra compte que l'argent s'est évanoui. Tout ce qui compte pour Hillary, c'est sa petite personne. » Jace était debout et regardait par-dessus la rambarde. Il fit signe à Kat de se pencher en avant.

Deux agents de sécurité venaient de sortir par la porte de la cuisine juste en dessous. Ils parlaient trop bas pour que Kat puisse entendre leur conversation.

Kat avait déjà remarqué les deux trentenaires costauds à l'extérieur du bâtiment ce matin. Ils se tenaient tous deux sur le sol glacé, sécurisant l'entrée. Toutes les deux à trois minutes, ils parlaient dans leur manche, visiblement en contact radio.

La sécurité s'était renforcée petit à petit à Hideaway Bay à mesure que les participants à la conférence arrivaient. Même en costume, les hommes de la sécurité ressemblaient davantage à des commandos de l'armée. Ils dénotaient par rapport aux invités, vieillissants et souvent en surpoids, dont ils assuraient la protection.

« Rien que de ce côté de l'immeuble, il doit y avoir une douzaine de gars, » chuchota Jace. « Je vais me balader – un VIP doit être sur le point d'arriver. »

Kat leva la main, de peur d'être entendue par les hommes en dessous. Mais Jace était déjà à l'intérieur, se mettant en costume. Kat sauta et le suivit, fermant la porte coulissante du patio.

« Je dois vraiment porter ce costume tout le temps ? » Jace s'assit sur le lit pour mettre ses chaussures.

« Tu ne peux pas sortir, Jace. » Kat lâcha sa parka sur le lit.

« Et pourquoi pas ? Si je suis vraiment un technicien support, pourquoi ne devrais-je pas être là dehors ? Le personnel de l'hôtel doit se demander pourquoi je n'ai pas quitté la chambre. » Jace se leva et entoura ses bras autour de sa taille. Il ferma les rideaux.

Kat plaça ses mains sur les siennes. « On ne peut pas juste se détendre et profiter de l'endroit ? Une fois que la conférence aura commencé, la sécurité aura fini de régler tous les détails. Laisse-leur quelques heures pour tout mettre en place. » Elle se sentait tout sauf détendue. À présent qu'ils étaient à l'intérieur, elle ne voulait pas faire quoique ce soit qui risquerait de les démasquer.

« Tu as dit toi-même qu'ils ne contrôlaient pas toutes les personnes déjà installées. »

La sécurité avait paru étrangement absente jusqu'à présent. Après tout, Hillary avait réussi à entrer. Kat réalisa qu'ils avaient bien fait d'arriver un jour avant que la conférence ne démarre. Sinon, ils n'auraient même pas pu s'engager dans l'allée jusqu'au complexe sans qu'on ne vérifie leur identité.

« Je suis plus inquiète à ton égard. Tu peux te trouver face à Pinslett ou je ne sais qui. Je dois boucler cette affaire et respecter la deadline de Zachary. Idéalement, avant qu'Edgewater ne soit à court d'argent, c'est-à-dire demain ou mardi. On ne peut pas se permettre de louper Nathan Barron. Ne compromets pas mon affaire, Jace. »

Jace secoua la tête. « Allez, Kat, fais-moi un peu confiance. Bien sûr que non, je ne vais rien compromettre – mais je ne peux pas laisser passer une si belle opportunité. Aucun journaliste n'a jamais assisté à une conférence du World Institute auparavant. »

« Sauf Pinslett. »

« Il n'est pas journaliste. Il possède juste une écurie de reporters. Je veux le débusquer, lui faire payer. » Il frappa son poing dans sa main.

« Écoute, je ne veux pas que tu y ailles. Tu es trop énervé. Tu vas éveiller les soupçons et nous faire virer d'ici. »

« Tu veux m'obliger à rester ici ? Et si je loupe quelque chose ? »

« Jace, tu sais très bien ce que je veux dire. Une chose à la fois. Prouvons d'abord l'implication de Nathan. Une fois que c'est fait, tu pourras te confronter à Pinslett et aux autres. Je t'aiderai même. Le problème, c'est que je ne peux pas aller à la conférence. Presque tous les délégués sont des hommes. »

« Et ils se rendront vite compte que je n'ai rien à faire là. »

« Peut-être – peut-être pas. En tout cas, nous devons trouver un moyen de prouver que Nathan est ici et qu'il est impliqué. Sinon, si on n'a pas d'enregistrement, ça sera notre parole contre la leur. » Elle avait besoin de quelque chose de plus solide.

« Donc, on fait quoi ? » demanda-t-il.

Kat s'habilla rapidement et enfila une paire de chaussures de course.

« J'ai une idée. » Elle dissimula ses longs cheveux sous une casquette de baseball. « Donne-moi quinze minutes. »

Elle ouvrit la porte du hall et regarda dehors.

Personne.

Elle tourna à droite, la direction dans laquelle elle pensait avoir moins de chance de rencontrer d'autres invités. Après avoir suivi le couloir jusqu'au bout, elle se dirigea vers un autre corridor et jeta un œil dans le coin. Un chariot de ménage se tenait entre l'endroit où elle se trouvait et les escaliers.

Elle marcha vers le chariot, tête baissée, au cas où elle rencontre quelqu'un. Elle passa le chariot en revue, quelque peu tentée de prendre un après-shampoing supplémentaire pour sa chambre.

Toutes les portes des chambres de l'hôtel étaient fermées, ce qui signifiait probablement que la femme de chambre ne se trouvait dans aucune d'entre elles. Elle tourna au coin et vit la porte marquée *Ménage*. Elle était légèrement entrouverte ; elle l'ouvrit. Si quelqu'un la surprenait, elle dirait qu'elle cherchait des oreillers supplémentaires.

Il n'y avait personne à l'intérieur. Il ne lui fallut pas longtemps pour trouver ce qu'elle cherchait. Un uniforme de femme de ménage était suspendu sur un cintre derrière la porte. Elle l'attrapa et se changea rapidement, jetant son pantalon et son t-shirt dans le sac à linge. Elle essaya de tirer sur la chemise, trop petite, pour couvrir son ventre – pas grave, elle ne resterait pas longtemps dans le couloir.

Le couloir était toujours vide. Elle sortit et poussa le chariot devant elle. Elle attrapa deux bouteilles d'après-shampoing et sentit quelque chose de dur contre sa hanche. En le sortant de sa poche, elle ne put croire la chance qu'elle avait. Non seulement elle disposait d'un uniforme de femme de ménage, mais en plus elle avait un passe qui permettait de rentrer dans toutes les chambres du complexe.

Elle se retourna et s'éloigna, soucieuse de descendre le couloir sans rencontrer personne. Elle atteignait le groupe d'ascenseurs qui divisaient les deux ailes du bâtiment au moment même où elle entendit le ding. Puis elle entendit une voix. Une voix qu'elle reconnaîtrait entre toutes.

CHAPITRE 27

Kat s'arrêta brusquement, manquant de percuter le mur. Elle lutta contre l'envie de se retourner et de rebrousser chemin. Il était trop tard. Elle avait été repérée.

Victoria Barron se tenait devant les ascenseurs et bougeait impatiemment son pied dans sa sandale Gucci en regardant sa montre. Son corps imposant était enveloppé dans un épais peignoir en coton, tout comme ceux de la chambre de Kat. Quelque part, ça faisait plus glamour sur Victoria.

« N'essayez pas de m'échapper, » aboya Victoria.

Kat se figea. Elle baissa la tête vers chaussures de course éraflées, se demandant ce qui allait se passer. Pourquoi Victoria était-elle ici ? Le World Institute avait privatisé tout l'hôtel et Victoria ne faisait pas partie des délégués.

« Ne faites pas comme si vous ne m'aviez pas vue ! Je ne m'en irai pas et je peux vous faire virer en un rien de temps. »

Kat leva les yeux pour rencontrer ceux de Victoria. Serait-ce possible que Victoria ne l'ai pas reconnue dans son uniforme de femme de ménage ?

« Vous autres, vous faites toujours le minimum. » Victoria pointa un doigt manucuré vers Kat. La couleur se mariait parfaitement à son rouge à lèvre. « Il y a plein de poussière dans mon chambre et pas suffisamment de shampooing. Vous savez quelle chance vous avez de travailler ici ? Vous n'aurez jamais un travail comme celui-là dans votre pays, peu importe d'où vous venez. Je parie que vous êtes même en situation irrégulière. »

Kat n'avait même pas ouvert la bouche que Victoria l'avait déjà traitée de paresseuse, de sans papier et d'incompétente.

« Oui, Madame, » dit Kat en utilisant le même accent d'Europe de l'Est qu'elle avait déjà utilisé auparavant. « Je vais vous chercher du shampoing. Quel est votre numéro de chambre ? »

« 216. Je vais au Spa. » Les portes de l'ascenseur s'ouvrirent et Victoria entra. « Je souhaite que le shampooing soit là quand je reviens. C'est le minimum. »

« Oui, Madame. » Les portes de l'ascenseur se fermèrent. Elle était soulagée de ne pas avoir été reconnue, mais se sentait également humiliée. Après tout, elle s'était trouvée face à Victoria au tribunal – elle avait même contribué à sa perte. Elle attrapa le passe dans sa poche. Maintenant que Victoria était partie, elle pouvait fouiller sa chambre. Elle découvrirait peut-être ce qu'elle faisait là.

Kat se tenait devant la chambre 216 et frappa. Pas de réponse. Elle glissa la carte dans le lecteur. Un témoin vert s'alluma et elle fut accueillie par un petit clic. Elle ouvrit la porte et la laissa se refermer derrière elle.

La configuration de la chambre était semblable à la sienne, mais dans l'autre sens. Les rideaux étaient tirés et deux valises se tenaient près de la fenêtre. Même dans la pénombre, elle vit des vêtements éparpillés partout : sur le sol, sur le lit défait et pliés sur les portes de l'armoire et sur une planche à repasser. Comment Victoria avait-elle pu trouver de la poussière ? Il ne restait plus aucun centimètre carré pour qu'elle puisse s'y déposer.

Elle marcha jusqu'au bureau, manquant de trébucher sur un tas de talons hauts qui se trouvaient au centre de la pièce. Des papiers étaient répartis çà et là sur le bureau. Elle alluma la lumière et les passa rapidement en revue. Elle ne pouvait croire la chance qu'elle avait. Sous les informations d'enregistrement se trouvait l'ordre du jour de la réunion du World Institute. Elle le glissa à l'avant de son uniforme.

Puis, elle remarqua le reste des documents, une pile épaisse retenue par une pince à dessin. Elle feuilleta les pages. Le procès-verbal de la réunion de l'an dernier se trouvait sur le dessus, suivi de certains documents financiers et autres papiers.

Victoria était-elle vraiment déléguée ? Difficile à croire, mais pourquoi serait-elle ici sinon ? Et pourquoi avait-elle l'ordre du jour du World Institute ? Kat récupéra l'ordre du jour et l'analysa. Aucune mention de Victoria dans la liste des participants. Elle jeta un œil à sa montre. Selon l'ordre du jour, la réunion ne commençait pas demain mais dans trente minutes. Victoria n'y participerait certainement pas dans son peignoir.

Kat glissa la pile de papiers dans les serviettes pliées qu'elle tenait dans les bras.

Elle sursauta lorsque la porte de la salle de bains s'ouvrit. Une odeur d'eau de Cologne masculine et d'air humide vint à sa rencontre. Elle cacha rapidement l'ordre du jour sous son haut. Puis elle éternua.

« Que diable faites-vous dans ma chambre ? » Nathan Barron sortit de la salle de bains. Il était nu, mis à part une serviette serrée autour de la taille. Il était plus petit en vrai que ce qu'elle n'avait vu sur ses portraits de chasse. Bien sûr, sur les photos, ses trophées étaient des animaux morts, pas de vrais hommes, donc il était difficile de se faire vraiment une idée.

Kat sentit une bouffée de chaleur l'envahir. Nathan se tenait entre elle et la porte, lui barrant l'entrée. Sa gorge était serrée et son cœur battait la chamade dans sa poitrine tandis qu'elle cherchait une excuse pour justifier sa présence dans la chambre. Puis, elle se souvint : elle n'avait rencontré Nathan qu'en photo. Il n'était pas chez Edgewater quand elle y allait. Il n'avait jamais posé les yeux sur elle et ne savait pas qui elle était. Et, dans son uniforme de femme de chambre, elle avait une raison tout à fait plausible d'être là.

« Je – je suis désolée. Je pensais que la chambre était vide. Je vérifiais juste les serviettes. »

« Laissez-les sur le lit. » Il croisa les bras et la regarda de haut.

Elle ne pouvait pas. Les papiers qu'elle venait de récupérer étaient nichés dans les serviettes. Elle tenta de garder une voix calme. « Celles-ci sont sales. Je vais vous en donner d'autres. »

« Parfait. » Nathan fit un rictus en se retournant. Il fila à nouveau vers la salle de bains et claqua la porte derrière lui.

Kat lâcha un soupir et réalisa qu'elle avait retenu sa respiration. Elle essuya un filet de sueur sur son front et ouvrit la porte qui donnait sur le couloir. Ces rencontres surprises la stressaient.

Nathan et Victoria étaient amants. Pourquoi sinon partageraient-ils une chambre ? Zachary savait-il que sa femme avait une liaison avec son père ?

Cela ne faisait pas vraiment partie de sa mission. Pourtant, il devait quand même être informé ? D'un autre côté, si elle le lui disait, il saurait qu'elle avait pénétré dans leur chambre d'hôtel. Il y avait peut-être de bonnes raisons pour que Zachary éprouve du ressentiment à l'égard de son père. Quel genre d'homme pouvait fréquenter l'ex-femme de son fils ?

Kat sortit. La porte se referma derrière elle alors qu'elle se trouvait dans le couloir. Elle resta bouche bée alors qu'elle manqua de percuter une grande femme blonde dans un uniforme de femme de ménage.

« Qui êtes-vous ? » demanda-t-elle dans un fort accent anglais.

Elle était russe, supposa Kat. La femme semblait avoir cinquante-soixante ans et peser cinquante kilos. Son uniforme mal ajusté pendait de ses épaules. Il était prévu pour quelqu'un de plus grand.

« Je suis nouvelle. » Kat tendit la main, essayant de ne pas trembler. « Je m'appelle Marie. C'est mon premier jour aujourd'hui. »

La femme l'étudia sans dire un mot.

Kat retira sa main et essuya sa paume sur le devant de son uniforme trop petit. Il était destiné à quelqu'un de quinze centimètres de moins ; elle n'avait pas besoin d'un miroir pour deviner à quel point elle avait l'air ridicule. Elle tira sur le chemisier pour couvrir son ventre et tendit la main à nouveau.

La femme de ménage regarda au niveau de la ceinture de Kat et avança légèrement la main. « Angelika. Vous êtes ici pour la conférence ? Dorothy ne m'a pas parlé de vous. » L'anglais d'Angelika omettait tous les pronoms et les pluriels. Elle jeta un coup d'œil nerveux dans le couloir et rangea une mèche blonde derrière son oreille.

« Oui, la conférence. » Kat ne put s'empêcher de remarquer à quel point elle était belle. Des pommettes hautes et une peau ivoire translucide.

Angelika regarda à nouveau dans le couloir.

« Vous cherchez quelqu'un ? »

Angelika secoua la tête. « Non, je vérifie les chambres. Je contrôle laquelle je dois faire ensuite. »

« Ils m'ont seulement appelée ce matin. » Combien de femmes de ménage travaillaient dans une équipe ? Cinq ? Deux douzaines ? Il se peut que l'une d'entre elles soit en train de chercher son uniforme en ce moment même. « Avec la conférence et tout ça. »

Angelika avait toujours l'air perplexe.

« Je ne suis pas à cet étage, » ajouta Kat rapidement. « Je suis juste venue chercher un stock de shampooing. » Pourvu qu'Angelika ne lui demande pas à quel étage elle travaillait.

« Bien sûr. Il y a une boîte de shampooing dans la réserve. » Angelika sourit et pointa du doigt dans le couloir, dans la direction d'où venait Kat. « Sers-toi. Tu remplaces Annie ? »

« Oui, Annie. Je ne me rappelais pas de son nom. Quel est le thème de cette conférence ? »

« Dorothy ne t'a pas dit ? Peut-être pas, si tu viens d'arriver. C'est hyper top secret. On ne peut en parler à personne. Tu n'as pas signé d'accord de confidentialité ? » Angelika se pencha sur son chariot, prit une boîte de mouchoirs et la posa sur le tapis.

Kat se baissa pour la ramasser. « Non, pas encore, je le signerai pendant ma pause. »

Elle tendit le mouchoir à Angelika sans quitter des yeux les chaussures de la femme de ménage. Des escarpins design flanqués d'un talon de cinq centimètres – pas pratique du tout pour nettoyer les chambres d'hôtel.

« Je serai soulagée vendredi, » soupira Angelika. « Il y a des agents de sécurité partout et les invités – tellement exigeants. »

« Vendredi ? »

« Quand la conférence sera terminée. Tout redeviendra normal. »

C'est également vendredi que le prochain paiement hypothécaire d'Harry était dû. S'il ne pouvait pas l'honorer, la banque saisirait sa maison. Comment pouvait-elle gérer ses prêts et l'affaire Zachary en même temps ?

Elle redoutait vendredi et en même temps, elle l'attendait avec impatience.

Les pensées de Kat se concentrèrent à nouveau sur Oncle Harry alors qu'elle se dirigeait vers la réserve. Une fois qu'Hillary se rendrait compte qu'Harry était fauché, que ferait-elle ? Après toutes ses années, elle devait vraiment être désespérée pour revenir ainsi. Jusqu'où irait-elle pour dilapider l'argent d'Harry ?

Kat glissa le passe dans la porte de la réserve. Elle ouvrit la porte et se figea. Elle se trouvait face à Roger Landers.

CHAPITRE 28

Kat fit un mouvement de recul alors que la porte se refermait derrière elle. Les serviettes tombèrent de ses mains et se déplièrent en touchant le sol. La pince à dessin avait dû se casser quelque part entre la chambre de Nathan et ici. Elle éclata en morceaux par terre et les papiers s'éparpillèrent. Elle les poussa du pied et les glissa sous les serviettes.

« Taisez-vous et ne bougez pas. » Roger Landers brandit le manche à balai au-dessus de sa tête, prêt à frapper. Kat resta calme tandis que son esprit bouillonnait, tentant de décider ce qu'il fallait faire. Sa main attrapa la poignée de la porte. Landers était suffisamment proche pour la frapper mais pas assez pour l'attraper. Si elle faisait vite, elle pourrait ouvrir la porte et s'échapper dans le couloir. Landers ne la poursuivrait pas, surtout s'il se cachait. Mais cela impliquait de laisser les papiers derrière elle.

Comment Landers était-il entré ? Étant donné qu'il était *persona non grata* depuis les précédentes conférences, il ne passerait jamais la sécurité sans être reconnu. Sans oublier qu'il était censé s'être noyé, son corps sans vie flottant quelque part à Howe Sound.

Il avait peut-être été invité à la conférence quand même. Même s'il ne l'était pas, la sécurité avait semblé assez laxiste avant l'arrivée

151

des gars costauds en costume. En effet, elle, Jace, Harry et Hillary avaient accédé au complexe sans aucun problème. Jace n'avait eu qu'à donner le nom de la société de vidéo.

« Je pensais que vous étiez mort, » dit Kat.

« C'est ce que vous espériez. » Landers était toujours prêt à la frapper, mais avait relâché son emprise sur le manche à balai.

« Je n'ai pas d'avis particulier. J'essayais juste de vous parler, » répondit Kat. « Pourquoi avoir sauté du bateau ? Vous ne me connaissez même pas. »

« Je sais qui vous représentez. »

« Je ne représente personne. Je suis ici pour la même raison que vous – en savoir plus sur le World Institute. » Kat se pencha sur les serviettes et rassembla les papiers, espérant que Landers n'avait pas remarqué ces derniers.

Les serviettes étaient-elles intactes lorsqu'elle était entrée dans la réserve ? Et si la pince à dessin s'était cassée plus tôt ? Des papiers éparpillés dehors dans le couloir, quelle horreur.

« Oh, vraiment ? »

« J'enquête sur l'un des membres. » Kat soutint le regard de Landers quelques secondes avant qu'il ne prête attention à la porte qui se trouvait derrière elle, une expression d'inquiétude sur son visage. La pièce ressemblait à une armoire.

« Vous mentez. On n'enquête pas sur ces types. Ils sont au-dessus des lois. »

« Personne n'est au-dessus des lois. » Pas même les riches et les puissants – ou les autodidactes. Les gens se sont trop inclinés devant les premiers et ont donné quartier libre aux seconds. Ces deux catégories la rebutaient véritablement. « Surtout pas ce type. »

« Prouvez-le. »

« Je n'ai rien à prouver. D'autre part, c'est confidentiel. » Elle ne voulait pas non plus qu'il la démasque. Elle soupira et leva les épaules. Mieux valait avoir Landers comme allié que comme ennemi. « C'est l'un des membres du World Institute. Je ne vous dis pas de qui il s'agit. »

Landers baissa les épaules. Elle prit ce mouvement de détente comme un signe de confiance. Il avait sûrement peur qu'elle lui fasse de l'ombre sur une affaire en particulier. Cependant, il n'abaissa pas le balai qui restait immobile au-dessus de sa tête. « Donnez-moi une bonne raison de vous croire. Comment être sûr que vous n'allez pas dire à tout le monde que je suis ici ? »

Kat soupira. « J'essaie de travailler avec vous. Mais, si vous ne voulez pas, ce n'est pas grave. Je m'en vais. »

Elle se tourna vers la porte, mais le manche à balai descendit devant elle, lui barrant la route. « OK. Je vous écoute, qui êtes-vous et pourquoi êtes-vous ici ? »

« Kat Carter. Je suis enquêtrice spécialisée dans les affaires de fraude. » Elle tendit doucement la main. Landers ne la prit pas, mais baissa néanmoins le manche à balai.

Kat expliqua comment les flux de paiements d'Edgewater vers Research Analytics l'avaient menée jusqu'au World Institute.

« Research Analytics ? Jamais entendu parler d'eux. »

« Vous devez connaître le nom. Vous n'écriviez pas un livre sur le World Institute ? Vous avez dû vérifier leurs finances ? Si oui, vous n'êtes pas sans savoir que Research Analytics est l'un des plus gros donateurs du World Institute. C'est indiqué dans leur rapport annuel. » Kat avait été surprise de la transparence financière du World Institute, étant donné qu'ils cachaient tout le reste. Si leur ordre du jour secret était réel.

« Le World Institute ne publie pas de rapport annuel. »

« Bien sûr que si. Il est accessible en ligne. Vous n'en avez pas un exemplaire ? » Kat se tâta la poitrine. Les documents de Nathan étaient bien cachés sous son uniforme. Elle était impatiente d'en prendre connaissance.

« C'est ce que vous avez là ? » Landers leva les sourcils. « Montrez-moi. »

« Je ne l'ai pas sur moi. Mais ce que j'ai là est encore mieux. »

Elle tira sur les papiers de sorte que seuls les coins supérieurs soient visibles. Son uniforme était tellement serré qu'elle risquait de craquer un bouton à chaque mouvement. Elle rougit. Un filet de sueur recouvrait sa peau et maintenait l'ordre du jour du World

Institute en place. Un ordre du jour secret, pensa-t-elle en souriant.

« C'est quoi ce sourire ? »

« Des informations confidentielles. Vous êtes intéressé oui ou non ? » Kat avait à peine jeté un œil à l'ordre du jour, mais pouvait deviner ce qui y était joint. Les organisations multimillionnaires possédaient des états financiers, très probablement joints à cet ordre du jour. Ces états allaient être discutés lors de la réunion annuelle, les délégués en avaient donc un exemplaire. Elle était impatiente de retourner dans sa chambre pour vérifier ce qu'ils contenaient et faire le lien avec Nathan Barron et Edgewater.

« Pourquoi est-ce que je devrais collaborer avec vous ? Vous n'avez fait qu'attirer l'attention sur moi. En me poursuivant sur le ferry, et maintenant ici. » Landers reposa le manche à balai contre le mur. « Pour une enquêtrice, vous manquez de discrétion. »

Kat rit. « Mais c'est de votre faute, non ? Vous vous cachez dans une réserve et vous pensez que je vous pourchasse ? Vous êtes fou. » Elle leva les mains en l'air. Les bras de l'uniforme trop petit se déchirèrent et elle jura entre ses dents. Kat aurait espéré pouvoir travailler avec Landers. Toutes les connaissances qu'il avait acquises après avoir traqué le World Institute pendant dix ans lui aurait permis de gagner du temps, mais visiblement, il ne voulait pas coopérer.

Landers relança la conversation. « Pas plus fou que vous dans votre simple uniforme de femme de chambre. Vous faites aussi le ménage ici ? »

« En quelque sorte. » *Plus que le ménage, d'ailleurs.* Les papiers qu'elle avait dérobés lui collaient à la peau quand elle se tourna vers la porte. Qu'il aille au diable, ce Landers. Elle n'avait pas besoin de son aide. Elle tira le passe de sa poche et l'agita devant lui « C'est un passe. Je peux aller n'importe où, prendre n'importe quoi. Alors, vous êtes avec ou contre moi ? »

« Vous gagnez un point, » concéda Landers. Il appuya le balai contre le mur. « Deux cerveaux valent mieux qu'un. »

« Enfin, vous voilà revenu à la raison. Dites-moi, comment avez-vous rejoint le rivage avant de mourir d'hypothermie ? Je vous ai vu sauter du bateau. Vous ne deviez pas survivre plus de cinq minutes dans l'eau glacée. »

« Ah. Mais vous n'avez pas vu où j'ai atterri – vous m'avez juste vu disparaître. » Un léger sourire se dessina sur son visage. Il fut vite remplacé par la même expression austère.

« Si vous n'avez sauté, où êtes-vous allé ? »

« Je me suis faufilé à travers un trou de cordage au niveau de la poupe. Il y a une poignée et un rebord de l'autre côté. Vous avez pensé voir ce qui semblait évident – que j'avais sauté dans l'eau. Vous n'avez jamais imaginé autre chose. Je me suis simplement accroché pendant quelques minutes jusqu'à ce que le ferry accoste, puis je suis sorti avec les voitures et les passagers. Avant la file d'attente. J'ai gagné beaucoup de temps, d'ailleurs. »

« Intelligent. » Kat ne comprenait toujours pas pourquoi il s'était enfui. Elle ramassa ses serviettes, glissant discrètement les papiers à l'intérieur afin que Roger Landers ne les remarque pas.

« Je trouve aussi. »

Ils décidèrent de se retrouver dans la réserve dans trente minutes. Kat décida de ne pas lui dire qu'elle était descendue à l'hôtel. Il n'avait pas encore gagné toute sa confiance.

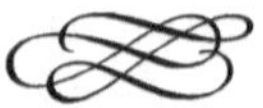

CHAPITRE 29

Jace sauta dans le lit et tira la couverture pour couvrir son nez. Ses yeux traduisaient la panique.

« Du calme, ce n'est que moi. » Kat s'assit sur le lit près de lui et jeta un œil sur l'affichage à l'écran LED du réveil de la table de nuit. Tant de choses s'étaient passées, et pourtant l'horloge n'affichait que huit heures trente. « Tu es revenu au lit ? »

« Qu'est-ce que je pouvais faire d'autre ? Tu m'as enfermé dans cette chambre d'hôtel. Hey, pourquoi es-tu habillée comme ça ? » Il relâcha sur la couverture pour se rapprocher d'elle.

« Longue histoire. » Kat enleva ses chaussures et posa les serviettes en bas du lit. Puis elle se serra près de Jace sur le lit. « Pendant que tu te prélassais, j'ai déniché des informations. »

« Hum, super. Raconte-moi. » Jace l'attira vers lui. Puis, il s'arrêta. « Attends une minute – pourquoi tu crisses comme du papier ? »

Kat pressa sa poitrine avec ses mains de chaque côté. C'était la seule façon de retirer la pile épaisse de documents sans faire sauter les boutons sur sa blouse trop serrée. Elle retira délicatement les documents. « Regarde ce que j'ai trouvé. »

Jace regardait sa poitrine.

Kat souffla, elle pouvait enfin respirer. Les serviettes tombèrent sur le sol alors qu'elle déplaçait tout son poids sur le lit. Elle tenait les papiers en main pour les montrer à Jace. Elle récupérerait les serviettes et le reste des papiers dans une minute.

« Laisse-moi voir ça. » Jace les prit avec sa main tendue et parcourut la première page. « Gordon Pinslett fait partie des invités ! Il a beaucoup à nous dire. Comme par exemple, pourquoi il est délégué, plutôt que de couvrir cette mascarade d'institution. Je vais lui parler. »

« Non, Jace. » Tout soupçon de romance qui flottait dans l'air avait laissé place à une ambition aveugle. « Si tu te confrontes à Pinslett, tu compromets mon enquête. De plus, son entreprise t'a viré. »

Kat se tourna vers Jace. « C'est tout simplement une mauvaise idée à bien des niveaux. » C'est ce qu'elle craignait : Jace avait flairé l'affaire et ferait tout pour la débusquer.

Le visage de Jace s'assombrit. « C'est un parfait exemple de la relation ambigüe entre les médias et le monde des affaires. »

Kat fit glisser ses doigts le long de son bras. « Tu veux dire comme nous ? »

Un léger sourire se dessina sur les lèvres de Jace. « Tu sais ce que je veux dire. Pinslett et ses copains sont en train de tout racheter. Ils influencent déjà le gouvernement, ils font les lois et ils contrôlent les affaires. La liberté de la presse ? Ça ne fonctionne pas quand la presse couche avec les politiciens. »

Kat posa sa tête sur la poitrine de Jace. « Je ne te laisserai pas quitter cette chambre. »

« OK. Mais j'écris cet article à la minute où nous quittons cet endroit. »

« Ne t'inquiète pas – tu auras beaucoup de choses à dire. Tu ne devineras jamais qui j'ai rencontré. » Kat lui raconta son échange avec Victoria, puis sa rencontre avec Roger Landers.

Alors qu'elle décrivait le comportement paranoïaque de Landers, quelqu'un frappa à la porte. Ils se figèrent tous les deux.

« Vas-y, Jace. » Kat se cacha sous la couverture. « Vite. »

« Je ne suis pas habillé. Peu importe qui c'est, il va partir. »

La porte s'ouvrit. « Ménage. »

Jace se leva à la verticale, en position assise. « Bonjour ? »

Angelika, la femme de ménage, entra dans la chambre. « Oh – je suis désolée Monsieur. »

Kat aplatissait son corps contre le matelas ; elle n'aurait pas dû manger autant au déjeuner. Angelika remarquerait-elle sa présence sous la couverture ? Elle rentra le ventre et retint sa respiration.

Qu'est-ce qui était pire – une femme de ménage au lit avec un invité ou un invité qui se déguise en femme de ménage ? Peu importe, sa couverture allait voler en éclats dans un sens comme dans l'autre.

Kat souleva la couverture juste assez pour voir ce qu'il se passait. Angelika se tenait devant l'écran de télévision au pied du lit.

« Oh, Monsieur. » Angelika posa sa main sur sa bouche. « Je suis vraiment désolée. Je pensais que vous étiez déjà à la conférence. »

« Je me sens un peu barbouillé. Je vais rester ici pour me reposer. » Jace toussa. « Ne vous préoccupez pas du ménage aujourd'hui. »

« Vous êtes sûr ? Je reviens cet après-midi ? » La femme de ménage, passant en revue la chambre, paraissait étonnée. Des vête-ments pendaient des chaises et étaient entassés sur les valises.

Kat remarqua les deux tasses à café sur la table. Angelika allait-elle les voir ? Elle se déplaça légèrement sous la couverture pour mieux voir alors que la gouvernante se dirigeait vers la porte.

Angelika s'arrêta en captant le mouvement. Elle observa le lit, apparemment perplexe à la vue du profil qui se dessinait sous la couverture. Ou peut-être était-ce juste l'imagination de Kat.

« Non, ce ne sera pas nécessaire, mais merci, » répondit Jace.

« Bien, Monsieur. » Angelika se pencha pour ramasser les serviettes qui étaient à terre.

Les serviettes qui dissimulaient les papiers de Kat. Papiers qu'elle n'avait même pas encore eu le temps de regarder.

Kat donna un coup de pied à Jace sous la couverture.

« Aïe ! Euh, laissez les serviettes, s'il vous plaît. »

Angelika le regarda avec étonnement « J'en ai des propres à l'extérieur, dans mon chariot. Je vous en ramène dans une minute. »

Kat donna à nouveau un coup de pied à Jace.

« Non ! Je veux dire, je veux celles-là. Laissez-les. »

« Bien, Monsieur. » Angelika sourit. Elle laisse tomber les serviettes au pied du lit et se dirigea vers la porte. « J'espère que ça ira mieux. »

Après avoir demandé pour la énième fois s'il manquait du savon ou du shampooing, Angelika quitta enfin la chambre. Kat vérifia l'heure sur le réveil. Son rendez-vous avec Landers était dans moins de cinq minutes.

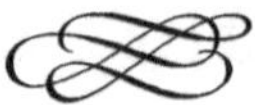

CHAPITRE 30

« **On a eu chaud. Bon, on en était** où ? » Jace leva la couverture et embrassa Kat sur la tête. « Avant que tu ne commences à me donner des coups de pied, je veux dire. »

« Tu étais sur le point de t'habiller. » Elle aurait aimé jouer à cache-cache et le chercher toute la matinée dans les draps de luxe, mais elle n'avait tout simplement pas le temps.

« Ce n'est pas ce dont je me rappelle. » Jace lui caressa le ventre et enfouit ses lèvres dans le creux de son cou.

« Je dois y aller. » Kat se souleva et roula pour embrasser Jace. Elle jeta un regard vers le réveil. « Landers attend. »

Elle sauta du lit et récupéra le reste des papiers dans les serviettes. Elle les ramena et les plaça sous l'ordre du jour et les autres papiers. Jace les avait posés sur la table de nuit.

« OK. » Jace soupira et s'assit. Il posa ses jambes sur le côté du lit et appuya sur la télécommande. « Tu es totalement obsédée par ce mec. »

« Nous aurons tout le temps après. » Elle l'embrassa sur la joue et attrapa ses chaussures de course. Elle s'assit sur le lit pour les lacer. « Promis. »

« J'attendrai. » Jace se leva et attrapa ses vêtements sur le bureau. Il se figea face à la télévision.

Kat suivit son regard. Roger Landers se tenait devant le poste de la GRC d'Hideaway Bay. La caméra montrait un agent de police qui se tenait à côté de lui, plissant les yeux au soleil.

« Quand, selon vous, Svensson a-t-il été assassiné ? » Landers tenait son micro devant le policier. Il portait un jean et une veste en Gore-Tex, ouverte.

La bouche de Kat s'ouvrit et elle rencontra les yeux de Jace. « Impossible. Comment Landers peut-il être à la télé ? Je viens de lui parler il y a une demi-heure, il était caché dans la remise des femmes de ménage. On est à au moins huit kilomètres de la ville. »

« Ça a peut-être été enregistré avant, » dit Jace. « Il ne pourrait pas entrer et sortir librement du complexe en ce moment. Pas avec toute cette sécurité autour. »

Jace regarda autour de lui et prit un papier et un crayon. Il commença à griffonner quelque chose.

Kat étudiait l'écran.

Le policier se tourna vers Landers. « Nous avons suspecté un meurtre dès le début de l'enquête, mais nous n'avions pas suffisamment de preuves. Nous disposons désormais de pistes solides et espérons déposer une accusation très prochainement. » L'officier Kravitz plissait les yeux devant la caméra tandis que la lumière du soleil scintillait sur son badge. Il gonfla la poitrine et ajusta sa ceinture.

Kat se tourna vers Jace. « Au début, c'était un suicide et maintenant un meurtre ? Je me demande s'ils ont un suspect ? »

Jace l'ignora, hypnotisé par la télévision.

« Je parie qu'il ne s'est jamais passé autant de choses à Hideaway Bay, » dit Kat. « D'abord une conférence mondiale, et maintenant cette intrigue internationale et le meurtre. » Elle ne comprenait toujours pas pourquoi le World Institute avait choisi ce hameau tranquille pour la conférence. C'est peut-être ça qui leur avait plu. L'endroit était proche d'un aéroport international, mais reculé et difficile d'accès, sauf par jet privé. Hors de portée du radar.

« Le mobile ? » demanda Landers à Kravitz.

« Nous pensons qu'il s'agissait d'un vol. Hideaway Bay est un endroit sûr et je veux rassurer tout le monde et leur dire que – »

Jace éteint la télévision. « Je veux rencontrer ce Landers. Allons-y. »

La visite inattendue d'Angelika avait déstabilisé Kat. Depuis quand les femmes de ménage nettoyaient-elles les chambres à huit heures trente le matin ? Les nouvelles concernant Svensson l'avaient également perturbée. Y avait-il un lien avec ses théories sur la politique monétaire ou autre chose ?

Alors que Kat se tenait debout, elle remarqua plusieurs cartes sur le tapis, qui dépassaient de dessous le lit. Elle se pencha pour les ramasser – un passe et une MasterCard. Elles avaient dû glisser de sa poche lorsqu'elle laçait ses chaussures.

Jace le vit en même temps et fit signe à Kat de les lui donner. Elle luit tendit le passe. Il tendit le cordon élastique qui y était fixé entre ses doigts. « Ce n'est pas la clé de notre chambre. Où as-tu eu ça ? »

« C'était dans la poche quand j'ai mis l'uniforme. C'est un passe. » Kat tendit la main et fit signe avec ses doigts. « Je peux le récupérer ? »

« Comment sais-tu que c'est un passe ? » Jace lui tendit le passe et se dirigea vers le bureau. « Attends un peu – tu rentres dans les chambres par effraction ? »

« Utiliser un passe, ce n'est pas rentrer par effraction. » Elle esquissa ce qu'elle espérait être son sourire le plus charmant. « Comment sinon j'aurai pu dénicher ces documents sur le World Institute ? »

« Moi je n'ai pas le droit de me balader mais toi tu peux fouiller dans les chambres ? Ce n'est pas juste. »

« Rappelle-toi pourquoi on est là, Jace. Edgewater. Je dois résoudre cette affaire. Sans que tu n'y mettes ton grain de sel. »

« Tu dis que *moi* je fais des choses douteuses... » Jace se tenait devant la porte, les bras croisés.

« Ne fais pas l'innocent avec moi. Tu fais toujours ça pour dénicher des histoires. »

Kat n'avait pas prêté attention à la deuxième carte dans sa poche. Elle étudia la MasterCard. Elle ne comportait aucun nom. Il était écrit *débit* en tout petit au-dessus du logo MasterCard. Ce n'était pas une carte de crédit mais une carte de débit. Les personnes qui ne disposaient pas de cote de crédit ou de compte bancaire utilisaient souvent des cartes prépayées. Elle se demanda s'il restait du cash dessus. Si oui, le propriétaire était certainement à la recherche de l'uniforme.

« Tu as tort, Kat. Je n'ai jamais volé d'uniforme ni de passe. Tu enquêtes sur un crime et tu en commets un autre pour le faire. »

« J'ai obtenu des informations sur Nathan, pas vrai ? »

« Et comment les as-tu obtenues exactement ? Tu oublies quelques détails. Même moi je ne rentrerais pas dans la chambre de quelqu'un d'autre pour débusquer une histoire. »

« Ce n'est pas comme si je l'avais planifié. C'est juste que – c'est arrivé comme ça. » Après tout, Victoria avait insisté pour qu'elle ramène du shampooing. Ce qu'elle avait d'ailleurs oublié de faire, réalisa-t-elle. Au moins, ça lui donnait une excuse pour y retourner, si nécessaire.

« Les choses comme ça, ça n'arrive pas juste comme ça. »

Kat tapota sur sa montre. « Je t'expliquerai plus tard. Nous sommes en retard. »

DIX MINUTES PLUS TARD, Kat et Jace revinrent dans la chambre avec Roger Landers. Landers s'assit dans le fauteuil de bureau, ses longues jambes étendues devant lui. Jace et Kat s'assirent sur le rebord du lit. La réserve était trop petite et le fait de se retrouver là ne faisait qu'augmenter le risque de se faire démasquer.

« Dites-nous ce que vous savez au sujet du meurtre de Svensson, » dit Kat.

Landers ne répondit pas. Au lieu de cela, il inclina la tête en arrière et but sa seconde tasse de café en moins de cinq minutes.

Kat ouvrit le frigo du minibar et attrapa une boîte de Pringles. Elle la lui jeta.

Landers attrapa la boîte d'une main et tira la feuille de papier aluminium. Il avala les chips tel un animal affamé. « Je n'ai pas grand-chose à dire. La police a indiqué que le mobile était le vol, ce qui est ridicule. Une randonnée de deux à trois heures loin de tout ? Les criminels choisissent des cibles plus faciles habituellement. »

« Quand avez-vous parlé à la police ? » Kat était sûre que l'interview avait été enregistrée auparavant, mais quand exactement ? Hier, le temps était nuageux et le soleil du matin avait vite laissé place à un ciel gris.

« Il y a quelques temps. »

« Pouvez-vous être plus précis ? C'est à ce moment-là que votre théorie du complot a vu le jour ? »

« Ce n'est pas une théorie, Katerina. C'est un fait. » Landers remit la boîte de Pringles presque vide sur la table. « Les théories de Svensson sont la pierre angulaire de la mission du World Institute. Elles sont à la base de sa nomination pour le Nobel. Jusqu'à ce qu'il fasse marche arrière, je veux dire. Je parie qu'ils n'ont pas aimé que leur économiste fétiche retourne sa veste. »

« Vous pensez que le World Institute est impliqué dans le meurtre de Svensson ? » questionna Jace.

Pourquoi avait-elle présenté Jace à un théoricien du complot comme Landers ? Terrible erreur. À présent, les deux journalistes avaient flairé un filon et feraient tout pour l'avoir.

« Comment l'expliquer sinon ? »

« Il y a des tonnes d'autres possibilités, » dit Kat. « La police a dit qu'il s'agissait d'un vol. Pourquoi n'étudient-ils pas votre théorie ? » Ils s'égaraient quelque peu. L'idée de récupérer des preuves sur Nathan Barron s'évaporait, tout comme la patience de Kat.

Landers se moqua. « Dans cette misérable ville ? La police n'a pas l'ombre d'un indice pour entamer une enquête criminelle. Les crimes les plus importants à Hideaway Bay, ce sont les vols de canoë ou les effractions. Bref, l'endroit idéal pour que le World Institute étouffe un meurtre. »

« Quel est le mobile ? » questionna Jace.

« Faire taire une voix dissidente, » répondit Landers. « Svensson était membre du World Institute, et pourtant il n'allait pas dans leur sens. Non seulement il avait une certaine notoriété en tant qu'économiste en lice pour le Nobel, mais en plus il était le premier expert mondial en matière de réforme monétaire. Il ne leur a pas laissé le choix. »

« Le choix ? » Kat était surprise de voir de quelle manière Landers rationnalisait le meurtre de Svensson.

« Pas s'ils veulent mener à bien leur mission. » Landers enleva son sweat, révélant une chemise à carreaux bleue. « On étouffe ici. »

Kat se dirigea vers le thermostat et le baissa. « Les autres membres du World Institute sont également influents. Il suffisait qu'ils le discréditent. Le World Institute a suffisamment d'argent et de pouvoir pour contrer ses dires. Pas besoin de l'assassiner. »

Les remarques de Kat tombèrent dans l'oreille d'un sourd. Landers et Jace regardaient la télévision, absorbés par ce qui se disait sur CNN. Jace avait vraiment l'actualité dans la peau ; elle n'y faisait même plus attention. Elle soupira et jeta un œil vers la télévision.

Une riche star de cinéma berçait un bébé éthiopien dans ses bras. Elle ne se rappelait pas du nom de la star, juste de ses incursions annuelles dans les orphelinats des pays africains à des fins d'adoption. Kat se posa la question : ces parents voulaient-ils vraiment donner leur enfant ou étaient-ils tenus de le faire ? Comment refuser à votre enfant une vie faite de richesses ? Certains choix n'en étaient pas réellement.

Elle regarda Landers, se demandant comme il était devenu à ce point obsédé par le World Institute. Bien qu'il traque le WI depuis dix ans, son travail avait été largement critiqué. Elle avait lu bon nombres de critiques et de commentaires peu élogieux au sujet de son livre lorsqu'elle effectuait des recherches sur le World Institute.

Puis, elle remarqua la chemise de Landers. Elle était de couleur bleu clair ; la même chemise qu'il portait sur le ferry. Pas la chemise rouge qu'il portait à la télévision. Donc, l'interview avait bien été enregistrée. Ça, plus la différence au niveau temps, c'était vraiment important. Les nuages qui assombrissaient le site contrastaient avec le temps ensoleillé qui régnait lors de l'interview de Landers avec l'officier de la GRC. Hideaway Bay n'était qu'à quelques kilomètres d'ici, certainement pas assez pour expliquer la différence au niveau des conditions météorologiques.

Étant donné que l'interview a dû avoir lieu plus tôt, quand exactement la mort de Svensson était-elle passée d'une enquête pour suicide à une enquête pour meurtre ? Et pourquoi Landers ne l'avait-il pas mentionné plus tôt ? Malgré tous ses efforts, elle s'égarait aussi.

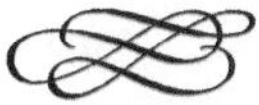

CHAPITRE 31

« **R**egarde ça. » **Jace sépara** les documents et les éparpilla sur la petite table dans leur suite. Il pointa du doigt le premier sujet sur l'ordre du jour. « Une devise mondiale. »

Kat lui lança un regard de travers. Ils n'avaient pas décidé dans quelle mesure ils souhaitaient mettre Landers dans le secret et elle avait l'impression qu'il lui montrait les documents de la réunion sans le lui avoir demandé. Cinq heures s'étaient écoulées depuis que Landers était arrivé dans leur chambre, et il n'avait partagé, quant à lui, aucune information. Tout prendre sans ne rien donner en retour.

« Où avez-vous eu ça ? » Landers se pencha pour étudier les documents. « Ça ne peut pas être un vrai. »

« Bien sûr que si. » Jace retira le papier, quelque peu échaudé. « En provenance directe d'un délégué du World Institute. »

« Lequel ? » Landers leva la tête. « Je n'ai jamais pu mettre la main sur les documents relatifs à leur réunion jusqu'à présent. »

« C'est confidentiel. » Kat arracha les papiers juste avant que Landers ne les atteigne. C'était une erreur d'avoir invité Landers dans leur chambre. Maintenant, il savait où ils se trouvaient, mais il n'avait rien concédé en retour. Elle n'allait certainement pas s'accuser d'avoir montré les papiers qu'elle avait dérobés dans la chambre de Nathan et de Victoria. Elle tenta de capter le regard de Jace mais, absorbé par l'ordre du jour, il avait la tête baissée.

« Même si c'est un vrai, ce n'est pas un scoop. » Landers prit une autre poignée de chips dans la boîte de Pringles. « Ça fait des années que la monnaie mondiale unique figure sur l'agenda du World Institute. »

« Peut-être en théorie, mais désormais ils sont prêts à le mettre en pratique, » rétorqua Jace.

« Vous n'en savez rien. » Landers essuya les miettes de Pringles sur ses paumes. « Tout ce que montre l'ordre du jour, ce sont les thèmes qui seront débattus.. »

« Nous avons une preuve. » Jace pointa du doigt vers une pile de documents éparpillés sur la table. Les papiers récupérés dans la chambre de Nathan devaient contenir un trésor d'informations – si seulement Kat pouvait être un peu tranquille pour y jeter un œil. Elle n'avait pas encore eu le temps de mettre son nez dedans. Mieux encore, Jace était en train de les feuilleter – et Landers n'en manquait pas une miette. « Ils font une campagne médiatique assez impressionnante ici. Ils envisagent une crise financière. Tout d'abord, une crise de la dette, qui contribuera à dévaluer toutes les principales devises. Dans un premier temps l'Europe, puis l'Amérique du Nord. Une fois sur les rails, ce sera le tour de l'Asie et du reste du monde. »

« Montrez-moi ça. » Landers tendit la main.

Jace regarda Kat.

Elle inclina la tête. *Pas maintenant.*

Jace passa en revue les documents. « Une fois que les devises auront perdu de leur valeur, la monnaie commune mondiale s'avérera particulièrement alléchante. Avant la catastrophe, le World Institute fera son entrée et sauvera tout le monde. Personne ne se rendra compte qu'ils ont tout orchestré, ni même ne leur posera de question. C'est le Far West, nouvelle version. Toute personne qui fait valoir ses droits obtient une part. »

Landers se tourna vers Kat. « C'est exactement comme je l'avais prédit. Maintenant, vous comprenez mieux le mobile du meurtre ? »

Kat secoua la tête, exaspérée. Elle n'était pas née de la dernière pluie. « C'est à la police de décider. Moi, je suis ici pour démasquer une affaire de fraude. »

« Tout est lié. Vous pensez que les forces de police de cette petite ville ont le World Institute sur leur radar ? » Landers n'attendit pas qu'elle réponde. « Ils n'ont ni l'expertise, ni les hommes qu'il faut. Il faut que nous les aidions. En dévoilant les perspectives du WI. »

« Nous ? » dit Kat.

« Il a raison, Kat. » Jace désigna les papiers. « Pinslett et ses copains prennent le contrôle sur les médias de façon insidieuse. Son conglomérat détient déjà soixante pourcent des plus gros journaux en Amérique du Nord et en Europe. Il possède également des stations de radio et de télévision. Les plus importants groupes de presse au monde sont entre ses mains et celles d'une poignée d'autres gars. Ils ne divulguent que les informations qu'ils souhaitent. »

« Que ce qu'ils veulent qu'on entende. L'argent et l'information sont deux des clés du pouvoir, » ajouta Landers. « À côté de ça, ils contrôlent les politiciens, les gouvernements et la société. »

Kat se sentit intimidée. Elle avait perdu Jace, happé par une théorie du complot.

« D'abord, ils ont construit l'Union européenne, et l'euro a vu le jour, » dit Landers. « Leur prochaine étape, c'est de faire la même chose dans d'autres régions du monde – Amérique du Nord, Asie et Amérique du Sud. »

« Et l'Afrique ? » questionna Jace.

« Pas besoin de faire quoique ce soit. Tout au moins, c'est l'opinion du World Institute. » Landers attrapa une autre poignée de Pringles. Ses yeux se déplacèrent vers la pile de papiers qui se trouvait sur la table à café. « Tout est déjà contrôlé ou exploité – en fonction de votre politique – par le reste du monde. Il n'y a pas de monnaie stable et dominante à démanteler. Les échanges se font principalement en billets verts ou en euros et la Chine détient la majeure partie des ressources. »

Tout ce que disait Landers était confirmé par le procès-verbal de la réunion de l'an dernier. Mais pourquoi était-ce à eux de sauver le monde? Peut-être que le fait d'arrêter de nourrir Landers, ça le ferait partir. À en juger à la direction que prenait la conversation, il était probablement trop tard.

« L'argument avancé par Svensson allait dans le sens d'une monnaie mondiale commune, » dit Jace. « C'est pour ça qu'il a été nominé pour le Prix Nobel. Et, puis, juste avant de mourir, il a changé d'avis. Un mobile évident pour un meurtre. Ce que je ne comprends pas, c'est pourquoi tout ce mystère ? L'euro fonctionne. Pourquoi ne pas soumettre l'idée à un vote ? »

Kat commença à parler mais réalisa qu'une réponse ne faisait que nourrir la discussion pour les quelques heures à venir. Elle se dirigea plutôt vers le frigo et l'ouvrit. Elle scruta les collations que contenait le minibar. Au final, elle prit tout et les posa sur la table.

Landers attrapa une barre de Mars et lui sourit. Le présentateur de nouvelles de CNN avait changé de sujet et parlait désormais de l'endettement des ménages et de satisfaction instantanée.

« Tout le monde n'est pas d'accord, Jace, » indiqua Landers. « La plupart des gouvernements ne le sont pas, car la création d'une monnaie mondiale unique leur ôte leur souveraineté. Seuls les pays dominants sont pour, car cela fait sauter les barrières au niveau des échanges et baisser les coûts de transaction et de change. Ils prennent les décisions, donc les règles leur sont toujours favorables. Vous êtes pratiquement obligé d'opter pour la devise commune si vous souhaitez faire tomber les obstacles aux échanges. Mais les prix peuvent grimper en flèche si vous le faites. Soudain, vous devez payer les salaires dans une devise plus forte. Ça tire l'inflation vers le haut. »

« Ce qui rend les produits nationaux plus chers et moins abordables. » Jace s'appuya contre la fenêtre. Les nuages s'étaient épaissis à l'extérieur et le ciel sombre menaçait d'éclater à tout moment. « Un bon argument, mais le mal est temporaire seulement. Au lieu de niveler le terrain, cela le rend plus inégal à long terme. »

« C'est pour ça que Svensson a changé d'avis, » dit Landers. « C'est vraiment dommage pour l'accident – le meurtre, je veux dire. C'était le seul modérateur. »

« Sur quelle preuve se base la police pour dire qu'il s'agit d'un meurtre ? » Jace griffonna sur son carnet de notes.

« Le rapport toxicologique. Le médecin légiste a déclaré qu'il n'aurait pas pu arriver là avec toute la drogue qu'il avant dans le sang. »

« Il a peut-être prise avant d'aller là-haut, » répondit Jace.

« Non. Un autre randonneur l'a vu sur la piste du sommet à quatorze heures. » Landers déballa la barre de chocolat et mordit dedans à pleines dents. « Il était en forme. Le médecin légiste a indiqué qu'il avait ingéré la drogue vers quinze heures. En se basant sur le moment où le randonneur l'a rencontré, il était encore à quelques heures de marche de là où il est mort. Il ne pouvait pas arriver jusque-là après avoir consommé des stupéfiants. Ils étaient trop puissants. »

« Personne d'autre ne l'a vu ? » Kat avait emprunté la piste à de nombreuses reprises avec Jace pour gagner le QG de Kurt, un petit chalet. Il y avait beaucoup de neige à cette époque de l'année et ils marchaient souvent des heures sans rencontrer âme qui vive.

« Non, bien que quelqu'un se rappelle l'avoir aperçu avec une femme plus tôt dans la journée, » indiqua Landers. « Un autre randonneur à raquette les a rencontrés. Personne n'a signalé sa disparition jusqu'au jour suivant. Puis, les sauveteurs ont suivi ses traces et l'ont retrouvé. Une chute de trois cent mètres. »

« Je connais cette piste, » indiqua Jace. « Et la femme ? C'est qui ? »

« Personne ne sait. Ils ne l'ont jamais retrouvée. Il n'y avait pas de voiture dans le parking, donc je pense que tout va bien, » indiqua Landers.

« Pas de signalement de disparition ? » Kat savait que le seul moyen d'accéder au point de départ du sentier, c'était d'y aller en voiture. Impossible de déposer quelqu'un. « Pas besoin d'un laissez-passer pour aller dans l'arrière-pays ? »

« Si, » dit Jace. « Mais ils ne vous demandent pas votre nom. Il n'y a pas de système pour vérifier les sorties. Je connais quelques gars de l'équipe Recherche & Secours. Je vais leur demander ce qu'ils ont entendu. » Kurt dirigeait l'équipe de Hideaway Bay et connaissait sûrement tous les détails de l'histoire.

« Pourquoi partirait-elle sans signaler quoique ce soit ? » Kat était perplexe. « À moins qu'elle ne soit impliquée dans le meurtre. »

Landers prit un crayon et un carnet de notes dans son sac à dos. Il se leva et attrapa un crayon sur le bureau car le sien avait rendu l'âme. « Le fait que Svensson change d'avis a tout compliqué. Son opinion, en tant qu'expert, était la base même de tout l'argument sur la réforme monétaire. Un nominé au Prix Nobel dans le domaine de l'économie, c'est un poids lourd. »

« Un dissident est bien plus important encore, » rétorqua Jace. « Plutôt qu'un atout, c'était un véritable obstacle. Désormais, il n'y a plus ni débat, ni dissident. Facile. »

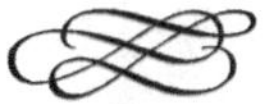

près que **Landers ait dévalisé** leur minibar, affamé tel un otage qu'on venait de libérer, ils commandèrent une collation via le service de chambre. Il avala un steak de trois cent grammes et deux desserts en un rien de temps.

Un détail titillait toujours Kat. Landers était arrivé à Hideaway Bay sur le même ferry qu'eux. En admettant qu'il ait enregistré l'interview en avance, quand l'avait-il fait ? Il faisait beau lors de l'interview. Et le temps était nuageux depuis leur arrivée.

Puis, il y avait la découverte du corps de Svensson. Elle avait eu lieu hier seulement et l'autopsie venait de se terminer le jour même. Landers était arrivé sur le même ferry qu'eux, avant que les résultats de l'autopsie ne soient annoncés. Si l'interview avait été enregistrée quelques temps auparavant, quand exactement Landers et la police avaient-ils eu les résultats de l'autopsie ?

Kat était fatiguée de jouer les hôtes pour un opportuniste tel que Landers. Après avoir mangé ses collations et digéré toutes les informations communiquées, il n'offrait rien de tangible en échange. Il était déjà vingt-trois heures. Elle avait été enfermée dans la pièce toute la journée et ne pouvait travailler sur l'affaire en présence de Landers.

Kat se tourna vers la télévision. C'était les nouvelles de la soirée. Même le son en mode Silence, elle pouvait voir que Paris était en état de siège. La caméra filmait le Quartier Latin en gros plan ; une foule en colère avait mis le feu à plusieurs voitures, y compris un véhicule de police.

« La France est la prochaine sur la liste. » Landers suivit le regard de Kat. « Elle emboîte le pas à la Grèce et au Portugal. Les gens n'accepteront pas les mesures d'austérité qu'ils proposent. Surtout par les Français. »

Jace augmenta le son. Les images vidéo montraient à présent les Champs Élysées où plusieurs hommes, arborant des bandanas, caillassaient les vitrines. Une marée humaine s'était formée derrière eux, pour les encourager.

« Pourquoi sont-ils si excités ? » demanda Jace. « C'est de leur faute s'ils ont trop tiré sur les lignes de crédit. Ils doivent rembourser maintenant. »

« En quelque sorte, » répondit Kat. « Le gouvernement et les banques sont en partie fautifs du fait de leur politique monétaire. Le gouvernement, parce qu'il a maintenu les taux d'intérêt trop bas. Les banques, parce qu'elles ont prêté à tout le monde et n'importe qui, indépendamment de leur solvabilité. Quand les gens ont fait défaut, tout s'est déployé. Ce n'est pas que la population qui s'est surendettée, c'est le pays lui-même. » Kat comprit pourquoi Svensson avait changé d'avis. Une monnaie commune faisait du sens en théorie, mais c'était sans tenir compte du comportement égoïste d'une poignée de personnes qui la contrôlaient. La concentration du pouvoir se prêtait à la corruption.

« Pourquoi les banques n'ont-elles pas tout simplement arrêté de prêter quand elles ont vu que les choses tournaient mal ? » s'enquérit Jace.

« Elles faisaient trop d'argent, » dit Kat. « Les banques réduisaient leurs risques en regroupant les bons et les mauvais prêts pour en faire un nouveau produit d'investissement. Tant que la plupart des prêts groupés affichaient une cote de crédit élevée, elles pouvaient appliquer une note élevée au groupe. En réalité, les prêts avaient été tellement regroupés que plus personne ne se rappelait à qui et à quoi ils étaient destinés. »

« Ou qui ne rembourse pas, » ajouta Landers. « Les banques ont prêté de l'argent à toutes les personnes qui pouvaient se targuer d'être vivantes. Mais, elles attendaient un renflouement du gouvernement lorsque les personnes concernées faisaient défaut. Consentir une hypothèque sur une maison d'un million de dollars sans mise de fonds à un cueilleur saisonnier, c'est une catastrophe annoncée. Lorsque ça implose, les banquiers veulent également faire de l'argent dans l'autre sens.

« Sur quoi exactement *travaillez-vous*, Roger ? » lui demanda Kat de but en blanc, si bien qu'il ne pouvait éluder la question. Si elle nourrissait ce naufragé, elle voulait quelque chose en retour. Comment pouvait-elle lui faire confiance si tout ce qu'il faisait c'était prendre, prendre et encore prendre ?

« Vous n'avez jamais entendu parler de moi avant ? Mes travaux sont assez connus. »

Kat fit mine de l'ignorer. « Pas avant d'avoir effectué des recherches sur le World Institute et découvert que vous faisiez partie de ses groupies. »

Jace fronça les sourcils à l'attention de Kat.

Au moins, elle avait fini par attirer son attention. Il était pratiquement en train de flatter Landers, convaincu qu'ils allaient rédiger un article ensemble. Kat était sûre que Landers n'accorderait jamais de crédit à personne. C'était un utilisateur, un opportuniste. Comment Jace ne pouvait-il pas le voir ?

Landers gonfla la poitrine. « Je suis un journaliste, pas une groupie, Katerina. Si vous aviez lu mon livre, vous comprendriez pourquoi tout ceci n'est pas à prendre à la légère. »

Kat ignora le camouflet. « Votre théorie sur le World Institute n'est-elle pas un peu exagérée ? Vous devez l'admettre, tout cela booste les ventes de votre livre. Vous vous en êtes certainement mis plein les poches. » Les ventes du livre de Landers avaient ralenti ; un peu de controverse n'y nuirait sûrement pas. Il fallait froisser son égo pour qu'il montre son vrai visage.

Landers rougit de colère et il croisa les bras. « Je n'ai pas besoin de votre avis. »

« Il est temps d'aller se coucher. » Kat se tourna et se dirigea vers la salle de bains. Peut-être que Landers s'en irait si on l'ignorait.

Elle allait fermer la porte de la salle de bains, mais Jace l'avait suivie et se faufila à l'intérieur. « Kat, pourquoi tu réagis comme ça ? On a là une véritable opportunité. Ça fait dix ans que Landers enquête sur le World Institute. Avec ce qu'on a déjà, on peut tout révéler au grand jour. C'est une histoire incroyable sur la cupidité et la corruption. »

Kat passa devant lui par la porte de la salle de bain partiellement ouverte. « Tu as laissé Landers seul avec tous les documents ? Mais Jace, comment peux-tu faire ça ? »

Jace la bloqua, tenant ses avant-bras levés, les paumes tournées vers l'extérieur.

« Landers ne fera rien, » chuchota-t-il. « J'y veillerai. »

« Bien sûr que si, c'est un opportuniste. » Kat ouvrit le robinet pour étouffer leur conversation. « Tu vois vers où il te mène ? Il t'utilise jusqu'à ce qu'il ait obtenu ce qu'il veut. Ensuite, il te jettera et s'attribuera tout mérite. »

« Pourquoi es-tu toujours aussi négative ? » Jace se tenait à côté d'elle au niveau de l'évier de la salle de bains, la regardant dans le miroir.

« Je suis juste réaliste. » Kat étala du dentifrice sur sa brosse à dents, furieuse. Elle avait mal à la tête et était contrariée que leur conversation se soit transformée en dispute. Tout ça à cause de Landers. Pourquoi lui avait-il parlé ? Il y avait d'autres moyens d'obtenir des informations et, à présent qu'elle avait impliqué Jace, les choses ne feraient que s'aggraver. « Je dois boucler cette affaire avant de rencontrer Zachary demain à midi. Je ne peux me permettre aucune complication ni aucun retard. » Zachary lui avait déjà laissé plusieurs messages et elle devait avoir des preuves tangibles avant de lui révéler le lien avec le World Institute. Sinon, ça n'aurait aucun sens.

« Peux-tu me faire un peu confiance, Kat ? Nous restons ici ce soir de toute façon – je ne vois pas ce qu'il y a de mal à tirer parti d'une opportunité ? Je retourne dans la chambre. » Jace se tourna et claqua la porte de la salle de bains derrière lui.

Jace ne pouvait-il pas voir Landers tel qu'il était vraiment ? Kat serra les dents et se regarda dans le miroir. Elle détestait la personne qu'elle était devenue.

Même si elle ne pouvait pas reprocher à Jace de vouloir écrire un article, elle ne pouvait pas le laisser agir au détriment de sa propre enquête.

Kat ferma le robinet de la salle de bains et colla son oreille contre la porte. Elle s'efforçait d'entendre des bribes de la conversation.

« Allons dans la suite voisine, » dit Jace à Landers. « Kat est fatiguée et nous pouvons continuer à discuter là-bas. »

« Bien sûr. »

« Vous pouvez dormir là aussi. La chambre est vide et c'est mieux que dans la remise. »

Kat en resta bouche bée. Comment Jace pouvait-il proposer la chambre à Landers ? Même s'il était digne de confiance, ce dont Kat doutait fortement, une personne de plus ne faisait qu'augmenter le risque de se faire repérer.

Elle se rinça la bouche et ouvrit la porte, prête à faire valoir ses objections. Mais Jace et Landers étaient déjà partis. Les papiers du World Institute avaient également disparu de la table.

Kat colla son oreille contre la porte de la suite adjacente et écouta. Elle entendait les voix dans la pièce voisine, animées à mesure que la discussion se poursuivait. Elle pensa frapper à la porte mais se ravisa.

Laissons Jace à son histoire. Elle devait lui faire confiance pour les papiers. Bien qu'elle ne soit pas d'accord pour tout divulguer à Landers, elle savait également que Jace ne se séparerait jamais d'eux. Tant que cela n'interférait pas avec son enquête, c'était bon de le voir à nouveau enthousiaste après avoir été licencié du *Sentinel*. Elle se traîna jusqu'au lit et s'effondra. Il aura eu ce qu'il voulait cette nuit et demain ils pourraient ramasser leurs affaires et s'en aller.

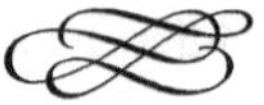

CHAPITRE 33

Kat se réveilla en sursaut, inondée de sueur. Son cœur battait la chamade tandis qu'elle repoussa la couverture avec ses jambes. Puis, elle vit le flash du détecteur de fumée de la chambre d'hôtel au-dessus du lit. Elle se calma en réalisant où elle était.

C'était juste un mauvais rêve. Hillary avait passé la maison d'Harry au bulldozer et avait abandonné son père dans un refuge pour sans-abris. Même Hillary n'irait pas jusque-là, pensa-t-elle en se frottant les yeux.

Elle se tourna vers le réveil sur le côté. Trois heures et le lit près d'elle était vide. Puis, elle se rappela : Jace était allé avec Roger Landers dans la suite voisine. Leur discussion au sujet du World Institute et la dispute qui s'en était suivie l'inonda à nouveau. La nouvelle alliance de Jace avec Landers était déconcertante, mais elle n'aurait pas dû être si désagréable avec lui. Il avait tous les droits de dénicher une histoire qui pourrait s'avérer être l'affaire du siècle et pourtant elle lui mettait des bâtons dans les roues. Ne lui faisait-elle pas suffisamment confiance pour s'en remettre à sa discrétion ? Bien sûr que si. Elle se sentit honteuse d'avoir fait preuve d'autant d'égoïsme.

Après avoir enfilé un t-shirt et un jean, elle mit ses chaussures de course, juste au cas où. Elle se dirigea vers la porte de la suite attenante et tendit l'oreille. Étaient-ils endormis ? Non – Jace serait revenu dans la chambre, même après leur dispute.

Elle frappa doucement à la porte et attendit.

Quelques secondes plus tard, elle entendit des voix basses. « Jace ? »

Elle essaya de tourner la poignée de la porte, mais elle était verrouillée. Elle frappa tout doucement une seconde fois. La porte s'entrouvrit. Elle sentit un frisson courir le long de sa nuque en s'apercevant que la pièce était plongée dans le noir. Il faisait trop sombre pour dire si l'ombre était celle de Jace ou de Landers.

« Jace ? C'est toi ? » La porte s'ouvrit plus largement. Soudain, une main l'agrippa et le tira à l'intérieur de la suite voisine.

« Hey –? » Des bras costauds tenaient fermement ses épaules et l'attiraient un peu plus dans la pièce. Elle trébucha en avant et faillit tomber, ses semelles de caoutchouc collant au tapis. Jace ne ferait pas ça. « Roger ? »

« Taisez-vous. » Il la frappa au visage. « Quelqu'un va vous entendre. »

Kat retrouva l'équilibre et se tourna pour lui faire face. Elle avait eu raison d'écouter son instinct. Landers n'était pas un ami. « Vous me faites mal ! Qu'est-ce que vous fabriquez – ? » Kat n'eut même pas le temps de finir sa phrase.

Landers claqua la porte derrière elle. Les lumières s'allumèrent et Kat regarda le diable droit dans les yeux.

Nathan Barron était habillé cette fois-ci ; il portait un smoking noir sous un trench. Il avait également des gants en latex.

Le cœur de Kat se mit à battre très fort lorsqu'elle vit ses mains. Il n'y avait qu'une raison de porter des gants : ne laisser aucune empreinte ni aucune preuve. Elle sentit ses jambes se dérober et recula d'un demi-pas avant de reprendre ses esprits.

« Vous avez fait tout ce chemin juste pour voir Victoria ? » Nathan Barron l'attrapa alors que Roger Landers avait relâché son emprise. Il se tenait près de la table de nuit, empêchant Kat de voir une troisième personne assise sur le lit. « Comme c'est touchant. »

« Qu'est-ce que vous me voulez ? » Était-il possible que Nathan ne soit pas au courant de son enquête au sujet de la fraude ? Kat passa la pièce en revue.

Jace n'était pas là. Elle ne voyait pas les documents qu'elle avait récupérés dans la chambre de Nathan non plus.

Landers restait derrière elle, bloquant l'accès à la porte de la suite attenante. Nathan se déplaça légèrement vers la droite, révélant les traits de la personne qui se trouvait derrière lui.

Victoria était assise sur le lit et souriait à Kat. Un sourire à la mesure de ce que lui permettaient ses injections de Botox. « Ça m'a demandé un peu de temps, mais je vous ai reconnue. Vous savez quoi ? Vous êtes nulle comme femme de ménage. »

« On peut s'arranger, Mademoiselle Carter, » dit Nathan. « Vous partez maintenant, vous laissez tomber l'enquête et tout ça ne sera plus qu'un lointain souvenir comme vous comme pour nous. » Les lèvres de Nathan se relevèrent dans les coins, mais ses yeux froids perçaient les siens. « Si vous coopérez pleinement. »

Kat défia son regard.

Du calme.

Elle inspira et expira deux fois, relâchant l'air tout doucement en espérant que son rythme cardiaque diminue. Elle ne céderait pas à ses manœuvres d'intimidation. Elle pouvait s'en sortir.

Est-ce que Nathan pensait vraiment qu'elle était ici dans le cadre du divorce de Zachary et de Victoria ? Non. Le jugement avait été rendu, donc c'était du bluff tout ça. Landers lui aurait dit au sujet de son enquête.

« Coopérer comment ? » Au moins, elle n'avait pas dit à Landers sur quel membre du World Institute elle enquêtait. Jace ne trahirait pas sa confiance, mais Landers pouvait très bien avoir trouvé d'autres indices en étudiant les documents lorsqu'ils étaient sans surveillance sur la table de Kat et de Jace.

« Roger m'a tout dit. » Nathan desserra son emprise sans pour autant la libérer. « Vous ne vous en sortirez pas comme ça. »

Nathan Barron était un homme d'affaires, pas un homme de main. Kat était certaine qu'il ne se salirait pas les mains avec des tâches ingrates. Mais elle jeta un œil vers ses mains gantées et commença à douter de ses conclusions. Est-ce qu'il massacrait ses proies quand il chassait ou demandait-il à quelqu'un de faire le sale boulot ? Elle se sentait comme une proie, piégée.

« S'en sortir comme ça ? » Donc, il était au courant de son enquête. Et alors ? Il ne pouvait pas l'intimider. Elle scruta à nouveau la pièce à la recherche d'indices pour savoir où était Jace et repéra son ordinateur portable ; l'économiseur d'écran était en place.

Elle jura tout bas. Combien d'informations Jace avait-il partagé avec Landers ? La présence de son ordinateur portable pouvait également laisser entendre que Nathan, Victoria et Landers avaient pu accéder aux fichiers Edgewater qui y étaient stockés.

« Votre enquête ou quel que soit le nom que vous donnez à vos allées et venues idiotes sur le terrain. Vous gaspillez votre temps et le nôtre. Mais je vous aime bien. Je vais vous aider à vous sortir du guêpier dans lequel vous vous êtes mise. »

« Comment ? » Kat tenta de maîtriser sa voix. Nathan Barron avait-il proposé la même chose à Jace ? À Svensson ?

Nathan relâcha son emprise sur Kat ; elle secoua les bras.

« Arrêtez tout et renoncez. Peu importe ce que Zachary voue paie, je vous donne le double. Partez tout de suite et laissez tomber l'affaire. Ensuite, vous travaillerez pour moi. »

Changer de bord pour doubler ses honoraires ? Ceux offerts par Zachary étaient déjà très généreux. Les doubler, ça valait un an de facturation. Bien sûr, c'était presque risible maintenant qu'elle savait qu'il n'avait pas un rond. Pas étonnant que Nathan et le World Institute opèrent en toute impunité. Et qu'ils commettent meurtre.

« Qu'avez-vous exactement en tête ? » La mort de Svensson était liée d'une quelconque manière. Et il s'agissait d'un meurtre. Elle doutait qu'il ne se vende. Mais Landers le ferait.

« Faire une enquête sur Zachary pour fraude. Il gère un système de Ponzi, j'ai les preuves de ce que j'avance. »

« Vous feriez payer votre propre fils pour vos crimes ? »

Les yeux de Nathan s'écarquillèrent. « Il est coupable. J'en ai la preuve. Les transactions imprudentes et agressives de Zachary ont pratiquement ruiné Edgewater. Nous aurions fait faillite si je n'avais pas limité son accès aux liquidités. »

« Vous voulez parler des cent millions de dollars que vous avez détournés au profit de Research Analytics et du World Institute ? » Pas besoin de garder le secret. C'était évident, Nathan savait sur quoi portait son enquête. Kat se tourna vers Landers. « Où est Jace ? »

Landers était appuyé contre la porte. Il resta silencieux, ses yeux fixés au sol.

Kat fonça vers Landers, mais Nathan saisit son bras et la tira vers l'arrière.

« Votre ami Jace a eu une sorte d'accident. » Nathan resserra son emprise. « C'est ce que vous voulez ? »

« Vous ne vous en sortirez pas comme ça. La police sait ce que vous faites. »

« La police ? » Nathan se mit à rire. « Je n'ai rien fait d'illégal. »

« Je ne suis pas d'accord. » Kat tenta de ne laisser paraître aucune émotion. Elle refusait de lui donner satisfaction.

Victoria lui sourit. Le Botox transforma sa bouche en un rictus sans forme.

« Vous pensez que je suis un criminel ? » Nathan la poussa sur le lit. « Edegwater est mon entreprise et je dépense mon argent comme je l'entends. »

« C'est l'argent des investisseurs, pas le vôtre. Mais vous vous en fichez, pas vrai ? Non seulement vous abusez le public, mais en plus vous payez avec l'argent des autres. »

« C'est ridicule ! »

Kat s'assit. « Vraiment ? Une monnaie mondiale unique, contrôlée par une institution au-dessus de tout gouvernement ? C'est tout simplement dangereux de laisser faire une telle chose. C'est la chute annoncée de la démocratie. C'est ce que pensait Svensson et vous l'avez fait taire pour mener à bien vos plans. »

Elle crachait les mots en parlant. C'est ce que Jace essayait de lui dire, mais elle était plus intéressée par son enquête.

« Bref – tout ça n'a plus d'importance. Le train est en marche et il n'y a rien que vous puissiez faire pour l'en empêcher. »

Elle se tenait face à Nathan ; la panique la prit au ventre. « Laissez-moi partir. »

Nathan resserra son emprise, triturant ses poignets. Il la poussa en arrière avec une grande facilité. « Vous voulez bénéficiez du même traitement ? Continuez comme ça et c'est ce qui va arriver. »

Nathan avait pratiquement avoué son implication dans la mort de Svensson. Il tenait ses poignets fermement quand il se mit en quête de quelque chose dans sa poche. Les fils de nylon lui brûlaient la peau alors qu'il les enroulait autour de ses poignets et les tendait. Il fit un nœud et serra jusqu'à ce qu'elle émette un cri en signe de protestation. La poitrine de Kat se contracta lorsqu'elle sentit la pièce se refermer sur elle.

« Tu as l'aiguille ? » Nathan fit un signe de la main à Victoria tout en s'asseyant sur les jambes de Kat, la maintenant au sol.

Victoria se leva. « J'arrive chéri, » dit-elle d'une voix douce et chétive. Elle plongea la main dans son énorme sac et en sortit une seringue.

Kat tenta de se libérer, mais ses efforts étaient vains. Ses pensées parcouraient toutes les choses que Roger Landers avait dites hier soir. Était-il dans le coup depuis le début ou avait-il capitulé devant un requin, encerclant un plus petit poisson ?

« Il vous a donné combien, Roger ? C'est quoi votre prix ? » Elle se tortilla sur le lit pour faire face à Landers. Personne ne semblait le détenir contre sa volonté.

Silence.

« Taisez-vous, espèce de garce. » Victoria tapota la seringue d'un doigt manucuré. « C'est l'heure de prendre votre médicament. »

Kat tressaillit quand l'aiguille lui piqua la peau. Puis, une chaleur glacée s'empara de son biceps et parcourut ses veines. Elle brûla sa poitrine, puis remonta jusqu'à son cou et sa tête. Elle eut chaud, très chaud, enfin les voix s'atténuèrent. Plus de son, plus de couleur, et plus rien n'avait d'importance.

CHAPITRE 34

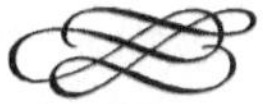

Kat cria alors que quelque chose de pointu lui piqua la cage thoracique. Elle roula sur le côté et son dos fit face à l'assaillant.

« Levez-vous, » dit l'homme dans un fort accent anglais.

Kat plaça ses coudes devant son visage en signe de défense. Puis elle réalisa : ses poignets n'étaient plus attachés. Nathan et Victoria étaient partis. Pas de Roger Landers dans le coin non plus. Au lieu de ça, elle se trouvait face à un agent Securicor qui portait un turban et une veste jaune en Gore-tex. Il se tenait au-dessus d'elle, l'air mal à l'aise.

Kat plissa les yeux, aveuglée par le faisceau de lumière de la Maglite de l'agent de sécurité.

« J'ai dit, levez-vous Mademoiselle. Maintenant »

Kat resta bouche bée lorsqu'elle balaya les alentours du regard. Les voix faisaient écho tandis que les gens se précipitaient sur le sol carrelé vers leur destination. Elle était allongée sur un banc en chêne bien usé, l'un de ceux qui bordaient l'espace ouvert. Des moulures sculptées surplombaient des peintures représentant des paysages canadiens de montagnes et de forêts. Elle mit un peu de temps à réaliser qu'elle se trouvait à la Gare de Waterfront au

185

centre-ville de Vancouver. À en juger par la horde de voyageurs, c'était l'heure de pointe, peut-être sept heures trente ou huit heures du matin. Lundi matin. Plus que quelques heures avant la deadline fixée par Zachary, à savoir midi.

« Désolée, Monsieur. Je m'en vais. » Kat se leva et sentit l'odeur du café frais et des muffins qui s'échappait du Starbucks situé de l'autre côté du hall. Elle fouilla dans la poche de son pantalon, cherchant de la monnaie pour s'acheter un café. Rien. Elle regarda ses vêtements. Même pantalon et même t-shirt qu'hier. Dieu merci, elle avait enfilé ses chaussures avant d'aller dans la suite attenante de l'hôtel.

Elle fouilla dans l'autre poche pour attraper son téléphone portable ; elle était vide. Bien sûr, il était toujours au Tides Resort, avec son porte-monnaie, son argent, son ordinateur et les documents du World Institute. Nathan, Victoria, ou même Landers avaient-ils trouvé son rapport sur Edgewater ? Elle frissonna à cette idée.

Est-ce qu'ils l'auraient attrapée si elle n'était pas allée dans la suite à côté la nuit dernière ? Probablement. Landers savait où elle se trouvait et était évidemment de mèche avec Nathan et Victoria. Puis, il y a avait Jace. Disparu ; on lui avait peut-être réservé un sort pire que le sien.

Jace ne serait jamais parti sans elle, malgré leur dispute. Les seules personnes à savoir où il était, c'était celles qui étaient dans la pièce hier soir – Nathan et Victoria Barron et Roger Landers. Est-ce qu'ils avaient jeté Jace quelque part aussi ? Elle reprit courage en réalisant qu'elle pourrait peut-être le retrouver. La seule question, c'était où.

Le chalet qui servait de QG de Kurt était une possibilité, car on pouvait y a aller à pied depuis Hideaway Bay. Malheureusement, il fallait des vêtements d'hiver pour supporter les températures glaciales et il n'avait pas pris sa veste. L'avaient-ils aussi déposé à la gare ? Alors, il aurait pu rentrer à la maison. Et l'appeler, mais son téléphone était resté à l'hôtel. Les chances de trouver Jace à la maison étaient minces, mais pas impossibles.

Un regain d'espoir l'envahit quand elle réalisa qu'elle était tout proche de la maison. Il lui suffisait de prendre le bus ou un taxi pour y aller. Elle trouverait certainement de l'argent à son bureau, à quelques huit pâtés de maison de là.

Kat sortit de la gare et rencontra un souffle d'air frais en poussant la lourde porte en bois. La pluie tombait à l'oblique, portée par le vent. Le grésil piquait sa peau et ses cheveux fouettaient son visage. Les usagers allaient et venaient, le visage camouflé dans leur manteau pour se protéger. Elle frissonna lorsque l'air frais transperça son t-shirt fin.

Un clochard accosta un couple qui se promenait. L'homme portait une casquette de baseball et quémandait un peu d'argent. Le couple accéléra le pas et lui fit signe de partir. Kat traversa le parking vers la rue où se trouvait le vagabond. Sa main tendue lui rappela qu'elle avait besoin d'au moins deux dollars pour prendre le bus. Oublions le taxi.

Le clochard la regarda fixement et rapprocha sa tasse vers lui pour la protéger, comme si elle allait la lui prendre. « C'est mon coin. Tu n'as qu'à trouver le tien. » Il la fusilla du regard ; il lui manquait des dents sur le devant.

« Hein ? » Soudain, elle réalisa qu'il la prenait pour une mendiante. Une concurrente. Elle était vraiment dans un si piteux état ? Il n'était que huit heures, mais c'était la deuxième fois aujourd'hui qu'elle se sentait totalement inutile.

Kat marcha le long de Water Street jusqu'à son bureau de Gastown, les bras croisés devant elle pour se protéger du froid. Le trottoir pavé était glissant sous ses baskets, tandis que la neige se transformait en gadoue. Elle traversait ses chaussures. Elle se rappela de ses bottes bien chaudes, qui étaient restées à Hideaway Bay, abandonnées avec le reste de ses affaires.

Malgré la température supérieure à zéro, la morsure du vent et de la pluie lui glaçait les os. Ses dents claquaient et elle frissonna en se frayant un chemin dans la rue déserte. La plupart des sans-abri étaient entrés à l'intérieur, à la recherche d'un refuge pour se protéger du froid humide. Elle passa devant le Café Marseilles ; un groupe de vagabonds se tenait contre le bâtiment, les mains enroulées autour d'une tassé à café. Le temps de rejoindre son bâtiment, elle était complètement gelée. Ses mains étaient tellement engourdies qu'elle ne sentit même pas ses articulations frapper contre les portes vitrées. Le bâtiment était généralement fermé le matin, tout particulièrement en hiver, lorsque les sans-abri cherchaient un refuge pour échapper au froid.

Au bout de quelques minutes qui lui semblèrent une éternité, le gardien vint enfin du côté de la porte pour voir d'où venait le bruit. Il jeta rapidement un œil et lui fit signe de la main.

« Marcus, c'est moi – laissez-moi entrer. » Kat lui fit signe frénétiquement, mais il disparut derrière la porte. Ça faisait pratiquement trois ans que Carter & Associates était locataire au Hudson House. Comment avait-il pu ne pas la reconnaître ? Elle tambourina à nouveau contre la porte, aussi fort qu'elle pouvait. « Marcus ! »

Plusieurs passants, vêtus d'imperméables et portant des parapluies, froncèrent les sourcils vers Kat et poursuivirent leur chemin. Elle évitait leur regard, honteuse de l'image qu'elle renvoyait. Elle n'avait pas besoin d'un miroir pour savoir que ses vêtements déchirés, ses cheveux filandreux et son visage sans maquillage lui donnaient l'air d'une moins que rien. C'est donc ça que l'on ressent lorsque les gens vous détestent à longueur de journée ?

Marcus finit par réapparaître. Il se jeta sur la porte et l'ouvrit.

« Allez-vous en ou j'appelle la – »

« Marcus, vous ne me reconnaissez pas ? Kat ? Le quatrième étage ? »

Il la reconnut et s'arrêta net. Il restait bouche bée. « Mais que diable vous est-il arrivé ? » Il tint la porte ouverte et l'invita à entrer.

« Je n'ai pas le temps de vous raconter. » Kat le dépassa et se dirigea rapidement vers l'ascenseur ; elle retrouvait doucement la sensation de ses jambes. Elle appuya sur le bouton pour appeler l'ascenseur et attendit, tournant le dos à Marcus. Elle n'était pas d'humeur à fournir des explications pour l'instant, et de toute façon, il ne le méritait pas.

Il se traînait derrière elle. « Kat – je suis désolé. Je ne savais pas que c'était vous. »

Elle l'ignora et entra dans l'ascenseur. C'était une facette de Marcus qu'elle ne connaissait pas, et elle n'était pas sûre de l'apprécier. Elle appuya sur le bouton du quatrième étage.

Nathan et Victoria ne s'en sortiraient pas comme ça.

Qu'avaient-ils fait de Jace, pourquoi avait-il disparu et pas Landers ? Elle doutait que Nathan prenne Landers au mot s'il disait simplement que les documents n'étaient pas les siens. Nathan voudrait se débarrasser d'eux, car ils connaissaient les plans du World Institute tous les deux. À moins que Landers ne fasse partie du complot, quel qu'il soit. Bien sûr, Landers les avait aidés. Il ne pensait qu'à lui, comme d'habitude.

Nathan Barron avait dit que Jace avait eu une sorte d'« accident. » Cela semblait plus inquiétant que ce qui lui était arrivé à elle. Elle était indemne, mis à part quelques bleus et un mal de tête, sûrement dû à la substance qu'ils lui avaient injectée. Jace avait-il subi le même sort que Svensson ? Malgré leur activité différente, tous deux avaient dénoncé le World Institute et l'élite du pouvoir. Était-ce une raison suffisante pour mourir ? Kat frissonna en pensant à cette éventualité.

Svensson avait trouvé la mort après avoir changé d'avis et s'être opposé au dogme du World Institute. La disparition de Jace pouvait être liée à son article sur la fraude à l'hypothèque. Après tout, on leur avait jeté une bombe incendiaire à cause de ça. Mais Jace avait disparu à Hideaway Bay. Cela voulait-il dire que la suppression de son article sur son histoire d'immobilier était liée au World Institute ? Si oui, comment ? Ou peut-être que l'objectif était plus simple – comme faire taire les dissidents qui s'opposent à l'un de ses membres. En faisant cela, le WI pouvait continuer en toute impunité. C'était comme ça que ça fonctionnait dans les coulisses du pouvoir. Il fallait éliminer les obstacles. La cupidité faisait faire de vilaines choses aux gens.

Ils n'en avaient peut-être pas après les documents du World Institute. Bien qu'elle fût dommageable, ce n'était pas seulement l'histoire de Jace qu'ils voulaient supprimer. C'était plus puissant que ça. C'était son opinion, sa voix. C'était un journaliste respecté, que les gens écoutaient, tout comme Svensson. Leur voix ne pouvait être écartée ou reniée. Mais elle pouvait être éliminée.

Même si elle n'avait jeté qu'un rapide coup d'œil au projet sur lequel il travaillait à l'hôtel, elle savait que son article sur le World Institute impliquait tous les membres de l'organisation, et plus particulièrement Nathan et Gordon Pinslett – Nathan parce qu'il avait détourné les fonds des investisseurs d'Edgewater pour financer les activités du WI et Gordon Pinslett parce qu'il avait supprimé une couverture préjudiciable au WI. Essayer d'imposer une théorie non politiquement correcte était une chose. Faire du profit de façon exorbitante en manipulant les devises et en réalisant des transactions d'initiés en était une autre. Puis, il y avait la censure et médias, et la fraude qui allait avec.

Une chose était claire. Ceux qui avaient le courage de parler, on les faisait taire. Jace avait été licencié et le *Sentinel*, détenu par Gordon Pinslett, avait enterré son histoire. Jace avait-il été définitivement réduit au silence ? Rien que d'y penser, elle frissonna.

Jace avait raison. C'était bien de ne rien dire jusqu'à ce que cela vous retombe dessus. Mais personne ne vous défendrait non plus. Le silence était synonyme de perte de liberté, de bien-être économique et de droit de parole. Si elle ne prenait pas position, qui le ferait ?

Certaines choses valaient vraiment le coup de se battre.

CHAPITRE 35

Hillary se tenait au niveau de la porte de la cuisine et regardait son père enlever la vaisselle sale du lave-vaisselle. Tout allait dans l'armoire, l'un après l'autre : les assiettes, les tasses à café et les verres sales. Il chargeait et déchargeait les mêmes plats crasseux. C'était un peu comme appuyer sur la touche Rembobiner encore et encore. Bon sang, il perdait la tête. C'est ce à quoi ressemblait sa vie aujourd'hui ?

« Il faut que tu déménages, Papa. » Elle vérifia sa montre. Il était déjà plus de treize heures et tout ce qu'ils avaient fait dans la matinée, c'était boire du café au goût savonneux. Elle avait mieux à faire pour un lundi. « Dans l'une de ces maisons de soins. »

« Une maison de soins ? Il faudra me passer sur le corps. » Harry laisse tomber des couteaux sales dans le tiroir à couverts. « Je n'ai pas besoin d'aller dans un maison de soins. Je suis bien ici. »

« Regarde-toi – tu es vieillard et tu perds la boule ! Tu ne sais même pas te servir d'un lave-vaisselle. Regarde ce foutoir ! » Hillary agita son bras vers le comptoir de cuisine encombré. « C'est trop pour toi. »

« Non. C'est mon foutoir et je l'aime bien. » Il s'essuya le front avec sa manche. « J'entretiens ma maison comme bon me semble. »

Pas si elle avait son mot à dire. Tellement pathétique – il allait vraiment pleurer ? Hillary passa son bras sur la pile de livres qui se trouvait sur la table de la cuisine, les repoussant pour les faire tomber au sol. Elle s'assit, agacée. Il ne peut pas payer ses factures ou même faire le ménage. Depuis quand c'était devenu son problème ? « Je ne trouve même pas une place sur la table. Comment peux-tu manger dans cette porcherie ? »

« Hé, Hillary, pourquoi tu as fait ça ? Je t'ai dit de les laisser. » Harry ferma la porte du lave-vaisselle et traîna jusqu'à la table, un torchon drapé sur son épaule. Son regard se posa sur les livres, éparpillés sur le lino. Tels des soldats blessés, toutes les pages étaient froissées et les dos endommagés.

« Parce que tu es fou, Papa. Tu vis dans un tas de déchets. » Hillary roula les yeux. Pourquoi lui créait-elle autant de soucis ? Elle n'allait certainement pas lui faire à manger ou s'occuper de son ménage.

« Ce ne sont pas des déchets, Hillary. Certains de ces livres sont de véritables pièces de collection. Remets-les en place, » dit Harry. « Nous allons manger dans le salon. »

« Manger ici, tu rigoles ? C'est dégoûtant. » Hillary balança sa tasse à café sur la table. « Comment peux-tu vivre comme ça ? »

« Facile. J'aime les choses telles qu'elles sont. Tu ne vis pas sous ce toit, donc tu n'as pas à me dire ce que je dois faire. »

« Et si je vivais ici ? Alors, j'aurais mon mot à dire sur l'organisation ? »

Son visage s'illumina.

Justement l'effet qu'elle escomptait. « Je vais peut-être revenir à la maison. »

« Vraiment ? Ce serait formidable. Je me sens vraiment seul depuis le décès de ta maman. »

« Je vais y réfléchir. Mais il va falloir fixer des règles. » Hillary se leva de table et se dirigea vers le frigo. Elle pouvait peut-être supporter tout ça encore une semaine. Juste assez longtemps pour terminer ce qu'elle avait commencé et régler les impayés pour sa Porsche.

« On peut définir quelque chose, » dit-il.

« Bien. » Hillary prit un pichet de jus d'orange dans le frigo et en versa dans un verre. Elle versa une cuillerée à soupe de la poudre, mélangeant le tout afin de la dissoudre. Elle mit le flacon dans sa poche avant de se tourner vers Harry.

« Tiens. Bois ça. » Elle tendit le verre à son père. Non pas qu'elle devait faire preuve de discrétion. Elle aurait pu tirer avec un canon dans la cuisine, son père ne l'aurait même pas remarqué. Stupide.

« Merci. » Il sirota le jus d'orange et sourit.

Hillary soupira. Encore cinq bonnes minutes et il s'évanouirait dans son affreuse chaise à carreaux. Ensuite, elle pourrait commencer à balancer quelques-unes de ses conneries. Elle n'allait certainement pas attendre jusqu'à ce qu'il meure pour le faire. Le fouillis l'étouffait.

Il se souciait plus de cette mansarde remplie de pacotilles que d'elle ; malgré tout, elle avait mis sa vie entre parenthèses pour revenir dans ce petit quartier de merde. Tout ça pour quoi ? Rien n'avait changé en dix ans. Sauf les voisins, qui étaient plus vieux, plus malades. Et les tentacules de Kat qui s'enfonçaient de plus en plus profondément. Kat prétendait qu'elle s'occupait de son père, mais Hillary le savait très bien. Elle n'était pas dupe. Il n'était rien qu'un vieil homme rongé par la démence.

Kat se trompait si elle pensait l'empêcher de pomper Harry. C'est pour ça que les chèques s'étaient arrêtés ; Kat gardait tout l'argent pour elle. Elle en était sûre. Pour quelle autre raison resterait-elle dans le coin à trente-quatre ans ? N'était-ce pas assez que ses parents aient adopté Kat après l'avoir abandonnée, elle ? Qui adoptait des trentenaires ? Kat envisageait certainement de contester le testament.

Elle l'en empêcherait.

CHAPITRE 36

*H*illary **déplaça son poids de** son pied droit vers son pied gauche. Elle n'osait pas retirer ses chaussures dans cette décharge. Ses Manolo Blahnik de dix centimètres la tuaient, mais elle ne pouvait définitivement pas les enlever. Qui savait quel type de vermine rampait dans ce capharnaüm ?

« Mange, Papa, » dit-elle, déposant un autre verre de jus d'orange près de son assiette.

« J'ai mangé. Je ne peux plus rien avaler. Je suis repu » Harry était assis à la table de la cuisine, une fourchette à la main et une serviette nichée dans son col de chemise.

« Il faut manger. Finis. » Hillary sentit son visage rougir. Il devait avaler la même dose tous les jours. C'était cumulatif, et si elle ratait un jour, il fallait tout recommencer. Elle n'allait vraiment pas investir plus de temps ou d'argent qu'elle ne l'avait déjà fait.

« J'ai mangé, Hillary. Je n'ai plus faim. Tu veux le reste ? » Harry pointa du doigt les pommes de terre rissolées avec sa fourchette.

« J'ai déjà mangé. » Hillary imaginait sa vie dans quelques semaines. Il fallait qu'elle vende cette baraque pour se refaire. Elle irait peut-être skier en Suisse, comme les membres de la famille royale. Peut-être même rencontrerait-elle un prince.

« Quand ? Je ne t'ai pas vue. »

« Bien sûr que si. Tu oublies. Tu as Alzheimer, mon vieux. » Hillary dessina des cercles autour de son oreille avec son index. « Tu es fou, tu te rappelles ? Ou ça tu l'as oublié aussi ? »

Harry secoua la tête et posa sa fourchette.

Elle l'attrapa et prit une fourchetée dans l'assiette d'Harry. Elle tenait la fourchette à deux centimètres de sa bouche. « Ouvre la bouche. Mange le reste. »

Harry leva la main en signe de protestation.

« J'ai dit – mange ! » Hillary fourra les pommes de terre dans la bouche de son père quand il l'ouvrit pour protester.

« Ça suffit ! » Harry chassa sa main avec son avant-bras. Il cracha les pommes de terre, les dispersant partout sur toute la table et au sol.

« Regarde ce que tu as fait ! » Hillary cria en posant violemment la fourchette sur la table. « Qui va nettoyer ce bordel ? Tu ne mérites pas que quelqu'un s'occupe de toi. »

Son père baissa le bras et se ratatina dans sa chaise. Quelle perte de temps. La maison était dégoûtante, pleine de bibelots, de saletés et de poussière comme dans ces maisons que l'on voyait dans le show télévisé *Hoarders*. La seule différence, c'était le mobilier Sears usé de son père, encore visible dans ce décor des années soixante-dix. Rien que d'y rester, ça la rendait malade.

Chaque jour passé dans la décharge des Denton était un jour de plus volé à sa nouvelle vie, la vie qu'elle méritait et qu'elle avait attendu si longtemps. Après s'être cachée des mois des voisins et de Kat, son plan avait fonctionné à merveille. Elle allait pouvoir prendre un nouveau départ. C'était là, juste à portée de sa main, maintenant qu'elle avait trouvé l'homme avec lequel le partager.

Il fallait juste qu'elle élimine Harry de son chemin. Et qu'elle garde cette sale garce de Kat à distance. Il n'y avait pas de temps à perdre.

CHAPITRE 37

Hillary **se tenait à la porte** du salon et étudiait son père. Ses ronflements résonnaient partout dans la maison, faisant concurrence à la CNN sur le poste de télévision. Il était affaissé dans son La-Z-Boy, la tête penchée sur sa poitrine. Il se balançait de haut en bas à chaque ronflement.

Le journaliste commentait les émeutes de Paris, questionnant une commerçante du Quartier Latin en larmes alors que des voyous masqués jetaient des cailloux sur les vitrines derrière elle. C'était la nuit et il pleuvait. La sirène d'une voiture de police hurlait, le gyrophare laissant des trainées de couleur alors que le véhicule roulait à vive allure en arrière-plan.

Hillary sursauta en entendant le bruit. Elle traversa la pièce sur la pointe des pieds et attrapa la télécommande de l'accoudoir du La-Z-Boy. Elle baissa le son, inquiète que cela ne réveille Harry. Elle se détendit quand elle se rappela de la dose administrée. Elle lui avait donné suffisamment assommer un éléphant.

Elle avait quelques heures devant elle. Où regarder en premier ? Le coffre ? Elle décida de commencer par la chambre. Comme ça, elle aurait terminé quand Harry se réveillerait. Elle pourrait le convaincre de monter à l'étage faire une sieste pour fouiller le reste de la maison.

Elle enfila des baskets, un pied à la fois, en prenant soin de ne pas laisser ses pieds toucher le sol crasseux. Puis, elle monta les marches deux à deux jusqu'à la chambre de son père, impatiente de commencer.

Elle fouilla les tiroirs de son bureau d'abord, puis son armoire. Ses efforts ne donnèrent rien, mis à part de vieux vêtements, des chaussures et une boîte de photos. Elle vida le contenu de la boîte sur le lit et les passa en revue. Des photos d'elle quand elle était bébé, puis des photos de toute la famille, plus tard avec Kat. Elle ouvrit un sac poubelle en plastique et jeta les photos. Harry n'en aurait pas besoin là où il allait. Bientôt, il ne reconnaîtrait plus les gens dessus de toute façon.

Il ne lui fallut pas beaucoup de temps pour réaliser que ce qu'elle cherchait ne se trouvait pas ici. Elle se dirigea vers le couloir, rassurée par le bruit des ronflements de son père qui s'élevaient dans l'escalier. Elle ouvrit le chiffonnier du couloir et tâta le long du mur jusqu'à ce qu'elle trouve le coffre. Elle tira sur la porte. Elle était déverrouillée. Elle l'ouvrit et mit les papiers qui s'y trouvaient et cinq cent dollars en billets de cinquante tout neuf. Ça lui serait revenu un jour ou l'autre de toute façon.

Elle devait garder Kat à l'écart quelques jours le temps d'exécuter son plan. Elle transporta les sacs à ordures en plastique noir dans les escaliers en descendant les marches deux à deux et les jeta sur la voie à l'arrière. Seize sacs, rien que pour une chambre. Le vieil homme ne se rendrait même pas compte qu'il lui manquait des choses. Elle retourna à la cuisine, essuyant la sueur qui perlait sur son front.

Le calendrier de la cuisine était encore sur le mois de juin. Elle tourna les pages jusqu'à décembre et vit les notes écrites de la main de Kat. Le numéro de Kat, le numéro de Jace, une liste de courses et un rappel des plats qui se trouvaient dans le frigo. Cette garce bienfaisante avait planté ses griffes partout et ça la rendait malade. Elle arracha les notes et les chiffonna en boule.

Puis, elle prit une longue inspiration et se rappela : désormais, tout allait changer. Elle devait garder son calme et se concentrer sur son plan. Se débarrasser du vieil homme, et ensuite elle serait en bonne voie pour entamer sa nouvelle vie.

Elle jeta à nouveau un œil au calendrier. Le mois de décembre présentait une aquarelle amateur de poinsettias ; on aurait dit qu'elle avait été peinte par un enfant de deux ans. Un autre déchet. Alors qu'elle l'arrachait du mur, elle vit ce qu'elle cherchait. La clé était cachée derrière le calendrier. Celle qui allait ouvrir grand les portes de son avenir.

CHAPITRE 38

Kat se frotta les mains l'une contre l'autre en sortant de l'ascenseur au quatrième étage. Elle se dirigea vers son bureau, heureuse d'avoir échappé au froid. Elle s'arrêta lorsqu'elle vit la porte de son bureau. Elle était entrouverte et il était évident, au vu du montant abîmé, qu'elle avait été forcée. Quelqu'un était entré.

Elle hésita à appeler Marcus avant d'entrer. Mais cela ne donnerait lieu qu'à des questions supplémentaires et ça la retarderait. Elle n'avait pas de temps pour ça pour l'instant. D'abord, elle devait se changer, récupérer son rapport Edgewater sur son dispositif de stockage des données à distance et modifier ses mots de passe pour éviter que Nathan et Victoria n'aient accès à ses fichiers.

Elle poussa doucement la porte pour l'ouvrir et tendit l'oreille. Comme elle n'entendait rien, elle entra et regarda autour d'elle, en commençant par la réception, puis la cuisine et les deux bureaux. Elle se détendit en réalisant que la personne qui avait fracturé sa porte, quelle qu'elle soit, était partie.

Rien n'avait changé dans le bureau, si ce n'est qu'Harry et Jace étaient désespérément absents. Elle eut un pincement au cœur en pensant à Harry. Au moins, il était avec Hillary.

Kat composa le numéro de téléphone portable de Jace. Son anxiété grandit quand elle se rendit compte qu'il ne lui avait pas laissé de messages sur son téléphone de bureau. Il y avait, en revanche, une demi-douzaine de messages de Zachary. Il avait l'air furieux, demandant pourquoi diable elle n'avait pas appelé.

Elle savait qu'elle pouvait appeler Zachary. Les appels vers son téléphone portable seraient également restés sans réponse, et compte tenu de ses difficultés financières, il avait tout à fait le droit d'avoir des nouvelles. Mais il devait attendre jusqu'à leur rendez-vous, d'ici quelques heures maintenant. Dans l'immédiat, elle avait des choses plus urgentes à régler. Comme trouver Jace.

Jace lui laisserait un message ici et à la maison, s'il n'avait pas pu la joindre sur son téléphone portable. Elle en était sûre. Elle fut prise d'effroi.

Elle raccrocha après une douzaine de sonneries et jeta un œil sur le bloc message qui se trouvait près du téléphone. Des mots indé-chiffrables griffonnés à la va-vite figuraient sur la page. Les quelques termes qu'elle pouvait déchiffrer étaient mal orthographiés et répétés. Harry avait toujours été un adepte de la calligraphie, mais la démence avait eu raison de lui en quelques mois seulement. Ça lui brisait le cœur de le voir dépérir comme ça.

C'est à ce moment-là qu'elle remarqua un vide en forme de carré sur le bureau. L'ordinateur d'Harry avait disparu. Kat émit un juron. Sans son ordinateur ou celui d'Harry, elle ne pourrait pas récupérer son rapport sur Edgewater ou les pièces à l'appui depuis le serveur distant. Elle devait aller chez elle.

Kat appela la maison tomba sur la voix de Jace sur le répondeur. En l'écoutant, elle sentit les larmes venir. Et si elle ne le revoyait plus jamais ? Où qu'il soit, il comptait sur elle pour le retrouver.

Elle chercha le numéro du poste de la GRC d'Hideaway Bay et patienta, anxieuse. Au bout de six sonneries, son appel bascula sur la boîte vocale. Elle s'affaissa dans le fauteuil d'Harry. Quel genre de poste de police ne répondait pas au téléphone ? Elle laissa un message et raccrocha brusquement le combiné, furieuse. Jace avait disparu et elle était complètement perdue, ne sachant que faire.

Aucune réponse non plus chez Harry ou sur son téléphone portable. Elle se rendit compte qu'elle n'avait même pas le numéro de téléphone d'Hillary. Harry ne se rappelait plus de quelque numéro que ce soit ; il ne pouvait donc pas appeler le bureau, même si les numéros de la maison et du bureau étaient programmés dans son téléphone. Il a avait du mal à utiliser son portable, un nouvel appareil qui remplaçait celui qu'il avait perdu il y a quelques mois. Peut-être Hillary l'appellerait-elle. À un moment donné, elle perdrait patience et voudrait le laisser tomber pour se consacrer à nouveau à sa vie sociale.

Elle avait des doutes au sujet de Zachary et l'appela pour remettre leur rendez-vous. Elle fut soulagée de tomber sur sa boîte vocale. Pour un gars collé à son téléphone, Zachary était étonnamment difficile à joindre. Elle décida de ne pas laisser de message. Elle avait juste le temps d'aller jusqu'à la maison et de revenir. En plus, elle devait parler à Zachary en personne au sujet de Nathan et Victoria et des événements de la nuit passée. Elle devait également définir son approche. Et si les accusations de Nathan au sujet de Zachary étaient fondées ?

Comment sinon Zachary pourrait-il échanger des montants fictifs et ne pas être au courant ? Comme ne pouvait-il pas être informé d'un système de Ponzi de cette envergure ? Il fallait vraiment être idiot pour ne pas savoir que les transactions n'étaient pas effectuées.

Elle regarda sa montre et réalisa qu'il fallait y aller si elle voulait être revenue à temps. Mais, avant de partir, elle fit un rapide tour du bureau. Rien d'autre ne semblait avoir disparu.

Elle s'arrêta devant le miroir de la salle de bains. Ses cheveux emmêlés encadraient un visage sale recouvert de griffures après sa lutte avec Victoria. Par contre, elle ne savait pas d'où venait la poussière. Pas étonnant que Marcus ait hésité.

Elle fouilla dans le panier en osier dans lequel elle rangeait ses vêtements de sport et réussit à trouver un survêtement, des chaussettes et une vieille veste. Parfait pour retourner chez elle sans être à nouveau transie de froid.

Elle devait prendre le bus ou le taxi. N'ayant rien trouvé dans son bureau, elle se dirigea vers celui de Harry en empruntant le couloir. Elle fouilla dans le tiroir de son bureau, espérant qu'il y aurait assez de monnaie pour le trajet en bus.

Le tiroir du dessus d'Harry était un vrai capharnaüm. Des élastiques et des trombones étaient emmêlés, formant des boules. Elle sortit toutes les choses une à une et les déposa sur le bureau. Deux agrafeuses, du ruban adhésif avec de la poussière dessus, trois paires de lunettes de lecture et une boîte d'ibuprofène dont la date était dépassée. Elle l'ouvrit et attrapa deux cachets, espérant dissiper son mal de tête.

Kat saisit une petite boîte de Sucrets© en métal et la secoua. Elle était rouillée mais le son était prometteur. Un ruban de masquage étiqueté *monnaie* était apposé sur le dessus. Elle l'ouvrit et y trouva quelques pièces et deux billets de vingt dollars. Elle fit le décompte, mis l'argent dans sa poche et glissa une reconnaissance de dette dans la boîte.

C'est alors qu'elle remarqua les deux clés. La première était un double de la clé du bureau. L'autre semblait ressembler à celle de la maison d'Harry – identique à celle qu'elle avait sur son trousseau. Elle prit soudain conscience que la clé de sa maison se trouvait dans son porte-monnaie, qui était lui-même toujours à l'hôtel. Elle attrapa la clé d'Harry. Au moins, elle pourrait récupérer le double de la clé de sa maison chez Harry s'il n'était pas là.

Elle ferma le tiroir et ouvrit le second. Il était presque vide, plutôt bizarre au vu du fouillis habituel d'Harry. En fait, il n'y avait rien. Complètement différent de ses autres tiroirs. Vraiment étrange. Elle se rappelait qu'Harry gardait quelque chose précieusement à cet endroit, mais ne savait plus trop quoi. C'était quelque chose d'important en tout, car Harry ne laissait jamais d'espace vide. Harry entassait les choses, tout comme il emplissait une pièce de sa présence. Ce n'est que maintenant qu'elle se rendait compte du vide qu'elle ressentait à présent.

CHAPITRE 39

Vingt minutes plus tard, Kat paya** le chauffeur de taxi et monta péniblement les marches de la maison d'Harry. Elle frappa à la porte d'entrée et patienta.

Pas de réponse.

Elle essaya à nouveau et regarda par la fenêtre qui se trouvait sur le côté. Aucun signe de présence. Elle descendit les escaliers et se dirigea vers la cour arrière. Harry était peut-être dans le garage, à trafiquer autour de la Lincoln. Ou dans le jardin, même si on était au mois de décembre. Avec ses accès de folie, plus rien de l'étonnait.

Elle ouvrit le garage et se figea. La Lincoln n'était plus là. Harry avait-il réussi à déverrouiller la porte ? Malgré son état mental défaillant. Quelqu'un avait dû le faire pour lui. Son cœur sauta dans sa poitrine en imaginant Harry conduisant dans la neige. Une catastrophe imminente, c'est la seule chose qu'elle voyait.

La Porsche d'Hillary n'était pas garée devant non plus. Harry pouvait encore être avec elle. Mais Hillary n'irait certainement pas se geler dans la Lincoln des années soixante-dix, qu'elle soit conducteur ou passager. Kat pressa le doigt sur la télécommande et la porte s'ouvrit grand. C'est bien ce qu'elle craignait. Quelqu'un l'avait réactivée.

Elle sortit par la porte de garage ouverte dans l'allée, dans l'espoir de la trouver. Au lieu de cela, elle découvrit une douzaine de sacs poubelle en plastique entassés contre la clôture à l'arrière. Kat fut prise d'une certaine appréhension à mesure qu'elle s'approchait pour regarder de plus près. Le plaid marron usé dépassait du coin. Elle hissa un sac et le jeta sur le côté.

Le fauteuil inclinable La-Z-Boy d'Harry était trempé par la pluie et en piteux état. Pourquoi son fauteuil préféré était-il dehors, jeté sur un tas d'ordures ?

La poitrine de Kat se serra. Son oncle ne se séparerait jamais de son fauteuil. Ce dernier et tous ses autres meubles lui convenaient parfaitement, à la lui comme à sa maison. Hillary devait être derrière tout ça, et la disparition de la Lincoln. Elle dépassait toujours les bornes et Kat était certaine qu'Harry n'avait aucune idée que ses biens les plus précieux avaient été jetés aux ordures. Ça lui briserait le cœur.

Le camion à ordures remontait la ruelle à un pâté de maisons de là ; elle se rappela que c'était aujourd'hui que passait la poubelle. Elle vérifia sa montre. Une chose après l'autre. Elle devait commencer par récupérer les choses d'Harry dans la poubelle.

Elle attrapa les sacs l'un après l'autre dans la ruelle et les déposa dans le garage vide. Elle arrêta de compter à quatre douzaines de sacs poubelle. Juste un trou dans la pile, pour pouvoir récupérer le fauteuil d'Harry. Il devait y avoir des centaines de sacs.

Au moins, elle était arrivée à temps pour sauver ses affaires, mais maintenant que faire ? Elle s'en inquiéterait plus tard. Elle fit glisser le dossier vers l'arrière, raclant les pieds le long de l'asphalte irrégulier tandis qu'elle le tirait centimètre par centimètre vers le garage pour le protéger de la pluie.

Elle déposa le dernier sac dans le garage d'Harry juste quand le camion à ordures tournait dans la ruelle. Elle s'arrêta et essuya la sueur de son front avec le dos de sa main. La pluie avait transformé ses cheveux en un amas de frisottis, mais elle s'en fichait. Au moins, elle avait réussi à faire quelque chose de bien aujourd'hui.

Le gars de la poubelle lui fit signe de la main. Elle leva le bras dans un mouvement lent qui ressemblait plus à un signe de reddition. Il était à peine neuf heures et elle était déjà fatiguée de se battre. Jace était toujours aux abonnés absents, avec les documents du World Institute, son ordinateur et les dossiers Edgewater. Son client était furieux après elle, mais si ça devait plutôt être l'inverse. Elle supposait qu'Harry au moins était toujours avec Hillary, mais maintenant elle commençait à se poser des questions. Quoiqu'il en soit, elle devait faire un saut chez elle.

Elle se traîna jusqu'au garage et appuya sur la télécommande pour refermer la porte derrière elle. Elle grinça en se fermant ; Kat passa la main sur l'étagère au-dessus de l'établi d'Harry pour récupérer son double de clé. Elle émit un soupir de soulagement lorsque sa main toucha le métal. Deux clés. Son double à elle et un autre double de la clé de la maison d'Harry. Au moins, Hillary n'avais pas mis la main dessus.

Elle mit la clé dans sa poche et sortit du garage, Puis descendit les escaliers arrière pour rejoindre la porte de la cuisine d'Harry. Elle frappa et attendit une minute, juste au cas où il dorme. Sûrement, avec toutes ses affaires jetées dans la ruelle. Elle avait un mauvais pressentiment.

C'était long. Et si Harry était à l'intérieur, blessé ou pire encore ? Elle glissa la clé dans la serrure et ouvrit la porte de la cuisine.

Vide.

Les livres de cuisine de Tante Elsie qui se trouvaient sur les étagères à côté du frigo n'étaient plus là. Les figurines au-dessus de l'évier avaient également disparu, tout comme le calendrier sur lequel Harry programmait toute sa vie.

Même la table de la cuisine manquait à l'appel, mais elle ne l'avait pas vue sur le tas de meubles dans la ruelle. Les charognards avaient-ils déjà fouillé dans les affaires d'Harry ? Que se passait-il ?

Elle connaissait déjà la réponse. La valeur d'une vie remplie de simples choses ne voulait rien dire pour Hillary. Tout particulièrement celles d'un vieil homme frugal qui avait épargné et économisé tout ce qu'il pouvait pour le lui donner.

Les étiquettes de créateur et les voitures de luxe d'Hillary étaient, elles aussi, régulièrement mises au placard, remplacées à n'importe quel prix par les dernières trouvailles susceptibles de faire état de son statut social. Elle débarrassait de tout et de tout le monde une fois qu'il avait servi un objectif. Toute son existence se limitait à réinventer son image, à se positionner en tant que femme disponible affichant une certaine classe socio-économique. Mais elle avait besoin des autres pour financer ses envies.

Le fauteuil préféré et les souvenirs d'Harry n'étaient que des broutilles pour elle, ça lui rappelait trop d'où elle venait. Donc elle les jetait, même si elle savait parfaitement à quel point il les chérissait. Kat sentit une brûlure à l'estomac. Hillary n'avait pas le droit de décider ce qui devait rester dans la maison d'Harry ou en sortir. Même si elle était encombrée, c'était *son* fouillis et il avait le droit de vivre où bon lui semblait.

Mais la nature égocentrique d'Hillary n'était qu'un infime problème. Le plus gros souci de Kat, c'était la raison pour laquelle elle faisait tout ça. Dans quelle mesure le fait de jeter les choses d'Harry servait-il le dessein d'Hillary, quel qu'il soit ?

Oncle Harry était-il au courant de ce qu'elle avait fait ? De toute façon, cela présageait d'un désastre. La familiarité était quelque chose de très important pour une personne atteinte de démence. Le simple fait de perturber la routine d'Oncle Harry pourrait lui porter préjudice. En admettant qu'il n'était pas loin au moment où elle avait jeté ses affaires. Kat frissonna à cette idée.

Elle repensa à la Lincoln. Elle alla dans le salon et jeta un œil dans la rue. Elle voulait une nouvelle fois vérifier si la Porsche d'Hillary n'y était pas. Non. Le seul véhicule à l'extérieur, c'était la camionnette F–150 d'un voisin.

Le salon avait été vidé également. Il manquait non seulement le fauteuil La-Z-Boy, mais également tout le reste. La maison avait été complètement dépouillée, réduite aux seuls murs nus et au plancher en chêne. Un seau vide et une serpillière se tenaient près de la cheminée.

Ses pensées se bousculaient. Si c'était vraiment Hillary qui avait fait ça, où était Harry ? Il aurait du mal à voir sa maison vide, mais ce serait encore pire si elle l'avait abandonné, seul quelque part. La réapparition de sa cousine dix ans après était un véritable choc. Hillary avait toujours dénigré cette ville et la famille Denton. Et maintenant, elle était de retour... telle une malédiction.

« Il y a quelqu'un ? » Sa voix fit écho dans la maison vide.

Elle monta à l'étage. Et si Hillary avait disparu une nouvelle fois et emmené Harry avec elle ? Elle chassa cette idée de la tête. Il ne ferait qu'entraver son mode de vie.

Kat réalisa que tout ça était de sa faute. C'est elle qui avait annulé les cartes de crédit d'Harry, c'était à cause d'elle qu'Hillary était revenue. Une fois qu'elle aurait l'argent, elle s'évanouirait à nouveau dans la nature et laisserait le pauvre Harry. Donc très bientôt, car tout l'argent d'Harry s'était envolé.

Hillary n'était capable de n'aimer personne d'autre qu'elle. Harry le savait en fait, mais il continuait à lui donner de l'argent. C'était sa façon de garder la vérité à distance, une sorte de déni.

Kat sursauta en entendant le clic dans la serrure. Ils étaient de retour. Elle se sentit soulagée et courut en bas.

Mais ce n'était ni Harry, ni Hillary qui se tenait dans le couloir. C'était un étranger qui lui faisait face.

CHAPITRE 40

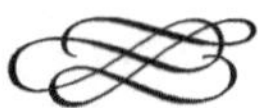

L'homme avait la trentaine et était rasé de près. Sa veste de costume était tendue au niveau de la boutonnière, cachant un ventre gonflé par de trop nombreux déjeuners d'affaires. Il glissa son téléphone dans la poche de son costume et regarda Kat.

« Qui diable êtes-vous ? Comment êtes-vous entrée ici ? » Il lui souriait, mais ses yeux froids le trahissaient. Un couple tout juste âgé de trente ans le suivait, la femme visiblement enceinte.

Le fait qu'elle ressemble à une vagabonde ne lui donnait pas le droit de lui parler sur ce ton.

« Je peux vous retourner la question. Je suis Katerina Carter, la nièce d'Harry Denton. » Harry ne pouvait avoir fait ça. Elle ne l'avait pas quitté des yeux jusqu'à ce qu'il quitte Hideaway Bay hier matin avec Hillary.

Hillary.

Que mijotait Hillary ?

Pourquoi devait-elle se justifier auprès d'étrangers ?

« Denton ? Oh, d'accord. N'êtes-vous pas censée être ailleurs ? Je fais visiter la maison. » Ses pupilles se dilatèrent, laissant transparaître des signes de dollars.

« Vous êtes agent immobilier ? » Kat croisa les bras et barra le passage au niveau du couloir. « La maison d'Harry n'est pas à vendre. »

« Si et Hillary m'a dit qu'elle était vide. À présent, si vous voulez bien nous excuser … »

La femme renifla et embrassa le mur en se dandinant devant Kat.

« Cette maison n'appartient pas à Hillary. » Kat ne bougea pas. « Elle est à Harry Denton. À moins que vous n'ayez obtenu sa permission, je vous suggère de quitter les lieux. Nous réglerons ça plus tard. »

« Katerina ? » L'agent immobilier n'attendit pas la confirmation de Kat. « Hillary – la propriétaire – m'a confié la vente de cette maison et ces charmantes personnes – » il désigna le couple qui discutait déjà de la façon d'agencer la cuisine, « – souhaitent y jeter un œil. » Il reprit son téléphone portable. « Tranquillement. Je ne veux pas de problème, donc si vous voulez bien partir calmement… »

Chaque once d'énergie qu'elle avait s'était évaporée. Elle commença à protester, mais plus rien ne sortait. Donc, Hillary avait également mis le grappin sur la maison d'Harry ? C'est certainement pour cette raison que toutes les affaires d'Harry avaient été jetées dans la ruelle. Une chose était claire : l'agent immobilier n'avait pas l'intention de lui divulguer les détails. Elle aussi redoutait de les entendre.

Elle finit par s'en aller. Même s'il s'agissait de la maison d'Harry, ce n'était ni le moment ni le lieu pour se battre. Elle se confronterait avec Hillary, mais pour l'instant, elle avait des choses plus urgentes à régler. Comme trouver Jace et obtenir la vérité auprès de Zachary.

CHAPITRE 41

Kat tourna au coin de la rue et fut soulagée en voyant apparaître sa maison. La vieille demeure Victorienne était prise en sandwich entre un bungalow des années quarante et une maison artisanale du début du siècle. Même de là où elle se trouvait, il était évident que Jace n'était pas à la maison. Sa camionnette était toujours à l'endroit où il l'avait laissée quand ils étaient partis à Hideaway Bay. Une fine plaque de neige à moitié fondue glissa sur le pare-brise. L'absence de traces de pneu dans l'allée indiquait que la Subaru n'était pas passée par là non plus. Personne n'était venu ici depuis leur départ.

Elle monta péniblement les marches de l'entrée, le poids des soucis lui brûlant l'estomac. La maison d'Harry, la disparition de Jace et la sombre tournure que prenait l'affaire Edgewater lui pesaient.

Jace avait raison au sujet du World Institute. Pourquoi avait-elle rejeté sa théorie du complot en lui disant que ça ne tenait pas debout ? Le fait de conserver les documents WI pour l'aider à démasquer les actes frauduleux de Nathan pourrait l'avoir menée sur une autre voie, mais le résultat était le même.

Elle regrettait plus que tout d'avoir été à Hideaway Bay. Landers jouait, lui aussi, un rôle dans la supercherie vraisemblablement. Si seulement elle n'avait pas insisté pour lui parler.

Kat tourna la clé dans la serrure et poussa la porte. Elle s'est préparée à un nouveau cambriolage. Au lieu de cela, elle trouva une pile de courrier et de flyers amassés contre la porte d'entrée. Il était évident que personne n'était passé par là. Elle se pencha pour ramasser les enveloppes sur le sol et s'arrêta, soudainement attirée par le tic-tac de l'horloge de la cuisine. Elle n'avait jamais remarqué le calme auparavant.

Ce silence lui rappelait Jace. Il pouvait être blessé, ou pire encore. Et si elle ne le revoyait plus jamais ? Le doute s'abattit sur elle comme une pluie battante.

Tout dans cette maison lui rappelait Jace. Surtout les boiseries sculptées et le lambris qu'il avait passé des heures à restaurer, qui portaient désormais les traces de l'incendie. Tout ce qu'il restait se résumait à quelques lambeaux de tapis, dispersés sur les planches déformées par les dégâts occasionnés par l'eau.

Kat avala la boule qui lui obstruait la gorge. Sa dispute avec Jace au sujet de son article sur le World Institute paraissait aujourd'hui sans intérêt.

Elle déposa le courrier sur la table d'appoint en érable piqué et se dirigea vers le couloir pour aller dans la cuisine. S'inquiéter ne l'aiderait pas. Elle devait *faire* quelque chose. Mais quoi ? Le signalement de la disparition de Jace n'avait pas incité la GRC à agir et elle ne pouvait pas se permettre d'attendre.

Rien n'avait bougé dans la cuisine non plus. Personne, y compris Jace, n'avait été ici. Les mêmes plats s'empilaient dans l'évier et le journal était toujours ouvert là où Jace l'avait laissé. Le *Sentinel*. Aujourd'hui, le quotidien lui inspirait un sentiment de colère plus que d'indifférence.

Elle reprit ses esprits en pensant à son ordinateur portable qui manquait à l'appel. Si Nathan et Victoria n'avaient pas encore disséqué son contenu, ils le feraient sans tarder. Elle ferait mieux de changer ses mots de passe et de récupérer ses données depuis le dispositif de stockage distant avant que Nathan ou Victoria ne le comprennent. Aucun doute, ils détruiraient les fichiers.

Kat monta dans son bureau à l'étage et alluma son ordinateur fixe. En attendant, elle pensa à Marcus, le gardien de l'immeuble, et lui laissa un message au sujet de la porte de son bureau qui avait été fracturée.

Enfin, l'ordinateur démarra et elle saisit ses identifiants. Elle poussa un soupir de soulagement et modifia rapidement son mot de passe. Elle cliqua sur le fichier Edgewater, notant que le dernier accès datait d'hier soir, avant qu'elle n'aille se coucher. Personne n'avait touché à ses fichiers, ils étaient intègres, au moins pour l'instant. Elle sélectionna tous les fichiers de son portable et les copia sur l'ordinateur de bureau, ainsi que sur son disque dur portable.

Alors qu'elle attendait que la copie des fichiers ne se termine, elle réalisa qu'elle avait besoin d'un ordinateur au bureau, puisque ses affaires et celles d'Harry avaient disparu. Elle attrapa l'ordinateur portable de Jace sur le bureau, ainsi que le disque dur portable et les glissa dans son sac. À présent, elle pouvait terminer et récupérer le rapport Edgewater pour Zachary. Elle jeta un œil à sa montre. Il lui restait quarante minutes avant son rendez-vous avec Zachary.

TRENTE MINUTES PLUS TARD, Kat était de retour à son bureau. La porte était toujours abîmée ; elle écrivit une note à l'attention de Marcus, espérant qu'il fasse vite pour la réparer. Elle n'avait vraiment pas envie de lui parler en personne pour l'instant. Elle remit la clé d'Harry dans le tiroir de son bureau.

Elle réalisa, en un éclair, ce qu'il manquait d'autre. Harry avait gardé une clé derrière le calendrier de sa cuisine. C'était la clé qui ouvrait la boîte en métal qui se trouvait dans le second tiroir d'Harry. La clé et la boîte avaient toutes deux disparu. Harry était trop près de ses sous pour payer les frais bancaires de location d'un coffre-fort, préférant garder les documents importants dans la boîte en métal. Cette dernière contenait son passeport, son testament et des documents juridiques. L'acte de propriété de la maison s'y trouvait aussi.

Le second tiroir d'Harry avait été ouvert lorsqu'ils avaient contrôlé son chéquier. Elle était certaine que la boîte s'y trouvait.

En réalisant ce qu'il s'était passé, l'estomac de Kat se contracta.

Harry ne pouvait récupérer la boîte qui si quelqu'un le conduisait jusqu'au bureau. Cela voulait dire qu'Hillary était venue ici avec lui.

Puis, il y avait ce que lui avait dit l'agent immobilier – que la maison appartenait à Hillary et non pas à Harry. Un sentiment de terreur l'enveloppa. Mieux valait qu'elle demande l'avis d'un avocat. Harry avait besoin de protection.

Kat démarra l'ordinateur portable de Jace et appela le téléphone mobile d'Harry dans l'intervalle. Elle tomba directement sur la boîte vocale. Il n'avait plus de batterie ou celle-ci était morte. Kat se sentit mal à l'aise. Cela faisait presque vingt-quatre heures qu'Harry et Hillary avaient quitté l'hôtel. Trop longtemps. Hillary se lasserait d'Harry en seulement quelques heures. Où étaient-ils ?

Kat copia ses fichiers Edgewater depuis le disque dur sur le portable. C'est à ce moment précis qu'elle le vit. Un document qui ne lui appartenait pas été caché sous un fichier d'enquête Edgewater.

Son cœur se mit à battre la chamade en étudiant le dossier. Il était daté de la nuit dernière, après minuit. Soit après qu'elle soit partie se coucher, après que Jace ait rejoint la suite attenante. Elle retint sa respiration et cliqua pour l'ouvrir.

Il s'agissait de l'article de Jace au sujet de la fraude à l'immobilier, celui qui avait été retiré sur *Sentinel* juste avant sa publication :

GLOBAL FINANCIAL IMPLIQUÉE dans une fraude immobilière
Global Financial, une société holding, utilisait des évaluations immobilières frauduleuses qui visaient à gonfler la valeur de douzaines de propriétés commerciales situées au centre-ville de Vancouver. La société holding achetait les propriétés, qui étaient ensuite rachetées par de

nombreux faux acheteurs, à un prix sans cesse plus élevé. Comme les acheteurs étaient tous liés, les prix se trouvaient ainsi artificiellement gonflés.

Une fois que la valeur des propriétés était suffisamment élevée, la société mise en cause obtenait d'importantes hypothèques sur ces dernières, puis ne payait pas les sommes y associées. L'étendue de la fraude est toujours en cours d'examen, mais elle est estimée à plus de quatre cent millions de dollars. Nous avons tenté de joindre quelqu'un chez Global Financial afin d'obtenir des commentaires, sans succès. L'adresse de la société sur le papier est le 422 Cedar Street, mais il nous est difficile d'en déterminer le propriétaire effectif au vu de l'enchevêtrement complexe des sociétés holdings du groupe composant le groupe.

Kat faillit tomber de son fauteuil. 422 Cedar Street était l'adresse du terrain vague qu'elle était allée voir quelque temps auparavant. L'adresse que Nathan Barron utilisait pour les commissaires aux comptes d'Edgewater et celle où les paiements de Fredrick Svensson étaient envoyés. Cela permettait de faire le lien entre la fraude immobilière de Jace d'une part et Edgewater et Research Analytics d'autre part, qui était directement liée au World Institute. Pas étonnant que l'histoire de Jace ait été envoyée aux oubliettes.

Jace avait-il, lui aussi, fait le lien ? Il n'avait pas vu le terrain vague. Elle doutait qu'il ait prêté attention à l'adresse, sachant qu'elle avait déjà vérifié.

Elle frissonna. L'appartenance au World Institute n'était pas la seule chose que Gordon Pinslett et Nathan avaient en commun.

Cela pouvait expliquer pourquoi Jace avait été pris pour cible. Mais il y avait juste un problème. La seule personne à savoir que Jace était à l'hôtel, c'était Roger Landers, Hillary et Harry. Hillary était trop préoccupée par elle-même et Harry n'était pas concerné.

Il restait donc Roger Landers. En deux jours seulement, Jace avait trouvé de quoi faire de l'ombre au dossier sur lequel Landers écrivait depuis pratiquement dix ans. En tout cas, c'est très certainement comme ça que Landers le percevait.

Connaissant Jace, il avait sûrement demandé à Landers, un

confrère journaliste, de lui donner son avis sur son histoire de fraude hypothécaire après avoir fait le lien avec Beecham. Landers avait-il trahi Jace ? Pourquoi Jace ne lui en avait-elle pas parlé ?

Kat frissonna et mit un pull autour de ses épaules. Cela semblait farfelu, mais l'était-ce vraiment ?

Puis, il y avait l'histoire de Fredrick Svensson, ancien membre du World Institute, également lié à la même adresse. Quelqu'un avait réduit Svensson au silence. Et Jace, lui aussi avait subi le même sort ?

CHAPITRE 42

« *M*ais où étiez-vous bon sang ? » Zachary allait et venait dans le bureau de Kat, le visage rouge de colère. « J'essaie de vous joindre depuis deux jours. D'abord, vous me dites que je suis ruiné, puis vous ne me rappelez pas. Avez-vous une idée de ce que j'ai traversé ? »

Zachary faisait face à des pertes de plusieurs milliards de dollars, mais Kat elle aussi vivait un enfer. Elle ne savait pas où était Jace, ni même où le chercher. Tout était de sa faute. Rien de tout ça ne serait arrivé si elle n'avait pas demandé à Jace de l'aider.

« Je suis désolée, Zachary. J'aurais aimé vous appeler, mais je ne pouvais pas. » Kat lui raconta tout, en commençant par Research Analytics et en terminant avec Nathan et Victoria.

« Et vous ne pouviez pas trouver un téléphone ? »

« J'ai essayé – » Il s'en fichait de savoir que son père avait une relation avec son ex-femme ?

« Je n'ai aucune idée d'où vous en êtes de votre enquête, ni de ce qu'il se passe chez Edgewater – s'il reste suffisamment d'argent pour tenir encore un jour ou une heure. Vous m'avez laissé en plan. »

« Bien, j'aurais pu être tuée, Zachary. Et Jace a disparu. Virez-moi si vous voulez – je m'en fiche. » Kat fut prises de sueurs froides. Pourquoi s'attendait-elle à ce qu'il comprenne ? Edgewater et le World Institute lui avaient demandé bien plus de temps qu'elle ne le pensait. En fait, c'est elle qui devrait être en colère contre Zachary. S'il n'était pas aussi inconscient de ce qu'il se passait autour de lui, rien de tout ça ne serait jamais arrivé.

« OK. Dites-moi ce qu'il faut que je fasse et je le ferai. Mais ne me tenez pas à l'écart. »

Il n'avait rien écouté de ce qu'elle venait de lui dire ? Comment pouvait-elle l'appeler alors qu'elle avait été drogue et jetée sur un banc sans argent ou téléphone pour demander de l'aide ?

« Pour faire court, vous êtes fauché Zachary. Vous devez cesser tous les paiements et les rachats et demander le gel des comptes bancaires si vous le pouvez. »

« De combien de temps je dispose ? »

« Aucun. Vous devez tout arrêter immédiatement. » Kat évoqua les résultats faussés de Nathan, à commencer par les relevés clients trafiqués et le rendement surévalué des investissements, puis le siphonage des fonds vers Research Analytics et ses liens avec l'institution opaque qu'était le World Institute.

« Comment Nathan peut-il s'en tirer ? » Zachary se pencha en avant et martela le bureau. « Pourquoi les commissaires aux comptes n'ont-ils rien remarqué ? »

« Je vous l'ai indiqué lors de notre dernière conversation – ces commissaires aux comptes n'existent pas. Beecham est une société fabriquée de toutes pièces par Nathan et Research Analytics semble être une façade pour le World Institute. Nathan a pompé de l'argent dans les comptes des clients et l'a transféré via Research Analytics. Il masque les transferts en créant de faux relevés d'investissement. Vous n'avez jamais mis le nez dans les documents administratifs ? Vous auriez dû. »

Zachary soupira. « Je sais. Mais je ne peux pas être partout. En plus, le deal c'était que je me concentre sur le négoce et que Nathan gère le back office. Au moins, j'obtenais d'excellents résultats grâce à mon modèle de négoce exclusif. »

Kat prit une grande inspiration. « Au sujet de votre modèle – en fait, il ne fonctionne pas tout à fait comme vous le pensez. » À présent, c'est sûr, il voudrait la mettre dehors.

« De quoi parlez-vous ? »

« J'ai reconstitué toutes vos transactions pour l'année dernière. Je n'obtiens pas les douze pourcent de rendement que vous mettez en avant pour le fonds spéculatif. C'est bien plus bas – ça perd de l'argent, en fait. »

« C'est ridicule. Je ne vous crois pas. »

Kat passa son analyse à Zachary. « Au cours des deux dernières années, vous avez perdu cinq pourcent. Mais, il y a autre chose. Aucune de nos transactions n'a été exécutée. » Elle marqua une pause, attendant la réaction de Zachary. « Pas une seule. Nathan ne les a pas exécutées. »

Zachary se leva, furieux. « C'est complètement insensé. Il faudrait que je sois un idiot pour ne pas l'avoir remarqué. Comment tout ça a pu se passer sous mon nez ? »

C'était la performance du fonds qui semblait inquiéter le plus Zachary, au-delà du fait qu'il soit fauché ou que Nathan et Victoria sortent ensemble. Kat ne pouvait pas croire que Zachary ignorait à ce point la tromperie de son père, mais sa surprise semblait réelle.

Elle tendit à Zachary un épais dossier contenant des relevés bancaires. « Voyez par vous-même. Les seules transactions que vous verrez, ce sont des rentrées et des sorties d'argent effectuées par les clients. Rien d'autre. Pas de trace d'achat ou de vente de dollars, de yens, de livres sterling ou de toute autre devise. »

Zachary ouvrit le dossier et le passa en revue. Ses épaules s'affaissèrent et il ne dit pas un mot. Il semblait abattu. « Ça ne peut pas être vrai. »

« C'est un système de Ponzi, Zachary. Il n'y a pas de négoce. En fait, il ne se passe pas grand-chose, hormis le fait que Nathan détourne tout l'argent. Pas étonnant que tout se passait bien quand il partait pour l'un de ses fréquents voyages. C'est parce qu'en réalité, aucune transaction n'avait lieu. »

Le visage de Zachary Barron vira au rouge. « Un système de Ponzi ? C'est impossible. »

« J'ai bien peur que si. » Ce qui semblait impossible, c'était l'ignorance de Zachary à l'égard de la fraude massive qui s'organisait sous ses yeux. « Nathan retire l'argent des comptes clients et le verse à Research Analytics. Il le fait depuis des années. »

Elle regardait Zachary, dans l'attente de sa réaction. « Tant qu'il y a beaucoup de nouveaux investisseurs, le système fonctionne. Nathan rembourse simplement les investisseurs qui souhaitent racheter avec l'argent des nouveaux investisseurs. Le plan marche à merveille s'il y a plus d'argent à rentrer qu'à sortir. Et ça a fonctionné jusqu'à la récession. Soudain, les investissements ont perdu leur travail, ils devaient rembourser leurs prêts ou couvrir les pertes souffertes dans d'autres investissements. Ils avaient besoin de liquidités et ont été obligés de racheter leurs investissements, même les plus fructueux. Comme ceux investis dans le fonds de couverture d'Edgewater. »

« Comment ça peut m'arriver à moi ? » Zachary se tenait devant la fenêtre, le dos face à Kat.

« Vous n'aviez pas de raison de soupçonner quoique ce soit. Personne ne le fait quand tout va bien. Les relevés truqués de Nathan affichaient un rendement à douze pourcent ; comme ça, personne ne demandait à racheter.

Pourquoi le feraient-ils ? Les rendements étaient bien meilleurs que partout ailleurs. Tout au moins, jusqu'à la crise financière. Puis, beaucoup d'investisseurs ont manqué de liquidités. Cela les a amenés à racheter même leurs investissements les plus intéressants. Comme Edgewater. C'est à ce moment-là que l'équilibre bancaire s'est cassé la figure. »

« Tout ça, ça ne peut pas être faux. Vous avez sûrement manqué quelque chose – un compte bancaire, des dossiers comptables. Prouvez-le-moi. »

Kat récupéra les relevés de clients qu'elle avait coupés-collés. « Voici les relevés des clients. Nathan a mis en place cette fraude depuis au moins dix ans – probablement depuis que vous avez intégré l'entreprise. Tant que l'argent provenant des nouveaux investisseurs était plus important que les montants rachetés, ça marchait. » Kat avala sa salive. Elle était en train de dire au Directeur du premier fonds spéculatif mondial que toute sa réussite reposait sur un mensonge.

« Je ne comprends pas. Et toutes mes opérations monétaires ? Je les saisis moi-même – directement sur les terminaux de négoce. »

« Tout ça c'est une mascarade, Zachary. Une fraude onéreuse et élaborée. Ces terminaux ? Ils ne sont reliés à aucune bourse. C'est un programme logiciel sophistiqué qui tourne sur le réseau local d'Edgewater. L'argent, ce n'est pas un problème quand vous couvrez une fraude de plus d'un milliard de dollars. »

Kat avait trouvé le logiciel sur les terminaux de négoce après avoir effectué des recherches sur les ordinateurs d'Edgewater. Ses soupçons se sont encore confirmés quand elle a découvert qu'il n'y avait aucun fournisseur pour le programme logiciel développé sur mesure.

« Vous êtes en train de me dire que c'est un tour de passe-passe ? » Zachary déposa violemment le rapport sur le bureau de Kat et se dirigea vers la porte. Il se tourna pour faire face à Kat. « Je ne sais juste pas quoi penser. Sois vous êtes complètement incompétente, soit je suis le plus grand idiot que la Terre ait jamais porté. »

« Je suis désolée, Zachary. J'ai vérifié et revérifié. J'aurais aimé que ce soit faux. » Kat grimaça en tendant le dossier Research Analytics à Zachary. « L'argent transite d'abord par Research Analytics. Puis, il est presqu'aussitôt transféré au World Institute. »

« Vous voulez dire qu'Edgewater fait partie d'un complot mondial ? » Zachary se pinça les lèvres comme s'il allait exploser. Mais il ne le fit pas.

« Ça en a bien l'air. Je pense aussi que n'importe qui pourrait tomber dans le piège. Un rendement à ce point alléchant, c'est synonyme d'investisseurs heureux. Dans ce cas, ils ne posent pas question ou ils ne rachètent pas leur investissement. Tant que l'argent rentre, Nathan peut continuer à magouiller. »

Zachary se laissa tomber dans le fauteuil en face de Kat. Il ne dit rien, regardant simplement dans le vide. Des perles de sueur se formaient sur son front.

« Il y a une lueur d'espoir, » dit Kat. « Votre divorce reposait sur de fausses déclarations. On devrait pouvoir le faire tomber. »

Zachary prit un mouchoir dans sa poche et s'essuya le front. « On s'occupera de ça plus tard. Où se trouve l'argent d'Edgewater à l'heure actuelle ? »

« Aux îles Caïmans, enfin s'il est toujours dans les coffres du World Institute. Quant à savoir si on peut le récupérer, c'est une autre histoire. Difficile de le retrouver, les lois sur le secret bancaire sont très strictes aux îles Caïmans. »

« Pourquoi le World Institute voudrait-il de Nathan comme membre ? » Zachary se leva et marcha jusqu'à la fenêtre. « Ça n'a pas de sens. »

« Regardez l'argent qu'il fait rentrer, » dit Kat. « Il peut rouler des mécaniques devant les personnes les plus puissantes du monde. »

Zachary se moqua. « Nathan ne fait pas partie de leur clique. C'est uniquement grâce à moi qu'il a fait fortune. Avons-nous la preuve de tout ça ? »

Zachary ne comprenait toujours pas. Kat attrapa une pile de papiers dans l'imprimante et la tendit à Zachary. Ces documents résumaient ce qu'elle avait pu trouver, mais il manquait malheureusement les éléments récupérés dans la chambre d'hôtel de Nathan. « Il y en avait d'autres, mais ils se trouvent toujours à Hideaway Bay. » Elle décrit ce qu'elle avait lu sur l'ordre du jour du World Institute et le procès-verbal de la réunion de l'an dernier. « Jace a disparu aussi, » lui rappela-t-elle.

Zachary feuilletait le rapport, page après page, sans rien dire. Sa surprise semblait réelle. Dix minutes plus tard, il ouvrit enfin la bouche.

« Vous avez vraiment suivi Nathan ? » Les yeux de Zachary étaient écarquillés.

« Pas tout à fait – j'ai plutôt suivi l'argent en fait. Il m'a mené à lui et au World Institute. Comme la conférence ne se tenait pas loin, il était normal que j'y assiste. »

« Normal. » Zachary leva les sourcils. « Vous ne plaisantez pas. Que fait-on à présent ? »

« Nous devons récupérer les documents de Nathan – l'ordre du jour, le procès-verbal et le rapport annuel du World Institute. Ce sont les preuves dont nous avons besoin pour prouver que Nathan est impliqué dans une affaire de fraude. Mais pas seulement – nous devons également prouver que vous n'avez rien à faire avec tout ça. Sans ces documents, tout le monde supposera que vous faisiez partie de la combine. » Kat n'indiqua pas à Zachary de quelle manière elle avait eu les documents. Fouiller dans la chambre d'hôtel de Nathan n'était vraiment quelque chose dont elle était fière.

« Je ne sais même pas par où commencer. » Il mit les coudes sur son bureau et reposa sa tête sur ses mains.

« Ne vous inquiétez pas pour ça – Je m'en charge. » Jace s'était peut-être enfui avec les documents ? Elle se sentait mal pour Zachary. Tout son monde et son estime de soi étaient réduits à néant. Elle vit la défaite se dessiner dans ses yeux. « Mais vous pouvez m'aider sur un point. Jace a disparu et je pense que Nathan est quelque part impliqué. » Elle hésita. Pouvait-elle faire confiance à Zachary ? Elle n'avait pas d'autre choix. « Je pense aussi que Nathan a quelque chose à voir avec le meurtre de Fredrick Svensson. »

Zachary fit oui de la tête. « Si ce que vous dites est vrai, il ferait taire toute personne sur le point de le démasquer. »

Le monde de Nathan était si impitoyable que la moindre divergence d'opinion pouvait amener à tuer. La mort de Svensson semblait confirmer cette théorie.

Kat cliqua avec la souris sur un podcast et tourna l'écran vers Zachary de sorte qu'il puisse le voir. Dans le clip, Svensson parlait de la réforme monétaire. Il intervenait en qualité de sommité économique européenne, juste quelques jours avant de quitter la

Suède pour le Canada. C'était son dernier discours en public, dix jours avant de trouver la mort à Hideaway Bay.

Zachary fit signe de la main, détournant son regard de l'écran. « Je connais Svensson. Vous avez vu l'histoire dans le *Herald* ? Ça disait qu'il revenait sur sa théorie sur la monnaie mondiale unique. Il était finalement revenu à la raison. »

Kat haussa les épaules. « Étrange, parce que c'était le travail de toute une vie. » Elle tourna l'écran vers elle. Elle se figea en voyant le visage qui se tenait derrière Svensson. Kat avait remarqué le groupe de personnes qui l'entouraient après avoir regardé le clip plus d'une demi-douzaine de fois, mais les avait à peine regardés. Mais la femme lui semblait familière. Kat zooma jusqu'à ce que les visages de la femme et de Svensson remplissent l'écran.

Kat bloqua l'écran. Svensson semblait incertain et se tournait vers la femme pour avoir confirmation. Elle lui répondait oui de la tête. C'était une expression tellement intime que Kat comprit immédiatement qu'ils étaient amants. C'était indéniable donc – tout comme l'identité de la femme. Sans la vidéo, Kat n'aurait jamais fait le rapprochement.

CHAPITRE 43

Kat n'aurait jamais pensé revoir Connor Whitehall de sitôt. Pourtant, elle était dans son bureau lundi après-midi ; elle y était allée juste après le départ de Zachary. Au moins, elle ne faisait plus face à Connor Whitehall dans une salle d'audience.

Elle était à court d'idées et de temps. Hormis le fait qu'il s'agissait du seul avocat qui acceptait de la voir sans rendez-vous, Connor Whitehall se spécialisait dans le droit des personnes âgées. Kat se tenait face à lui, étudiant ce qui l'entourait en entendant qu'il termine sa conversation téléphonique. Les murs de son bureau étaient peints d'un vert pâle relaxant, bordés de photographies de paysages encadrées. Plusieurs livres sur la photo étaient entassés dans le coin de son bureau. Elle n'avait jamais imaginé que son adversaire devant les tribunaux pouvait avoir d'autres centres d'intérêt, encore moins un penchant artistique.

« Désolé. » Connor replaça le combiné téléphonique et lui sourit. « Je me rappelle de votre oncle, l'autre jour au tribunal. Il euh – perd un peu la tête ? »

Kat acquiesça. L'avocat était complètement différent du personnage qu'elle avait rencontré au tribunal. Dans le bon sens du terme.

Elle se pencha et sortit les dossiers financiers d'Harry de sa serviette. « Son état de démence s'est empiré au cours de ces derniers mois. Je lui ai donné un coup de main dernièrement – pour vérifier son chéquier, m'assurer qu'il mange, ce genre de choses. C'est là que j'ai réalisé qu'il ne payait pas ses factures. Non seulement il est pratiquement ruiné, mais en plus il est sur le point de perdre sa maison. »

Kat raconta sa rencontre avec l'agent immobilier dans la maison d'Harry et évoqua son prêt bancaire et les dépenses inhabituelles au niveau de sa carte de crédit. Puis, ses soupçons au sujet d'Hillary.

« Vous pouvez prouver qu'Hillary récupère l'argent ? » Connor la dévisageait par-dessus ses lunettes en levant les sourcils.

« Oui. » Kat connaissait bien les tendances parasitaires d'Hillary mais était bien loin de suspecter une fraude jusqu'à ce que cela lui saute aux yeux grâce à Jace. Elle tendit à Connor les relevés bancaires d'Harry montrant les nombreux transferts vers ce qui semblait être le compte d'Hillary.

« J'ai appelé la banque vers laquelle l'argent était transféré en me faisant passer pour elle. Tout cela m'a été confirmé car ils ont accepté de regarder ce qu'il en était du transfert manquant. La banque d'Harry avait refusé le transfert du fait du manque de liquidités sur le compte de mon oncle. Hillary est également réapparue il y a environ une semaine, en même temps que le transfert refusé. »

Whitehall fronçaient les sourcils en passant en revue les relevés bancaires d'Harry. « Harry peut faire ce qu'il veut de son argent. Y compris le distribuer, même si cela semble autodestructeur pour vous comme pour moi. Ces transferts sont toujours en place ? »

« Ils le seraient – le problème c'est qu'il n'y a plus d'argent sur son compte. » Elle parla du découvert d'Harry et du prêt important contracté par ce dernier. « Sauf si la banque accepte de lui prêter encore plus d'argent. » Elle frissonna à cette pensée. Ils le feraient sans doute sans hésiter, et encore et encore jusqu'à ce qu'ils aient pressé la valeur de sa maison comme un citron.

« Rien d'illégal à cela. »

« Je dois arrêter le carnage, Connor. » Kat expliqua les grosses dépenses effectuées par Harry avec sa carte de crédit, toutes intervenues au cours des six derniers mois. Elle évoqua également les milliers de dollars de vêtements, de dépenses de loisir et de voyages de luxe pour lesquels il avait donné de l'argent. Elle frissonna en pensant aux autres dépenses qu'Hillary était probablement en train de faire, en toute impunité. « Est-ce que le tribunal peut l'aider ? Pouvez-vous faire quelque chose ? »

« C'est à Harry de décider. À moins qu'il ne dise qu'il n'a pas donné sa permission, nous devons partir du principe qu'il était d'accord. »

« Mais, il n'a pas toute sa tête. Si c'était le cas, il ne permettrait jamais tout ça. En fait, l'argent, c'est ce pourquoi Hillary est partie. Quand il lui a coupé les vivres. Il ne contracterait jamais de dettes et n'hypothéquerait pas sa maison. » Kat leva les bras en l'air. « Cinquante années d'économies, toutes parties en fumée en quelques mois. Il a désespérément besoin d'aide. »

« Un manque de jugement seul ne peut justifier qu'on prenne en charge les affaires de quelqu'un. C'est une étape importante, Kat. Il y a différents degrés dans la maladie d'Alzheimer. On doit supposer qu'il est à même de les gérer seul sauf preuve du contraire. »

« C'est plus que ça. Il oublie des choses d'une minute à l'autre, il n'est même plus en sécurité. » Elle décrivit le récent incendie de sa cuisine, ses hallucinations et son manque total de conscience vis-à-vis de son environnement. « Quelqu'un doit intervenir pour l'aider. Il ne peut plus effectuer les simples choses du quotidien. Il ne signera jamais une procuration non plus. »

« Ce n'est pas si simple. Il n'y a aucun recours légal, à moins de prouver qu'Harry est incapable de gérer ses affaires. Je n'ai pas l'impression qu'il en soit arrivé à ce point. Vous lui avez parlé de la situation ? »

« J'ai essayé, mais c'est difficile. Au début, il est dans le déni, mais quand je lui montre ses relevés, il réalise ce qu'elle a fait. Ça me contrarie, mais la démence complique tout. Il oublie la conversation que nous avons eue il y a une minute, et puis c'est retour à la case départ. En parallèle, il perd tout. Son compte en banque a été siphonné et même sa ligne de crédit a explosé. »

« La banque devrait geler son compte. »

« C'est ce que je leur ai demandé, mais ils ne m'écoutent pas. Ils dissent que ça doit venir d'Harry, mais il ne comprend pas ce qu'il se passe. C'est un cercle vicieux. »

Rien que de penser aux dettes qui s'accumulaient au nom d'Harry, Kat eut des frissons. « Comment sa propre fille peut-elle le voler ? »

Connor soupira. « Ça arrive dans les familles bien sous tous rapports. Je vois ça tout le temps. »

Kat pointa du doigt le relevé Visa d'Harry. « Il a passé toute sa vie à économiser. Pour que faire ? Pour que tous les fruits de son travail soient dépensés en bijoux chez Tiffany, en voyages à Las Vegas et en réparations de voiture chez le concessionnaire Porsche ?

Harry n'a pas de Porsche. Mais Hillary si. Et maintenant, il est sur le point de perdre sa maison. » Elle regarda sa montre. « Si ce n'est pas déjà fait. C'est de l'abus financier. »

« C'est possible. Mais c'est une histoire tristement classique. » Whitehall la regardait par-dessus ses lunettes. « Vous devriez parler avec lui de son état mental avant que nous n'entamions les démarches sur le plan juridique. »

« Et lui dire quoi ? Qu'il risque d'être déclaré inapte ? Ça le tuerait. » Kat se leva et regarda la fenêtre qui allait du sol au plafond. Elle encadrait une vue magnifique donnant sur le Pont Lions Gate, les montagnes de la Rive Nord recouvertes de neige en arrière-plan.

« Il mérite d'en savoir le plus possible. En plus, vous êtes à ses côtés. »

« Mais Harry est tellement fier de son indépendance. Il se sentirait humilié. »

« Peut-être. Mais l'alternative est bien pire encore. »

Kat savait que Whitehall avait raison. Mais la première réaction qu'avait eu Harry à la récente confirmation du diagnostic d'Alzheimer par le médecin avait été de s'échapper du cabinet, de se perdre et de pratiquement se laisser mourir de froid dans un parking souterrain. Elle ne voulait pas courir le risque à nouveau.

« Il doit se faire examiner par des médecins qui ont l'habitude des patients gériatriques. Ils lui poseront des questions et feront une batterie de tests. S'ils ne pensent pas qu'il est apte, il pourra être déclaré irresponsable de ses actes. Ça la protégera pour la suite. La banque ne pourra plus lui prêter d'argent et Hillary ne pourra plus rien lui prendre. Bien sûr, cela signifie qu'il ne pourra plus prendre aucune décision de lui-même sur le plan financier. »

Kat se frotta le front. Elle avait déjà la migraine. « Quand peut-on mettre ça en place ? Je pense que quelqu'un a déjà fait une offre pour sa maison. » Alors que Kat trouvait le calme de Whitehall plutôt rassurante il y a un moment, à présent, son manque d'impulsion lui tapait sur les nerfs. « Que pouvons-nous faire ? On ne peut pas appeler la police ? »

« Ce n'est pas si simple. »

« Ça l'est pour moi. Hillary profite de lui. »

« Nous parlons de la condition mentale d'une personne, Kat. Selon la loi, Harry a le droit de gérer ses propres affaires tant qu'il est sain d'esprit. Lui ôter ce droit constitue une étape très délicate. »

« Ça saute aux yeux, il n'est plus à même de le faire. Une personne rationnelle ne ferait jamais ça. »

« Peut-être, l'évaluation légale de la santé mentale d'Harry est tributaire de l'avis médical de deux médecins. Son médecin de famille peut être l'un d'entre eux. »

« Son médecin de famille l'a rayé de sa liste de patients. Où vais-je trouver deux médecins pour l'examiner en si peu de temps ? Je ne sais même pas par où commencer. »

« J'en connais quelques-uns. » Whitehall tapota sa main. « Je vais passer quelques coups de fil. »

Kat se sentait mal physiquement. « Qu'en est-il des dommages occasionnés jusqu'à présent ? Hillary ne sera pas poursuivie ? Elle doit rendre l'argent, non ? »

« Probablement non, car il n'y a pas de preuve de son incapacité mentale au moment des transactions. »

« Donc elle s'en sort, et c'est tout ? » Kat se moqua. « C'est plus facile que de dévaliser une banque. »

Whitehall poussa un soupir. « La loi peut ne pas être juste, mais la capacité mentale d'Harry doit être objective et vérifiable. Nous ne pouvons pas réparer les injustices du passé. J'ai bien peur que les abus financiers soient monnaie courante dans les familles. »

« Je pensais que les lois étaient supposées aider les personnes vulnérables comme Harry. »

« Si les examens médicaux démontrent qu'il n'est pas sain d'esprit, nous entamerons une procédure auprès des tribunaux pour le déclarer légalement inapte. Cela le protègera. Nous ne pouvons rien faire pour ce qui est du passé. Nous pouvons mettre ça en place sous trois semaines. »

« Trois semaines ? Mails il ne lui restera plus rien. »

Whitehall l'étudia avec bienveillance. « Je ferai aussi vite que je peux. Quand Harry est-il disponible ? »

« C'est tout le problème. Je ne sais pas où il est. »

Dehors, la pluie s'était transformée en grêle. Elle frappait contre la fenêtre de la cuisine, montant crescendo tandis que Kat mélangeait les pâtes qu'elle faisait cuire. Le bruit constant sur la fenêtre se fit plus fort, explosant finalement en une véritable cacophonie, chassant tout sur son passage sauf les pensées de Kat. Elle était contente d'être rentrée à la maison avant le déluge.

Des nuages bas se profilaient dans le ciel de la fin de l'après-midi. Kat frissonna, se demandant si Jace était dehors quelque part. Il ne partirait jamais sans la contacter. Et pourquoi la police n'avait-elle encore pas appelé ? Le nœud qu'elle avait à l'estomac ne faisait que se resserrer. Était-il blessé ? Ou pire, avait-il subi le même sort que Svensson ? Elle n'osait pas l'imaginer, et pourtant elle ne pouvait penser à rien d'autre.

Kat sursauta lorsqu'un grand bruit vint la tirer de ses pensées. Probablement les branches à cause des vents violents dehors. Elle baissa le feu de la cuisinière et versa les pâtes dans la passoire pour les égoutter.

Le bruit recommença. Elle réalisa alors qu'il s'agissait de la porte d'entrée. Son cœur fit un bond dans sa poitrine ; elle lâcha tout et courut jusqu'à la porte. C'était peut-être Jace ou plutôt Hillary. Prête à débarquer Harry. Mais ce n'était ni l'un ni l'autre.

Connor Whitehall se tenait sur le seuil, des gouttelettes d'eau perlant sur son imper London Fog. Ses cheveux étaient humides, même si le porche était juste à quelques pas du trottoir où il avait garé sa Volvo.

Kat l'invita à entrer et accrocha son manteau à l'armoire du couloir qui avait miraculeusement échappé à l'incendie. Elle le pria de la suivre dans la cuisine. « Je faisais à manger. Vous pouvez rester ? »

Connor jeta un œil aux boiseries et à la rampe d'escalier, carbonisées.

« Malheureusement non. Mais il y a quelque chose dont je devais vous parler au plus vite. » Connor regarda ses chaussures. « J'ai fait une recherche de propriété sur la maison d'Harry. »

« Et ? » Kat sentait le sang lui monter à la tête. Elle était déjà lourdement hypothéquée, et c'est tout ce qui restait à Harry. « Elle a été vendue ? Hillary l'a vendue ? »

« Pas exactement. Hillary figure sur l'acte. Harry lui a cédé le titre de propriété. » Il étudia Kat. « En substance, elle est déjà vendue. À Hillary. Harry n'en est plus propriétaire. »

« C'est impossible ! Il ne ferait jamais ça. » Elle ne s'attendait pas à une fraude si évidente, même de la part d'Hillary. D'un autre côté, cela expliquait beaucoup de choses. Les récentes apparitions d'Hillary au bureau de Kat, la boîte d'Harry, contenant le titre de propriété de sa maison et d'autres papiers, qui avait disparu ; et la clé derrière le calendrier d'Harry, elle aussi envolée. Hillary était une manipulatrice, bien sûr, mais Kat n'avait jamais imaginé qu'elle irait si loin.

Connor laissa tomber sa serviette sur la table de la cuisine et en extrait une enveloppe. Il en tira une liasse de documents et les lui tendit. « Jetez un œil là-dessus. »

Kat étudia la signature d'Harry, avec son *y* en boucle et le slash sur le *t*. En effet, c'était bien l'écriture d'Harry. Et c'était daté d'il y a deux jours.

C'était trop tard.

« Il n'a pas toute sa tête. Il ne comprend pas ce qu'il signe. Ce document n'est pas légal. »

« Oh, j'ai bien peur que si. Sans preuve de son incapacité ou toute sorte de coercition, il est parfaitement légal. »

« Attendez une minute. » Kat leva la signature pour l'exposer sous la lumière. Certes, il s'agissait de la signature d'Harry, mais elle ressemblait plus à la façon dont il signait il y a un an ou deux. L'écriture correspondait à ses documents et pièces d'identité, mais elle ne ressemblait en rien à ses calligraphies tremblantes plus récentes. Elle avait du mal à déchiffrer son écriture au bureau depuis quelques mois. Comme les gribouillages sur son chéquier, qui étaient illisibles pour une grande partie de l'année. Même les documents de prêt portaient les mêmes griffonnages. « C'est trop parfait. C'est un faux. »

« Un faux ? Comment pouvez-vous en être aussi sûre ? »

« La main d'Harry tremble lorsqu'il écrit. Cette signature est lisse et fluide, comme celle d'il y a quelques années. » Hillary était tombée bien bas.

« Vous êtes certaines qu'Harry n'aurait pas signé ça ? Parfois les parents cèdent leur maison à leurs enfants pour éviter les droits de succession ou autres. Vous a-t-il déjà parlé de ça ? »

« Non, il ne ferait jamais ça. » Surtout pas avec Hillary. Même s'il aimait sa fille, Harry avait conscience du côté sombre d'Hillary.

« Bien, je suis vraiment désolé d'être le porteur de si mauvaises nouvelles. » Connor Whitehall vérifia sa montre. « Il faut que j'y aille. »

Kat le suivi jusqu'au couloir et lui tendit son manteau. « Il faut que vous l'arrêtiez. »

« Tout d'abord, vous devez retrouver Harry, Kat. Je ne peux vous aider tant qu'il n'a pas passé d'examen médical. » Il se tourna et descendit les marches jusqu'à sa voiture.

Il faisait nuit à présent. La Volvo disparut dans le virage, les feux de freinage se reflétant en stries sur l'asphalte humide. Le vent qui soufflait balançait les branches des arbres nus devant les lampadaires, ces derniers émettant des flashs intermittents, comme un code Morse. Kat frissonna et ferma la porte d'entrée. Il était déjà trop tard pour sauver Harry de la banqueroute. Le seul avantage avec la démence, c'était l'oubli. Vous ne vous rendez même plus compte du pétrin dans lequel vous êtes. Ou, en tout cas, vous ne vous en souciez plus.

CHAPITRE 45

Kat arriva au bureau juste avant six heures. Mardi matin, le bâtiment était plongé dans le noir et étrangement calme. Elle monta les escaliers qui menaient à son bureau et tâta pour déverrouiller la porte dans la pénombre. Marcus avait réparé la porte, bien qu'il ait fallu plusieurs essais avant que la clé ne parvienne à faire tourner le cylindre.

Elle n'était pas une lève-tôt, mais après avoir passé une nuit agitée et s'être réveillée seule pour la deuxième fois, elle ne pouvait plus supporter de rester dans la maison. Elle lui rappelait trop Jace.

Elle était également hantée par le podcast de Svensson lors de la conférence en Suède. La femme à ses côtés ressemblait beaucoup à Angelika, la femme de chambre à Hideaway Bay. En fait, elle était sûre que c'était elle. Mais pourquoi était-elle en Suède ? Était-elle liée à la mort de Svensson ?

Kat ferma la porte derrière elle et s'adossa contre elle. De l'autre côté de la pièce, les grandes fenêtres mettaient en valeur la silhouette des montagnes de la Rive Nord. Quelques lumières se reflétaient sur l'eau tandis que le soleil se levait à l'horizon ; le port se réveillait peu à peu. Elle avait rendez-vous avec Zachary pour le deuxième jour d'affilée. Cette fois, c'était pour définir une stratégie afin de révéler la fraude aux investisseurs et à la banque. Dès qu'elle aurait fini sa réunion matinale avec Zachary, elle irait jusqu'à Hideaway Bay.

Ses nombreux appels à la GRC étaient restés sans réponse et elle ne savait pas pourquoi. Quel genre de poste de police filtrait les appels à l'aide de sa boîte vocale ? Jace avait disparu et elle méritait qu'on lui réponde, même si c'était pour lui dire qu'il n'y avait rien de nouveau. C'était tout simplement inacceptable. Si la police ne prenait pas cela au sérieux, elle les tiendrait responsables. Et elle commencerait elle-même à chercher Jace.

Mais avant de partir, elle devait mieux définir sa zone de recherche.

Kat étudia la carte épinglée sur le mur. Qu'est-ce qui lui échappait ? La carte d'Hideaway Bay était simple. Le seul accès terrestre se résumait à une route. Elle partait du ferry, coupait par la ville, puis continuait pour arriver au Tides Resort. On pouvait aussi y accéder par bateau ou par hélicoptère, mais moins facilement. Elle avait justement entendu un hélicoptère durant leur séjour à l'hôtel. Elle se serait réveillée si un second hélicoptère avait atterri. Ce qui voulait dire que Jace avait dû partir à pied ou prendre le bateau. La rive du front de mer était haute, donc pas de quai ni de mouillage, surtout la nuit. De nombreux sentiers étaient reliés à l'hôtel, notamment le Summit Trail, là où Svensson avait fait une chute mortelle. Pas facile d'y pratiquer la randonnée en hiver, mais possible si on disposait d'un bon équipement, y compris une lampe frontale pour la nuit. Jace avait-il subi le même sort que Svensson ?

Il y a avait un autre scénario, une piste que la police ne penserait certainement pas à vérifier. Jace pouvait très bien être allé jusqu'au chalet de Kurt. Kat doutait que Jace parte de nuit, pendant l'hiver, sur un sentier de randonnée sans l'équipement approprié. D'ailleurs, il ne quitterait pas l'hôtel sans le lui dire. À moins qu'il n'ait pas d'autre choix.

Elle ne pouvait pas exclure cette hypothèse avant d'avoir visité elle-même le chalet de Kurt ; le téléphone portable ne captait pas là-haut et il n'y avait pas de raccordement téléphonique.

L'enthousiasme de Landers était-il une ruse ? Avait-il, dès le début, l'intention de piéger Kat et Jace ?

Kat mit des punaises sur la carte pour identifier chaque sentier qui partait de l'hôtel. Elle y retournait plus tard dans la journée pour vérifier lesquels étaient les plus praticables. Son cœur sauta dans sa poitrine en enfonçant la dernière punaise. Jace était-il toujours en vie ?

La lumière du jour inondait peu à peu le bureau. Dehors, elle se reflétait dans le gel blanc qui recouvrait tout, sauf les eaux du port. Le bruit des voitures, des machines et les voix s'élevaient à mesure que la ville s'éveillait. Enfin, la chaleur gagna son bureau, sans pour autant compenser le courant d'air qui suintait à travers les anciennes fenêtres à simple vitrage.

Une grue dans le port souleva un container Maersk d'un cargo chinois et le déposa sur les docks. Les containers étaient empilés sur trois niveaux, remplis d'électronique, de meubles, et de qui sait quoi d'autre. Le trafic portuaire semblait ne jamais vouloir se calmer, alimenté par les importations bon marché et la demande insatiable des consommateurs.

Kat sursauta en entendant la porte du bureau s'ouvrir.

« Zachary, je suis ici. »

Mais ce n'était pas Zachary. C'était Hillary. Ses talons se firent entendre et elle se présenta devant la porte du bureau de Kat. Même si Kat ne voulait pas voir Hillary, sa présence signifiait au moins qu'elle allait retrouver Harry. À présent, elle pourrait entamer la procédure pour mettre à mal les abus financiers d'Hillary.

« Salut. » Hillary pointa la carte du doigt et se mit à rire. « Tu es en maternelle ? C'est vraiment ce que tu fais à longueur de journée ? »

« Hillary, qu'est-ce que tu fais ici ? Où est Harry ? » Kat se leva et se dirigea vers Hillary près de la carte. Elle se tenait devant elle, levant le bras pour empêcher Hillary de retirer une punaise de la carte.

« Je ne peux pas te rendre visite sans avoir à répondre à tes stupides questions ? » Hillary leva son pied droit, puis le gauche, nettoyant les semelles de ses chaussures Gucci avec la paume de sa main. Elle grimaça en frottant une paume contre l'autre. « Tu ne fais jamais le ménage ici ? »

« Le concierge nettoie tous les jours. » Elle devait se débarrasser d'Hillary avant l'arrivée de Zachary. L'idée qu'Hillary croise l'un de ses clients lui donnait la chair de poule. Elle était bien trop manipulatrice et imprévisible.

« Où est ton père, Hillary ? » Elle ne voulait pas mentionner la maison d'Harry à ce stade. Elle ne voulait pas qu'Hillary s'enfuit avant de lui avoir dit où était Harry.

Hillary l'ignora. « Ce bureau est crasseux. Et tes membres, tout droit sortis d'un magasin bon marché, je suppose. Quel fouillis » Elle attrapa une pile de magasines sur la table basse et les jeta à la poubelle. « Pas étonnant que personne ne te prenne au sérieux. »

« Mon bureau est très bien. Où est Harry ? » Hillary était arrivée il y a à peine une minute et l'estomac de Kat était déjà noué. Elle se rappela que seule l'une d'entre elles gérait des provisions à six chiffres, et ce n'était certainement pas Hillary. Au moins, elle était indépendante. « Je l'ai appelé, il n'était pas à la maison. Il ne répond pas sur son téléphone portable non plus. »

Elle avait un million d'autres questions, comme où Hillary avait-elle disparu au cours des dix dernières années. Mais ce n'était pas le moment.

« Comme pourrais-je savoir où est mon père ? Je ne suis pas sa nounou. Il a dû aller faire des courses ou quelque chose comme ça. »

« Hillary, tu sais très bien comme moi qu'il ne fait pas les courses et qu'il n'est pas à la maison. Tu étais avec lui. » Hillary était-elle à ce point irresponsable ou était-ce plutôt une sorte de jeu ? À chaque fois que Kat accordait le bénéfice du doute à Hillary, ça jouait contre elle. En tout cas, elle était certaine qu'Hillary n'avait pas refait surface pour s'occuper d'Harry.

« Qu'est-ce qui te fait croire qu'il n'est pas à la maison ? » Hillary fronça les sourcils et son visage s'assombrit.

Kat se dirigea vers le fauteuil en cuir. Se confronter à Hillary ne donnerait rien, donc elle changea de ton. « Assied-toi. Tu dois être fatiguée. »

« Tu veux que je m'assois sur ce truc plein de puces ? » Hillary lissa ses cheveux d'une main manucurée. « Je ne crois pas, non. »

« Il est très bien ce fauteuil. Mais si tu veux rester debout, libre à toi. »

Hillary inspecta Kat, étudiant ses vêtements, ses cheveux et son maquillage. « Tu devrais vraiment envisager un relooking. » Elle grimaça. « De la tête aux pieds. Ta garde-robe est démodée, depuis cinq ans au moins. Comment peux-tu sortir comme ça ? Tu as vraiment besoin de changement. »

Kat ne dit rien et se tourna vers tableau. Hillary ne supportait pas d'être ignorée.

« Que fais-tu avec ces punaises ? »

« Quelques expérimentations. » Kat jeta un œil par la fenêtre. En seulement quelques minutes, le soleil avait disparu, laissant place à des nuages bas. Des flocons de neige virevoltaient devant la fenêtre et elle pouvait à peine voir la Rive Nord de l'autre côté. Où diable était passé Zachary ?

« Des expérimentations. » Hillary sortit son désinfectant pour les mains de son sac à main et en versa une goutte. Elle se frotta les paumes l'une contre l'autre, regardant la carte. « Hé, c'est l'endroit où tu cachais mon père. »

« Hillary, ça suffit. Je ne le cachais pas et tu le sais très bien. »

« Bien sûr que si. Ce n'est pas là que l'économiste du Prix Nobel a disparu ? »

« Fredrick Svensson ? » Kat était choquée qu'Hillary en ait entendu parler.

« Oui, ce type. Plutôt sexy pour un vieux. »

Pour Hillary, la cote de popularité d'un homme se mesurait à la taille de son portefeuille, pas à son apparence. « Peu importe, il est mort. » Svensson devait avoir dans les soixante-dix ans.

« Bien mort. On ne sait même pas ce qui lui est arrivé. » Hillary rit à sa propre blague.

Assez. Kat était sur le point d'exploser. « Où est-il ? »

« Le gars du Prix Nobel ? Comment je le saurais ? »

« Harry, bon sang ! » Kat se massa les tempes, elle sentait que le mal de tête la gagnait.

De l'autre côté, un deuxième front de tempête s'approchait d'Hideaway Bay. Kat frissonna malgré son pull en laine et son pantalon. Il fallait qu'elle s'en aille rapidement, ils allaient certainement condamner certaines routes. La camionnette de Jace était garée dehors ; elle contenait des vêtements chauds, l'équipement approprié et tout ce dont elle aurait besoin.

« Ne sois pas sarcastique, Kat. » Hillary sortit une lime à ongles de sa sac et commença à se limer les ongles. Elle pointa la lime à ongles vers Kat et plissa les yeux « Relax. Comment veux-tu que je sache où il est ? »

« La dernière fois que je l'ai vu, il était avec toi. Si Harry n'est pas avec toi, où est-il ? »

Les sourcils d'Hillary se voûtèrent et les coins de sa bouche dessinèrent un sourire. « Du calme. Pourquoi tu te fais du souci ? C'est mon père, pas le tien. »

Ces mots faisaient toujours mal, peu importe le nombre de fois qu'Hillary les avait prononcés. Les Denton avaient légalement adopté Kat après le décès de sa mère et le départ de son père. Lorsqu'Hillary s'était rendu compte de la chose, elle avait tout fait pour que Kat ne se sente pas la bienvenue dans la famille.

« Kat, ce que moi et Papa faisons, ce ne sont pas tes affaires. » Hillary se pinça les lèvres. « Laisse tomber. »

« Bien sûr que si, ce sont mes affaires. » Kat croisa les bras. « Il n'est pas chez lui. Il n'est pas avec toi et il n'est pas avec moi. Où qu'il soit, il doit être confus et se sentir perdu. J'ai le droit de savoir. »

« Tu n'as aucun droit. Cherche une autre famille de qui t'occuper. » Hillary mit la main devant la bouche. « Oups, j'ai oublié. Tu n'en as pas. »

« Hillary, Harry fait partie de ma famille. C'est moi qui me suis occupée de lui quand tu étais je ne sais où. Ça fait des années que tu ne fais plus partie de sa vie. »

« Ça va changer. » Hillary fusilla Kat du regard.

La porte extérieure s'ouvrit et, quelques secondes plus tard, Zachary emprunta le couloir pour se diriger vers le bureau de Kat, parlant à quelqu'un au téléphone. Une fine couche de neige recouvrait les épaules de son manteau de laine.

La mâchoire d'Hillary faillit se décrocher et un sourire transforma peu à peu son visage.

« Bonjour. » Hillary se tourna vers lui et lui sourit, rentrant les joues. Elle scanna Zachary de la tête aux pieds, remarquant ses vêtements sur mesure, ses chaussures à semelle en cuir et son doigt sans alliance.

Kat vit des signes de dollar masquer le champ de vision d'Hillary.

Zachary ne semblait pas entendre Hillary. Il se tenait figé devant le poste de télévision de Kat. Des manifestants new yorkais avaient bloqué la station Grand Central, demandant l'intervention du gouvernement et la baisse du prix des aliments. Puis l'écran afficha une publicité et Zachary les regarda, remarquant Hillary pour la première fois. Il mit fin à sa conversation téléphonique. « Désolé de vous interrompre. Je n'avais pas vu que vous étiez là. »

« Inutile de vous excuser. » Hillary s'avança et tendit la main, paume vers le bas, comme si elle attendait qu'il lui baise la main. « Je suis juste passée voir si je pouvais inviter ma cousine pour le petit-déjeuner. »

N'importe quoi, pensa Kat. Hillary agissait toujours avec intérêt auprès des hommes, qu'il s'agisse d'obtenir une réduction d'un réparateur automobile ou un revenu régulier de la part d'un potentiel mari. Les hommes y voyaient clair par la suite – mais seulement après qu'Hillary les ait baladés.

« Bien sûr, si vous avez déjà prévu quelque chose, je reviendrai plus tard. » Zachary sourit à Hillary, qui était assise dans le fauteuil en cuir. Apparemment, elle avait oublié qu'il venait, selon elle, d'un magasin bon marché.

« Non. » Kat fit signe de la main. Elle devait immédiatement parler à Zachary. « Hillary était sur le point de partir. »

Hillary croisa une jambe sur l'autre, soulevant légèrement sa jupe pour dévoiler ses cuisses. Elle ne semblait aller nulle part.

« Pourquoi n'irions tous pas prendre un petit-déjeuner, » dit Zachary. « Nous pouvons discuter de l'affaire plus tard. »

Kat se leva. Cette entrevue se transformait en véritable cauchemar. Elle devait passer au moins une heure en tête à tête avec Zachary avant de partir pour Hideaway Bay et la neige, qui empirait, réduisait ses chances d'y parvenir. Si elle prenait du retard, elle ne pourrait pas y aller. « Hillary – puis-je t'appeler plus tard ? »

« Non, pas de souci. Elle peut se joindre à nous. » Zachary fit signe vers le couloir avec son pouce. Kat devait se débarrasser d'Hillary. Elle ne pouvait discuter de l'affaire ou du sort de Jace en la présence d'Hillary. Elle ne savait pas exactement comment, mais elle était certaine qu'Hillary utiliserait la disparition de Jace contre elle. Comment Zachary pouvait-il envisage de discuter de sa situation financière face à Hillary, une parfaite inconnue ?

Elle s'arrêta dans le couloir et fit face à Hillary. « Je pensais que tu allais chercher ton père. À ce propos, où est Harry ? »

« Le vieil homme avec la Lincoln ? » demanda Zachary. « Il perd un peu la tête, non ? Il ne doit pas rester seul. »

Hillary plissa les yeux.

« C'était justement ce que j'étais en train de demander à Kat. Kat, où est-il ? » Hillary tourna ses cheveux autour de son doigt et leva les sourcils en direction de Kat, une expression de fausse inquiétude sur le visage.

Kat se pinça les lèvres et desserra le poing. Comment était-ce possible de ne pas voir son petit jeu ? « Je pensais que tu allais le chercher. Où as-tu dit que tu l'avais laissé ? »

Hillary dévisagea Kat. « Au centre pour personnes âgées, j'y allais justement. »

« C'est ce que je pensais, oui. » Au moins, Hillary était contrainte de répondre devant Zachary.

« Je reviens après le déjeuner. » Hillary sourit à Zachary.

Juste assez de temps pour que Kat puisse donner les dernières informations à Zachary et partir pour Hideaway Bay.

CHAPITRE 46

Kat jeta **un œil par la fenêtre** de son bureau, impatiente et frustrée de ne pas avoir progressé. La neige recouvrait à nouveau la ville, Zachary ne bougerait pas.

« Pas la peine de signaler quoique ce soit, Kat. Je sais que je peux récupérer une grande partie de l'argent. »

Zachary restait convaincu que son modèle de négoce était infaillible. « Qu'est-ce que vous allez échanger, Zachary ? Il n'y a pas d'argent. »

« J'ai des relations – on va me prêter des fonds. Suffisamment pour réaliser quelques transactions et couvrir les pertes. » Zachary mit son rapport sur la pile de dossiers qui figuraient sur son bureau. La pile glissa et plusieurs dossiers se retrouvèrent sur le sol.

Zachary se pencha pour les ramasser.

Kat lui fit signe de la main. « Je le ferai plus tard. » Elle se leva. « Et les investisseurs, Zachary ? C'est leur argent. N'ont-ils pas le droit d'être mis au courant de la fraude ? »

Il se leva. « Bien sûr que si – mais je vais récupérer leurs pertes avant même qu'ils n'en aient eu vent. C'est dans leur intérêt, même s'ils ne le réalisent pas encore. Je ramènerai l'argent et ils ne sauront même pas qu'il y a eu un problème. Juste quelques transactions et tout reviendra à la normale. »

Peu importe ce que normal voulait dire. Incroyable ce que les gens pouvaient faire sur un bateau qui coule. « Non, Zachary. Il faut arrêter ça. »

« Kat, vous avez dit vous-même qu'il vous manquait des preuves. Si nous mettons la puce à l'oreille de Nathan sans preuve, nous risquons de tout compromettre, non ? Il pourrait s'enfuir avant que les autorités n'aient de quoi le faire tomber. »

Zachary avait raison. Si elle attendait, elle pourrait peut-être aussi récupérer l'ordre du jour du World Institute de Nathan et les documents qu'elle avait pu rassembler. Si elle trouvait Jace et qu'il les avait toujours. C'était au mieux improbable. Et – c'était une erreur de ne pas divulguer les agissements immédiatement.

D'un autre côté, l'enquête suivait toujours son cours et si Nathan et quiconque d'autre étaient poursuivi, il valait mieux qu'elle ait des billes. Pour l'instant, ce n'était pas le cas. Et, clôturer le dossier maintenant ne ferait qu'empirer la situation de Jace, où qu'il soit. Ça lui donnait aussi plus de temps pour le retrouver. Si elle parvenait à le retrouver.

Elle soupira et se pencha pour ramasser les dossiers. Pourquoi Zachary voulait-il repousser les limites ? C'est pour cette raison, pensa-elle, qu'il était si riche. Et infatigable.

Sa main sentit quelque chose de dur dans la gouttière d'un des dossiers Edgewater. Elle ouvrit le dossier et y trouva un paquet de cartes de crédit, retenues par une bande élastique. Dans sa précipitation, elle ne les avait pas remarquées auparavant. Elle retira la bande élastique qui les retenait et examina la carte qui se trouvait sur le dessus. Pas de nom. Elle passa les autres cartes en revue. Il s'agissait toutes de cartes prépayées. Tout juste comme celle qu'elle avait trouvé dans la poche de l'uniforme de femme de ménage à Hideaway Bay. Y avait-il un lien ?

～

Deux heures plus tard, Kat était enfin sur la route. Elle se dirigea au nord vers Hideaway Bay, heureuse que la camionnette dispose de quatre roues motrices. Des ornières profondes s'étaient formées dans le manteau neigeux de l'autoroute et la neige redoublait désormais d'intensité, réduisant la visibilité à quelques mètres seulement devant elle.

La circulation s'était ralentie, freinée par les virages qui menaient jusqu'au ferry ; elle manqua le bateau. Elle réussit à attraper le prochain. Une fois sur l'autre rive, elle suivit la foule qui sortait du bateau et emprunta la voie qui menait jusqu'à Hideaway Bay.

Ici, il n'y avait pas de circulation. Malgré les routes désertes et le peu de visibilité, elle se sentait plus en sécurité de rouler sans aucune voiture autour d'elle. Elle relâcha ses mains sur le volant et croqua dans une pomme. Elle jeta un œil dans le rétroviseur et remarqua un chasse-neige à quelques centaines de mètres derrière. C'était le seul véhicule qu'elle voyait depuis la sortie.

Sa plus grande inquiétude, c'était le peu de temps qui 'il lui restait avant la tombée de la nuit. La lumière du jour disparaissait aux alentours de seize heures à cette période de l'année. Ça ne lui donnait que quelques heures pour chercher Jace sur les sentiers. Il s'était peut-être blessé ou avait fait une chute. Elle frissonna. Si c'était le cas, ses chances de survie par ces températures glaciales étaient minces voir nulles après quelques heures.

Kat repensa à Svensson et à son discours à Stockholm. Le chasse-neige ne se trouvait plus qu'à quinze mètres maintenant, se faisant plus imposant dans le rétroviseur.

Svensson avait changé d'avis : d'une monnaie mondiale unique, il avait finalement opté pour le statu quo et la conservation de plusieurs devises étrangères. Pourquoi cela gênerait-il Nathan Barron ? Exploiter les écarts entre différentes devises, c'est comme ça que Nathan Barron et Edgewater faisaient de l'argent. L'objectif de la monnaie mondiale unique prôné par le World Institute minait son activité plutôt que de l'aider. Ce qui amenait la question : pourquoi Nathan avait-il intégré une organisation qui venait contrarier ses ambitions financières ?

Elle était certaine que le meurtre de Svensson et la disparition de Jace étaient liés au World Institute et à Nathan Barron.

La femme qui se tenait près de Svensson, était-ce vraiment Angelika, la femme de ménage ? Le fait qu'il s'agisse d'une femme qui lui ressemble serait une explication plus logique. Après tout, elle se tenait derrière Svensson, légèrement dans l'ombre. Sur les quelques milliards de personnes qui peuplaient la planète, il y avait sûrement quelques sosies. Ou était-ce plus qu'une coïncidence ?

Kat regarda dans le rétroviseur. Le chasse-neige était juste derrière son pare-chocs ; le conducteur était sûrement pressé de finir son travail et de rentrer à la maison. Kat agrippa le volant ; elle ne voulait pas accélérer mais sentait la pression. Il n'y avait nulle part où s'arrêter. À sa droite, il y avait une paroi rocheuse et, de l'autre côté de la voie qui venait en sens inverse, c'était le vide et l'eau en contrebas. Il pouvait la dépasser, non ? Il n'y avait pas de voiture dans l'autre sens.

Soudain, le chasse-neige percuta son pare-chocs.

Elle fit une embardée. La pomme lui échappa des mains et tomba du siège du passager sur le sol. Elle agrippa le volant, le cœur battant à cent à l'heure. La ceinture de sécurité lui pressait la poitrine alors qu'elle tentait d'éviter que la camionnette ne dérape. L'autoroute enneigée était un endroit trop dangereux pour les jeux imprudents. Le comportement du conducteur était tout simplement suicidaire : faire ça sur une route sinueuse en pleine tempête de neige. Bon sang, à quoi jouait-il ? S'était-il endormi au volant ? Elle regarda dans le rétroviseur, mais la cabine du chasse-neige était trop haute pour voir le chauffeur.

Elle allait retenir sa plaque d'immatriculation et le signaler. L'hôtel était à dix minutes de là – la première opportunité qu'elle aurait de s'arrêter. Elle éloigna la ceinture de sécurité de sa poitrine et prit une grande inspiration. Le chasse-neige recula légèrement, lui permettant de voir la cabine. Cette fois, elle pouvait apercevoir le chauffeur, mais à peine. Un homme frêle, ou un adolescent peut-être ? Une casquette de baseball lui cachait les yeux.

L'écart se creusait. Le chasse-neige percuta à nouveau le pare-chocs arrière de la camionnette, plus fort cette fois.

Son véhicule faisait des zigzags. Elle se dirigea vers la voie opposée. D'instinct, elle appuya sur le frein. Elle sut qu'il s'agissait d'une erreur avant même que son pied ne s'enfonce complètement sur la pédale.

CHAPITRE 47

Le chasse-neige tapa la cabine de la camionnette, l'envoyant déraper sur le côté de l'autoroute. Kat serra très fort le volant tandis que la camionnette de Jace s'inclina et se mit sur deux roues. Elle vacilla un moment avant de retomber sur ses quatre roues. Le cou de Kat fut projeté violemment vers l'arrière, du fait du choc. Son pied cherchait à nouveau la pédale de frein. Mais, ça ne servait rien.

La camionnette prit un virage à 180 degrés, plongeant Kat dans un tourbillon d'ombres blanches renvoyées par le pare-brise. Elle s'avança vers l'avant, cognant son front sur le rétroviseur. Une fraction de seconde plus tard, la ceinture de sécurité se resserra, la ramenant violemment dans son siège.

Le chasse-neige recula et accéléra à nouveau. Il frappa contre la camionnette, faisant voler le pare-brise en éclats. Kat bondit d'avant en arrière avant de s'immobiliser, inclinée vers le bas du côté du conducteur. Elle jeta un œil au rétroviseur latéral. Elle était perchée dangereusement sur la glissière de sécurité. Encore un coup et elle tomberait 100 mètres plus bas dans le canyon.

Elle se préparait à recevoir un autre coup, l'estomac noué.

Rien.

Kat relâcha la ceinture de sécurité et tendit l'oreille. Elle se glissa du côté du passager. La camionnette émit un grincement et la pomme roula jusqu'au coin le plus éloigné du plancher.

Silence.

Le véhicule avait décroché suite à l'impact.

Elle tenta de voir le chasse-neige à travers le pare-brise fissuré.

Elle ne voyait rien.

Rien du tout. Juste de la neige blanche qui tombait.

Un silence feutré.

Elle se tourna dans son siège et chercha le chasse-neige en regardant par la lunette arrière.

Il était parti.

Il n'y avait rien qu'elle, la camionnette et une rambarde pliée qui la maintenait, l'empêchant de chuter sur la falaise rocheuse.

Elle inclina son corps vers l'arrière, doucement, sentant la camionnette s'appuyer contre la rambarde en métal.

Solide. Malgré ses craintes, les quatre roues de la camionnette reposaient toujours sur l'autoroute.

Elle se sentait soulagée et terrifiée à la fois. Le chasse-neige avait-il quitté la route – ou était-il tombé ? Elle regarda à nouveau par la lunette arrière. La rambarde était toujours intacte, tout au moins pour la portion qui se trouvait dans son champ de vision. Elle ne voulait pas vérifier plus loin. De peur que cela ne déplace son poids. De peur que le type soit toujours dans le coin.

Elle mit le contact et redémarra la camionnette. Elle la manœuvra tout doucement, avançant d'avant en arrière jusqu'à ce qu'elle désengage de la glissière de sécurité. Elle éloigna la camionnette du bord et faisait désormais face au côté droit de la route.

Kat conduisit pendant quelques kilomètres et emprunta une route forestière, vide et inutilisée pendant l'hiver. Ses mains tremblaient toujours lorsqu'elle relâcha le volant. Elle prit une grande inspiration, attrapa son téléphone portable et composa un numéro. Elle avait, sans le réaliser vraiment, appelé Jace. Elle était sur le point de raccrocher lorsqu'une femme répondit.

« Oui ? »

Kat essaya de deviner le bruit de fond. Fort, comme si une machine fonctionnait non loin de là. Ça pouvait être n'importe où – une usine de fabrication, un site de construction. Mais où exactement, elle ne pouvait le dire.

« Qui est-ce ? » Mais la femme coupa dès que Kat commença à parler. La voix lui semblait familière, elle n'était pas sûre de savoir pourquoi. Dur à dire avec tout ce bruit. Un endroit bruyant quelque part, comme un aéroport ou un centre commercial.

Tous ses autres appels à destination de Jace étaient tombés sur sa boîte vocale. Avait-elle mal composé le numéro ? Impossible, puisqu'il était programmé dans son téléphone. Qui utilisait son téléphone et pourquoi ? Était-ce quelqu'un qui était impliqué dans sa disparition, ou juste quelqu'un qui avait trouvé son téléphone ?

En tout cas, elle ne pouvait pas rester ici au milieu de la route. Elle hésita à retourner en ville. Il fallait qu'elle signale le conducteur du chasse-neige à la GRC. D'un autre côté, la police n'avait absolument rien fait concernant Jace, donc c'était une véritable perte de temps. Cela retardait également les recherches qu'elle comptait mener pour le retrouver.

Et si le chasse-neige l'attendait plus haut sur la route, prêt à en découdre à nouveau ? Peu probable, pensa-t-elle. Quelqu'un d'aussi impatient ne s'attarderait pas dans le coin. Il était certainement en train de déverser sa rage sur un autre véhicule, si tant est qu'il y en avait un.

Au final, elle décida de continuer sa route. L'hôtel n'était plus qu'à quelques minutes et, une fois qu'elle y serait, elle serait à l'abri du chauffeur fou. Elle le signalerait à la police demain matin. Après avoir effectué des recherches sur la Pinnacle Trail et au QG de Kurt. D'ici là, elle aurait peut-être retrouvé Jace.

Kat s'éloigna lentement, recherchant des preuves de la présence du chasse-neige. Mais la neige avait déjà recouvert les traces de pneu. La route qui se dessinait devant elle semblait déjà ne pas avoir été déblayée depuis des heures. Mais, le chauffeur n'avait pas descendu la lame repousse-neige, si ? Elle ne s'en rappelait plus.

Une chose était sûre, elle serait plus en sécurité une fois qu'elle aurait quitté la route. La lumière du jour s'atténuait, lui laissant peu de temps pour atteindre le Summit Trail et rejoindre le chalet de Kurt. Au moins, dans une région sauvage, on sait où sont nos ennemis.

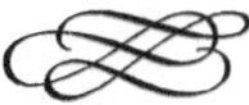

CHAPITRE 48

Kat retint sa respiration alors qu'elle franchissait péniblement les quelques derniers mètres du Summit Trail, les pieds alourdis par le poids des raquettes. Cela ne lui avait demandé que trente minutes de marche depuis le sentier principal pour atteindre l'endroit où Svensson avait fait une chute mortelle, mais son détour n'avait rien donné. Pas de trace de l'économiste ou de sa mystérieuse compagne. Aucun signe indiquant que la police ou les secours étaient passés par là non plus.

Jace avait-il suivi la même piste avant elle ? Il n'y avait aucun moyen de le savoir, pas avec la neige qui était tombée dernièrement. Hormis quelques traces de cerf traversant le sentier de part et d'autre, la montagne garderait son secret.

Elle fit une pause un instant, profitant de la vue époustouflante. Pas un endroit qui inspirait le suicide, si tant est qu'il n'y en eut jamais un. C'était également retiré – pour arriver jusqu'ici, il fallait vraiment faire un effort, étrange pour quelqu'un qui souhaite mettre fin à sa vie. Elle grimpait cette côte depuis presque deux heures et était épuisée. Mais ce n'était pas l'exercice physique qui la fatiguait. C'était l'angoisse de ne pas savoir où se trouvait Harry ou Jace. Elle s'était toujours tournée vers Jace, mais cette fois-ci, il n'était pas là pour l'aider.

Après être arrivée à Hideaway Bay, elle avait changé d'avis et avait décidé de signaler le chauffeur du chasse-neige avant d'emprunter le sentier. Mais le poste de la GRC d'Hideaway était fermé ; un écriteau *Bientôt de retour* avait été apposé sur la porte.

Quel genre de poste de police verrouillait sa porte ? Le même genre que celui qui ne rappelait pas pour indiquer l'état d'avancement du dossier suite à la disparition d'une personne, pensa-t-elle. Ça n'avait pas de sens. Certes, Hideaway Bay était une ville quelque peu endormie. Mis à part l'hôtel, rien de palpitant ne se passait ici. Elle reviendrait demain, mais d'abord, elle voulait aller jusqu'à l'endroit où elle pensait trouver Jace.

Kat gardait encore une lueur d'espoir, celle que Jace se soit réfugié dans le chalet de Kurt Ritter. Kurt et Jace étaient devenus des amis proches depuis qu'ils faisaient partie de l'équipe Recherche & Secours, même s'ils couvraient des zones différentes. À supposer qu'il ait tenté de fuir Nathan, le QG de Kurt était le seul abri auquel il pouvait accéder à pied.

Jace voulait retracer les dernières heures de Svensson. Ils s'étaient même disputés, Kat pensait qu'il s'agissait d'une perte de temps. Jace gardait toujours son matériel de secours dans la voiture, donc il pouvait très bien l'avoir récupéré sur le parking de l'hôtel. Il se cachait peut-être dans le chalet ? Elle sentit une vague d'espoir la gagner.

Kurt dirigeait l'équipe Recherche & Secours de la Sunshine Coast et était sûrement sur place lorsque le corps de Svensson avait été retrouvé. Jace aurait certainement eu envie de lui parler. Le grand chalet allemand se trouvait encore à quarante-cinq minutes une fois qu'elle serait revenue sur le sentier principal ; Kat et Jace avaient passé plusieurs nuits à faire de la randonnée dans l'arrière-pays. Elle y passerait la nuit cette fois encore, car le soleil disparaissait presque à l'horizon. Même au quarante-neuvième parallèle, le crépuscule arrivait rapidement à cette période de l'année.

Les portables ne recevaient pas ici ; donc, quelle que soit la personne qui avait répondu au portable de Jace plus tôt dans la journée, elle n'était pas là. Il était également possible que Jace soit dans le coin, mais qu'il ne puisse joindre personne. Elle sentit un regain d'espoir l'envelopper en se baissant pour relacer ses raquettes. Elle se retourna et se dirigea vers le bas de la colline.

La descente fut bien plus rapide que la montée. Refroidie par le manque d'effort, ses vêtements humides la glaçaient. Elle pensa à Jace. S'il n'avait pas tant insisté pour couvrir le World Institute, elle aurait bouclé l'affaire Edgewater pour maintenant. Avec les documents qu'elle avait récupérés, elle avait tout ce dont elle avait besoin. Mais Jace avait insisté pour collaborer avec Roger Landers. Elle n'aurait jamais dû l'attirer là-dedans car elle savait très bien que, pour lui, un scoop lui faisait oublier tout le reste.

Tout particulièrement après avoir été mis à la porte par le *Sentinel*. Mais elle avait sous-estimé le World Institute, le pouvoir et ce que ce dernier faisait faire aux gens.

À son plus grand soulagement, elle aperçut enfin le chalet. Kurt avait lui-même construit la cabane en rondins avec le bois de la région. Elle était rustique mais fonctionnelle, confortable et réconfortante. Kat ne l'aurait échangée pour rien au monde. La fatigue l'assaillit alors qu'elle arrivait devant la porte d'entrée. Elle ne pouvait pas faire un pas de plus. Elle délaça ses raquettes et tâta sous le pot de fleurs en argile pour trouver la clé qui était cachée. Kat avait toujours réprimandé Kurt parce qu'il gardait un pot de fleurs alors qu'il était entouré de prairies alpines. Ces dernières étaient désormais invisibles, ensevelies sous un lourd manteau de neige.

Elle ouvrit la porte et entra à l'intérieur. Même si ce n'était que la fin de l'après-midi, elle tombait de fatigue.

Le petit chalet était meublé de façon masculine, mais fonctionnelle. La structure en A disposait d'escaliers qui donnaient sur un loft avec deux chambres. Elle avait séjourné dans l'une d'entre elles avec Jace l'été dernier. Elle passa la pièce en revue, sentant le poids de ses soucis lui peser sur les épaules. Jace était parti, Harry avait disparu et Hillary mijotait quelque chose, des problèmes en vue certainement. Elle ne s'était jamais senti aussi seule.

Kat soupira et posa son sac à dos sur la grande table en pin. Elle se pencha pour récupérer un peu de bois de la pile soigneusement empilée à côté du poêle à bois. Le poêle était froid. Personne n'avait été là récemment. Elle alluma le poêle et attisa le feu jusqu'à obtenir une belle flambée. Puis, elle sortit pour faire le plein de petit bois avant que la nuit ne tombe. L'air frais s'engouffra quand elle ouvrit la porte. La chaleur du poêle n'avait pas encore enveloppé la cabane, mais la structure en rondin du bâtiment offrait une excellente isolation.

Elle fit le tour de la cabane, marchant péniblement dans la neige, dans l'espoir de tomber sur Jace, Kurt ou tout autre visiteur. Pas de trace de quiconque, ni même d'animaux en vue. Même la pile de bois entassée contre la cabane semblait n'avoir pas bougé depuis qu'elle et Jace étaient venus là en septembre.

Non, rien n'avait bougé.

Une brindille se cassa. Elle sursauta, apercevant un mouvement du coin de l'œil. Ce n'était qu'un lapin qui courait pour se cacher dans un buisson à quelques mètres. Elle resta immobile un moment, se calant sur le calme qui régnait autour d'elle. La neige glissait des branches des grands pins, atterrissant sur le sol dans un léger « plouf ». Les arbres qui entouraient la cabane lui donnaient généralement un look « *cozy* ». Mais en cette fin d'après-midi, ils paraissaient étranges, projetant de grandes ombres sur le paysage blanc.

Elle entassa le bois sur ses bras et se dirigea vers la porte d'entrée, grimaçant lorsque son bras heurta le chambranle de la porte. Son biceps lui faisait mal depuis que Victoria lui avait fait cette piqûre. Elle avait suffisamment de bois pour tenir la nuit. Elle le posa à côté du poêle. Demain, elle emprunterait un autre sentier pour essayer de trouver trace de Jace. Il était peut-être blessé, incapable de rejoindre la cabane. Les chances étaient minces mais, pour l'instant, elle n'avait rien d'autre à quoi se raccrocher.

Elle enleva ses bottes Sorel et étala ses vêtements humides devant le poêle avant de se laisser tomber dans un énorme fauteuil en face du feu. Elle savait qu'elle devait manger, mais n'avait même plus d'énergie pour ouvrir son sac à dos qui se trouvait sur la table, à quelques mètres d'elle. Au lieu de cela, elle ferma les yeux et sentit une douce chaleur envelopper ses os tout doucement. La randonnée en pleine nature lui rappelait à quel point le monde était immense. Pourquoi était-il contrôlé par si peu de personnes ?

CHAPITRE 49

Kat fut brusquement réveillée par un martèlement sur la porte du chalet en bas. Quelqu'un frappait violemment sur la lourde porte en bois, tentant de la forcer. Elle sauta du lit et se heurta au plafond trop bas du loft. Elle jura quand elle se rappela où elle se trouvait : dans le seconde chambre de la cabane de Jace à l'étage. Son cœur fit un bond dans sa poitrine. La personne qui se trouvait à l'extérieur lui voulait du mal.

Elle se dirigea lentement vers l'échelle menant en bas et jeta un coup d'œil par-dessus le rebord. Même dans le noir, la vue qu'elle avait depuis le loft lui donnait l'avantage sur l'intrus. La porte de la cabane était déjà entrouverte, le clair de lune soulignant le cadre de la porte. Elle était piégée. Il n'y avait aucun moyen de s'échapper.

La porte finit par céder dans un grand fracas. Un homme pénétra à l'intérieur ; sa silhouette sombre se découpait sur le seuil de la porte, devant le ciel éclairé par la lune. Kat retint sa respiration en se tournant pour fermer la porte.

Kurt avait déjà parlé d'un cambriolage une fois. Les personnes de passage cherchaient parfois des cabanes pour se réfugier. Ce type doit juste être venu récupérer de la nourriture, il partira après. Peu probable cependant en plein milieu de la nuit car il faisait trop sombre pour se déplacer et il n'y avait pas d'autres cabanes aux alentours. Il resterait peut-être jusqu'au matin, ce qui voulait dire qu'il allait fouiller toute la cabane, y compris le loft. Si c'était le cas, mieux valait qu'elle soit prête. Elle chercha une arme de fortune au sol mais ne trouva rien. Elle se maudit d'avoir laissé son sac à dos avec son couteau de poche en bas.

Le poêle. Même s'il n'y avait plus de feu, il serait encore brûlant au toucher, un signe que le chalet était occupé. Et son sac à dos se trouvait bien en évidence sur la table de la cuisine. Une fois la porte fermée, elle se trouvait dans le noir, mais Kat pouvait suivre l'ombre de l'intrus qui fouillait la cabane. Il traversa la pièce et se dirigea vers l'échelle du loft. Il mit son pied sur le barreau d'en bas et hésita en regardant autour de lui.

Kat courut jusqu'à la chambre et attrapa un bâton de ski d'une paire qui pendait sur le mur. Elle revient jusqu'à l'échelle sur la pointe des pieds et se mit sur le côté. Elle attendit que les mains de l'homme atteignent le dernier barreau. Il serait plus fort qu'elle, l'élément de surprise était son seul atout. Son pouls s'accéléra alors qu'elle attendait ; elle savait bien qu'elle n'aurait qu'une seule chance.

Elle poignarda les articulations de l'intrus, enfonçant le bâton dans sa chair en le tournant. Elle s'aperçut avec horreur que l'homme continuait à avancer, atteignant le haut de l'échelle de sa main libre.

« Hé, qu'est-ce que – » Il stoppa net.

« En arrière ! »

Mais l'homme avait déjà retiré sa main libre. Elle poignarda son autre main alors qu'il descendait un barreau de l'échelle. Elle le reconnut au moment même où elle l'aperçut.

« Vous ! » Landers la dévisageait, les yeux grands ouverts de surprise. « Comment êtes-vous arrivée ici ? » Il fit une pause en secouant la main droite.

« Je peux vous poser la même question. » Kat frappa l'autre main avec le bâton. Cette fois-ci, elle l'avait eu, enfonçant l'extrémité du bâton dans la partie tendre et charnue. « Allez-vous-en ! »

« Kat, que se passe-t-il ? Vous me faites mal. Enlevez ça de ma main. »

« Pas question. Faites demi-tour et allez-vous-en. Maintenant. »

« Calmez-vous – Je peux tout vous expliquer. »

Elle enfonça le bâton plus profond. Expliquez quoi ? Que vous nous avez trahis ? Foutez le camp. »

« Je ne peux aller nulle part si vous ne libérez pas ma main. »

Kat leva le bâton de ski et le tint en hauteur tandis que Roger Landers descendait de l'échelle. Mais il ne gravit que deux barreaux, juste assez pour être hors de portée. « Descendez. »

« Nous devons parler d'abord. » Il l'étudia.

« Nous n'avons rien à nous dire. » Elle pointa le bâton de ski vers lui, mais le garda suffisamment loin de lui.

Landers ne bougeait pas. « Vous ne comprenez pas. Descendez et nous allons parler. »

« Même pas en rêve. » Il n'obtiendrait rien d'autre d'elle.

« Je sais où est Jace. Descendez jusqu'ici, OK ? Je promets de ne rien faire. »

Kat baissa le bâton de ski. Était-ce un subterfuge pour l'attirer en bas ? Mais, et si il pouvait trouver Jace ? Landers avait été dans la même pièce que Jace à un moment. Nathan et Victoria étaient certainement impliqués dans la disparition de Jace. « Où ? »

« Enfermé. À la prison d'Hideaway Bay. Il m'a dit de venir ici si les choses tournaient mal. Pour me cacher de Nathan. »

Jace était-il emprisonné au commissariat lorsqu'elle y était allée, juste à quelques mètres d'elle ? Landers ne pouvait pas être au courant pour la cabane de Kurt à moins que Jace ne le lui en ait parlé. Au moins, cette partie-là était vraie. Kat baissa le bâton de ski et descendit lentement les escaliers, en prenant soin de ne pas quitter Landers des yeux. Elle le suivit jusqu'à la table et le regarda s'asseoir. Elle resta debout, sur ses gardes.

« Vous avez cinq minutes pour me convaincre. Ensuite, vous partez. » Elle savait que, sans arme, elle n'était pas une menace pour

Roger Landers. Le bâton de ski fonctionnait quand elle était dans le loft, où elle pouvait tirer parti de la hauteur. Pourtant, elle ne céda pas.

Kurt avait-il pistolet dans sa cabane ? Si oui, elle ferait mieux de le trouver avant Landers. Même si elle ne savait pas comment l'utiliser.

« Pourquoi est-ce que Jace est en prison ? »

« Nathan l'a emmené à Hideaway Bay pour l'interroger. » Landers ouvrit sa veste et la mit sur la chaise qui se trouvait près de la porte, comme s'il prévoyait de rester un moment.

« Pour que faire ? Jace n'a rien fait de mal. » Nathan Barron était peut-être puissant mais, sauf si la police d'Hideaway était corrompue, elle n'arrêterait pas Jace sans avoir de preuve contre lui.

« Nathan veut le faire accuser de vol. Parce qu'il a pris les documents dans sa chambre d'hôtel. » Roger Landers s'assit à la table, tenant sa main. « Je pense que vous m'avez cassé la main. Et elle saigne. »

Kat ressentit une pointe de culpabilité sur le moment. Puis, elle se rappela l'inaction de Landers lorsque Victoria lui avait injecté cette substance. Il ne l'avait pas arrêtée, abandonnant Kat inconsciente à la gare. Elle ne devait rien à Roger Landers, surtout pas de la sympathie.

En fait, c'était lui qui lui était redevable. Elle croisa les bras et l'ignora.

« Vous ne m'avez pas entendu ? Je saigne. Où se trouve le kit de premiers soins ? »

Kat dévisagea Landers. « Pourquoi ne vous ont-ils pas arrêté ? Vous étiez aussi dans la pièce. » Travaillait-il avec eux ? Jace avait disparu et on lui avait fait une piqûre. Seul Landers s'en était sorti indemne. Son histoire ne tenait pas debout à bien des égards.

« Jace a dit qu'il avait agi seul. Je ne sais pas pourquoi ils m'ont laissé partir, mais nous devons travailler ensemble. Faisons en sorte de faire sortir Jace de prison et de mettre les vrais criminels derrière les barreaux. »

« Les vrais criminels ? » Il n'avait pas répondu à sa question.

« Nathan et le World Institute, bien sûr. » Il grimaça et agita les doigts. « Le World Institute est le plus grand criminel de tous les temps. »

« Ils n'ont violé aucune loi, » dit Kat. Nathan, Victoria et le World Institute étaient certes peu recommandables, mais le World Institute lui-même n'avait rien fait d'illégal. Seul Nathan l'avait fait, au travers de la fraude Research Analytics. Sans parler de son agression et probablement celle de Jace. Le World Institute était peut-être répréhensible, mais le fait de discuter de la domination du monde n'était pas un crime. Landers et ses théories du complot la répugnaient. C'était à cause de lui qu'ils étaient dans le pétrin.

« Ils le feront. Ou alors ils modifieront les lois pour les adapter à leurs besoins. À présent, ils mettent leur plan à exécution. La crise de la dette, orchestrée par les membres du World Institute, ce n'était que le début. Leurs banques ont gagné beaucoup d'argent sur des prêts à risque, sans se soucier si les personnes concernées allaient rembourser ou non. Beaucoup de prêts douteux et le gouvernement n'avait pas d'autres choix que de les renflouer. Pourquoi ? Parce que le fait de les laisser couler aurait produit un effet en cascade. Les personnes à la tête du gouvernement gèrent aussi les banques. Tous ces secrétaires au trésor et gouverneurs de banque sont issus des institutions bancaires. C'est incestueux. »

« Vous voulez dire que la défaillance des banques a été provoquée ? » Kat marcha jusqu'à la table de la cuisine et gratta une allumette. Elle alluma la lampe au kérosène et s'assit à l'autre extrémité de la table, face à Landers, souhaitant ne l'avoir jamais rencontré.

« Bien sûr. Quelques-uns en profitent mais c'est la grande majorité qui paie. Non seulement les prêts irrécouvrables enrichissent les banquiers, mais en plus ils servent les objectifs du World Institute. Lorsque les gouvernements renflouent les banques, ils augmentent les taxes pour assurer leur solvabilité. Quand ils ne peuvent plus les augmenter, ils impriment plus de billets de banque. Au mieux, la monnaie dévalue. Au pire, elle n'a plus aucune valeur. Peu importe ce qu'ils font, nous les contribuables, finissons par payer la facture. Au final, la devise se casse la figure et le World Institute sauve tout le monde. »

« Pourquoi ne pas avoir dit tout ça à Nathan Barron quand vous en aviez l'occasion ? » Et voilà, elle était coincée là dans cette cabane, sans défense et aucune couverture téléphonique. Était-il un ami ou un ennemi ? Roger Landers disait vrai, mais ses actions allaient dans l'autre sens. « Pourquoi est-ce que je devrais vous écouter ? Vous ne m'avez pas aidée à l'hôtel. »

« C'est compliqué. » Landers se pencha en arrière dans sa chaise, soignant sa main endolorie.

« Compliqué à quel point ? » Exactement le genre de choses que disent les gens quand ils veulent se couvrir.

« Si je dis quelque chose trop tôt, ils vont l'étouffer. Une fois que mon nouveau livre sera publié, ils ne pourront plus l'arrêter. Ils seront démasqués et ils pourront être accusés. »

« Accusés de quoi exactement ? Vous, toujours vous – votre livre, votre enquête. Ce qui vous intéresse, c'est d'être célèbre et qu'on vous accorde du crédit. » Tout le reste, ce n'était que des dommages collatéraux. Comme Jace.

« Je ne sais pas – les avocats verront ça. »

« Vous venez de me dire qu'ils ruinaient la vie des gens. Et pourtant vous voulez les laisser continuer pour pouvoir publier votre second livre ? » Kat se leva. Elle avait entendu suffisamment de mensonges ce soir.

« Je ne concède pas des années de recherche pour rien. Le livre, c'est un retour sur investissement. Si d'autres personnes subissent un préjudice, je ne peux pas faire grand-chose. »

« Bien sûr que si. Si la solution c'est d'écrire un article, pourquoi ne pas le faire tout de suite et exposer leur magouille au grand jour ? Le plus tôt sera le mieux. » Soudain, elle se rendit compte – c'est exactement ce que Jace voulait faire. En fait, il représentait une menace pour Landers. S'il publiait son article maintenant, il volait le scoop à Landers.

« Quelques semaines ou quelques mois de plus ne feront pas la différence. Ils ne supprimeront pas les devises et les gouvernements du jour au lendemain. Où se trouve le kit de premiers soins ? Je devrais vraiment mettre un bandage sur ma main. »

Kat secoua la tête. Soudain, elle sut ce qui la dérangeait. Si Jace avait vraiment dit à Roger Landers de le retrouver à la cabane, comment se fait-il que Landers ne savait pas que la clé se trouvait sous le pot de fleurs ?

CHAPITRE 50

Kat sentit la lumière du matin avant même d'ouvrir les yeux. Elle battait des cils tandis qu'une une lueur douce et diffuse filtrait à travers les rideaux de la fenêtre du loft. Elle frissonna et mit la couette autour de ses épaules. Il ne faisait pas chaud à l'étage et le poêle avait consommé tout le bois de chauffage durant la nuit. Le matelas ferme lui creusait le dos. Elle grimaça et roula sur le côté. Sa respiration formait une fine buée dans le loft froid et humide alors qu'elle se dirigeait vers la fenêtre. Elle dessina un petit cercle dans la fine couche de glace qui s'était formée à l'intérieur de la fenêtre et jeta un coup d'œil dehors. Exactement la même vue qu'hier. Calme, désolé et désespérément serein. Trop calme pour le drame qui se jouait.

Elle avait eu un sommeil agité, inquiète au sujet de Jace. Landers lui avait-il dit la vérité au sujet de l'endroit où se trouvait Jace ou était-ce encore un autre mensonge ? Il l'avait déjà menée en bateau au sujet de son point de rencontre avec Jace à la cabane. Alors, est-ce qu'il mentait en disant que Jace était au poste de la GRC à Hideaway Bay ? Le fait que le poste de police était fermé au moment où elle y était allée ne signifiait pas forcément qu'il n'y avait personne à l'intérieur. Elle voulait y croire, de façon naïve peut-être.

Et si Landers disait la vérité ? Alors, elle convaincrait Jace de laisser tomber toute l'histoire, remettrait son rapport à Zachary et tout serait terminé. Elle laisserait Landers s'accaparer l'affaire. Ça ne valait pas le coup, tout ça.

Elle frissonna en retirant la couette. Plus elle irait vite, plus elle retrouverait Jace rapidement. Elle se leva et s'habilla en deux temps trois mouvements, enfilant les vêtements de la veille. Elle serait partie la nuit dernière si elle avait pu, mais il était difficile de marcher dans la nuit à cause du mauvais temps et du terrain escarpé.

Des plats se firent entendre en bas, lui rappelant qu'elle n'était pas seule. Elle sentit un nœud se former dans son estomac rien qu'à l'idée de passer plus de temps avec Roger Landers.

Elle regarder en bas depuis le loft en sentit la chaleur qui montait du poêle à bois. L'odeur du café et des toasts venait lui chatouiller le nez ; cela lui rappelait Oncle Harry. Était-il avec Hillary ? Hillary lui préparant le petit-déjeuner ou restant avec lui plus de quelques heures, peu vraisemblable selon elle. Elle chassa cette idée de son esprit et glissa ses vêtements encore humides dans son sac à dos.

Kat descendit l'échelle en portant son sac.

Landers lui jeta un regard depuis la table et lui sourit. « Café ? »

« Je veux bien. » Kat posa son sac près de la porte. Si elle devait passer encore quelques heures avec lui pour rejoindre Hideaway Bay, elle devait au moins rester polie. Et décider une bonne fois pour toutes si c'était un ami ou un traitre.

TRENTE MINUTES PLUS TARD, Kat attendait à l'extérieur de la cabane. Landers plantait des clous dans la porte abîmée avec une lame de hache. Kurt ne serait pas content de voir Landers massacrer la porte sculptée à la main, même si c'était pour la renforcer. Elle la ferait réparer avant que Kurt ne revienne de je ne sais où, car il semblait évident que Landers ne ferait rien d'autre que le travail basique qu'il était en train d'effectuer. Il n'était pas le genre de personne à se sentir obligé ou suffisamment désolé pour la réparer. Il irait bien avec Hillary. Ils avaient tous les deux le même sens du devoir, ne voulant jamais tendre la main à qui que ce soit. Mais à y repenser, il était même peut-être trop bien pour elle.

« Juste une minute – j'ai oublié quelque chose. » Kat alla sur le côté de la cabane et fouilla dans sa poche pour prendre un crayon et un morceau de papier. Elle griffonna quelques mots et posa le papier sur la pile de bois en s'assurant qu'il était bien coincé et visible et qu'il ne s'envolerait pas. Peu importe ce qu'il se passait, au moins Jace ou Kurt saurait qu'elle était passée par là.

⁓

DIX MINUTES PLUS TARD, ils étaient sur le sentier. C'était une journée claire et agréable et le terrain s'aplatissait après la première colline en quittant la vallée. Kat suivit les traces de raquette qu'elle avait laissées la veille ; elles n'avaient pas bougé depuis hier. Des traces de petits animaux sur le côté de la piste allaient d'un sapin à l'autre, à l'abri et hors de portée des coyotes ou des couguars.

Le chemin du retour jusqu'à Hideaway Bay était pour la plupart en pente descente, donc plus facile mises à part quelques sections un peu plus techniques. Landers avait emprunté les raquettes de Kurt et Kat se demandait comment il avait fait pour remonter jusqu'à la cabane de Kurt à l'aller sans raquettes ni skis. Elle penserait à ramener les raquettes de Kurt quand elle reviendrait pour faire réparer la porte.

Landers était déjà essoufflé. Elle aurait voulu l'abandonner là mais c'était sa seule chance de retrouver Jace. Lui seul connaissait la vérité et savait ce qui s'était passé cette nuit-là avec Nathan et Victoria. Mais il évitait adroitement le sujet à chaque fois qu'elle en parlait. Il insistait pour dire que lui aussi était victime de Nathan et Victoria, sans toutefois donner trop de détails.

« La démocratie, c'est important pour vous, Kat ? » Landers s'arrêta à une fourche sur la piste et se tournait pour faire face à Kat. La sueur perlait sur son front et il avait déjà ouvert sa veste.

« Bien sûr que oui. Mais le World Institute est le cadet de mes soucis pour l'instant. » Comme si Landers acceptait le concept tout entier de la démocratie. Il utiliserait probablement son avis pour étayer son livre. Il avait été à l'affut durant tout leur périple, essayant de la jauger ou d'influencer son opinion au sujet du World Institute. Pas besoin d'être sorti de Saint Cyr pour voir que les agissements de Roger Landers n'avaient qu'un seul objectif, obtenir ce qu'il voulait.

« Comment pouvez-vous dire ça ? Donnez-leur carte blanche et ils contrôleront la monnaie mondiale. L'euro, ce n'était qu'un début. Ils travaillent actuellement à la mise en place d'une devise asiatique commune. Après, ça sera au tour de l'Amérique du Nord. Les gouvernements ne pourront rien contrôler. »

« Qu'y a-t-il de mal à créer une monnaie commune ? » Kat perçait la neige avec son bâton de ski. « Il y a moins de variation des taux de change, les coûts de conversion sont moins importants. C'est avantageux pour le consommateur. »

« Ça semble vrai en théorie. Mais cela veut également dire que la devise est gérée par une poignée de personnes. Au lieu de douzaines de pays et de leur banque centrale, de milliers de traders et de spéculateurs, bref, tout est entre les mains de quelques personnes seulement. »

« Et ce n'est pas bien ? »

« Non quand il s'agit du World Institute. Ce sont les mêmes qui contrôlent le commerce international, les médias à l'échelle mondiale et – »

Kat l'interrompit. « Ça m'est égal. Pourquoi ne m'avez-vous pas défendue contre Nathan et Victoria ? Vous travaillez avec eux, c'est ça ? »

« Pas du tout. J'ai dû coopérer, sinon ils se seraient assuré que je ne travaille plus jamais. Et ils ont promis qu'ils ne vous feraient pas de mal. »

Kat ne pouvait imaginer Nathan ou Victoria déclarer une telle chose. Landers s'attendait-il vraiment à ce qu'elle croit ce genre de chose ? Elle planta son bâton dans un tas de neige. « Et Jace ? »

« Je vous l'ai déjà dit. La police l'a arrêté. »

« Pourquoi Jace et pas vous ? »

« Tout ça faisait partie de notre plan. Une fois que nous serions démasqués, Jace se laisserait prendre et je devais révéler le complot. »

Kat tentait de se rappeler du lit dans la suite attenante. Lorsque Nathan l'avait poussée dessus, il était fait et n'était pas froissé. Donc, Landers mentait. Elle voulait qu'il mente. L'alternative – Jace la laissant tomber pour débusquer une affaire – était impensable. Il ne ferait jamais ça. Même pas pour un scoop. Non ?

« Je ne vous crois pas. Arrêtez de déballer tous vos mensonges au sujet du World Institute et dites-moi ce qu'il est arrivé à Jace. Vous étiez dans la chambre. Comment Nathan savait-il que vous étiez là tous les deux ? Que lui avez-vous dit ? » Kat tira son bâton de la neige durcie et se retourna pour continuer son chemin.

Landers la suivit. « Rien – je vous le jure. »

« Je ne vous crois pas. » Landers, comme la plupart des gens, avait un prix. Elle ne savait juste pas à combien il s'élevait pour l'instant. Pourquoi Jace se porterait-il volontaire comme ça ? Kat lui fit signe de passer devant. Si elle devait marcher avec lui, elle devait veiller à lui rendre la tâche difficile. « Dites-moi ce qui s'est passé dans cette chambre. »

« Je n'ai pas dit un mot. Nathan a juste fait irruption. » Landers ralentit et secoua ses gants pour les retirer. « Il fait plus chaud que je ne le pensais. »

Kat regarda ses mains nues mais décida de ne rien dire. Les engelures lui donneraient une bonne leçon.

« Nathan avait un passe. Deux officiers de la GRC étaient avec lui. »

« La police ? Pourquoi ? »

« Parce que quelqu'un était entré dans sa chambre, je suppose. Je n'en suis pas sûr. Ils ne l'ont pas dit. »

Kat sentit que sa voix vacillait. « La police ne se déplace pas pour rien. Quelqu'un les a appelés. » Pourquoi arrêter Jace et laisser Landers partir ?

« Eh bien, ce n'est pas moi. Je ne sais pas comment – mais ils connaissant le nom de Jace. » Landers se frotta les mains l'une contre l'autre, puis remit ses gants.

Mensonge, pensa Kat. Personne n'avait demandé à Jace de décliner son identité. À part le personnel de la réception et Angelika, la femme de ménage, personne d'autre n'avait vu Jace. Et hormis Kat, seul Roger Landers connaissait son vrai nom. L'hôtel n'avait que le nom de la société de vidéo. « Pourquoi il ne vous est rien arrivé, à vous ? Vous étiez dans la chambre aussi. »

« Jace leur a dit que je n'étais pas impliqué. Comme ça, l'un de nous deux était libre et pouvait faire éclater l'affaire au grand jour. »

Ou en profiter. Landers ne pouvait pas laisser Jace révéler le pot-aux-roses avant qu'il n'ait terminé son livre. Jace lui faisait de l'ombre. Jusqu'où pouvait aller Roger Landers pour protéger son histoire ? Jusqu'à tuer ?

« Nous devons y retourner. » Elle ne pouvait se permettre de perdre du temps et elle décida que, de toute façon, Landers ne méritait pas de se reposer.

Kat pointa la fourche droite du sentier avec son bâton de ski. « Je ne vous crois pas. Nathan ne saurait pas où trouver Jace. Il n'aurait d'ailleurs aucune raison de le suivre. À moins que vous ne le lui ayez dit. » Seul le personnel de l'hôtel savait quelles chambres étaient occupées et il avait interdiction de divulguer des informations au sujet des invités.

Landers soupira et la suivit. « Vous pensez que je suis paranoïaque ? Vous devriez vous entendre. Pourquoi est-ce que je travaillerais avec eux ? Je suis de votre côté. »

Kat ne dit rien mais accéléra. Elle pouvait le semer si elle le voulait. Il n'était pas en bonne forme physique et il ne tiendrait pas longtemps à traîner ses pieds dans cette neige vierge et lourde.

« OK, d'accord. C'était un stratagème pour attirer Nathan. J'ai prétendu que je voulais coopérer pour le coincer. Il m'a promis un scoop si je prouvais que quelqu'un avait infiltré le World Institute et connaissait l'agenda. Bien sûr, Jace était dans le coup aussi. » La respiration de Landers se fit plus bruyante alors qu'il luttait pour continuer.

« Vraiment ? » L'intuition de Kat au sujet de Landers était la bonne. Il mentait, c'était évident. À quel point Jace s'était-il confié à lui ?

« Je suis Nathan Barron depuis des années. Il est très égoïste. Lorsque je lui ai dit que j'écrivais un bouquin sur les gens les plus puissants au monde, il a accepté d'être interviewé. »

« Qu'est-ce que Jace a à voir avec tout ça ? »

Landers toussa. « Pour obtenir quelque chose, je devais donner en retour. J'ai démontré comment Jace avait infiltré la conférence, j'ai gagné la confiance de Nathan et je l'ai fait cracher le morceau au sujet du World Institute. Lorsque Nathan a admis son existence, ça donnait du crédit à notre histoire. »

« Jace était d'accord ? » Kat ravala l'envie de l'empaler avec son bâton. C'était dur de discuter avec lui tout en sachant qu'il avait trahi Jace.

« Bien sûr que oui. Et notre plan a fonctionné. Nathan était tellement énervé de savoir que Jace avait infiltré la conférence qu'il a lâché quelques secrets. »

« Comme quoi ? » Le sentier virait à droite dans une clairière et le minuscule hameau de Hideaway Bay apparut alors en contrebas. Il se trouvait à moins d'un kilomètre, mais avec les nombreux lacets qui marquaient le sentier, il leur faudrait encore vingt minutes pour atteindre la ville endormie.

« Lisez le livre. Jusque-là, c'est motus et bouche cousue. »

CHAPITRE 51

Ils arrivèrent au poste de la GRC juste un peu après midi. Kat défit ses raquettes et tapota ses pieds pour décoller la neige de ses bottes et de ses guêtres. Elle poussa sur la poignée de la porte et, à son grand soulagement, la porte s'ouvrit cette fois-ci. Elle pénétra dans la pièce déserte, Roger Landers la suivant de près. Une rangée de chaises adossées contre un mur faisait face au comptoir vide. Un talk-show radio était diffusé sur un radiocassette qui trônait à l'extrémité du comptoir. Rien ne bougeait.

« Bonjour, il y a quelqu'un ? » Pas de réponse.

Le commentateur radio déblatérait quelque chose au sujet de l'économie mondiale.

Kat ouvrit grand les oreilles quand elle entendit prononcer le nom de Svensson lorsqu'il fut question du Prix Nobel d'économie. Suite au décès de ce dernier, un autre économiste s'était vu attribuer la récompense. Un économiste qui, bien sûr, supportait l'idée d'une monnaie mondiale unique.

Elle jeta un œil à Landers qui grimaçait en se frottant les mains. Il ne semblait pas écouter la radio. Parfait, de toute façon, elle ne voulait pas lui parler.

Leur dispute avait dégénéré, à tel point qu'ils ne s'adressaient plus la parole. Kat ne savait plus que croire, Landers changeant de version toutes les cinq minutes. L'arrestation de Jace, était-ce un nouveau mensonge ?

Landers laissa échapper un grand soupir en se laissant tomber dans l'une des chaises en vinyle alignées contre le mur. Kat le regardait du coin de l'œil, se tenant debout près du comptoir. Elle essaya de trouver une sonnette sur le comptoir, en vain. Mises à part la lumière allumée et la chaleur, l'endroit semblait désert. Elle ne n'attendait pas à trouver un comité d'accueil enjoué, mais après trois heures de marché par moins 20 degrés, elle n'avait pas non plus l'intention de patienter sagement.

Une porte en bois pleine derrière le comptoir donnait sur ce qui, selon Kat, était un bureau intérieur et qui sait quoi d'autre se cachait derrière les portes d'un poste de police. Peut-être une prison avec Jace à l'intérieur ?

« Il y a quelqu'un ? » Kat se déplaça sur ses pieds fatigués et s'appuya contre le comptoir. De la neige glissait depuis le bas de son pantalon et formait une flaque d'eau sur le sol en linoléum usé. Elle regarda Landers derrière elle ; il frottait toujours ses doigts gelés, son visage marqué par la douleur. De la condensation se formait sur les vitres au-dessus de lui, du fait de ses vêtements humides et du chauffage un peu trop fort.

Elle était furieuse. Furieuse que Landers l'ai menée en bateau et se soit ensuite rétracté. Furieuse contre Nathan et Victoria. Et elle voulait être furieuse contre Jace pour avoir couru après cette histoire. Mais elle n'y arrivait pas. Elle voulait juste qu'il revienne.

Elle se retourna vers la porte. Elle envisageait de passer pardessus le comptoir lorsque la porte s'ouvrit. Un officier en surpoids apparut.

« Puis-je vous aider ? » Il respirait de façon saccadée et prit place dans une chaise en vinyle usée. Les deux derniers boutons de son uniforme étaient tendus sur un ventre bien rond, prêt à sortir.

« Je viens voir Jace Burton. »

« Qui vous dites ? » Son visage rougit alors qu'il passait une main sur son front. Il essaya sa main sur sa chemise avant de se pencher sous le comptoir pour attraper un dossier usé. Il l'ouvrit et tourna quelques pages avant de revenir s'asseoir dans sa chaise.

« Jace Burton. Il a été arrêté au Tides Resort. »

« Jason Burton ? » Il regarda par-dessus ses lunettes de vue. « Je n'ai personne de ce nom ici. Qu'est-ce qui vous fait penser qu'il est ici ? »

Kat lut le nom sur son uniforme. *Officier Kravitz.*

Le même officier que celui qu'elle avait vu dans l'interview télévisée de Roger Landers.

« Jace Burton – vous l'avez arrêté. Il y a quelques nuits de cela. On m'a dit que vous le gardiez en cellule ici. »

« Première nouvelle, » dit Kravitz. « Si j'avais arrêté quelqu'un, je le saurais. »

« Peut-être que c'est un autre officier qui a procédé à l'arrestation. »

Kravitz se moqua. « Aucune chance. Il n'y a que moi ici. »

« Roger, dites-lui ce que vous m'avez dit. » Kat se tourna pour faire face à Landers, mais le groupe de chaises en vinyle était vide. Tout ce qui restait, c'était les raquettes de Kurt dans un amas de neige fondue au sol. « Ce type qui était là – il m'a dit qu'il était là quand vous avez arrêté Jace. »

« Je ne vois personne. »

« Officier ? Vous n'avez pas pu le rater ? Il était assis juste là. Il y a deux secondes. » Kat désigna le groupe de chaises.

« Il n'y a que vous et moi ici. Quel nom m'avez-vous dit ? »

L'Officier Kravitz augmenta le volume de la radio. Les actualités avaient laissé place à un animateur de talk-show qui débattait sur la dette des consommateurs.

Kat se rapprocha de l'Officier Kravitz et éleva la voix. « Katerina Carter. Officier Kravitz, Roger Landers était juste là. Il est journaliste au … » Sa voix s'arrêta lorsqu'elle réalisa qu'il ne l'écoutait pas.

Kravitz laissa tomber le dossier qu'il portait sous son bras et le mit sur le bureau. Il prit un carnet de notes dans la poche de sa chemise et l'ouvrit. Il griffonna quelque chose, prenant le soin d'éviter Kat.

« Excusez-moi, Officier Kravitz. »

« Continuez, je vous écoute. » Il ouvrit son dossier et se mouilla le doigt à chaque fois qu'il tournait une page.

« Non, vous ne m'écoutez pas. Vous attendez que j'aie fini et que je m'en aille. Sauf que je n'irai nulle part. Jace est sûrement ici. Si ce n'est pas le cas, je veux une preuve. » L'horloge au-dessus de la tête de Kravitz indiquait douze heures quarante-cinq. Ça faisait vingt-cinq minutes que le ferry était parti.

« Êtes-vous la même Mademoiselle Carter qui a signalé une disparition l'autre jour ? » Il leva les yeux, les sourcils arqués. Puis, il continua à feuilleter le dossier. « Il est dit ici qu'il s'agissait de Roger Landers. À présent, vous l'avez à nouveau perdu, ainsi qu'un autre type ? »

« Je suis ici pour Jace. Est-il là oui ou non ? »

Kravitz sourit. « La GRC n'a pas l'habitude de vérifier qui elle maintient en garde à vue. »

Kat croisa les bras et lui rendit son sourire, contenant plus ou moins sa colère. « Et bien alors, je vais attendre ici jusqu'à ce que vous ayez vérifié. » Sinon, la police locale, c'était quoi son travail ? Faire des mots croisés, des puzzles ? Qu'est-ce que Kravitz était si anxieux de cacher ?

« Très bien. »

Elle se dirigea vers la rangée de chaises en plastique et jeta ses affaires. Elle fit autant de bruit qu'elle le put, espérant le déranger.

Cela fonctionnait. Kravitz la dévisagea.

« Vous êtes toujours là ? » Il éteint la radio.

« Je vous ai dit que je ne partirai pas d'ici sans avoir de réponse. » Il se pinça les lèvres mais ne dit rien.

Kat rencontra son regard. « Je sais que Jace est enfermé ici. Roger Landers vous a vu l'arrêter. Vous l'avez emmené ici. Où pourrait-il être sinon ? »

Son visage rougit. « Il n'est pas ici et ne l'a jamais été. »

« Prouvez-le. C'est la deuxième fois que je viens ici. Je ne partirai pas tant que je ne suis pas sûre que Jace n'est pas là. »

Le téléphone sonna. L'Officier Kravitz répondit à la première sonnerie. Il leva la main en soulevant le combiné.

Kat tentait d'entendre ce qu'il disait. Quelque chose au sujet d'un accident, l'autoroute avait été fermée.

« En combien de temps peuvent-ils le sortir de là ? » Longue pause ; l'Officier attendait que la personne au bout du fil lui réponde. « Quand ? OK, je les rejoins là-bas. »

Il écouta à nouveau.

« Parfait. Je ferai un communiqué de presse à dix-sept heures. Ça devrait vous laisser suffisamment de temps. »

Qu'est-ce qui pouvait bien justifier un communiqué de presse dans ce trou perdu ? Un vol à l'étalage au magasin ? Des skis qui avaient disparu ?

Le communiqué de presse devait concerner le World Institute. Quelles étaient les chances de voir un autre événement digne d'intérêt se produire ici ? L'Officier la regarda en reposant le combiné. « Toujours là ? »

« Je vous l'ai dit, je ne partirai pas. » Toutes les routes menaient à cet endroit.

D'un autre côté, elle serait mieux à la maison. S'il y avait des nouvelles au sujet de Jace, quelqu'un l'appellerait à la maison pour le lui dire. Surtout qu'elle avait laissé son téléphone portable derrière elle à l'hôtel.

« Si je vous montre, vous arrêtez ? Personne n'est en garde à vue. D'ailleurs, personne n'a mis les pieds ici depuis des semaines. » Il lui fit signe d'avancer vers la porte battante qui se tenait près du comptoir. Ce coup de fil avait, quelque part, modifié la donne.

Elle franchit la porte et suivit Kravitz derrière le comptoir. Il y avait une grande pièce de l'autre côté, avec une autre porte qui donnait sur une cellule unique. Elle était vide.

« Vous me croyez maintenant ? » Il se tenait près de la porte ouverte, les bras croisés.

Kat regardait la cellule vide, dépitée. Elle était tellement sûre que

Jace était ici qu'elle n'avait envisagé aucune autre alternative. « Quand l'avez-vous relâché ? »

L'Officier Kravitz leva les bras. « Mais vous ne m'écoutez pas ? Il n'est pas ici. Il ne l'a jamais été. Je ne sais rien au sujet d'un – comment vous m'avez dit que c'était son nom déjà ? »

« Jace Burton. Et je veux signaler sa disparition. »

« OK. Après vous partez ? »

Kat ne répondit pas et le suivit dans le bureau à l'extérieur.

Quelqu'un mentait, Landers ou la GRC. Elle ne savait pas qui, mais il y avait une chose dont elle était sûre. Roger Landers était, d'une façon ou d'une autre, impliqué dans la disparition de Jace. Il avait tout simplement trop d'intérêts propres en jeu.

CHAPITRE 52

Kat s'appuya **contre sa** porte d'entrée et la poussa pour la fermer. Dehors, le vent soufflait et faisait claquer les anciennes fenêtres à simple vitrage. Elle tira ses bottes et déposa son équipement dans le couloir, épuisée. Elle venait de prendre le dernier ferry du mercredi et son estomac se rappelait encore de la traversée agitée. Les autres traversiers avaient été annulés pour la nuit et elle se demandait ce qu'était devenu Landers. Elle ne l'avait pas vu à bord.

Elle jeta ses clés sur la table basse et alluma la lumière. Elle jeta un œil près de la porte, espérant voir les chaussures de Jace ou tout autre signe de présence.

Rien.

Le lustre de la salle illuminait l'endroit désespérément vide au-dessus du sol en sapin endommagé par le feu et effaçait tout espoir de le retrouver à la maison. Son cœur battit la chamade lorsqu'elle aperçut le sweatshirt de Jace suspendu à la rampe en acajou sculpté. Puis elle se rappela. Il était déjà là lorsqu'ils étaient partis pour Hideaway Bay. Un rappel brutal que rien n'avait bougé.

La vieille maison craquait tandis que le vent soufflait dehors. Elle se dirigea vers la chambre et attrapa les premiers vêtements chauds qu'elle trouva. Elle regarda par la fenêtre de la chambre en enfilant une polaire et des pantoufles. La nuit était déjà tombée et le vent soulevait les feuilles dans un tourbillon. Elle était contente d'être à l'abri, au sec et au chaud.

Kat redescendit les escaliers jusqu'à la cuisine et se rendit compte qu'elle n'avait pas mangé depuis le petit-déjeuner. Elle ouvrit le frigo et passa en revue le contenu, mais la vue de la nourriture lui donnait la nausée. Elle ferma la porte sans ne rien prendre.

Elle remonta les escaliers vers le bureau et alluma l'ordinateur. La disparition de Jace était, d'une manière ou d'une autre, liée à Roger Landers. Elle devait juste déterminer dans quelle mesure.

Une chose était certaine. Landers voulait se débarrasser de Jace parce qu'il lui mettait des bâtons dans les roues. Mais, y avait-il une autre raison ? Roger Landers n'était peut-être pas un chasseur de scoop. Peut-être était-il impliqué en tout ou en partie dans l'affaire.

Kat chercha toutes les informations qu'elle pouvait trouver sur Roger Landers. Mis à part le livre qu'il avait publié quelques années auparavant, il n'y avait pas grand-chose. S'il écrivait vraiment un article, elle aurait trouvé au moins quelques éléments. Mais il n'y avait rien.

Elle était tellement absorbée par ses recherches qu'elle ne se rendit pas compte que la maison était désormais plongée dans le noir. Elle alluma la lampe de bureau, remarquant qu'elle vacillait alors que le vent hurlait dehors. Elle pensa à Harry. Les tempêtes le rendaient nerveux et il devait s'inquiéter pour sa maison. Elle composa le numéro de téléphone portable d'Harry mais n'obtint aucune réponse.

Hillary s'était sûrement fatiguée de lui pour maintenant et l'avait abandonné quelque part. Est-ce qu'elle le laisserait seul vraiment ? Elle appela sa maison. Aucune réponse non plus et elle n'avait même pas le numéro de téléphone portable d'Hillary. Elle reposa le combiné, tiraillée entre les deux options qui s'offraient à elle : attendre des nouvelles de Jace ou retourner fouiner autour de la maison d'Harry. Elle décida finalement de rester. Elle pourrait les manquer l'un et l'autre s'ils venaient chez elle et qu'elle n'était pas là.

La lumière vacilla à nouveau, la coupure de courant durant quelques secondes de plus cette fois-ci.

L'Officier Kravitz avait finalement cédé et rempli une déclaration de disparition concernant Jace. Juste une formalité en fait, parce qu'elle n'était pas convaincue que Jace avait réellement disparu. Il ne ferait probablement aucun effort pour chercher Jace.

Est-ce que Kravitz, comme le déclarait Roger Landers, était vraiment impliqué dans l'arrestation de Jace ? Kat ne savait plus que croire ou à qui faire confiance. Elle devait trouver l'article de Jace pour fournir des preuves. Et ça c'était impossible à moins de retrouver Jace.

Kat travailla sur le rapport Edgewater pendant une heure mais ne parvenait pas à se concentrer. C'est une descente aux enfers pensa-t-elle en luttant pour garder ses yeux ouverts. La luminosité de l'ordinateur, ses yeux secs et la fatigue avaient raison d'elle. Elle était malade et en avait assez d'Hideaway Bay, du World Institute et d'Edgewater Investments. Elle devait régler ses propres problèmes.

Tout ce qu'elle voulait, c'est que Jace revienne à la maison et qu'Harry soit en sécurité.

Bien sûr, c'était stupide. Le monde (et le besoin de gagner sa vie) n'allait pas s'arrêter de tourner juste parce qu'elle le voulait. Plus vite elle terminerait le rapport de Zachary, plus vite elle pourrait consacrer toute son énergie à trouver Jace et Harry. Elle avait presque fini – tout ce qui lui restait à faire, c'était de mettre à jour le rapport Edgewater à la lumière de ce qu'elle avait découvert durant le week-end et joindre l'ordre du jour du World Institute, preuve de l'implication de Nathan. Cela donnait à Zachary suffisamment d'éléments pour poursuivre Nathan pour fraude, même s'il manquait certains documents clés. En fin de compte, c'était à lui de décider s'il souhaitait lancer les hostilités tout de suite ou attendre.

Mais quelque chose la dérangeait encore.

Zachary. D'un côté, il disait que Nathan manquait d'éthique, mais d'un autre côté, il faisait la même chose – capitaliser sur les autres pour son propre intérêt. Comme tout le monde, il voulait sa part du gâteau. À n'importe quel prix.

Ses paupières se firent plus lourdes et elle lutta pour les garder ouvertes. Elle devait terminer le rapport ce soir si elle voulait le remettre à Zachary le lendemain matin.

Le vent soufflait contre les fenêtres du bureau et la lumière vacilla avant de s'éteindre complètement. L'ordinateur rendit l'âme également. Kat émit un juron, se rappelant qu'elle n'avait pas sauvegardé la dernière version de son rapport. Il faudrait attendre certainement demain matin avant que le courant ne soit rétabli. Elle ferait mieux de dormir un peu.

Kat trouva le chemin interminable depuis le couloir jusqu'à sa chambre et se laissa tomber sur son lit sans se déshabiller. Elle s'enfonça dans le sommeil, rêvant de Jace. Cette fois, elle le trouvait vraiment à la cabane de Kurt, mais à chaque fois qu'elle essayait de s'approcher, quelqu'un se mettait entre eux.

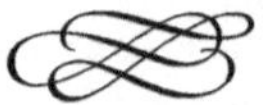

CHAPITRE 53

Kat se réveilla brusquement. **Quelqu'un tambourinait** à la porte d'entrée en bas. Une voiture faisait pétarader son moteur et les pneus crissaient au loin. Puis, un bruit de verre qui se casse. Une autre bombe incendiaire ? Ou pire, quelqu'un essayait de rentrer ?

Elle trébucha sur les marches en atteignant le couloir. Elle dérapa sur le tapis de la salle au moment où elle entendit un bruit de bris de verre. Le vent s'engouffrait à travers le panneau de verre brisé de la porte d'entrée. Elle vit le verre cassé sur le sol en bois et quelque chose lui transperça le pied.

« Aïe ! » Kat déplaça son poids, mais le verre ne fit que s'enfoncer plus profondément. Elle leva le pied et tâta le dessous. Un éclat de verre sortait de la partie charnue de la plante. Elle le retira. Quelque chose de collant suintait et dégoulinait sur son autre jambe. Du sang. Elle mit sa main en dessous pour éviter qu'il ne tombe sur le tapis de l'entrée. « Aïe ! Mais c'est quoi – ? »

Elle attrapa ce qu'elle avait à portée de main – le sweatshirt de Jace – pour stopper le saignement. Alors qu'elle l'enroulait autour de son pied, elle remarqua le téléphone sans fil sur le tapis de l'entrée. Le projectile qui avait cassé le verre. Elle fut soulagée – ce n'était pas une bombe incendiaire.

Il faisait toujours nuit dehors, dont elle n'avait pas dû dormir plus de quelques heures. Le courant était-il toujours coupé ? Devait-elle appeler la police ? Son instinct parla avant son bon sens. Elle tourna la poignée et ouvrit la porte, espérant attraper la personne qui avait fait ça avant qu'elle ne s'enfuit.

Elle n'eut pas à regarder bien loin. Oncle Harry se tenait devant elle, seul sous la véranda, en pleine tempête. « Oncle Harry ? Que fais-tu ici ? »

« Quel accueil, Kat. Il fait froid. » Il se frotta les mains et frissonna.

« Désolée, Once Harry. Je – je suis juste surprise de te trouver là. Où est Hillary ? » Les pneus qui crissaient tout à l'heure devaient être ceux de la Porsche d'Hillary.

Kat essaya de gommer la fatigue sur ses yeux. Et si elle avait raté le ferry, elle n'aurait pas été là pour ouvrir la porte ? Harry n'aurait pas su que faire. Il ne connaissait plus le chemin de sa maison et il serait resté coincé dehors, tout seul.

« Je ne vois pas Hillary ici, tu la vois toi ? » Harry agita la main. « Je peux rentrer maintenant ? »

« Bien sûr. » Kat le fit entrer à l'intérieur. « Je suis vraiment très heureuse de te voir – tu m'a juste surprise, c'est tout. »

L'état de démence d'Harry s'était beaucoup aggravé en tout juste quelques jours. C'était peut-être le stress de revoir Hillary ? Le médecin l'avait mise en garde : il fallait éviter tout changement important. Hillary constituait vraiment un changement de taille.

« Je suppose que tu ne m'as pas entendu frapper. Que faisais-tu ? » Les dents d'Harry claquaient ; il s'arrêta dans le hall.

« Je travaillais à l'étage. » Kat ferma la porte derrière lui. Pas la peine de dire à Harry à quel point il était tard. « Quelqu'un t'a conduit jusqu'ici ? »

Oncle Harry portait un coupe-vent léger, un pantalon en coton et n'avait pas de gants, une tenue plus adaptée pour la fin du printemps que pour un mois de décembre à Vancouver. Malgré les températures inférieures à zéro et la pluie glacée, ses vêtements non imperméables étaient presque secs. S'il n'avait fait que quelques pas depuis le coin de la rue, il aurait été trempé.

« Non. Je suis venu à pied. Qu'est-ce que vous faites toi et Jace pour le dîner ? J'ai pensé que nous pourrions sortir. » Harry enleva ses chaussures et accrocha son manteau à l'armoire de l'entrée.

Les épaules de Kat s'affaissèrent. Elle avait besoin de café pour se réveiller. « Oh, ça serait super mais – Jace n'est pas à la maison pour l'instant. Et si je te préparais quelque chose ? » Elle étudia son oncle. Le visage d'Harry était grisâtre. « Tout va bien ? Tu es tout pâle. »

« Je vais bien. Qu'est-ce qui est arrivé à ton pied ? »

« Ce n'est rien. J'ai juste marché sur du verre cassé. » Elle montra du doigt le fouillis qui trônait au milieu de l'entrée.

« Pas bien. Si tu avais nettoyé, tu ne te serais pas coupée. »

« Je sais, Oncle Harry. » Kat soupira en lui suivant, évitant soigneusement le verre. Comment pouvait-il ne pas se rappeler avoir cassé la fenêtre il y a moins de cinq minutes ?

« Tu es sûr qu'Hillary ne t'a pas conduit jusqu'ici ? Tu étais avec elle, essaie de te rappeler ? » Le mot *Se rappeler* lui échappa avant même qu'elle ne puisse le retenir, mais Harry n'avait rien remarqué.

« Non. Je ne l'ai pas vue depuis des lustres. » Harry s'essuya le front « Tu veux sortir pour manger un morceau ? »

« Euh, pourquoi je ne ferais pas un sandwich plutôt ? Assied-toi pendant que je nettoie. » Elle le guida jusqu'à la cuisine, veillant à ce qu'il marche à distance du verre cassé.

« OK. » Harry se dirigea vers la table de la cuisine et s'assit.

Kat grimpa à l'étage, dans la salle de bains, essayant d'éviter de faire couler du sang sur le tapis. Elle passa son pied sur son genou en fouillant dans la trousse de premiers soins de la salle de bains. Le verre s'était enfoncé lorsqu'elle était montée à l'étage, malgré ses efforts pour ne pas marcher dessus. Elle regarda l'entaille en dessous de son pied. Elle faisait au moins huit centimètres de long. Elle grimaça en manipulant la pince à épiler pour retirer l'éclat.

Pas facile de voir quelque chose avec tout ce sang, mais elle réussit enfin à extraire un éclat de verre de plus de deux centimètres.

Quinze minutes plus tard, après avoir nettoyé et bandé son pied, elle descendit les escaliers jusqu'à la cuisine.

Harry se leva. « Tu boites – que s'est-il passé ? »

« Ce n'est rien. Oncle Harry, pourquoi n'as-tu pas juste frappé à la porte ? » Kat traîna son pied bandé jusqu'au frigo et sortit du fromage et une tomate.

« Je l'ai fait, mais tu n'as pas répondu. Alors, j'ai eu peur qu'il te soit arrivé quelque chose. Désolé pour la fenêtre. »

« Ça va. » La maladie d'Alzheimer était vraiment déconcertante. Parfois, Harry ne se rappelait pas ce qui venait de se passer quelques minutes auparavant, mais en lui posant la même question un peu plus tard, tout lui revenait à l'esprit. Elle coupa le fromage et la tomate et les déposa sur deux tranches de pain complet.

« Tu as vraiment marché jusqu'ici ? Depuis ta maison ? » Son pied la lançait et elle avait du mal à se concentrer sur quoique ce soit d'autre. Des taches pourpres perçaient à travers les couches de bandage blanc.

« C'est ce que je t'ai dit, Kat. Tu as déjà oublié ? » Harry se leva et fit des allées et venues.

« Désolée. Je suis fatiguée, je n'arrive plus à réfléchir. Tu ne sais vraiment pas où se trouve Hillary ? » Hillary devait l'avoir emmené jusqu'ici car elle ne pouvait plus le déposer à sa maison après l'avoir vidée et mise en vente. Même s'il était défaillant sur le plan mental, Harry se rendrait compte que toutes ses affaires avaient disparu.

« Hillary ? Elle est au travail. » Harry s'agrippa au comptoir. « Il faut que je m'assoie. La pièce tourne et j'ai la nausée. »

Kat l'aida à retourner jusqu'à la table de la cuisine. Ce qu'elle avait pris pour des gouttes de pluie sur le front d'Harry étaient en fait des perles de sueur. Elle lui toucha le front. Il était brûlant, malgré qu'il frissonne. « Tu as chaud. Tu te sens bien ? »

« Je vais bien. » Harry expira et s'affaissa dans la chaise.

« Tu es sûr ? » Elle lui versa un verre d'eau et le lui tendit, remarquant que son front avait une teinte bleuâtre. « Tu n'as pas l'air bien. Peut-être que ça irait mieux si tu mangeais un sandwich. »

« Oui, je veux bien – je meurs de faim. Un sandwich au fromage et à la tomate ? »

« Je pense que ça peut se faire. Détends-toi. » Elle devait trouver une aide-soignante au plus vite. Elle coupa le sandwich d'Harry en deux et le mit sur la table, juste devant lui. Le bandage épais qui lui enveloppait le pied était désormais complétement trempé. Elle sentait toujours des morceaux de verre dans son pied dès qu'elle s'appuyait de tout son poids sur ce dernier.

Harry prit quelques bouchées du sandwich, puis le posa. Il repoussa l'assiette. « Je ne peux pas manger pour l'instant, Kat. Je ne peux même pas le regarder. »

« Mais tu as dit que tu avais faim. »

« Non, pas du tout. Comment pourrais-je avoir faim ? Je viens juste de dîner. »

Kat soupira. C'était comme ça, la démence. Il avait faim puis d'une minute à l'autre il ne voulait plus rien avaler. Cela ne servait à rien de le raisonner. « OK, allons-y. »

« Aller où ? »

« Faire un tour. » Le bandage de fortune ne permettait pas de stopper le saignement. Elle avait besoin de points de suture. En plus, elle devait conduire jusqu'à l'hôpital. Heureusement, ce n'était pas le pied qu'elle utilisait pour le faire.

En attrapant les clés de la camionnette de Jace sur la table de l'entrée, ses yeux s'arrêtèrent sur le téléphone sans fil d'Harry. Le projectile utilisé pour casser la vitre se trouvait toujours en plein milieu de l'entrée. Comment le téléphone avait-il échappé au grand nettoyage d'Hillary ? Un grand mystère, à moins qu'Harry ne l'ait gardé dans sa poche. En tout cas, il ne servait à rien sans sa base. Kat le ramassa et le déposa sur la table de l'entrée. Elle ferait réparer la fenêtre dans la matinée. Elle pensa la sécuriser, mais n'avait même pas assez d'énergie pour chercher du ruban adhésif. Non pas que cela importait. Il n'y avait rien dans cette maison qu'elle ne pouvait pas se permettre de perdre. Tout ce qui lui était le plus cher s'était envolé – Jace, l'ancien Harry avant que la démence ne le prenne et, par-dessus tout, tout semblant d'espoir. Elle était tout simplement trop lasse pour continuer à se battre.

CHAPITRE 54

Kat tendit le cou pour regarder le poste de télévision mural dans la salle d'attente des urgences. Tout comme les chaises en tissu taché, il était fixé à l'aide de boulons. Apparemment sans considération d'ordre ergonomique, car il était maladroitement incliné, presque à hauteur de plafond. Combien de patients des urgences avaient-ils emporté de télévisions ou de meubles avec eux pour justifier une telle décision ?

Oncle Harry fixait le vide, insensible au bruit de fond des bébés qui hurlaient, des ivrognes charriés par la nuit et du vacarme général qui émanait de la salle d'attente surpeuplée.

Kat tendait les oreilles pour entendre la chaîne d'information continue malgré les bavardages bruyants. Des caractères défilaient en bas de l'écran de télévision et la barre latérale des mises à jour clignotait sur la droite. Sur ce qui restait de l'écran, elle vit une journaliste se tenant devant le Tides Resort à Hideaway Bay.

« Oncle Harry – c'est là-bas qu'on était ! » Kat désigna l'écran du doigt tandis que la caméra s'éloignait de la journaliste, une petite blonde portant une veste Gore-tex avec le logo de la chaîne. Lorsque l'angle de la caméra s'élargit, un homme apparut. C'était Roger Landers, portant les mêmes vêtements que la veille. Il faisait encore jour. Ça devait avoir été filmé quelques temps après qu'il ait disparu du poste de police.

« Hein ? » Harry hocha la tête.

« La TV. Regarde. » Kat pointa l'écran du doigt.

« Regarder quoi ? »

« Ce n'est pas grave. » Kat se leva et boita jusqu'à la télévision pour mieux entendre.

« J'ai vu Svensson quitter l'hôtel sans équipement – c'est à ce moment-là que j'ai pensé au pire. » Roger Landers faisait un geste d'une main derrière lui et tenait un exemplaire de son livre de l'autre.

« Quoi ? » laissa échapper Kat.

Deux femmes assises en face d'eux lancèrent des regards flétris en direction de Kat.

Mensonge. Roger Landers n'était même pas à Hideaway Bay lorsque Svensson a disparu. Il n'avait pas pu le voir partir pour sa randonnée mortelle car il était arrivé par le même ferry que Kat. Svensson était déjà mort pour alors.

La journaliste le questionna. « C'est à ce moment-là que vous avez donné l'alerte ? En disant qu'il ne s'agissait pas d'un suicide. »

« Oui, c'est exact. Beaucoup de personnes souhaitaient la mort de Fredrick Svensson. Sa vision sur la réforme monétaire était très controversée. »

La caméra fit un zoom sur la journaliste qui faisait face à la caméra. « Fredrick Svensson avait été nominé pour le Prix Nobel. Ses recherches sur les devises et la politique monétaire étaient révolutionnaires et constituaient la base des discussions en cours sur la réforme monétaire. Il a prôné, durant ses trente ans de carrière, la création d'une monnaie mondiale unique, puis a soudainement changé d'avis. Dans une note écrite peu avant sa mort. »

L'écran montra le discours de Svensson à Stockholm. Kat aperçut une nouvelle fois la femme qui se tenait dérrière Svensson. Cette fois, elle en était absolument sûre. Il s'agissait d'Angelika, la femme de ménage du Tides Resort.

Kat ne comprenait toujours pas pourquoi Angelika s'était

déguisée en femme de chambre. S'ils étaient amants comme le supposait Kat, cela expliquait la présence d'Angelika à Hideaway Bay. Était-elle impliquée dans le meurtre de Svensson ? Pouvait-il s'agir de la femme qui avait été aperçue avec lui le jour de sa disparition ?

Angelika devait-elle terminer une sale besogne à Hideaway Bay ?

Kat comprit autre chose. Pourquoi Landers avait fui en la voyant sur le ferry qui allait à Hideaway Bay. Le fait de se faire repérer sur le ferry discréditerait la suite des événements telle qu'il la décrivait. Landers ne pouvait déclarer avoir vu Svensson s'il n'était pas là. Selon la police, Landers était le seul témoin, outre l'inconnue, à pouvoir déterminer le moment précis de la disparition de Svensson. Ce qui le rendait suspect le moment de sa disparition. Et s'il avait disparu bien plus tôt ?

Kat revient en boitant jusqu'aux chaises, prenant soudain conscience que son pied lui faisait encore mal. Elle le posa sur la table qui se trouvait devant elle, ignorant le regard dégoûté d'un homme d'âge moyen en face d'elle.

Landers essayait de mettre une histoire sur pied. Faisait-il en sorte qu'elle coïncide parfaitement avec ce qu'il déclarait dans son livre ? Ou plus encore ?

La journaliste tenait son micro devant Roger Landers tandis que la caméra pivotait.

« Son changement brutal de position a été un véritable choc pour tout le monde, » précisa Landers. « Après tout, il était en train de saper sa théorie sur la réforme monétaire. La base même de sa nomination pour le Prix Nobel. »

« La police a-t-elle de nouvelles pistes pour le meurtre de Svensson ? »

Kat trouva étrange que ces questions soient posées à Landers et non pas à la police. Assurément, les policiers d'un si petit hameau voudraient apparaître devant la caméra. Le meurtre de Svensson était la chose la plus importante qui se passait depuis des années, peut-être même depuis toujours. Donc, où était l'Officier Kravitz ?

« Il y a une piste en particulier, » dit Landers. « Un autre homme a disparu à peu près au même moment que Svensson. »

Landers ne l'avait pas mentionné dans la chambre d'hôtel.

Kat jeta un œil vers Harry. Il s'était assoupi, sa tête enfoncée dans la poitrine.

« Qui cela peut-il être ? » La journaliste semblait guider Landers, comme si elle connaissait la réponse.

« Jace Burton. C'est un volontaire, il fait partie de l'équipe Recherche & Secours et il connaît bien la région. Il a perdu son travail récemment et ça l'a chamboulé. Il connaît tous les endroits dangereux, y compris la corniche d'où Svensson est tombé. Ou a été poussé. » L'écran afficha une photo de Jace.

Kat ouvrit grand la bouche. Landers accusait Jace ? Landers savait bien que Jace n'avait pas emprunté ce chemin. Irait-il si loin pour un scoop ? C'est ce qui avait conduit Landers jusqu'au chalet de Kurt ? Pour cacher des preuves ?

S'il y avait bien une chose, c'est que c'était Landers le criminel ; il était entré dans le chalet de Kurt par effraction. Était-il impliqué dans la disparition de Svensson ou est-ce qu'il couvrait seulement quelqu'un d'autre ? Comme Nathan Barron ?

Jace avait raison.

Rien n'a d'importance, jusqu'à ce que ça vous arrive à vous. Alors, ça valait toujours le coup de se battre. Kat espérait simplement que ce ne soit pas trop tard.

CHAPITRE 55

« **K**at ? **L'infirmière t'appelle**. » Harry désigna l'infirmière à forte corpulence qui attendait devant les doubles portes battantes. Son uniforme à motif floral accentuait les amas de graisse qui s'échappaient au niveau de sa taille. Elle bascula son poids d'un pied sur l'autre ; elle semblait fatiguée.

Kat ne pouvait croire qu'elle s'était endormie dans la salle d'attente. Le manque de sommeil et le stress des allées et venues jusqu'à Hideaway Bay se faisaient ressentir. Elle se leva et suivit l'infirmière, faisant signe à Harry de les suivre.

Il marchait péniblement près d'elle. Même si elle boitait, elle dût ralentir pour l'attendre.

L'infirmière leva les sourcils et regarda Harry.

« Il vient avec moi, » dit Kat. Elle ne le laissait plus seul dans les salles d'attente.

L'infirmière croisa son regard et fit oui de la tête après avoir lancé un coup d'œil furtif vers Harry. Elle les mena vers une grande salle ; des lits étaient alignés de chaque côté du mur. Des rideaux séparaient chaque lit mais ne donnaient qu'une illusion d'intimité. Des voix s'élevaient puis s'atténuaient et Kat perçut quelques bribes de conversation en se frayant un passage jusqu'aux lits attenants.

L'infirmière s'arrêta au milieu de la pièce et fit signe à Kat de s'allonger. Elle soutint la jambe blessée de Kat et retira le bandage. Harry s'était assis sur la chaise en plastique près du lit et regardait dans le vide.

Quelques minutes plus tard, le médecin apparut. Il avait dans la trentaine, il était mince, sa peau était pâteuse et il avait un début de calvitie au niveau du front. Kat raconta l'accident tandis qu'il dénouait le bandage et examinait son pied.

Le médecin attrapa un morceau de verre avec sa pince à épiler. « Voilà le problème. Il restait un morceau de verre. Il faut vous faire des points de suture et un rappel contre le tétanos. » Il sourit et griffonna quelque chose sur un carnet de notes. « Portez des chaussures la prochaine fois. »

Il tourna sur son tabouret et jeta sans pince à épiler sur un plateau derrière lui. Il se tourna à nouveau et s'arrêta devant Harry cette fois. « Vous n'avez pas l'air dans votre assiette. Tout va bien ? »

Le visage d'Harry était rouge et il transpirait malgré la fraîcheur qui régnait dans la pièce.

« Oui. » Harry s'essuya le front. « Mon estomac est juste un peu en vrac. »

Le Dr. X attrapa une spatule sur son plateau et fit rouler son tabouret jusqu'à Harry. « Ouvrez la bouche s'il vous plaît. »

Harry s'exécuta.

« Vous avez mangé quand pour la dernière fois ? »

« Euh, ça fait longtemps. En fait, pas de la journée. »

Kat l'interrompit. « En fait, il a mangé il y a une heure et demie environ. Une bouchée de sandwich au fromage et à la tomate. » Elle se leva du lit et sourit au médecin. « Il oublie parfois. »

Harry regardait droit devant, concentré alors que le médecin poussait sa langue avec la spatule.

Le médecin se tourna vers Kat. Son visage était grave, son humour avait disparu. « Je voudrais l'hospitaliser, faire quelques examens. C'est peut-être la grippe, ou quelque chose de plus grave. Nous devons le garder pour la nuit. »

Harry ouvrit grand les oreilles. « Je ne reste pas ici cette nuit. Je dois rentrer à la maison. »

« Vous n'êtes pas en forme, Mr. Denton. Ce n'est pas conseillé de renter à la maison. »

« Bien, dans ce cas … » Les épaules d'Harry s'affaissèrent. « Je ne peux pas rentrer si c'est risqué. »

« Nous devons juste nous assurer qu'il n'y a rien de grave, Mr. Denton. »

« OK, Docteur. » Harry haussa les épaules et regarda Kat.

Elle fit oui de la tête.

Le médecin tapota Harry sur l'épaule et sortit, évitant le regard de Kat.

« Ne t'inquiète pas, Oncle Harry. J'irai jusqu'à ta maison pour m'assurer que tout est fermé. Je reviens demain matin te chercher. » Harry semblait vraiment malade. Même en tenant compte de la démence, il avait agi de façon étrange ces derniers temps. Il fallait vraiment qu'il fasse des examens. Cela réglait aussi un autre problème : elle ne pouvait pas ramener Harry chez lui, il verrait que sa maison est vide. Elle pourrait peut-être même retrouver Hillary et la mettre devant le fait accompli au sujet de la maison.

« Tu es sûre, Kat ? Ça ne te dérange pas ? »

« Bien sûr que non. Et l'hôpital est l'endroit le mieux indiqué si tu ne te sens pas bien. Prends bien soin de toi. »

L'infirmière à forte corpulence réapparut et fit signe à Harry. « Suivez-moi, Mr. Denton. »

Harry se tourna vers Kat, hésitant. « OK, Kat. Je suppose que je dois rester. »

« Tout va bien, Oncle Harry. À bientôt. » Kat embrassa Harry et l'infirmière l'emmena. Mais tout n'allait pas bien. Harry était malade, toutes ses affaires avaient disparu et ses finances échappaient à tout contrôle. Jace s'était évanoui dans la nature et était suspecté de meurtre – tout au moins pour Landers. Que pouvait-elle faire ? Leurs vies partaient en lambeaux, si vite qu'elle ne pouvait même pas ramasser les morceaux.

CHAPITRE 56

Kat **sortit de l'ascenseur au** dixième étage le jeudi matin, plus sereine malgré le peu d'heures de sommeil qu'elle avait pu prendre. Son pied allait mieux et elle avait réussi à renforcer la fenêtre. Il s'était même arrêté de pleuvoir. Elle était revenue directement à l'hôpital car elle avait décidé de ne pas retourner dans la maison d'Harry avant d'avoir pu parler à Hillary.

Elle suivit les panneaux jusqu'à la salle des Soins Gériatriques. Elle aperçut Harry assis sur une chaise dans la salle d'infirmerie, occupé à discuter avec deux infirmières. Elle sourit en s'avançant vers eux. Oncle Harry semblait déjà aller mieux et son teint était redevenu normal.

« Oncle Harry ? Je suis de retour. »

Harry se tourna et fit un large sourire en la voyant. « Que fais-tu ici, Kat ? »

« Je suis venue te rendre visite. Comment te sens-tu ? »

« Je vais bien. » Harry baissa la voix. « Tu ne vois pas que je travaille ? Je ne peux pas parler pour l'instant. »

« Tu es à l'hôpital, Oncle Harry. »

« L'hôpital ? Ne sois pas idiote. » Harry désigna une rangée de chaises contre le mur. « Attends ici et je viendrai discuter à la pause-café. »

Les deux infirmières étudiaient Kat, mais leur expression ne changea pas. La plus âgée dit quelque chose à l'autre infirmière, puis marcha en direction de Kat pour l'interpeller. « Le Dr. Konig voudrait vous parler. Attendez ici, je vous prie »

« OK. » Kat se dirigea vers la chaise d'Harry juste au moment où une rousse toute menue surgit du coin du couloir, manquant de renverser Kat et l'infirmière.

« Euh – Dr. Konig, voici la nièce d'Harry Denton. C'est elle qui l'a emmené hier. » L'infirmière retourna dans la salle d'infirmerie, laissant Kat face à face avec le médecin.

Le médecin acquiesça et dévisagea Kat. Elle ne disait rien.

Kat lui tendit la main mais le médecin l'ignora en croissant les bras.

« Nous avons les résultats des premiers examens de votre oncle. » Les yeux du médecin plongèrent dans ceux de Kat, attendant sa réaction.

« C'est toujours la grippe, c'est ça ? » Kat déplaça son poids pour soulager son pied blessé. « Il l'avait il y a quelques semaines, mais il semble en être sorti. »

« Pas tout à fait. Il a été empoisonné. »

Kat tomba presque en arrière. « Empoisonné ? C'est impossible. Vous êtes sûre ? »

« Oui, j'en suis sûre. » Le médecin faisait oui de la tête, sa bouche formant une ligne fine et sévère. « C'est ce que montrent les résultats. Harry dit qu'il vit seul – c'est vrai ? »

« Oui – mais je ne comprends pas. Je lui fais tous ses repas. Nous avons l'habitude de prendre le petit-déjeuner et le déjeuner ensemble. Il vient travailler avec moi tous les jours et il reste chez nous pour le dîner. Enfin, en général. Je me suis absentée quelques jours. »

« Vous ne l'avez pas vu depuis quelques jours ? Je pensais que vous vous occupiez de lui ? » Elle renifla. « Vous le voyez à quelle fréquence en fait ? »

Kat n'aimait pas le ton employé par le médecin. « Comme je vous l'ai dit – tous les jours. Mais je me suis absentée pour le travail les derniers jours. Je n'ai pas pu faire autrement. Mais nous mangeons la même chose. Je ne devrais pas être malade moi aussi ? »

Le médecin la scruta. « En théorie. »

La façon dont le Dr. Konig la dévisageait rendait Kat mal à l'aise. « J'espère que vous ne pensez que je – Non ! » Kat recula. « Vous pensez que je l'ai empoisonné ? C'est insensé. »

« Peu importe ce que je pense, Mademoiselle Carter. J'ai transmis mon avis médical aux autorités sanitaires. Ce sont eux qui décideront de la marche à suivre. »

« Que voulez-vous dire par la marche à suivre ? »

Le Dr. Konig regarda Kat et lui tendit une carte de visite. « Voici le numéro. Une assistante sociale vous appellera dans les prochains jours. Dans l'intervalle, je pense que vous comprendrez que nous ne pouvons pas laisser votre oncle partir avec vous. De plus, toutes vos visites seront supervisées. »

Kat jeta un œil vers Harry. Un garde de sécurité s'était posté à une vingtaine de mètres près de l'entrée. Ses yeux rencontrèrent ceux de Kat avant qu'il ne détourne son regard.

« Supervisées ? » La voix de Kat chancelait. « C'est ridicule. Vous ne pensez tout de même pas que je – je l'ai empoisonné ? »

Le Dr. Konig se pinça les lèvres mais ne dit rien.

« Je ne ferais jamais de mal à mon oncle. Il doit y avoir une erreur. »

« Je dois prendre des précautions. À présent, veuillez m'excuser. » Le Dr. Konig se retourna et s'éloigna. Kat la suivit des yeux alors qu'elle descendait le couloir.

« Vous ne comprenez pas. Je n'ai rien fait. » Kat suivait le Dr. Konig. Elle s'arrêta en voyant le garde s'approcher. Elle avala la boule qui lui obstruait la gorge. Elle se sentait comme une criminelle. Elle cria en direction du médecin. « Vous ne pouvez pas vérifier les résultats du laboratoire à nouveau ? Il doit y avoir méprise. »

Mais le médecin poursuivait son chemin. Elle disparut dans un coin, au fond du couloir.

Kat frissonna. Si Harry avait vraiment été empoisonné et si ce n'était pas elle qui l'avait fait… cela ne pouvait être qu'une autre personne qui avait accompagné Harry pendant vingt-quatre heures. Hillary. Mais, elle n'irait quand même pas si loin. Si ?

« Kat ? » La voix d'Harry se fit entendre plus fort, agitée. « Ramène-moi à la maison. »

Le garde de sécurité s'arrêta et regarda ses pieds, évitant à nouveau tout contact avec les yeux. Il se tenait près de l'infirmerie, à quelques mètres d'Harry. Il attendait probablement qu'elle s'en aille.

« Je ne peux pas, Oncle Harry. » Le visage de Kat devint rouge, elle ne put lutter et sentit les larmes venir. Ce n'est pas comme ça que les choses devaient se passer. Une à une, toutes les personnes qui comptaient pour elle lui étaient enlevées. Elle regarda la carte que le Dr. Konig lui avait donnée. Les mots étaient flous à travers le rideau de larmes. Il s'agissait d'une organisation de santé communautaire avec un nom particulièrement long. Pourquoi est-ce qu'ils la croiraient ? Elle tourna les talons pour partir, gagnée par la honte, sans même savoir pourquoi.

« Que veux-tu dire par je ne peux pas ? » Son visage vira au pourpre. « Ne me laisse pas ici, Kat. Il faut que tu me sortes de là. »

« Je suis désolée. Je reviens dès que je peux. » Kat se tourna, prise par l'émotion. Harry ne comprendrait pas.

Elle s'arrêta net et cligna des yeux, certaine d'avoir eu une hallucination. Sauf qu'il n'en était rien.

Hillary se pavanait dans le couloir, faisant cliqueter ses bracelets. Elle portait un manteau noir long et ajusté et des bottes de designer avec des talons de dix centimètres de haut. Sans aucun doute payés avec la carte de crédit d'Harry. Hillary fit signe en direction de l'infirmerie, puis jeta un regard implacable vers Kat. Kat l'ignora.

Hillary courut jusqu'au Dr. Konig. Elle sourit à Kat avant de disparaître avec le Dr. Konig dans un petit bureau. Elle ferma la porte derrière elle.

C'est alors que Kat se rappela du goût amer du jus d'orange dans le frigo d'Harry. Elle en avait bu le même jour et s'était sentie barbouillée. Elle pensait juste que la date était dépassée.

Harry buvait plusieurs verres de jus de fruit par jour ; bien plus que la petite gorgée avalée par Kat. Depuis combien de temps mettait-on quelque chose dedans ? Elle devait mettre la main sur ce jus d'orange et le faire analyser. Elle espérait juste que ce ne soit trop tard.

CHAPITRE 57

Kat était assise face à **Zachary** Barron, préoccupée par la santé d'Harry et les accusations du Dr. Konig. Et, par-dessus tout, par le jus d'orange qui se trouvait chez Harry.

Zachary se pencha en arrière dans son fauteuil en cuir, les mains serrées derrière la tête. « Vous avez trouvé des preuves ? »

« Oui et non. » Kat relata les événements dans la chambre d'hôtel avec Nathan et Victoria, prenant soin de ne rien oublier. « Je n'ai plus les documents du World Institute, mais tout est indiqué dans mon rapport. » Elle avait rapidement reconstitué la version qu'elle avait perdue après avoir quitté Harry à l'hôpital. Elle serait mal si elle laissait Zachary retarder une fois de plus le signalement de Nathan et de son système de Ponzi.

« Lorsque vous aurez récupéré les documents de Nathan sur le World Institute, nous discuterons des prochaines étapes. » Zachary se leva pour lui donner congé.

Kat ne voulait pas partir. Il ne pouvait pas utiliser les documents comme prétexte pour reporter l'inévitable.

« Zachary, vous ne pouvez pas remettre ça à plus tard indéfiniment. Vous disposez de suffisamment de preuves sans les documents du World Institute – ils ne viennent qu'ajouter une couche.

298

Nous savons tous les deux qu'Edgewater est un système de Ponzi. Vous devez le signaler dès maintenant, pour vos investisseurs. »

« Je ne suis pas sûr que *devoir* soit le bon terme, Kat. Regardez ça. » Zachary tourna son écran d'ordinateur vers Kat de sorte qu'elle puisse le voir. « J'ai grimpé de dix pourcent depuis hier. Dix pourcent. Je négocie pour mon propre compte et j'utiliserai les bénéfices pour couvrir les pertes du fonds. Donnez-moi encore une semaine et les investisseurs seront remboursés au centime près, et plus encore. Je vais tout leur rendre – comme si rien ne s'était passé. »

« On ne peut pas ne pas signaler une telle affaire. » Comment Zachary pouvait-il récupérer des milliards en moins d'une semaine ? Et même si c'était possible, pourquoi ne l'avait-il pas déjà fait avec le fonds auparavant ? Aucune de ses précédentes transactions ne s'était même approchée d'un tel rendement. Ou ne l'aurait pas fait si elle avait été réellement exécutée. « Ce n'est pas un jeu, Zachary. »

« Bien sûr que si, c'est un jeu. Le système monétaire tout entier est un jeu. Les devises de chaque pays sont manipulées. Ne me dites-pas que vous êtes aussi naïve ? Je vais signaler la fraude mise en place par Nathan, mais une fois que j'aurai récupéré tout l'argent des investisseurs. »

« Zachary, ce sont de vraies personnes. Avec de vraies pertes. Ils méritent de connaître la vérité tout de suite. Maintenant – pas dans deux semaines. »

« Vous croyez que je ne le sais pas ? Mon investissement dans le fonds est plus important que celui de n'importe qui d'autre. »

C'était donc ça la raison. Le volte-face de Zachary s'expliquait à présent. Tout n'était qu'une question d'intérêt personnel.

Zachary fait le tour du bureau. « Imaginez-le sous un autre angle. Dès que nous dénoncerons Nathan, ils fermeront le fonds, ils gèleront les actifs d'Edgewater et les pertes seront définitives. Edgewater sera déclarée en faillite et tout ça donnera lieu à des années de procès et de batailles devant les tribunaux. »

Kat secoua la tête. « Vous n'êtes pas sérieux. »

« Bien sûr que je suis sérieux. Je récupère l'argent d'abord.

Nathan n'ira nulle part. Il sera accusé, mais au moins les investisseurs ne seront pas ruinés. »

« Comment pouvez-vous récupérer autant d'argent en deux semaines ? »

« Ce ne sera pas facile, mais c'est possible. Tout le système financier mondial est artificiel. Mes échanges. La valeur des devises de chaque pays. Même la devise mondiale du World Institute, qu'ils décident ou non de l'adopter. Tout ça est complétement décalé de la valeur réelle des choses, et c'est le cas depuis des années. Regardez ça. » Zachary récupéra son porte-monnaie dans sa poche arrière et prit un billet d'un dollar. Il le jeta sur le bureau. « Que voyez-vous ? »

Kat joua le jeu. « Un dollar. »

« C'est ce qui est marqué dessus. Mais c'est quoi un dollar ? Juste une promesse de paiement. Une sorte de reconnaissance de dette de la part du gouvernement. En fait, ça n'a aucune valeur. »

« Étrange dans la bouche de quelqu'un comme vous. Vous échangez des devises pour gagner votre vie. »

« Non, ce qui est étrange, c'est que nous échangeons notre monnaie papier contre des éléments de valeur. Il fut un temps où ce papier valait de l'or. Ce n'est plus le cas. Avant, nous utilisions le troc. On échangeait de l'or contre de la nourriture, par exemple. Une chose de valeur était échangée contre quelque chose d'autre. C'est différent aujourd'hui. Cette promesse ne vaut même pas le papier sur lequel elle est imprimée. La monnaie papier imprimée de nos jours vaut plus que les actifs qu'elle matérialise, mille fois plus, voire au-delà. »

« Qu'est-ce que cela a à voir avec Edgewater et la fraude de Nathan ? »

« Tout est lié. Si on signale la fraude de Nathan, on déballe tout. Nous parlons d'une grosse somme d'argent, Kat. À tel point que cela aura des répercussions bien au-delà d'Edgewater et du fonds. L'argent a été exploité à un point tel que personne ne sait ce qu'il y a derrière – et il se passe quoi après. Un choc soudain et c'est tout le système financier qui s'effondre. »

« Vous exagérez. Le fonds d'Edgewater ne représente qu'une fraction de l'argent en circulation. Vous ne pouvez pas sérieusement penser que cela déstabiliserait le système financier mondial. Ça n'arrivera pas. »

« Je ne parle pas d'Edgewater lui-même, Kat. Regardez où part l'argent. Vers une organisation secrète qui veut remplacer les devises du monde entier. Si les gens apprennent ça, ils perdront foi dans leur gouvernement et dans leur système monétaire. Ils rachèteront tous leurs investissements. Un rush sur les banques. Il n'y a pas suffisamment d'argent dans le monde pour arrêter tout ça. »

« Vous plaisantez. Et n'utilisez pas cela comme excuse pour reporter l'inévitable. »

« Je ne suis pas en train de le faire. Je vous dis juste – que tout est connecté. »

« Vous êtes en train de me dire que le système monétaire mondial, ce n'est que du vent ? »

« Essentiellement. C'est un énorme jeu de poker. Tout le monde pense qu'il a la main gagnante. Tant que c'est le cas, ça fonctionne. À la minute où ils se couchent, nous avons un gros souci. On ne peut pas demander à tout le monde d'encaisser ses jetons en même temps. »

« Mais Nathan a volé Edgewater. Vous avez dit vous-même que vous vouliez le ruiner. »

Il ne dit rien.

À ce moment précis, Kat compris que Zachary voulait exactement la même chose que Nathan – les pleins pouvoirs. Il utilisait juste des moyens différents pour y parvenir. Nathan voulait contrôler le système monétaire lui-même. Zachary, quant à lui, utilisait le négoce comme un moyen de l'exploiter. Mais tous deux obtenaient le même résultat au final. Les valeurs étaient faussées pour servir leur intérêt personnel.

« Je vais le faire tomber. Mais pas au détriment des marchés et de mon gagne-pain. Je récupère l'argent d'abord. Puis, ensuite je le dénonce. Ne chassez pas les investisseurs d'Edgewater, Kat. Ça vous causera du tort à vous aussi. À tout le monde. »

« Qui cause du tort à qui ? Tôt ou tard, ils devront payer. Nous ne faisons que rendre l'inévitable plus pénible. »

« Rien n'est inévitable. » Zachary tourna à nouveau l'écran vers lui. « Combien de systèmes de Ponzi existent-ils dans le monde aujourd'hui, selon vous ? »

Zachary n'attendit pas qu'elle réponde. « Des centaines ? Non – des milliers. Partout dans le monde, des gros et des petits. La plupart ne seront jamais découverts à moins et jusqu'à ce qu'il ait une pénurie de liquidités. Tant que les rendements, la masse monétaire et les investisseurs continuent d'affluer, personne ne le sait jamais. »

« C'est la même chose avec le système monétaire mondial. Les actifs sur lequel il est adossé ne représentent qu'une fraction de la monnaie papier en circulation. Tout part du principe que tout le monde n'encaisse pas ses jetons en même temps. Tant que personne ne panique, le montant des investissements reste suffisant et tout fonctionne. L'argent reste dans les banques et les investisseurs maintiennent leurs investissements dans notre fonds. Si ce n'est pas un jeu, je ne sais pas ce que c'est. Difficile de bluffer quand les choses ne jouent pas en votre faveur.

« Je ne comprends pas, Zachary. On avait dit qu'on dénonçait Nathan, non ? »

« Il aura ce qu'il mérite. Et je couvrirai les pertes. »

Kat sursauta en entendant son téléphone portable sonner. Elle vérifia l'écran. C'était l'hôpital. Elle s'occuperait de Zachary plus tard. « Je dois prendre cet appel. »

La femme au téléphone semblait dans tous ses états. « J'ai un patient ici qui demande à vous voir. En combien de temps pouvez-vous être ici ? »

Oncle Harry devait aller mieux. Cette infirmière semblait bien plus polie que les deux autres la vieille. Elle ne réalisait probablement pas que c'était Kat qui avait emmené Harry à l'hôpital. « Comme va-t-il ? »

« Pas trop mal. Un peu incohérent, quand même. Il marmonne

sans cesse quelque chose au sujet de la globalisation et de la monnaie. »

Bizarre. Harry mettait habituellement un terme à ses discussions sur la finance. D'ailleurs, elle n'était pas sûre qu'il s'en rappelle.

« Je pensais venir dans quelques heures, » dit-elle. Le comportement de cette infirmière était bien loin des visites supervisées et des regards suspects. Qu'est-ce qui leur avait fait changer d'avis ?

« Je voudrais que vous veniez plus tôt, peut-être pour le calmer. Il a envie de partir et je ne peux pas l'en empêcher. Il a besoin de soins médicaux. »

« C'est la démence, » dit Kat. « Il s'agite facilement dans les endroits qu'il ne connaît pas. » Kat était surprise de voir qu'Harry se rappelle du World Institute et de Nathan Barron, encore moins qu'il parle d'eux.

« Démence ? Je ne pense pas, non. Il a l'air normal. »

« Il a l'air bien au premier abord, mais au bout de quelques minutes, il se répète. » Comme un professionnel des soins de santé pouvait-il ne pas reconnaître les symptômes ? Harry semblait confus au bout de quelques minutes, incapable de maintenir une conversation.

« Il n'en est pas à ce point. Je vous garantis que ce gars-là a tout sa tête. D'ailleurs, il est bien trop jeune pour avoir Alzheimer. »

« Trop jeune ? » Oncle Harry pouvait passer pour plus jeune qu'il ne l'était, mais il faisait quand même partie des séniors. « Il a quatre-vingt ans. »

L'infirmière se mit à rire. « Quatre-vingt ? Je ne crois pas, non. Êtes-vous sûre que nous parlons de la même personne ? » Elle n'attendit pas la réponse de Kat. « Il n'a pas de pièce d'identité. Juste un téléphone portable. C'est comme ça que j'ai eu votre numéro. Il est programmé dans votre téléphone dans la liste des personnes à contacter en cas d'urgence. »

Le cœur de Kat se mit à battre la chamade. « Il a les cheveux bruns, les yeux bleus ? Trente-six ans à peu près ? »

« Ça en a tout l'air. »

Il est vivant. « Il s'appelle Jace. Jace Burton. »

CHAPITRE 58

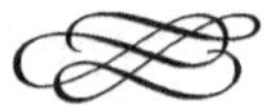

Kat courut jusqu'à l'hôpital en un temps record, malgré la circulation difficile, un accident impliquant quatre voitures et l'impossibilité de trouver une place de parking. Elle se gara dans une zone de remorquage, doutant que la camionnette soit toujours là à son retour. Après tout ? Ça valait le coup, rien que pour le fait d'être là.

Jace la regardait depuis son lit d'hôpital. Le côté droit de son visage était tuméfié et son œil était à moitié fermé. « Ramène-moi à la maison. »

« Qui t'a fait ça ? » Kat se percha sur le bord du lit de Jace et lui caressa le front. « Nathan Barron ? »

Jace grimaça. « Qu'est-ce que Nathan Barron a à voir avec ça ? »

« Hideaway Bay ? La chambre d'hôtel ? Tu ne te rappelles pas ? Tu es allé dans la chambre à côté avec Roger Landers. »

Il se gratta la tête. « Tout ce dont je me rappelle, c'est que j'étais dans la chambre avec toi et Roger Landers. Tu étais en colère parce qu'il avait tout mangé ce qu'il y avait dans notre minibar. Je n'ai pas vu Nathan Barron. Tout du moins, je pense que je ne l'ai pas vu. » Jace fronça les sourcils. « Comment je suis arrivé ici ? »

« Je ne sais pas. » Kat avala la boule dans sa gorge. « Mais tu as disparu pendant plusieurs jours. Je pensais que je ne te reverrai plus jamais. »

« Des jours ? » Il attrapa sa main et la serra.

« Tu ne te rappelles pas être allé dans la suite attenante ? »

« Non. » Jace secoua la tête. « C'est le grand trou noir. »

Kat lui raconta son altercation avec Nathan et Victoria. « Il t'est probablement arrivé la même chose. Tu ne te souviens pas l'avoir vu ? Ou Victoria Barron ? »

« Je – je ne sais pas. Quelque chose d'autre s'est passé – mais je n'arrive pas à le repêcher dans ma mémoire. » Jace fronça les sourcils. « Quelqu'un a frappé à la porte je crois … »

« Essaie de te rappeler, Jace. Tu es allé l'autre côté avec Roger et tu as pris les documents du World Institute et mon ordinateur avec toi. L'ordinateur était toujours là quand j'y suis allée. Tu sais ce qui est arrivé aux documents ? C'est Roger qui les a pris ? Ou Nathan Barron ? »

Jace passa la pièce en revue. « J'essaie – mais c'est juste que ça ne me revient pas. Où sont mes vêtements ? »

Kat se leva, sentant une lueur d'espoir l'envahir. Les documents étaient-ils toujours ici dans la pièce ? Ils étaient essentiels pour faire le lien entre Nathan Barron d'une part et Research Analytics et le World Institute d'autre part. L'ordre du jour et le procès-verbal de la réunion de l'an dernier étaient particulièrement incriminants et constituaient une pièce importante pour l'enquête de Zachary.

Elle jeta un œil autour d'elle mais ne vit aucune des affaires personnelles de Jace dans la petite chambre d'hôpital.

« Tu écrivais un article au sujet du World Institute. Toi et Landers discutiez du système monétaire international et de l'intention du World Institute de mettre en place une monnaie mondiale unique. Tu avais mon ordinateur et les papiers. »

Et nous nous sommes disputés. Elle espérait que Jace ne se rappelle pas de cet épisode.

« L'ordre du jour ? Tu ne voulais pas le donner à Landers. » Jace essayait de se mettre en position assise. Il jura et laissa retomber sa tête sur l'oreiller.

Kat lui prit la main pour l'arrêter. Elle appuya sur le bouton qui se trouvait sur le côté du lit pour relever légèrement Jace en position semi-assise.

« Tu t'en rappelles ! Où est-il passé ? » Kat inspecta la pièce et remarqua plusieurs tiroirs encastrés dans le mur du fond. Elle contourna le lit et les ouvrit un à un.

« Je ne sais pas. » Jace bailla et étira les bras. « Je me souviens un peu de la chambre, mais tout est flou. »

Jace n'avait pas non plus mentionné la moitié d'article qu'il avait écrit. Avait-il également oublié ça ? « J'ai compris pourquoi le *Sentinel* avait évincé ton histoire de fraude hypothécaire. Tu as vu ça ? » Kat lui montra l'article. « Regarde l'adresse – 422 Cedar Street. »

Jace lui lança un regard vide.

« L'adresse de Global Financial est le 422 Cedar Street. »

« Je ne te suis pas. » Jace attrapa un gobelet en plastique sur son plateau de chevet et bu à la paille.

« Global Financial, la société que tu incriminais dans ton histoire de fraude, a la même adresse que Beecham, les faux commissaires aux comptes d'Edgewater. » Même si Jace avait effectué des recherches sur Beecham, seule Kat s'était rendue physiquement au 422 Cedar Street.

« Ils sont impliqués ? » Jace sursauta dans son lit, renversant de l'eau partout sur sa chemise d'hôpital. « Ça fait beaucoup de choses pour un terrain vague. »

« Tu avais raison que sujet de Pinslett, Jace. Je travaille toujours dessus, mais il semblerait que la fraude hypothécaire de Global Financial constituait la contribution de Pinslett au World Institute. Tout comme Nathan Barron détournait de l'argent d'Edgewater, Pinslett le faisait aussi, La seule différence, c'est que le financement apporté par Pinslett passait par Global Financial. »

« Tu as suivi la trace de l'argent et ça t'a menée droit au crime. » Jace essuya l'eau à l'aide de sa paume.

Kat acquiesça. Trouver la même adresse était une heureuse coïncidence. Une fois de plus, la juricomptabilité impliquait de provoquer ses propres opportunités. Rechercher des pistes dans les données disponibles donnait parfois des indices, dans le cas présent une adresse partagée. C'était le catalyseur qui avait ouvert le dossier. « Ça prouve que, peu importe qui se cache derrière, cette magouille hypothécaire est également liée au World Institute. Qui a la capacité et le souhait de supprimer un article de la une du *Sentinel* – et est également connecté au World Institute ? »

« Gordon Pinslett. » Jace poussa les couvertures et fit passer ses jambes sur le lit. « Mon article. Il faut que je sorte d'ici. »

« Vous n'irez nulle part, mon cher. »

Kat cessa de fouiller dans les tiroirs et se tourna vers la porte.

Une infirmière grassouillette s'agitait. Ses semelles en caoutchouc crissèrent sur le sol en lino alors qu'elle s'avançait vers le lit. « À présent, rallongez-vous. Plus vous vous détendez, plus vous sortirez vite d'ici. »

L'infirmière leva le bras de Jace. Le même avant-bras boursouflé par le feu arborait désormais une ecchymose violette de quinze centimètres à l'intérieur du pli de son coude. Exactement au même endroit que celle qu'elle avait au bras. Une petite croûte se trouvait également au niveau supérieur de son avant-bras. Le résultat d'une piqûre bâclée ou d'une résistance de la part du patient. Probablement un peu des deux.

« Je vois que vous avez un visiteur. » L'infirmière fit un signe de la tête à Kat en faisant le tour du lit et leva le bras blessé de Jace. Elle enroula un brassard et pompa pour prendre sa pression artérielle.

« Il disait n'importe quoi quand nous l'avons récupéré. Il ne connaissait même pas son nom. » L'infirmière regarda l'écran et défit la bande velcro. « Tout va bien, mis à part le fait qu'il n'a pas récupéré à cent pourcent suite à la commotion. Il recouvrira certainement la mémoire dans les jours qui viennent. Difficile de dire quand exactement. »

Jace protesta. « J'ai retrouvé la mémoire. Tout va bien maintenant. »

L'infirmière l'ignora.

Kat fit de même. « Comment Jace est-il arrivé ici ? À l'hôpital, je veux dire. »

« De la même façon que les autres, cocotte. En ambulance. »

« Comment en êtes-vous sûre ? Je veux dire, c'est dans son dossier ou vous l'avez vu arriver ? »

« Je n'étais pas là, mais c'est ce qu'on m'a dit. Pas à vous ? » L'infirmière semblait agacée par la question de Kat. « On ne parlait que de ça aux nouvelles. »

L'infirmière remarqua la pause de Kat et lui lança un regard désapprobateur.

Kat secoua la tête. Elle avait été jetée quelque part, elle aussi ; mais elle avait eu plus de chance de se réveiller sur un banc à la gare de Waterfront. Si elle expliquait ça à l'infirmière, cette dernière la prendrait pour une cinglée.

Le témoignage de l'infirmière ne cadrait pas non plus avec la chronologie des évènements donnée par Landers. L'histoire de la prison était évidemment fausse et elle s'en voulait d'avoir cru à tous les mensonges de Landers. Ce type était un menteur pathologique. Elle continua à vérifier dans les tiroirs.

« Je ne sais même pas ce qui s'est passé, » dit Jace. « Je ne me rappelle de rien avant de me réveiller ici. »

L'infirmière remit son dossier au bout du lit et se tourna. « Vous étiez allongé sur le bord de l'autoroute, inconscient. La police nous a dit que quelqu'un vous avait débarqué là. Vous avez de la chance de ne pas être mort de froid. Ou de vous faire écraser. » Elle se tourna vers Kat. « Il s'est réveillé il y a une heure seulement. »

« Je ne crois pas avoir de la chance, non. » Jace grimaça et se déplaça sur le lit.

Kat sourit en ouvrant le tiroir du bas. Elle y trouva les vêtements de Jace. Kat sortit une veste et fouilla les poches. Rien. Elle la replia et la laissa tomber au sol.

« Croyez-moi, vous avez de la chance, » répondit l'infirmière. « Hypothermie légère, engelures sur trois doigts et une commotion cérébrale. Ça pourrait être bien pire. On vous a presque roulé dessus. »

L'infirmière pivota et quitta la pièce, ses pas crissant à nouveau sur le sol en lino.

Kat sortit la chemise de Jace et fouille les poches. Rien non plus. Il ne restait plus que son pantalon. Elle le sortir du tiroir et glissa sa main dans la poche arrière. Le procès-verbal du World Institute était caché à l'intérieur, plié en quatre. Il manquait les autres documents. Sûrement entre les mains de Landers ou de Nathan Barron. Lequel des deux n'avait pas d'importance, puisqu'ils étaient probablement complices.

« J'ai eu une altercation avec Nathan et Victoria aussi. » Kat relata les événements. « Landers était présent et il n'a rien fait. »

« L'ex-femme de ton client ? »

Kat acquiesça et réalisa que Jace n'avait jamais vu Victoria. Elle précisa que Victoria et Nathan avaient une liaison.

« Je me rappelle, maintenant, » dit-il. « Elle était avec Nathan. Je ne savais pas qu'elle était russe. »

« Russe ? »

« Oui. Ce n'est pas un accent russe qu'elle a Angelika ? »

« Angelika ? Tu veux dire la femme de chambre au Tides Resort ? »

« C'est elle qui m'a fait une piqûre. » Il se frotta le bras. « Elle était dans la chambre avec Nathan. Et Roger. » Jace plissa les yeux. « Ce traitre. »

« Angelika ? » Était-ce pour ça que la femme de ménage était entrée si tôt dans le chambre ce matin-là ? Elle devait chercher quelque chose ou quelqu'un.

Jace fit oui de la tête. « C'est ce que je viens de dire. »

Svensson et Angelika. Angelika et Nathan. Nathan était-il quelque part impliqué dans le meurtre de Svensson ?

L'infirmière revient avec un gobelet en papier et des médicaments.

Jace sourit en avalant les pilules. Quelle que soit la substance qu'elles contenaient, elles lui feraient oublier le World Institute, le *Sentinel* et son article.

Le pouls de Kat s'accéléra. Les cartes prépayées. Nathan en avait tout un tas et une du même type se trouvait dans l'uniforme de l'infirmière. Un uniforme de la taille d'Angelika à peu près. Était-ce une sorte de paiement ? Si oui, est-ce que d'autres services étaient rendus ?

L'infirmière la sortit de ses pensées. « Il n'ira nulle part pendant un moment. »

C'était la meilleure nouvelle que Kat avait entendu depuis longtemps.

CHAPITRE 59

Kat arriva chez Harry juste après midi. Le trottoir avant n'avait pas été déneigé, un net contraste avec les trottoirs bien dégagés du reste de la rue. Elle monta les escaliers et frappa à la porte. S'il y avait une chance pour qu'Hillary n'ait pas vidé le frigo, elle devait mettre la main sur ce jus d'orange – ça devait être là que le poison était caché. Mais il devait y avoir une autre explication. Un empoisonnement alimentaire ? Elle voulait faire analyser le jus d'orange et voir si ça collait avec la théorie du Dr. Konig. Si le jus était contaminé, cela voulait dire qu'elle aussi avait été empoisonnée.

Pas de réponse. Kat émis un soupir de soulagement. Par chance, Hillary n'avait pas vendu la maison au couple ni à personne d'autre pour l'instant. Il était peu probable que la vente soit bouclée en si peu de temps, mais avec Hillary tout était possible. Surtout si elle avait besoin de cash.

Le fait de couper les vivres à Hillary s'avérait être un véritable désastre. Hillary était revenue, avait ruiné Harry et ça lui avait presque coûté la vie. Si Kat n'avait pas empêché Hillary d'avoir accès au compte bancaire et aux cartes de crédit d'Harry, rien de tout ça ne serait arrivé. Tout était de sa faute. Mais avait-elle le choix ?

Elle était anxieuse à l'idée d'entrer. Elle frappa à nouveau et se força à attendre une minute de plus. Toujours pas de réponse. Elle se pencha contre la porte et tendit l'oreille en quête d'un signe d'activité.

Le diagnostic d'empoisonnement aigu d'Harry semblait encore invraisemblable. Comme Jace et elle étaient à Hideaway Bay au moment de l'empoisonnement, il ne restait qu'Hillary. Alors pourquoi n'était-elle pas suspectée ? Comment pouvait-elle rendre visite à Harry sans surveillance ? À moins qu'elle n'ait monté un coup pour faire accuser Kat.

Kat frissonna. Harry courait un grand danger car Hillary pouvait lui rendre visite à n'importe quel moment à l'hôpital. Ça ne pouvait être qu'Hillary qui l'avait empoisonné.

Kat jeta un œil par la fenêtre sur le côté alors qu'elle attendait sur le porche d'Harry. Toujours pas de réponse et aucun signe d'activité à travers les voilages. C'était bon.

Kat descendit les escaliers et suivit le trottoir qui faisait le tour de la maison. La neige ne présentait aucune trace. Personne n'avait été là depuis la nuit dernière.

Elle regarda par la fenêtre de la cuisine. Déserte. Toujours dépourvue de meubles comme lors de sa dernière visite. Même les plats empilés près de l'évier n'avaient pas changé de place. Elle tourna la clé dans la serrure et entra.

Elle se dirigea tout droit vers le réfrigérateur et grimaça en se rappelant du goût amer du jus d'orange. Il ne lui était pas venu à l'idée que le jus d'orange était autre chose qu'avarié jusqu'au diagnostic du médecin. Elle et Harry avaient tous deux été malades peu de temps après le petit-déjeuner. Elle avait juste bu une gorgée, ce qui pouvait expliquer ses moindres symptômes. Mais la nausée qu'elle avait ressentie après cette gorgée était indubitable. Tout comme le goût amer. Kat réalisa qu'elle n'avait pas pressé le jus d'orange d'Harry depuis plusieurs semaines. Tout avait déjà été préparé, une cruche pleine dans le frigo. Ceci malgré le fait qu'Harry ne mangeait pas, ne faisait pas la vaisselle, ni même ne rangeait ses courses.

Et durant ce temps, Harry s'était plaint de maux d'estomac, mais son médecin l'avait ignoré, se concentrant sur son diagnostic d'Alzheimer. L'empoisonnement expliquait beaucoup de choses – sa pâleur, sa transpiration et son malaise général. Ses symptômes fluctuaient et n'avaient rien à voir avec les signes de la grippe. Mais Hillary irait-elle si loin ? Empoissonner Harry ? Quelle autre explication pouvait-il y avoir ?

Kat ouvrit le réfrigérateur. Les étagères étaient vides. Où pouvait-elle regarder d'autre ?

Kat émit un juron.

Pas de doute, Hillary avait détruit toutes les preuves après le diagnostic d'Harry. Mais les résultats n'étaient tombés que ce matin. L'absence de traces dans la neige signifiait qu'on s'était débarrassé de la bouteille avant les chutes de neige de la veille.

Kat prit son téléphone portable et appela Connor Whitehall. Elle avait, plus que tout, besoin de parler à quelqu'un. Quelqu'un qui comprendrait. Elle tomba sur la boîte vocale de Connor. Elle ne laissa pas de message. Au lieu de cela, elle s'affaissa contre le mur de la cuisine jusqu'au sol et cacha sa tête dans ses mains.

Elle était à court d'idées, mais elle devait faire quelque chose. L'empoisonnement semblait tiré par les cheveux, mais selon l'hôpital, il n'y avait aucun doute. Elle avait l'impression d'être dans une émission de télé-réalité bizarre à laquelle elle n'avait jamais demandé de participer.

Elle pouvait demander à un autre médecin d'examiner Harry. Mais même elle croyait au diagnostic du médecin de l'hôpital. Le poison, ça avait du sens. Le problème c'est qu'en la soupçonnant, ils ne cherchaient aucun autre suspect potentiel.

La carafe de jus d'orange avait peut-être été jetée aux ordures ? Kat se leva tellement vite qu'elle se sentit étourdie.

Après avoir récupéré, elle alla vérifier dans la poubelle de la cuisine.

Vide.

Elle ouvrit la porte de la cuisine et courut dans les escaliers qui menaient en bas. Une fois dans la rue, elle retira le couvercle de la poubelle. Même dans le froid, l'odeur piquante des ordures se souleva et vint à sa rencontre. Elle ouvrit la porte du garage et attrapa les gants de jardinage d'Harry sur l'établi.

De retour à la poubelle, elle commença, non sans dégoût, à passer au crible le container plein d'ordures. Elle passa sa main à travers les différentes couches, des sacs de papier pleins à craquer et des sacs en plastique souillés. Il ne fallut pas longtemps avant qu'un éclat de verre ne pénètre dans son gant de toile. Elle souleva les couches qui se trouvaient sur le tas et les jeta sur le couvercle de la poubelle par terre. Vers le fond, il y avait un tas de verre brisé. C'était la carafe de jus d'orange, elle était cassée.

Bon, que faire maintenant ? Même si elle faisait analyser la poubelle, ça la mènerait où ? Bien que cela vienne corroborer les soupçons du médecin, ça ne prouverait pas pour autant son innocence. Pire, ça l'incriminait encore plus, car l'hôpital était déjà arrivé à la conclusion que c'était elle la coupable. En tout cas, elle pensait qu'il valait mieux la garder plutôt qu'elle n'atterrisse à la décharge. Elle récupéra les morceaux et les plaça dans un récipient.

Elle pouvait demander à Connor Whitehall que faire.

Kat sentit des yeux l'observer et jeta un œil de l'autre côté de la rue ; c'était Mademoiselle Brantford. La voisine d'Harry se tenait devant sa porte ouverte, dévisageant Kat avec un mélange de soupçon et de curiosité.

Kat lui fit signe de la main.

Mademoiselle Brantford leva doucement le bras, semblant hésiter. Elle agita la main, puis se retourna, ferma la perte derrière elle.

Bizarre. Mademoiselle venait généralement à sa rencontre, désireuse de parler. Mais elle n'avait plus de temps à perdre. Elle retourna au garage et chercha un container pour y mettre les morceaux de verre cassé. Elle aperçut une petite boîte en carton et tendit la main pour l'attraper lorsqu'elle vit trois sacs à provisions Garden Heaven sur le dessus de l'établi. Elle était certaine qu'ils n'étaient pas là l'autre jour.

Elle regarda dans l'un des sacs. Deux sacs d'un kilo de pesticide No-Gro. Elle sortit l'un des paquets et s'arrêta en voyant le symbole du poison. Harry utilisait des produits chimiques pour son jardin ? Elle ne s'en rappelait pas. En tout cas, six paquets, c'était assez pour tuer toutes les mauvaises herbes dans une grande ferme, sûrement pas dans un petit jardin situé en ville.

Elle étudia le reçu. Le pesticide avait été acheté deux semaines auparavant, juste avant la fermeture. Où était Harry à ce moment-là ? Avait-il acheté le pesticide ? Elle en doutait. Garden Heaven était à une demi-heure de route et sa porte de garage avait déjà été désactivée à la date du reçu. Cela voulait dire qu'il n'avait pas pu sortir la Lincoln du garage. L'achat avait également été effectué au moment du dîner, donc il était certainement avec elle et Jace au moment où il avait été acheté.

Elle nettoya l'étiquette. Juste sous le symbole du poison, il y avait la liste des ingrédients, tous des noms chimiques inconnus et imprononçables. Elle ne connaissait aucun d'entre eux.

Elle glissa le reçu de Garden Heaven dans sa poche. Qui diable achetait du pesticide en décembre ?

CHAPITRE 60

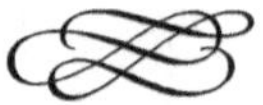

Kat arriva enfin au bureau de Connor Whitehall peu avant dix-sept heures. Elle passa devant la réceptionniste et se dirigea droit vers le bureau de Connor.

« Vous devez m'aider. Je suis certaine qu'Hillary essaie d'empoisonner Harry. » Elle se laissa tomber sur la chaise en face de son bureau et se redressa aussitôt.

Connor faisait face à son écran d'ordinateur. Il pivota et la regarda. « Bonjour à vous aussi. C'est une accusation plutôt grave. Vous en êtes sûre ? »

Kat parla de ses soupçons au sujet du jus d'orange et d'Hillary. « Le seul problème c'est – c'est qu'il a disparu. La seule preuve que j'ai, ce sont ces morceaux de verre. » Elle ne mentionna pas le pesticide car elle voulait être sûre avant de porter une accusation. Elle irait d'abord faire un tour chez Garden Heaven. Elle pourrait peut-être découvrir qui l'avait acheté.

Elle lui tendit la boîte en carton avec la carafe de jus d'orange cassée. Elle contenait plusieurs morceaux de verre de plusieurs centimètres, ainsi que l'anse en plastique. « Je pense qu'elle essaie de le tuer. »

« Vous devez avoir plus de preuves que ça. »

« La preuve, c'est le mobile, Connor. Elle cherche de l'argent désespérément et elle fatiguée d'Harry. Elle veut s'en débarrasser. Pour récupérer ce qu'il reste de son patrimoine. »

Connor secoua la tête. « Ce n'est pas suffisant. Si on fait analyser ces morceaux de verre pour retrouver des empreintes, qu'est-ce qu'on découvrira ? Probablement les vôtres, celles d'Harry et d'Hillary. Toutes les personnes susceptibles de servir un verre de jus d'orange. Vous devez disposer de preuves substantielles pour prouver qu'Hillary est impliquée là-dedans. »

« Mais comment ? Je n'ai plus d'idées. »

« Je ne sais pas exactement. Mais je suis certain que vous trouverez un moyen. Il le faut. L'hôpital recommandera probablement à la police de vous inculper. »

« Les soupçons, ce ne sont pas des faits. Il n'y a rien qui me désigne non plus. »

Connor fit un signe de la main. « Harry est avec vous tout le temps. Vous préparez ses repas et, selon vos propres dires, Hillary ne s'en occupe jamais. La proximité est un motif suffisant pour faire de vous un suspect. Ce qui nous amène au problème suivant. Je ne suis pas avocat pénaliste. S'ils déposent plainte, vous devrez vous en trouver un bon pour vous défendre. »

« Je ne peux pas le croire. Je suis la seule à m'occuper d'Harry – je le surveille tout le temps. Et à cause de ça, on m'accuse de l'avoir empoisonné ! » Kat sauta de sa chaise. « Ce n'est pas juste ! »

Connor lui fit signe de s'asseoir. « Calmez-vous. Personne ne vous accuse pour l'instant. Certes, c'est ce que pense le personnel médical mais il faut bien plus que leurs soupçons pour porter une accusation. »

Kat s'assit. « Mais ils passent complètement à côté d'Hillary. Pourquoi ses visites ne sont-elles pas surveillées ? Ils ne devraient pas prévoir une surveillance pour toutes les visites par mesure de précaution ? »

« Probablement, mais personne ne leur a donné une raison de le faire. Et, d'une manière ou d'une autre, le médecin vous suspecte déjà. Vous l'avez empoisonné ? » Il la regardait par-dessus ses lunettes.

« Bien sûr que non ! » Kat se leva en furie, renversant un verre d'eau qui se trouvait sur le rebord du bureau. « Comment pouvez-vous dire une telle chose ? »

« Je suis désolé, mais il fallait que je pose la question. » Connor se leva et attrapa un polo sur son porte-manteau. Il essuya l'eau avec ce dernier et le jeta au sol. « Il faut vraiment vous calmer, Kat. Ça n'arrange rien de réagir de la sorte. »

« Désolée. » Connor avait raison. « Et désolée aussi pour l'eau. »

Il lui fit signe de la main de ne pas s'inquiéter. « J'amènerai l'un des médecins voir Harry aujourd'hui. Il semble se sentir mieux à l'hôpital. »

« C'est parce qu'Hillary ne peut pas l'empoisonner quand il est là-bas. » Kat se pencha en avant et posa ses coudes sur la table. « Je sais à quel point ça peut paraître fou. Même moi, je n'arrive pas à croire qu'il ait été empoisonné. Mais ce n'est pas moi et celui ou celle qui l'a fait doit être arrêté. Pourquoi le médecin pense-t-il que c'est moi ? »

« Vous êtes le suspect idéal. Vous l'avez emmené à l'hôpital. Vous avez dit vous-même que vous vous occupiez de lui. Harry est avec vous au bureau tous les jours, et le soir aussi. Presque tout le temps. »

« On ne peut pas faire autrement. Harry ne peut pas rester seul, Connor. Vous avez vu dans quel état il est. »

« Je sais. Mais vous pouvez comprendre les doutes du médecin. Elle doit prendre des précautions quand la vie de son patient est en danger. De toute façon – J'ai eu l'occasion de parler à Harry au sujet de son état mental. Il insiste pour dire que tout va bien. »

« Bien sûr qu'il va dire ça. Il ne réalise pas qu'il y a quelque chose qui cloche. » Kat sentit une boule dans sa gorge. C'était un cercle vicieux.

« Il a accepté de se faire examiner, pourtant. Pour « prouver que tous ces médecins ont tort » comme il dit. J'essaie d'organiser ça avant la fin de la semaine. »

« Il ne peut pas attendre si longtemps. Il est complètement fauché, Connor. Une conséquence plutôt grave pour une simple querelle familiale. Personne ne prend les histoires d'abus financier au sérieux. Pourquoi ? » Hillary pourrait avoir posé un pistolet contre la tempe d'Harry, mais elle l'avait dépouillé, c'était tout comme.

« Ce n'est pas qu'ils ne le font pas, Kat. C'est juste que la charge de la preuve incombe à la victime. »

« Une victime qui ne peut même plus s'occuper d'elle ? C'est tellement injuste. » Kat se sentait désemparée. Elle ne pouvait rien faire pour la maison tant que la défaillance d'esprit d'Harry au moment du transfert de titre de propriété n'avait pas été prouvée. La falsification de la signature était une option, mais le temps de trouver des preuves et d'obtenir une date du tribunal, ce n'était pas pour tout de suite. D'ici là, Hillary se sera évaporée depuis longtemps.

« La police peut sûrement faire quelque chose. »

« Kat, vous dites vous-même qu'il n'y a pas de preuves concrètes. »

Kat lança ses bras en l'air. « Il a perdu sa maison, Connor. Son compte en banque a été vidé et il a contracté des prêts qu'il ne pourra jamais rembourser. Hillary figure désormais à l'acte de propriété de sa maison. Elle conduit une Porsche et elle porte des bijoux qu'elle a payés avec son argent à lui. On voit bien à qui profite le crime. Je ne vois pas comment le mobile pourrait être plus évident. »

« Je sais. Mais avec les tribunaux, c'est tout noir ou tout blanc. Vous le savez déjà. Il faut monter un dossier, avec des preuves indiquant qu'elle a pris son argent sans qu'il ne le sache ou sans son consentement. Ou prouver qu'il était incapable de donner son consentement du fait de ses troubles mentaux. Ne laissez pas les émotions entacher votre jugement. »

« Mais, il est incapable de comprendre ce qu'elle fait. Elle l'a ruiné. »

« C'est possible. Mais nous ne pourrons avancer que lorsqu'il aura été déclaré inapte mentalement. »

« Donc tout est perdu ? Son argent, sa maison, tout ? Je ne peux pas le croire. Comment la loi peut-elle être aussi injuste ? »

« Cela peut paraître injuste. Mais nous ne pouvons pas revenir en arrière et remettre en question sa capacité mentale dans le passé. Son état mental n'a pas été examiné de façon objective à ce moment-là. Peu importe que vous vous rappeliez de son état d'esprit. Sans l'opinion d'un médecin qualifié… Tout est question d'avis médical. » Il lui tapota la main. « Je suis désolé. Vraiment. »

L'argent d'Harry avait disparu et, maintenant, sa santé était en danger. Que fallait-il faire pour arrêter Hillary ? Si personne ne pouvait l'aider, elle allait le faire à la dure. La seule façon de prouver son innocence, c'était de prouver qu'Hillary était coupable.

CHAPITRE 61

Il fallut dix minutes à Kat pour rejoindre le parking en gravier de Garden Heaven. Il y avait seulement deux autres voitures sur l'aire de stationnement. Qui achetait des plants et des articles de jardinage en plein hiver ?

Le gravier craquait sous ses pieds alors qu'elle se dirigeait vers la porte d'entrée. Un petit vent soufflait et fouettait une bannière déchirée à l'avant du magasin. Elle ouvrit sa veste et entra à l'intérieur.

« Puis-je vous aider ? »

Il ne devait pas y avoir beaucoup de monde. La femme d'une cinquantaine d'années l'accosta alors qu'elle était à peine entrée dans le magasin. Elle portait un polo vert Garden Heaven avec une étiquette indiquant *Rosemary*. Elle s'essuya les mains sur les cuisses de son jean ample et fit un sourire à Kat.

Kat lui rendit son sourire et prit le reçu dans sa poche. « En fait, oui. Je cherche des informations. »

Rosemary fronça les sourcils. « J'ai bien peur que nous ne puissions pas reprendre ce produit. Vous avez dépassé les quatorze jours indiqués dans notre politique de retour. » Ses yeux fixèrent Kat, attendant une réaction.

« Je ne veux pas le rendre – je me demandais juste si c'était vous qui l'aviez vendu. » Kat lui tendit le reçu.

« Quelle différence cela fait-il ? » Rosemary prit quand même le reçu. Elle rabaissa les lunettes qui étaient perchées sur sa tête et l'étudia. « Oui, c'est moi qui ait réalisé cette vente. Je me rappelle de ce jour. »

Un vent d'espoir inonda Kat. « Vous rappelez-vous de la personne qui l'a acheté ? »

« En général, je ne me rappelle pas des clients. Mais là si – c'était le jour de mon anniversaire. Je voulais fermer un peu plus tôt. Une femme s'est faufilée à l'intérieur – je n'avais pas encore verrouillé la porte. Je lui ai dit que c'était fermé, mais elle m'a ignorée. Elle ne voulait pas partir, alors finalement j'ai renoncé à le lui demander. Elle avait fini son tour en cinq minutes et je n'avais pas encore fermé ma caisse. Donc, je lui ai fait son total. C'était le meilleur moyen de me débarrasser d'elle. »

Kat sortit une photo d'Hillary. « Est-ce cette femme que vous avez vue ? »

« Hum… ça se peut bien. Mais, peut-être que non. Je ne suis pas physionomiste. Je ne peux pas l'affirmer. »

« OK. » Les épaules de Kat s'affaissèrent, ses espoirs partaient en fumée. Elle remercia Rosemary et se dirigea vers la porte. C'est à ce moment-là qu'elle l'aperçut.

Garden Heaven avait une caméra de surveillance, juste au-dessus de la porte. Elle fit demi-tour et pointa la caméra du doigt. « Rosemary, est-ce que cette caméra fonctionne tout le temps ? »

« Normalement. Pourquoi ? »

« Je réalise une enquête au sujet d'une fraude. S'il vous plaît, gardez les enregistrements, ne les effacez pas. Ils peuvent s'avérer importants pour l'affaire. »

Rosemary ouvrit grand les yeux. « Quel genre d'affaire ? Une affaire criminelle ? »

« Oui. » Ce n'était pas vraiment un mensonge. Pour Kat, Hillary était une criminelle. Et Rosemary n'avait pas demandé si elle était de la police. Elle ne voulait pas donner trop de détails, non plus. «

Quelqu'un pourrait bien être en danger. Je ne pense pas que – non. »

« Je ne pense pas que quoi ? » Les yeux de Rosemary s'illuminèrent.

Exactement le sursaut d'intérêt que Kat espérait.

Kat tapota sa montre. « Eh bien, je me bats contre le temps et j'ai plusieurs pistes. Si je pouvais juste jeter un œil à la vidéo, je pourrai déterminer si celle-ci vaut le coup ou pas. Mais ce n'est pas grave, je ne veux surtout pas vous causer de problèmes. »

Kat lâcha un gros soupir, espérant attirer la sympathie de Rosemary.

Cela fonctionna.

« Il n'y a pas de problème. C'est moi la gérante, donc je fais ce que je veux. Il n'y a pas beaucoup de monde aujourd'hui. On peut avoir accès aux enregistrements sur mon ordinateur. » Elle fit signe à Kat de la suivre jusqu'à un bureau qui se trouvait dans le coin Fleuristes.

Moins d'une minute plus tard, elles étaient assises face à l'ordinateur de Rosemary. Rosemary lança un programme et en quelques clics, elles purent visualiser l'enregistrement de ce jour-là. Une autre journée pauvre en clients, comme Kat pouvait le constater. Rosemary appuya sur la touche d'avance rapide. La porte s'ouvrait et se fermait et des personnes entraient et sortaient rapidement. Moins d'une douzaine de clients pour l'instant. Exactement ce à quoi on peut s'attendre en décembre.

« Attendez. Revenez en arrière d'une minute. » L'image de la dernière femme était floue, mais il y avait quelque chose de familier. Le pouls de Kat s'accéléra.

Rosemary ralentit l'enregistrement en mode Lecture.

Le son sur la bande était un peu confus, mais l'image était claire. Une femme vêtue de noir entra dans le magasin et se dirigea vers l'arrière-boutique. Rosemary la suivait, lui montrant la porte et lui disant quelque chose que Kat ne pouvait deviner. Elle protestait certainement, lui disant que le magasin était fermé. Le dos de la femme était face à la caméra et elle portait un long manteau. Hillary portait toujours du noir.

Personne n'entra ou ne quitta le magasin pendant les quelques minutes suivantes. Rosemary appuya sur la touche Avance rapide jusqu'à ce que la personne se retrouve à la caisse. Elle poussait un caddie rempli de sacs de la même taille et de la même couleur que les sacs de pesticide qui se trouvaient dans le garage d'Harry.

« Maintenant, je me rappelle d'elle, » dit Rosemary. « Elle était habillée différemment, vous savez ? La plupart des jardiniers ne portent pas de talons hauts. À l'occasion peut-être, s'ils passent pendant leur pause-déjeuner ou en rentrant à la maison après le travail. Mais c'était juste avant la fermeture. Autre chose – absolument personne n'achète de pesticide au mois de décembre »

« À quoi sert le pesticide ? »

« C'est un produit à large spectre, ce qui veut dire qu'il tue tout. Mais il faut avoir une sacrée infestation pour utiliser quelque chose d'aussi fort. Ça tue absolument tout ce avec quoi il entre en contact. »

Kat frissonna. « Même les gens ? »

Rosemary en resta bouche bée. « Eh bien, c'est du poison. Quelqu'un est mort ? »

« Presque. Puis-je avoir une copie de cet enregistrement ? »

APRÈS S'ÊTRE BATTUE une éternité pour rentrer à la maison à cette heure de pointe, Kat était enfin assise à son bureau à l'étage, se demandant comment faire le lien entre le pesticide et le rapport toxicologique d'Harry. Un rapport qu'elle n'avait pas en fait. Une copie du CD d'enregistrement de Garden Heaven était posée sur le côté de son bureau.

Le fait d'avoir identifié Hillary sur la vidéo en train d'acheter le pesticide constituait un grand pas en avant. Ce n'était pas suffisant pour accuser Hillary, mais assez pour la faire fuir. Kat voulait s'assurer qu'elle rende des comptes à la justice pour ce qu'elle avait fait.

Elle se rendrait au bureau de Connor Whitehall dans la matinée avec l'enregistrement et lui demanderait des conseils quant à la marche à suivre. Le reçu constituait-il une preuve suffisante ? Elle n'allait pas simplement le donner à la police, pas question. Après tout ce qui s'était passé à Hideaway Bay, elle ne pouvait leur faire aveuglément confiance sans avoir un plan B.

Elle porta à nouveau son attention sur le pesticide. Un à un, elle saisit chaque ingrédient listé sur l'étiquette sur son ordinateur. Elle voulait se précipiter à l'hôpital – et à la police – avec ses soupçons, mais elle savait qu'elle devait d'abord constituer un dossier. Sinon, ils ne la croiraient jamais.

Même si elle s'y attendait, les mots l'étonnaient encore:

Contactez votre centre antipoison et demandez immédiatement l'avis d'un médecin en cas d'ingestion, d'inhalation ou de contact du produit avec la peau, les yeux ou les muqueuses. Peut entraîner la cécité.

L'ingestion peut cause des désordres gastro-intestinaux y compris des crampes d'estomac, des nausées, des vomissements, une pâleur, des vertiges, une perte de connaissance, des crises, une confusion mentale, des délires ou le décès.

Kat se concentra sur le dernier mot. Elle manquait de temps. Harry aussi.

CHAPITRE 62

Kat parcourut les deux pâtés de maisons jusqu'à chez Harry sous la pluie. Après l'incident du chasse-neige, elle évitait dans la mesure du possible de conduire le camion de Jace. Ça lui donnait la chair de poule après une telle attaque. Elle courut au coin de la rue, soulagée de voir que la Porsche noire d'Hillary n'était pas garée devant. Ni la Lincoln, ni aucune autre voiture d'ailleurs.

Elle espérait ne pas être trop tard. Elle se maudit d'avoir laissé le pesticide chez Harry. Un sacré faux pas, car c'était autre preuve potentielle de ce qui avait empoisonné Harry. Et s'il avait disparu ? Le reçu seul n'était pas une preuve suffisante que quelqu'un essayait de lui faire du mal. Laisser le pesticide chez Harry, c'était aussi donner accès au poison pour des doses futures. Où avait-elle la tête ?

Hillary aurait disparu depuis longtemps, après avoir siphonné l'argent d'Harry, sa ligne de crédit et tout le reste. Y compris sa maison, la seule chose de valeur qui lui restait. Et bientôt, sa vie.

Kat était étonnée. Qu'est-ce que Kat pouvait bien faire d'autre ? Elle avait déjà son argent et sa maison. Alors, quoi d'autre ?

Une fraction de seconde plus tard, elle réalisa qu'il y avait autre chose. Harry avait une assurance vie. Elle descendit l'allée vers le garage. Hillary n'allait pas s'en sortir comme ça. Pas si elle pouvait l'en empêcher.

La pluie verglaçante tombait, lourde et bruyante, éclaboussant de la boue sur ses chaussures de course. Kat frissonna ; elle aurait dû enfiler des vêtements imperméables.

Elle atterrit dans une flaque d'eau et grimaça tandis que de l'eau froide s'infiltrait dans ses chaussures. Elles s'écrasèrent quand elle parcourut les derniers mètres de l'allée en courant jusqu'à la porte de garage fermée par un cadenas. Elle glissa ses doigts gelés dans sa poche et en sortit la clé. Elle tâtonna avec ses doigts engourdis, essayant de faire céder la serrure rouillée. Finalement, la gorge tourna.

Elle ouvrit le garage et plaça le cadenas sur le loquet de la porte. Elle poussa un soupir de soulagement en voyant que les sacs de pesticide étaient toujours à la même place au-dessus de l'établi. Elle hésita, incertaine. S'agissait-il d'une scène de crime ? Si oui, le fait de récupérer les sacs constituait-il une falsification de preuve ? Mais elle ne pouvait pas les laisser, de peur qu'ils soient à nouveau utilisés.

La pluie d'orage redoubla d'intensité lorsqu'elle entra dans le garage, juste au bon moment. Elle noyait ses pensées comme le crescendo d'un chef d'orchestre. Kat jeta un œil vers la porte ouverte. Il faisait sombre dehors, excepté la lumière de sodium froide provenant d'un lampadaire de l'autre côté de la rue. Elle se reflétait dans les gouttes de pluie qui tombaient sur le sol. Elle ferait mieux de faire vite avant de mourir de froid.

Devait-elle prendre le pesticide ou laisser les sacs ici ?

Au final, elle décida de les prendre. Bien sûr, il suffisait à Hillary de racheter un autre sac, mais au moins de cette façon, elle avait retiré la source du poison et conservé les preuves. Elle descendit les sacs un à un et les déposa sur l'établi.

Les preuves. Elle regarda ses mains. Elle avait touché les sacs elle aussi.

Mais la chose la plus importante, c'était d'enlever le poison.

Elle pourrait peut-être faire le lien entre ces sacs et l'enregistrement vidéo de Garden Heaven. Les numéros de lot pouvaient être tracés en fonction de la date, etc. Bien sûr, tout reposait sur son intuition au sujet de ce pesticide. Rien n'était prouvé pour l'instant.

Elle regretta de ne pas avoir rapproché la camionnette. L'idée de traîner cinq kilos de pesticide deux pâtés de maisons plus loin n'était pas particulièrement alléchante. Elle fouilla dans le garage d'Harry, cherchant un sachet plastique dans les tiroirs et les caisses afin de protéger les sacs de la pluie. Le plastique l'empêcherait également de préserver les empreintes sur le sac. Bien sûr, cela incluait les siennes.

Elle se pencha à la recherche d'un seau de sacs en plastique.

Une ombre bloquait la lumière que venait de l'extérieur ; Kat se tourna vers la porte.

« Que fais-tu ici ? » Elle aurait reconnu la voix d'Hillary entre mille.

Kat se mit sur ses pieds pour faire face à Hillary. Elle s'en voulait de ne pas avoir pensé plus tôt qu'Hillary reviendrait pour le poison. Et pour effacer ses traces.

« Réponds-moi. Que fais-tu ici, Kat ? Ce n'est pas ta maison. » Hillary se tenait devant la porte, les bras croisés. Elle portait un jean, des bottes et un pull noir. « Ce n'est pas chez toi, ici. »

« Je – je vérifie juste quelque chose pour Harry. » Kat frissonna.

Hillary se moqua en entrant dans le garage. « Vérifier quoi ? Harry n'a besoin de rien. Encore moins venant de ta part. »

Kat regarda vers l'établi, contente de ne pas avoir déjà pris les sacs. Au moins, Hillary ne saurait pas qu'elle était là pour le pesticide. « Pourquoi es-tu ici, Hillary ? Ce n'est plus ta maison non plus. »

Hillary sourit mais ne dit rien. Au lieu de cela, elle agitait sa bouteille d'eau en plastique et se dirigea vers l'établi.

« Je n'ai pas de temps à perdre avec tes accusations ridicules, Kat. J'ai suffisamment de problèmes comme ça, je n'ai pas besoin que tu me harcèles en plus. » Hillary regarda sa montre.

« Je parie que si. Tu es en retard pour quelque chose ? Ou, peut-être que les choses ne se passent pas aussi vite que tu le voudrais ? »

Hillary posa sa bouteille d'eau sur l'établi, juste à côté des sacs de pesticide.

Hillary portait des gants de jardinage. Les portait-elle lorsqu'elle avait administré le poison ?

Kat repensa à la vidéo de Garden Heaven. Hillary portait aussi des gants à ce moment-là. Est-ce qu'il y avait seulement les empreintes de Kat sur les sacs de pesticide ?

Elle fut prise de tremblements. Elle était peut-être tout simplement paranoïaque. La visite au centre de jardinage était la seule anomalie qui ne pouvait être expliquée. Hillary n'avait jamais aimé le jardinage. Elle ne nourrissait et ne cultivait certainement rien. Elle les tuait plutôt.

« Je pense que tu devrais t'en aller maintenant, » dit Hillary.

« Je ne vais nulle part. » Kat lui tint tête.

Hillary tendit un doigt vers Kat, mimant un pistolet, et se mit à rire. « Je te donne trente secondes pour disparaître. Ou sinon. » Elle marcha vers Kat, bloquant la lumière qui passait par la porte ouverte.

Kat sentit la dernière once de maîtrise de soi qu'elle pouvait avoir s'évanouir. C'en était assez. « Comment peux-tu faire ça, Hillary ? »

« Faire quoi ? » Hillary montra ses dents blanchies. Mais son sourire était glacial.

« Tu crois que je ne sais pas ce que tu fabriques ? » Kat ne mentionna pas le poison. « Les cartes de crédit, les factures ? Ton nom sur l'acte de propriété d'Harry ? Une nouvelle bassesse, même pour toi. Es-tu à ce point désespérée pour devoir enlever à un vieil homme le dernier espoir d'une vie confortable ? »

« Comment oses-*tu* m'accuser de vol ! Tu le sais bien. Toi tu m'as volé ma vie. » Hillary s'adossa contre l'établi, devant les sacs de pesticide.

« De quoi parles-tu ? » Kat se rapprocha. « Tu es responsable de ta propre vie. Rien de ce que je fais ne changera ça. »

« C'est mon père, Kat, pas le tien. Ça me rend malade que tu t'immisces là-dedans, que tu prennes la moitié de tout. Tu n'as droit à rien. »

« La moitié de quoi ? »

Hillary ne répondit pas. Elle attrapa un tournevis sur l'établi d'Harry et le planta dans un sac de pesticide. Elle le déchira et le souleva au-dessus de sa tête, libérant un nuage de poudre. Puis, elle en versa sur Kat.

Des nuages de poudre s'échappaient du sac, enveloppant la tête et le visage de Kat. Kat haletait alors que la poudre recouvrait son visage, son cou et ses épaules, entrait dans ses narines et ses poumons. Elle baissa la tête et protégea ses yeux avec ses bras. Mais il était trop tard. La poudre était partout. Elle collait à ses vêtements humides, recouvrait ses chaussures et enduisait le sol du garage. Elle s'étouffa, inhalant le pesticide jusque dans ses poumons. Elle agita les bras et se débattit, momentanément aveuglée par la poudre qui lui piquait ses yeux.

Les yeux de Kat brûlaient ; elle en ouvrit un tout doucement. Elle se frotta les yeux et se décala vers l'avant. Elle devait rincer le poison qu'elle avait dans les yeux, mais l'évier le plus proche se trouvait dans la maison.

« Tout est à moi ici. Est-ce que c'est clair ? » Hillary se retourna et s'éloigna, le sac à moitié vide dans une main.

Puis, la porte claqua et Kat entendit le bruit du cadenas.

« Oh, et bien sûr – Je dirai à papa que tu lui as dit au-revoir. »

CHAPITRE 63

Kat, aveuglée, se traîna jusqu'à l'établi et passa sa main sur la surface. Elle laissa échapper un soupir en sentant la bouteille d'eau d'Hillary. Elle versa une goutte sur son doigt et la goûta pour être sûre. De l'eau plate.

Pourquoi avait-elle accordé le bénéfice du doute à Hillary ? Elle devait savoir, à présent, que les actes d'Hillary étaient tous animés par les intérêts d'une seule et même personne. Elle. Même si cela impliquait de trahir Kat, Harry ou n'importe qui d'autre.

Elle leva la bouteille et versa le contenu dans un œil, puis dans l'autre, les rinçant jusqu'à ce qu'ils ne brûlent plus. Elle utilisa le reste de l'eau pour rincer son visage aussi bien qu'elle le pouvait. Ses yeux la piquaient encore, mais au moins elle pouvait les ouvrir pour y voir clair.

Tous les sacs Garden Heaven avaient disparu.

Kat poussa sur la porte, en sachant très bien que c'était inutile. Elle avait entendu Hillary remettre le cadenas. Comment Hillary pouvait-elle la laisser ici ? Kat passa en revue le garage. Elle envisageait de briser la fenêtre, lorsqu'elle réalisa qu'il y avait un autre moyen de sortir. La télécommande de la porte de garage.

Elle appuya dessus. Une minute plus tard, elle se tenait dehors dans l'allée, avalant l'air frais et laissant la pluie nettoyer le poison qu'elle avait sur la peau et les vêtements.

Elle n'avait plus les sacs de pesticide qu'elle était venue récupérer à titre de preuve. Hillary s'en était occupée. Elle pouvait quand même récupérer un peu de poudre pour la faire analyser. Elle revint à l'intérieur et attrapa un pot de yaourt vide de la pile qu'Harry conservait sous l'établi. Elle ramassa le plus qu'elle pouvait sur le sol du garage.

Elle appela Connor Whitehall mais n'eut aucune réponse. Elle lui laissa un message avec des instructions pour lui indiquer comment récupérer l'échantillon et la vidéo chez elle, ainsi que l'endroit où elle cachait le double de la clé. Elle n'avait pas le temps de l'attendre. Elle devait arriver à l'hôpital avant Hillary.

Une heure plus tard, Kat descendit le couloir de l'hôpital avec hâte, mais Hillary était déjà là. Elle était assise sur une chaise, en dehors de la chambre d'Harry, se lamentant.

Malgré ses vêtements humides, Kat commençait à transpirer. Hillary avait-elle déjà agi ? L'avait-elle déjà tué ? Elle se figea, juste devant la porte de la chambre d'Harry. Que pouvait-elle faire ?

À ce moment, Hillary leva les yeux. Si elle était choquée de voir Kat, en tout cas elle ne le montra pas. « Tu n'as rien à faire ici. » Elle fit signe à Kat de s'en aller d'une main manucurée.

Kat l'ignora et entra dans la chambre d'Harry. Une demi-douzaine d'infirmières et de médecins étaient regroupés autour du lit d'Harry avec des chariots pleins de matériel et d'instruments. Une infirmière lui lança un regard lorsqu'elle entra dans la salle. C'était cette même infirmière qui avait été impolie avec elle la veille. Elle leva la paume de sa main, demandant à Kat de s'arrêter.

Le cœur de Kat se figea dans sa poitrine. Était-il trop tard ? Elle se réfugia à l'extérieur, à l'endroit où Hillary était assise, l'air livide.

Le public d'Hillary avait disparu, tout comme ses larmes. Ses joues étaient sèches et son maquillage n'avait pas trop souffert. Elle avait mieux à faire que de parler à Hillary, mais elle ne put s'en empêcher. « Qu'est-ce que tu lui as fait ? »

Hillary sourit. « Qu'est-ce qui te fait croire que j'ai fait quelque chose ? »

« Je ne crois pas – je le sais, Hillary. »

L'infirmière sortit de la chambre d'Harry. Elle ignora les reniflements d'Hillary et regarda Kat droit dans les yeux. « Son état s'empire. »

« Heu ? » Kat était surprise que l'infirmière daigne lui parler. De plus, ses yeux traduisaient l'inquiétude. Pourquoi ne s'adressait-elle pas à Hillary ? « S'empire, comment ça ? »

« Il est en état de choc. Tous ses symptômes sont réapparus, plus intenses qu'avant. Il a à nouveau ingéré du poison. »

Et moi je n'étais pas là. Soudain, Kat réalisa pourquoi l'infirmière était plus sympathique. Elle savait que Kat ne l'avait pas fait. Mais s'était-elle rendue compte que c'était Hillary ?

L'infirmière glissa son regard vers Hillary ; ses reniflements avaient laissé place à des gémissements. Les pleurnicheries d'Hillary semblaient convaincantes, mais ses yeux la trahissaient. Ils passaient de l'infirmière à Kat, espérant une réaction.

Hillary devait avoir donné une dernière dose à Harry. Une dose plus importante que les autres. Alors que le personnel médical tentait de sauver une vie, l'intention d'Hillary était d'en prendre une. Et elle y était presque parvenue.

Kat composa le numéro de Connor Whitehall. Pour maintenant, elle espérait qu'il avait récupéré l'enregistrement du Garden Heaven et l'échantillon de pesticide. Si tout se passait comme prévu, Connor Whitehall devait être en train de les remettre à la police en ce moment même. L'échantillon correspondrait aux toxines trouvées dans l'analyse de sang d'Harry et les autorités seraient tenues d'intenter une action.

Hillary se tenait à l'extérieur de la chambre. Elle gémissait de plus en plus fort, comme si elle était la seule survivante d'une catastrophe. Toutes les secondes, elle jetait un œil autour d'elle pour vérifier qu'on la regardait bien.

Au bout d'une minute, le couloir était complètement vide car tout le personnel médical disponible s'était précipité dans la chambre d'Harry. Seules Hillary et Kat, interdites d'accès, restaient à l'extérieur.

Les larmes de crocodile d'Hillary répugnaient Kat. Pensait-elle vraiment pouvoir tromper tout le monde ?

« Pourquoi tu l'as fait, Hillary ? »

« Faire quoi ? » Un sourire mesquin se dessina sur les lèvres d'Hillary. « Je ne vois pas du tout de quoi tu parles. Et même si c'est moi, tu le ne sauras jamais. Personne ne saura. »

« Moi si. J'ai des preuves. »

Hillary leva les sourcils. « Vraiment ? Quoi exactement ? »

« Ils savent que c'est toi, Hillary. Ils sont au courant pour l'argent et pour le poison. »

« C'est qui, *ils* ? »

« Les médecins, la police. Les analyses de sang ont confirmé la nature du poison et la police détient des preuves. Tout est sur la vidéo. Toi, au Garden Heaven, toi en train d'empoisonner le jus d'orange. Tu ne t'en sortiras pas. » Kat avait ajouté le jus d'orange pour observer la réaction d'Hillary.

« Tu bluffes. »

« La police est sur le point de partir. » Même si Connor avait remis l'enregistrement à la police, elle doutait qu'ils soient aussi rapides. Mais Hillary n'avait pas besoin de le savoir.

« Si tu dis quelque chose, je te ferai regretter d'être venue au monde, » chuchota Hillary en regardant dans la chambre d'Harry.

Mais personne ne l'entendit à part Kat. Le personnel médical était concentré sur son travail.

Hillary prit un miroir compact dans son sac à main et l'ouvrit. Elle tamponna son mascara avec un mouchoir et regarda Kat. Finie la crise de nerfs d'Hillary ; elle avait disparu, comme toujours quand son public désertait.

« Ne quitte pas la ville, Hillary. Tu nous dois quelques explications. »

Hillary se retourna pour la regarder, parfaitement calme. « Essaie un peu de m'en empêcher. »

« C'est déjà fait. »

Hillary lança un regard noir à l'attention de Kat, une haine brûlante dans les yeux. « Je te le ferai payer. »

« C'est trop tard. » Kat rencontra le regard d'Hillary, se demandant pourquoi elle avait peur d'elle avant. Elle ne s'était pas non plus rendue compte qu'Hillary était incapable de s'occuper de qui que ce soit, seulement d'elle. Après cette prise de conscience, Hillary n'avait plus exercé aucun pouvoir sur elle.

Kat faisait partie de la famille et elle avait le droit d'être ici. Peu importe ce qu'Hillary disait ou pensait.

« Accuse-moi de quoique ce soit et je te le ferai regretter. » Hillary fusilla Kat du regard.

« La vérité va éclater au grand jour, Hillary. C'est déjà fait. »

Hillary jeta un coup d'œil vers la porte d'Harry et ouvrit grand les yeux. Elle s'arrêta un instant, puis elle tourna les talons et emprunta le couloir jusqu'aux doubles portes de l'hôpital. Ses talons faisaient écho sur les murs, suivis du « ding » de l'ascenseur.

Kat espérait ne jamais la revoir.

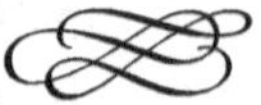

CHAPITRE 64

Kat était assise dans le bureau de Zachary quelques heures plus tard, étonnée de ce que venait de lui dire ce dernier.

« Vous avez tout parié ? » Kat ouvrait grand la bouche, stupéfaite que Zachary ait tout misé sur un seul échange. « Pourquoi, Zachary ? »

Zachary se tenait devant l'écran de son ordinateur, les manches de sa chemise retroussées. Le devant de sa chemise froissée portait une tache de café et il semblait ne pas avoir dormi depuis des jours. Pour la première fois, Kat se sentit mieux apprêtée que lui.

« Je peux tout récupérer, Kat. » Il sourit. « Mon modèle fonctionne. Il faut juste que je prouve que – »

« Zachary, c'est trop tard. Que votre modèle fonctionne ou pas, cela n'a plus aucune importance. Les investisseurs d'Edgewater et les autorités doivent être mis au courant du système de Ponzi mis en place par Nathan. Tout de suite. »

Zachary pointa du doigt son écran de cotation. « Ils le seront, dès que j'aurai récupéré l'argent. Regardez l'écran. L'euro remonte et j'ai déjà couvert une partie des pertes. Presqu'un milliard déjà. » Il prit un mouchoir dans sa poche et s'essuya le front. « Un milliard, Kat. Je dois continuer tant que ça dure. »

La télévision bourdonnait derrière Zachary. Le dollar perdait de la valeur par rapport à l'euro. Des dizaines de traders en furie étaient collés devant leur écran d'ordinateur, l'opposé de la scène qui se jouait devant elle avec Zachary.

« C'est l'argent des investisseurs, Zachary. Limitez vos pertes et sortez de là tant que vous le pouvez encore. »

« C'est fou. Je gagne cent millions à chaque fois que l'euro s'apprécie de dix points de base face au dollar. Pourquoi je devrais m'arrêter ? »

Cent points de base équivalaient à un pourcent en termes de négoce. Un milliard de dollars correspondait à la moitié des pertes subies par Edgewater suite à la fraude de Nathan. « Ça peut très vite se retourner, Zachary. Laissez tomber. »

La panique qui se lisait sur le visage de Zachary disparut lorsqu'elle évoqua le système de Ponzi de Nathan. De vulnérable, son expression était devenue suffisante.

Kat regardait le graphique sur l'écran. La courbe de tendance de l'euro apparaissait en vert, déjà en hausse d'un pourcent par rapport au dollar aujourd'hui.

« Vendez vos positions, Zachary. Sortez de là tant que vous avez une longueur d'avance et signalez la fraude. Les investisseurs comprendront que c'était Nathan et pas vous. »

« Pas encore. »

« Et si perdez le peu qu'il vous reste ? C'est un pari que vous allez perdre à coup sûr. »

« Ne me portez pas la poisse. Ce n'est pas du tout un pari. Ma mise est suffisamment importante pour faire bouger le marché de lui-même. Dès que le mouvement prendra de l'ampleur, je pourrai sortir du trou en quelques jours, voire quelques heures. »

« Vous n'êtes pas sérieux. Après avoir maudit Nathan pour avoir ruiné Edgewater, vous êtes sur le point de faire la même chose. »

Zachary renifla. « Les gens riches ne comprendront pas une perte aussi importante, Kat. Ils seront furieux quand ils sauront ce que Nathan a fait. Ils supposeront que je faisais partie de la combine. Ou que je suis complètement idiot, trop stupide pour avoir remarqué qu'une fraude de cette ampleur se déroulait juste sous mes yeux. » Donc, je suis soit un incompétent, soit un voleur. Des deux côtés, je perds. »

« Avec suffisamment de preuves, ils vous croiront. » Kat désigna l'écran du doigt. « Ces bénéfices ne sont pas bloqués. Ils peuvent très bien basculer dans l'autre sens. Et au lieu d'avoir deux milliards de perte, vous pouvez perdre encore plus. Retirez votre position, Zachary, et prenez vos responsabilités. Vous n'avez rien fait de mal – du moins pas encore. »

« Et ça n'arrivera pas. C'est parfaitement légal. Il n'y a rien dans le prospectus du fonds qui dise que je ne peux pas le faire. »

Techniquement, c'était légal, mais était-ce bien ? « Mais je suis sûre que vos investisseurs ne voudraient pas que vous misiez tout sur un seul échange. Que feraient-ils s'ils le savaient ? »

Zachary ne répondit pas, donc Kat répondit à sa propre question. « Ils récupéreraient leur argent. » La courbe de tendance de l'euro plongerait à nouveau, réduisant à néant tous les gains obtenus juste avant.

Zachary était aussi moralement défaillant que son père – la seule différence c'est qu'il n'avait pas franchi la ligne entre ce qui est légal et l'illégalité.

« Ils n'ont pas besoin de le savoir, » dit Zachary.

« Ce n'est pas juste un coup de dés à Las Vegas. » Kat regardait l'écran. La ligne sur le graphique était devenue rouge. Elle affichait désormais une perte d'un pourcent. Pratiquement tous les gains de la veille s'étaient envolés. « Voilà, c'est ce que je viens de dire – vous perdez. »

« Fermez-la ! » Zachary agita les bras en l'air. « Ce n'est pas une intuition – c'est mon modèle et il fonctionne. Enfin, au moins avant que vous n'interveniez. »

Il lui fit signe de s'asseoir sur une chaise en face de lui. « Vous me perturbez. Asseyez-vous ou partez. Laissez l'histoire suivre son cours et vous verrez. »

Kat soupira et s'assit. La dernière chose dont elle avait envie, c'était de voir Zachary écrire l'histoire. Un désastre se profilait à l'horizon ; l'euro perdit encore cent points. Désormais, la perte s'élevait à deux milliards.

Ils regardèrent l'écran en silence.

Puis, alors que tout semblait perdu, l'euro cessa de chuter. Doucement, il se redressa ; quelques points de base, puis une douzaine, puis trente. La perte ne se chiffrait plus qu'à 1,7 milliard. Seulement.

« Vous avez vu ça, Kat ? » L'expression de panique qui se lisait sur le visage de Zachary quelques minutes auparavant avait laissé place à un sourire béat. « C'est moi. Mon pari fonctionne. »

« Comment pouvez-vous en être si sûr ? » Pour Kat, la ligne sur le graphique s'inclinait comme sur la pente la plus abrupte d'une montagne russe sans fin. En quelques secondes, elle plongerait dans le précipice, répétant la course folle des vingt dernières minutes.

« La dynamique, Kat. La situation se renverse. » Zachary pointa du doigt un grand creux sur le graphique. « Tout fonctionne si le pari est suffisamment important. »

En moins de dix minutes, la courbe était à nouveau à la hausse. Zachary avait maintenant besoin d'un milliard.

« Comment est-ce que ça peut être aussi simple ? »

« C'est un jeu à somme nulle. Quand je gagne, quelqu'un d'autre perd. Si je mise une somme suffisamment importante, je peux faire bouger le marché dans la direction que je veux. Quand ça se produit, les autres suivent. »

La ligne sur le graphique poursuivit son ascension. Elle devient verte alors que les gains de Zachary continuaient à s'accumuler.

« Mais les économistes prédisent – »

« Qui s'intéresse à ce que pensent les économistes ? Ce sont les traders qui font le marché. Quiconque pense le contraire est un idiot. »

« Mais et Svensson et les autres économistes ? Si leur travail ne sert à rien, pourquoi ne donnent-ils par le Prix Nobel aux traders ? »

« Vous pensez que les marchés sont basés sur la science ? » Zachary se mit à rire. « C'est plutôt comme le poker. Vous pouvez bluffer pour gagner une fortune. »

Zachary se pencha en arrière dans son fauteuil. Il joignit derrière la tête et sourit.

Selon la ligne verte, Zachary avait gagné deux pourcent. Il avait récupéré toutes les pertes d'Edgewater. Kat ne s'imaginait pas que ça pouvait aller si vite. Mais c'est ce qui s'était passé.

« Mais, votre modèle – vous m'avez dit qu'il reposait sur la théorie quantique des jeux. Qu'il était infaillible. »

Zachary s'esclaffa. « Un truc marketing. Je dis ça aux gens pour les impressionner et ça fonctionne à merveille. Après tout, ce sur quoi je parie vraiment, c'est la cupidité. Personne ne veut manquer une valeur sûre. »

« Mais c'est n'est pas du tout une valeur sûre. »

« Au contraire. Selon vous, qu'est-ce qui crée les variations de change à l'origine ? Si elles sont suffisamment importantes, je peux tous les piéger. Je vends une fois que tous les quidams suivent. »

« Tout comme le ferait le World Institute ? Aux dépens des investisseurs d'Edgewater ? »

« Des investisseurs avertis, qui savent qu'ils prennent des risques. Et s'ils ne le sont pas, ils ne devraient pas faire partie du jeu. C'est aussi simple que ça. Tout le monde œuvre pour son propre intérêt. Il s'agit juste de déterminer quel est l'intérêt qui prime sur les autres. »

« Tout est manipulé ? Le résultat final est couru d'avance ? »

« Bien sûr. Tout est décidé, Kat. Comme à Las Vegas. Mais le casino, c'est moi. »

Kat resta silencieuse, fascinée par l'écran. L'euro continuait à grimper, apparemment invincible. Zachary n'avait pas simplement couvert les pertes de Nathan ; il s'était fait un milliard supplémentaire.

« Je suis sorti d'affaire. » Zachary claqua dans ses mains et sifflota. « Non seulement le fonds est renfloué, mais en plus j'ai fait un bénéfice. Et une jolie petite somme pour Edgewater. Comment vous les trouvez ces probabilités ? »

Les probabilités de Las Vegas. En faveur de la maison, naturellement.

Kat regardait l'écran. « Il vaudrait mieux verrouiller vos bénéfices, non ? »

« Dans quelques minutes. » Zachary se tourna vers Kat. « À présent – au sujet de mon divorce. Nous devons retravailler les chiffres, retourner devant le tribunal. Victoria n'aura pas un centime. » Zachary semblait plus concerné par les dollars que par la liaison entre Victoria et Nathan.

Le jugement de divorce ayant été rendu sur la base de chiffres falsifiés, Victoria avait le droit à moins que ce qu'elle avait obtenu. Mais pouvait-on rouvrir le dossier ?

« Je peux préparer quelque chose pour demain. » Kat se leva et se retourna pour partir.

Mais Zachary n'écoutait pas. Il se pencha sur son ordinateur, se mordant la lèvre jusqu'à saigner. « C'est quoi ce bordel – ? »

Kat s'arrêta et se pencha pour voir l'écran. Bien qu'il ne s'agisse pas de son argent, elle sentit la nausée la gagner. La ligne sur le graphique était passée du vert au rouge. Une fois de plus, elle plongeait dans la mauvaise direction.

Cette fois, Zachary était tout sauf le casino. Le revers de fortune d'Edgewater avait été aussi soudain que les gains. Quelqu'un d'autre avait parié encore plus gros.

Et gagné.

CHAPITRE 65

Kat se tenait dans l'entrée du bureau des titres de propriété en cette fin de journée de vendredi ; elle jeta un œil à sa montre. Hillary devrait être arrivée depuis trente minutes. Allait-elle se montrer avant que le bureau ne ferme pour le week-end ? Bien sûr que oui. Le plan de Kat ne lui donnait pas le choix si elle voulait éviter les poursuites criminelles.

Non pas que Kat voulait que les choses se passent comme ça. Une affaire comme celle-là mettrait des années avant de se retrouver devant les tribunaux. Peut-être même plus d'années qu'il ne restait à Harry. Kat n'aimait pas recourir au chantage, mais c'était le seul moyen de s'assurer que justice soit rapidement rendue pour Harry.

Cinq minutes plus tard, Hillary empruntait les marches du perron et poussa la porte.

Kat sentit un nœud se former à son estomac, comme à chaque fois qu'elle se trouvait face à sa cousine. Hillary ferait-elle vraiment ce qu'elle lui avait demandé ? Les promesses d'Hillary n'étaient que du vent, donc Kat avait pris les mesures qui s'imposaient afin de garantir sa coopération.

« Tu as aimé la vidéo ? » Kat avait envoyé une copie de la vidéo du Garden Heaven par e-mail à Hillary, lui demandant de la retrouver là. Le reçu de l'achat du pesticide et les containers vides constituaient des preuves supplémentaires qu'Hillary avait l'intention d'empoisonner Harry.

« Ne me menace pas. » Hillary se renfrogna. « Je suis là. Ce n'est pas suffisant ? »

« Ce n'est pas une menace, » dit Kat. « C'est une promesse. Si tu refais ça encore une fois, je te balance. J'enverrai l'enregistrement à la police. »

Avant que les policiers n'arrêtent Hillary, elle devait faire quelque chose. Les roues de la justice tournaient trop lentement pour réparer certaines injustices auxquelles Kat voulait remédier.

Kat avait insisté pour retrouver Hillary ici afin de s'assurer que cette dernière retire son nom de l'acte de propriété de la maison d'Harry. Cela revenait à confirmer officiellement qu'il était à nouveau l'unique propriétaire de ses biens. Elle n'avait pas l'intention de croire Hillary sur parole.

« Rentrons à l'intérieur. » Kat tint la porte pour Hillary.

Dix minutes plus tard, tous les papiers avaient été signés. Hillary avait retiré son nom de l'acte de la maison d'Harry et ce dernier avait retrouvé son droit de propriété.

La police gérerait les fonds qu'Hillary avait volés à Harry. Harry ne les reverrait jamais, certes. L'argent avait déjà été dépensé et ça ne servait à rien d'essayer de les récupérer auprès d'Hillary. Mais au moins, il avait récupéré sa maison.

Hillary se tenait près de la porte, fouillant dans son porte-monnaie. Elle ne ressemblait à rien. Ses cheveux noirs étaient filasses et emmêlés et ses yeux maculés de mascara ne cessaient de regarder sa montre.

« Tu as un rendez-vous ? » demanda Kat.

Hillary plissa les yeux. « Tu devrais être contente que j'ai signé. Je n'étais pas obligée. »

Si, elle y était. « N'attends pas un merci de ma part. »

« Tu vas le regretter, Kat. »

Kat en doutait. Il fut un temps où les menaces d'Hillary l'intimidaient, mais à présent, elles sonnaient dans le vide. Hillary faisait non seulement des promesses futiles, mais ses menaces étaient, elles aussi, vaines. Comme Nathan Barron et Gordon Pinslett, Hillary Denton ne pensait qu'à elle. Ils encerclaient leur proie comme des requins, la consommant jusqu'au dernier centime. Mais leur réserve s'amenuisait, jusqu'à ce qu'ils soient les uniques survivants. Seuls, les requins ne tiendraient pas longtemps.

CHAPITRE 66

Vingt minutes plus tard, Kat arriva chez elle, exténuée mais contente. Harry allait récupérer vite et elle serait également disculpée. Ça n'avait pas de prix.

Bien qu'elle ait récupéré sa maison, il était endetté jusqu'au cou et on ne pouvait rien y faire. C'était tragique, vraiment. Le fait qu'Hillary soit accusée de fraude n'était qu'une maigre consolation.

Kat retira ses chaussures à la porte d'entrée, accrocha son manteau sur la rambarde des escaliers et monta à l'étage. Elle était encore étonnée que le fiasco des transactions menées par Zachary plus tôt dans la journée ait dilapidé le peu qu'il restait à Edgewater Investments. Pourquoi pariait-il comme ça tout ce qui lui restait, un grand mystère. Il avait évité de justesse la faillite personnelle. Peut-être n'avait-il par l'habitude de perdre. Pas terrible, c'était quand même avec l'argent des investisseurs qu'il jouait.

Kat atteignit le haut des escaliers et se figea sur place.

Quelqu'un se trouvait dans le bureau. La chaise grinçait, comme elle le faisait quand quelqu'un y était assis et pivotait. La personne qui s'y trouvait tapait sur le clavier.

Kat aperçut un balai dans le placard du hall et l'attrapa. Elle le brandit au-dessus de sa tête en regardant à l'intérieur.

L'intrus était assis au bureau, le dos tourné vers Kat.

Elle était sur le point de partir en courant lorsque la chaise pivota.

« Tu es là ! » Jace sourit et sauta de sa chaise. Il s'arrêta et leva les bras en signe de reddition. « Ne tirez pas. »

Kat lâcha le balai et courut pour l'embrasser. « Tu es sorti de l'hôpital ? Je pensais que tu devais y rester encore quelques jours. Pourquoi tu ne m'as pas appelée ? »

Jace retourna au bureau de Kat. « Je me suis dit que j'allais te faire la surprise. »

« Ils t'ont laissé partir déjà ? Mais je pensais – »

« Je dois écrire mon article, Kat. Avant que quelqu'un ne le fasse. » Il l'embrassa.

« Tu es sorti sans rien dire à personne ? Avec une commotion ? » Kat fit marche arrière et toucha son front. Les bleus de Jace viraient au mauve et on aurait dit qu'il venait d'échapper à un crash aérien.

Jace ne répondit pas.

« Jace, tu aurais dû rester à l'hôpital. » Elle tira sur son bras qui n'était pas blessé. « Je te ramène. Dis-moi ce que tu veux faire et je le ferai. »

Jace secoua à la tête. « Je vais bien, et en plus – je dois – et je veux – le faire moi-même. Je veux coincer Pinslett et tout le reste de la bande. »

« D'habitude, tu n'es pas rancunier. »

« Je ne vais pas les laisser s'en sortir comme ça, Kat. Ils ne peuvent prendre ce qu'ils veulent sans impunité. Les lois sont faites pour être respectées – y compris par les riches. Même Hillary. »

Kat ne pouvait rien répondre à ça. « Je sais, mais tu devrais au moins te reposer. On pourra reprendre cette histoire quand tu auras récupéré. »

« Ça sera trop tard. » Jace lui sourit. « Pinslett ne peut pas cacher la vérité. Il détient peut-être des radios, des chaînes de télé et des journaux. Mais il ne peut pas contrôler les médias sociaux. Regarde. »

Il désigna l'écran du doigt. « Mon histoire fait un tabac – un véritable buzz. Pinslett ne peut pas renier son implication dans la fraude hypothécaire. J'ai la preuve. »

Kat regarda l'écran. C'était vrai. Pinslett avait organisé une conférence de presse à la hâte. Pour une fois, le gros bonnet des médias était sur la défensive.

« Et mon article a été publié au final. » Jace sourit. « J'ai quelque chose à dire et Pinslett ne pourra pas m'en empêcher. Maintenant que ça a été révélé publiquement, les autorités sont obligées de mener l'enquête. Sauf s'ils veulent déclencher un tollé général. »

Kat étudia le clip vidéo, une rediffusion d'une conférence de presse tenue plus tôt dans la journée. Gordon Pinslett était assis à une table avec plusieurs de ses hommes de presse. Le logo *The Sentinel* trônait fièrement sur le mur derrière eux.

Un Gordon Pinslett provocateur niait toute implication dans l'affaire, insistant sur le fait qu'il n'avait pas pris part à la fraude hypothécaire et à la magouille immobilière.

Mais, même sans preuve, Kat pouvait démasquer un menteur. Il bégayait en essayant de trouver les bons mots pour se débarrasser des journalistes.

« Je ne vois pas ce qui a changé. Il nie toujours – »

« Attends un peu, Kat. »

Le reportage diffusa un second clip, tourné quelques minutes auparavant. Kat écoutait la voix-off du journaliste, tandis que Pinslett était conduit, menotté, jusqu'à la porte principale de son conglomérat médiatique. Une dizaine de journalistes se tenaient à l'entrée, le mitraillant de questions. Le magnat des médias, déshonoré, les ignorait. Il baissa la tête en s'engouffrant dans la voiture de police qui attendait.

« Mon article est sorti pendant sa conférence de presse. Une fois qu'il a été rendu public, on ne pouvait plus se voiler la face. Même les médias traditionnels ont dû en parler. Personne n'est au-dessus des lois. Ce n'est pas tout. Roger Landers a mis la main à la pâte aussi. Apparemment, Pinslett aurait demandé à Landers *de faire en sorte que tout s'arrête.* »

« C'est Landers qui nous a lancé la bombe incendiaire ? Je vais le tuer. »

« Relax, Kat. Pinslett le lui a demandé, mais Landers ne l'a pas fait. En revanche, il a enregistré la conversation et une douzaine d'autres échanges qu'il a eus avec lui. Tous très incriminants. Landers est peut-être égocentrique, mais au moins il le dit. Il voulait juste s'accaparer l'affaire – un scoop sur le World Institute, comme moi en fait. »

« Et son histoire au sujet du meurtre de Svensson ? »

« Il a lancé un appât, je suppose, pour avoir un scoop, ou pour nous amener sur une autre piste. En tout cas, il faudra que la police démêle tout ça. »

Kat en doutait. Comme elle le pensait, Landers était toujours en train d'essayer de voler le sujet de Jace. Mais Jace avait raison. Landers était vraiment inoffensif, comparé à Gordon Pinslett, Nathan Barron et le reste de l'équipe du World Institute. Et comme l'histoire de Jace avait été rendue publique, Landers ne pouvait plus rien voler.

« Tu as fait ce qu'il fallait faire, Jace. Même si ça t'a coûté ton poste. » Elle l'embrassa. « Tu n'en veux vraiment pas à Landers ? Il nous a laissés tomber. »

« Peut-être, mais en fait j'ai un peu pitié de lui. Il a tellement soif de gloire qu'il est prêt à fabriquer une histoire de toutes pièces. Sa carrière de journaliste est foutue. Qui le prendra au sérieux maintenant ? »

ngelika inclina son siège en première classe et sourit à l'homme qui se tenait à côté d'elle. Il rayonnait, rougissant de cette attention. La cinquantaine, confiant et sûr de lui. Changerait-il d'avis s'il connaissait ses secrets ?

Dans quelques heures, elle serait de retour à Londres, loin d'Hideaway Bay, du World Institute et de Nathan Barron. Loin de l'homme qui lui avait volé sa confiance et qui l'avait trahie.

Elle s'essuya les mains avec la lingette, tandis que l'hôtesse récupérait leurs plateaux. Elle n'avait jamais douté que Nathan signe un accord pour sauver sa peau. Il l'aurait laissée tomber en moins de temps qu'il faut pour le dire si ça lui était profitable. Il ne lui avait pas laissé d'autre choix que de le tuer. Elle détestait les fins bâclées.

Mais à cette heure-ci, la femme de ménage devait avoir découvert Nathan pendu dans le placard, sa ceinture formant un nœud coulant. Encore un homme cassé, ruiné. Un autre suicide tragique. Il y en avait eu beaucoup ces derniers temps à Hideway Bay.

Était-ce à cause de la météo sinistre ? De la ruine de Nathan Barron ? De la culpabilité qu'il ressentait d'avoir trahi son fils ? Le système de Ponzi l'avait quelque peu surprise, mais il s'intégrait parfaitement à son plan. Quelle qu'en soit la cause, le suicide de

Nathan alimenterait les spéculations pendant des mois. Puis, on l'oublierait.

Elle avait fait une faveur à Nathan. Plutôt que de faire l'objet de poursuites criminelles et d'être poursuivi par une horde d'investisseurs furieux, il reposait en paix. Elle l'avait sorti de sa misère.

Le meurtre, un mot si dur. Il s'agissait plutôt de miséricorde.

Nathan. Comment avait-elle pu se tromper à ce point à son sujet ?

Angelika l'avait rencontré dans les plaines africaines. À Selous, en Tanzanie, lors d'un safari. Il lui avait joué la sérénade dans cet endroit sauvage et reculé. Elle été tombée sous son charme, saoulée par ses attentions, enveloppée par son aura de pouvoir. Elle aurait tout fait pour lui, elle aurait même tué.

C'est ce qu'elle avait fait d'ailleurs.

Nathan connaissait bien la relation entre le chasseur et sa proie. Chacun était nécessaire pour nourrir la vie, pour la vivre. Comme la relation spéciale qu'elle entretenait avec ses victimes. Svensson lui avait fait entièrement confiance, même jusqu'à sa mort.

Après avoir fait volte-face sur la cause du décès de Svensson, le médecin légiste avait finalement conclu au suicide. C'est ce que préférait Angelika.

Une mission soignée.

Angelika jeta un œil vers son voisin. Il était face à la fenêtre, son dos tourné vers elle. Dehors, le ciel indigo défilait, coincé quelque part entre la nuit et l'aurore, alors qu'ils se dirigeaient vers l'est.

Les gens n'appréciaient pas la vie de tous les jours, ou décidaient quand ou comment elle devait se terminer. C'est la chasse qui lui avait appris ça.

Mais Nathan l'avait prise pour une idiote. Elle s'était imaginée que leur relation était spéciale ; lui était l'un des hommes les plus puissants de la planète et elle, une meurtrière professionnelle que personne ne suspectait. Elle ne correspondait pas au stéréotype, mais ça faisait partie de ses avantages. Personne ne s'attendait à voir une femme dans la peau d'un assassin, encore moins quand elle était jeune et belle.

Jusqu'à ce qu'il lui pose un lapin à Londres. Elle avait remis le meurtre de Svensson à plus tard pour le punir. Elle s'attendait à recevoir un appel paniqué de la part de Nathan, mais elle se trompait. Elle s'était donc rendue au Canada avec Svensson pour assister à la conférence de Nathan, espérant faire monter les enchères avant de tuer Svensson à Hideaway Bay.

Il y avait quelque chose d'intime à passer les dernières heures de la vie d'un homme avec lui. Surtout lorsqu'il n'avait aucune idée qu'il s'agissait des dernières.

En plus de l'ignorer, Nathan l'avait également bernée pour le paiement final pour Svensson, manquant de créditer ses cartes prépayées. Les cartes étaient pratiques et introuvables, utiles pour emporter d'importantes sommes d'argent à l'étranger. Le défaut de paiement, c'était déjà difficile à avaler, mais Victoria, c'était la goutte qui faisait déborder le vase. Nathan pensait-il vraiment qu'elle allait faire tout le sale boulot pendant qu'il paradait avec cette salope botoxée ? Angelika ne pensait pas trouver une autre femme sur son chemin.

Angelika n'était pas une femme qu'on quitte. Si les hommes essayaient de le faire, ils quittaient le monde à sa façon, par à la leur.

Angelika regarda à travers le hublot. Elle sirota son café tandis que l'avion poursuivait le lever du soleil.

Un jour idéal, en fin de compte. Et un autre qui pointait son nez à l'horizon.

at s'assit à la table de la cuisine d'Harry, étonnée de voir la différence de comportement chez son oncle. Finis les regards dans le vide, la démarche nonchalante et les oublis. C'était un miracle.

Il y avait une explication, bien qu'elle ait toujours du mal à y croire. Les effets du poison avaient imité les symptômes de la démence, donnant lieu à une erreur de diagnostic au sujet de l'Alzheimer d'Harry. Harry n'avait jamais souffert de démence.

Bien sûr, il oubliait parfois, mais pas plus qu'un homme de quatre-vingt ans.

Aujourd'hui, après une semaine à l'hôpital, le poison s'était résorbé de son système. Harry s'était vite remis sur pied, mais ne se rappelait pas de grand-chose au sujet des semaines et mois précédents. Sa récupération était tout simplement incroyable.

Kat regarda la pile de catalogues de semences qui se trouvait sur la table. Harry préparait son jardin pour l'année prochaine et avait même repris contact avec ses copains de pétanque.

« Hillary a un nouveau travail, Kat. En dehors de la ville. »

« C'est bien, » dit Kat, se demandant si Harry croyait vraiment à cette histoire. Ou voulait y croire, car toute alternative était inconcevable.

Bien sûr, Kat avait cru aux mensonges d'Hillary pendant des années car elle souhaitait lui accorder le bénéfice du doute. Mais, à présent, elle la voyait comme ce qu'elle était vraiment. Un parasite.

Incroyable, pensa Kat. Le cauchemar financier d'Harry avait démarré à peu près au même moment que ses symptômes de démence. Kat avait naturellement pensé que ses hallucinations et ses oublis étaient dus à la maladie d'Alzheimer, comme l'avait dit le médecin de famille d'Harry.

En y repensant, la santé d'Harry s'était dégradée de façon soudaine. Lorsque Kat avait annulé les paiements de ses cartes de crédit et demandé à voir la banque, elle n'avait fait qu'empirer les choses. Hillary s'était vue couper les vivres. Ce n'était pas son état de santé mentale qui avait causé cette débâcle financière ; c'était l'inverse. Dans ses efforts pour protéger Harry, Kat avait fait sortir Hillary du bois.

Harry était un idéaliste, refusant de croire que sa propre fille profitait à nouveau de lui plan financièrement. Il acceptait toujours ses excuses et lui donnait de l'argent ; chaque fois qu'elle était certaine de se tirer d'affaire.

« Un œuf ou deux ? » Harry prit la boîte d'œufs dans le frigo et referma la porte.

« Deux. » Lorsque les flux d'argent avaient cessé, Hillary était revenue, cette fois décidée à liquider Harry et ses actifs.

« Du jus d'orange ? » Harry prit la carafe.

Même si Harry ne se souvenait pas de ses quelques mois de galère, Kat était certaine que le Dr. Konig avait mentionné le jus d'orange empoisonné. Mais elle ne pouvait lui en vouloir de refuser de croire que sa fille avait tenté de l'empoisonner. Cette véritable était insupportable pour quiconque.

« Je crois que je passe mon tour. »

Harry se tourna vers Kat. « Elle est juste un peu insouciante, Kat. Elle apprendra. »

Même maintenant il trouvait des excuses pour le comportement d'Hillary. Mais que pouvait-il faire d'autre ? Penser que c'était prémédité, c'était trop pour lui.

Kat ne dit rien. Elle était distraite par un bruit venant de l'avant de la maison.

« Je reviens tout de suite. » Elle se leva de sa chaise et se dirigea vers le salon. En s'approchant de la fenêtre, elle vit une personne penchée devant la Porsche.

Son cœur s'arrêta de battre lorsqu'elle vit le capot de la Porsche d'Hillary s'ouvrir. Hillary était revenue pour sa voiture, malgré l'interdiction de s'approcher d'Harry.

Kat se préparait. Pourquoi Hillary violait-elle les conditions de son ordonnance d'interdiction au bout d'un jour seulement ? Elle avait déjà suffisamment de problème – elle était accusée de tentative de meurtre et de fraude. La police l'avait inculpée, malgré les protestations d'Harry. C'était désormais aux tribunaux de décider de son sort.

Kat ouvrit grand la porte, souhaitant l'intercepter avant qu'Harry ne le fasse.

Ce n'était pas Hillary.

Le camion de remorquage hissa l'avant de la Porsche.

Kat courut à l'extérieur. « Vous ne pouvez pas emmener cette voiture – elle est bien garée et ce n'est pas une zone payante. »

« Bien sûr que si. La banque l'a saisie. Retards de paiement. »

« Oh. » Kat recula alors qu'il hissait le véhicule. D'une façon ou d'une autre, la fraude serait révélée et réglée. Au moins, si l'institution récupérait la voiture, elle serait à l'abri, loin d'Hilary. Et les avis de paiement cesseraient. « Bonne journée. »

Le conducteur du camion de remorquage lui sourit. « C'est quelque chose que je n'entends pas souvent. » Il leva le pouce en l'air et grimpa dans la cabine du camion.

Le camion de remorquage prit le virage, tirant la Porsche derrière lui.

Kat regarda le camion monter la côte. Enfin, il atteignit le sommet, là où la colline rejoignait le ciel, où le monde basculait de l'autre côté.

Le soleil du matin brilla quelques instants sur le pare-chocs de la Porsche en atteignant le sommet. Puis, elle s'enfonça doucement à l'horizon et disparut.

Cette fois-ci, ce n'était pas elle qui prenait la fuite.

Vous avez aimé *La théories des jeux* ? Découvrez
Formule mortelle

Ou découvrez tous les livres de Colleen
www.colleencross.com

Bien que la plupart des décors de *La théorie de jeux* soient réels, ce n'est pas le cas d'Hideaway Bay. C'est un mélange de plusieurs petites communautés qui parsèment la Sunshine Coast, qui fait partie de la côte Sud-ouest du Canada. Le World Institute est également fictif, mais sûrement non loin du domaine des possibilités.

Le pesticide No-Gro est également le fruit de mon imagination. Lorsque les enjeux sont élevés, les gens sont prêts à faire n'importe quoi pour gagner de l'argent et devenir puissants.

La fraude me fascine également et je suis toujours étonnée de voir ce qui motive les personnes à s'enrichir sur le dos des autres. Contrairement à ce que pensent ces criminels, ils seront pris un jour ou l'autre. Tôt ou tard, ils dérapent ou font preuve de complaisance. Les juricomptables comme Kat disposent de nombreuses méthodes leur permettant de traquer et de démasquer les fraudeurs, mais elles reposent toutes sur un principe commun : il faut suivre l'argent, car il mène toujours au coupable.

J'espère que vous avez aimé lire *La théorie des jeux* autant que j'ai aimé l'écrire. Si c'est le cas, n'hésitez pas à laisser un commentaire ou à en parler à un ami. La bouche à oreille est le meilleur ami des auteurs ! Je continuerai à écrire aussi longtemps que les lecteurs comme vous apprécieront mes histoires. Si vous avez aimé *Stratégie de sortie* et que vous souhaitez découvrir mes autres livres, cliquez ici.

Mes livres ont été traduits dans de nombreuses autres langues. Visitez mon site Web pour en savoir plus.

Pour être informé de mes dernières publications, inscrivez-vous à ma newsletter sur http://eepurl.com/c1hzCv

Vous ne recevez des informations qu'en cas de nouvelles publications ; ces dernières incluent des offres exclusives réservées aux abonnés.

Retrouvez-moi sur les réseaux sociaux
Facebook : http://www.facebook.com/colleenxcross
Twitter : @colleenxcross
http://www.goodreads.com/author/show/5315300.Colleen_Cross
Goodreads

DU MÊME AUTEUR

<u>Inscrivez-vous à son bulletin</u> d'information pour être immédiatement informé de nouvelles parutions !

http://eepurl.com/c1hzCv

Fraudes : Thrillers judiciaires de Katerina Carter

Stratégie de sortie: Crimes et enquêtes

Theorie des jeux

Formule mortelle

Mise au vert

Rouge vif - Nouvelle

Lune Bleue - Roman court

La Couleur de l'argent : Enquêtes criminelles de Katerina Carter (Coffret 3 volumes)

Thrillers judiciaires de Katerina : Tomes 1 et 2

Thrillers judiciaires de Katerina Carter : Tomes 3 et 4

Les Petites Enquêtes Surnaturelles des Sorcières de Westwick

Charmée de Vous Rencontrer

De la Sorcière à la Richesse

Le sort vers la gloire

Enquêtes Surnaturelles des Sorcières de Westwick

Site Web :

http://www.colleencross.com

<u>Inscrivez-vous à son bulletin</u> d'information pour être immédiatement

informé de nouvelles parutions !

http://eepurl.com/c1hzCv